本书获得广东省社会科学院学术著作出版资助

新时期以来小说仪式叙事研究

——以茅盾文学奖作品为中心

马硕　著

图书在版编目(CIP)数据

新时期以来小说仪式叙事研究:以茅盾文学奖作品为中心/马硕著.—武汉:武汉大学出版社,2020.8(2022.4 重印)

ISBN 978-7-307-21716-4

Ⅰ.新… Ⅱ.马… Ⅲ.小说研究—中国—当代 Ⅳ.I207.42

中国版本图书馆 CIP 数据核字(2020)第 151834 号

责任编辑:蒋培卓　　责任校对:李孟潇　　版式设计:马　佳

出版发行:**武汉大学出版社**　(430072　武昌　珞珈山)

(电子邮箱:cbs22@ whu.edu.cn　网址:www.wdp. com.cn)

印刷:武汉邮科印务有限公司

开本:720×1000　1/16　印张:18.25　字数:252 千字　插页:1

版次:2020 年 8 月第 1 版　2022 年 4 月第 2 次印刷

ISBN 978-7-307-21716-4　定价:68.00 元

序

新时期小说仪式叙事，是马硕在攻读博士学位期间的主要研究内容，本著即是在学位论文基础上拓展、修改而成的专著，其问题指向、概念范畴、核心观点和理论范式，都体现出鲜明的创新意识和探索精神。或许，其中的某些概念范畴还需要今后进一步厘清，某些观点还需要继续深入探讨和阐释，甚至某些论点还有可能引起学术争议，然而，无论如何，本书不是重复已有的命题，而是试图开辟一片新的学术园地。从一定意义上说，这本书的首要意义是提出了一个全新的关于文学叙事的跨学科研究的新课题。

要探索这样一个全新的命题，会遇见一大堆问题。首先是“仪式叙事”的论点能否成立？其次是仪式与小说叙事有何关系？再次是小说叙事有没有证据？最后是研究小说仪式叙事有何意义？可以说，马硕的博士论文在回答问题的过程中不断推进，从而构成了本书的内在架构。

第一，关于仪式叙事的问题，其核心是仪式叙事能否成立？这是一个基本问题，也是逻辑起点。仪式，是人类学、特别是文化人类学长期探索的重要问题，国内外学者的研究成果不少，20世纪以来的仪式研究也已有学术综述，这在本著中有所介绍，不用赘述。这里要强调的是，仪式作为人类历史上普遍存在的社会和文化现象，具有多种功能和表现形式，其中具有叙事功能是可以肯定的。仪式具有表达的性质，具有展演的性质，具有凝聚人心的功能，具有储存社会记忆的功能，也具有鲜明的叙事功能。通过仪式讲述“故事”，再现历史事件，唤醒民族记忆，这在节庆、典礼、各种礼仪、宗教活动、开幕闭幕仪式、舞蹈表演中比比皆是。从一般意义上说，仪式的叙事功能毋庸置疑，仪式叙事的概念是成立的。小说仪式叙事的理论非凭空而来，而是历史与逻辑的统一，论从史来，论从史出。当然，一般意义上的仪式叙事与小说仪式叙事有关系也有区别，这是需要进一步探讨的。

第二，关于小说仪式叙事的问题，其核心是要回答仪式与小说叙事有何关系。仪式与文学艺术的关系，在学界早有研究，也有一些共识，比如仪式与戏剧、舞蹈的关系，不管是其渊源关系，还是表现形式，都可以找到很多例子。中国戏剧与巫文化的关系，古希腊悲剧与祭祀仪式的关系，舞蹈表演与宗教仪式的关系等都是人们熟悉的事实，甚至可以说，仪式与文学艺术的密切关系是世界性的普遍现象。这一基本判断，对于小说叙事来说，既是学理上的依据和支持，也是学术上的问题和挑战，因为戏剧、舞蹈作为表演艺术，原本与具有强烈宗教色彩的仪式就有天然联系，其源头是混沌一体的，其形式上的相似性更是显而易见的。但是对于作为语言文字的文学叙事来说，如何找到二者的关系就很费周折。而马硕遇到的难题是，感受到小说仪式叙事存在，却言不尽意，说不清道不明，甚至不能言说，因为它被小说这种文体的特点遮蔽了。那么，如何将小说创作中被遮蔽的仪式叙事“敞开”而证明它“在”？以往的小说叙事学的概念、术语，如叙事视角、叙述时间、故事时间、叙述者等，都不够用了，而是要依据小说本身的事实作出理论上的概括和抽象。在此，马硕做了两方面的艰苦努力，一是广泛阅读古今中外的经典小说，从中发现小说仪式叙事的存在；二是进行紧张的理论学习和思考，特别是对仪式现象的分析和理论思考。在这些工作的基础上，马硕大胆地提出了几个新的概念术语，这就是“仪式素”“仪式化”与“仪式感”。她认为，这几点是文本由外及内的显现，表现出一定的体系性与结构性。大致而言，仪式素指小说叙事中所蕴含的仪式要素；仪式化是小说叙事过程中创作主体对仪式素的转化或者外化过程；仪式感则既对作者而言，也对读者而言，是一种对仪式存在的领悟。如此，通过对这几个新的概念术语的理解、阐释，它们就成为小说仪式叙事理论中的重要范畴，架构其小说仪式叙事的基本研究范式。

第三，关于小说仪式叙事的"事实"，其核心是小说叙事理论有没有证据。这个问题的答案在古今中外的小说文本中，"论从史出"，多读小说，从阅读感受中体悟其中的奥秘。然而，古今中外小说何其多，谁也读不完，也没有必要都读完，只能由面到点，聚焦重点。于是，我们看到，本书的研究对象主要是以茅盾文学奖获奖作品为中心，以点带面。当然，茅盾文学奖获奖作品只是世界小说中很小的部分，无法代表小说叙事的全部，这是不言自明的。而对于本书来说，以其为中心，举一反三，还是可行的，因为它只要说明小说仪式叙事是存在的，作为一种潜在的要素和表现方式影响到小说叙事，它作为研究对象就有道理。而茅盾文学奖获奖作品作为中国新时期文学的重要坐标，其中确有大量这样的现象，本书中已有比较充分的解读分析，读者可以自己辨析。

第四，关于小说仪式叙事的研究价值，其核心问题是研究小说仪式叙事有何理论和实践意义。马硕认为，在理解一部作品所表现出的精神感受、生命领悟等要义时，现有的一些批评方法难以提供直接的理论指导，而仪式批评所具有的如历史记忆、边界划分、表演、迷狂等仪式化内涵，使它自然地成为帮助读者理解文本内部世界的有效途径。这种批评模式将作者、文本及读者通过观看、共享的方式紧密地连接在一起，并在一定程度上唤醒了读者的参与意识。从这个角度来看，仪式批评提供了一种新的认知范畴，使研究不再满足于停留在文本分析或作家分析的层面，而是进入到认识论与价值观的探寻之中，成为一种思考作品内涵与文本价值的方式。仪式叙事建立在经典叙事的基础之上，又借鉴了后经典叙事的背景关联与文化指向，它不完全将文本视为中心，还关注文本与社会文化、历史经验等的关系，并在一定程度上受到了人类学叙事方式的影响。仪式叙事相对于经典叙事有着更为积极的尝试意义，但相对于后经典叙事，其在文本结构、理论运用的研究方面则需要更为谨慎。马硕的研究将仪式作为一种叙事方式，认为它影响到文学活动中的观念意识、创作过程和接受过程。马硕的研究突破了以往的思维范围和研究角度，她要探讨仪式这一人类重要的社会活动和文化现象，如何潜移默化地渗透到文学创作中。在仪式视域下，文本不是对概念的简单演绎，也不是对西方文学批评范式的直接挪移，而是在叙事人物、情节、环境的表现中，表达出作者对生活的深刻理解，以及对历史、文化的透彻洞悉。正因为文本的仪式研究有着重要的价值，因此它也成为了一种需要不断挖掘、不断深入的方法，从而为读者开辟出一个更为宽广的阅读视野。从小说接受的角度说，将仪式叙事作为一种对文本进行再阐释、再分析的研究模式，是对文学批评方法的有益补充或创新。我想，能做到这几点就有显明的创新性，就有重要的学术价值和理论意义。

最后，我还想说的是，对仪式叙事进行系统而正面具体地研究，是文学人类学研究的一种拓展和深化，对于文学和人类学及其关系来说也依然是新的研究课题。文学艺术领域的仪式叙事，不仅被作为一种艺术表现形式或批评范式来研究，而且它联系着艺术的本源，联系人与艺术的价值关系。文学艺术中的仪式叙事，是“对崇拜对象的扮演”。哲学家赵汀阳说：“艺术的本意在于人对事物用敬，艺术的时刻是人与事物灵性相会的时刻，艺术就是人答谢万物的礼节和仪式”，“根据人类学和考古学的考察可知，艺术非常可能起源于敬天礼地的神秘仪式或通灵的巫术，意在敬天地之神性，谢天地之大德，答万物之恩惠，求无灾之丰年，如此等等。由此可知，艺术的本意是敬天赞物，而艺术则是通过美学技艺而实现的致礼仪式，并且可见，艺术暗含一种万物有灵论的态度，即将万物识别为可以沟通的精神存在，而此种万物有灵论的感觉也正是艺术起源的一个关键条件。进而，随着巫术的消退，艺术演变为经验的无限表现形式，却仍然维持着艺术的本意，仍然是敬天赞物的经验基因的转型仪式”。① 基于这样的认识，仪式叙事就不仅仅是借用一个概念，其意义不仅是在研究方法层面的更新，也是对文学创作与人的关

① 赵汀阳：《艺术的本意与意义链》，《人文杂志》2017 年第 3 期。

系的一种整体思考。仪式叙事研究并不仅是解释小说如何讲述与仪式相关的故事的问题，更是要研究仪式叙事作为人类的精神活动中重要而特殊的方式，如何与人类相伴而行的问题。

我很高兴这样一本具有新意和探索精神的专著很快与读者见面。马硕让我作序，我义不容辞，我想，如果读者对文学人类学研究感兴趣，读了这本书会有所收获；如果读者不仅仅是想了解小说仪式叙事为何物，而且想与马硕一起继续思考相关学术问题和理论问题，那么，介绍这一课题的研究过程和其中概念范畴的生成就比较重要。小说仪式叙事，还有很大的发展空间。基于这样的考虑，我没有在序中对本著作的主要内容做具体介绍，也没有对本书的意义和价值做评价和推介，而着重谈了本书研究的核心问题以及研究者的思路。马硕的研究课题是新颖的，研究范式是开放的。一切还在路上，我写的序也就不能四平八稳，顺套路来，这与许多序不一样，好与不好，读者明鉴。

程金城

2020年6月20日

前　言

仪式，是人类社会为了某种特殊目的而创造、保持的具有例行化特征的程序过程和行为方式。学术界关于仪式定义的表述见仁见智，其基本的含义是，仪式展现了人类丰富的社会行为，诸如习惯性的行为、形式化的行为和涉及价值观的行为等。应该说，仪式既可以成为人类学研究社会关系、生产生活的重要路径，也可以成为文学作品描述的对象，因为它早已浸透人类行为的各个方面，如日常起居、节日盛典等。在文学作品的叙事之中，仪式随处可见，它可以凝结为一句礼貌用语，也可以通过一碗饭、一杯茶呈现意义。另外，作家通过象征的表现方式，将仪式的主题与特征融入叙事，构成仪式化书写，并通过对人物情感的塑造以及故事情节的把握，营造出具有仪式感的氛围。这说明，仪式的内涵在不同层面蕴含着不同的意义，它与作品存在互文的关系。

在戏剧、诗歌、小说等诸多文学创作类型之当中，仪式经常成为叙事表现的对象，而它在叙事中可能发挥的能动作用却受到了忽视。特别是在长篇小说中，仪式过程在满足叙事逻辑、内容等方面需要的同时，其本身的独特内涵也使它能够在不同程度上与文本叙事相融合。如从历史记忆的角度剖析叙事线索；从边界划分的角度衡量人物的归属；从冲突、转化的角度探索叙事走向；从表演、象征的角度解释人物行为；从神秘、迷狂的角度思考民间文化；从强制、反叛的角度揭示叙事中的矛盾等。这些被提炼出的仪式主题搭建起了一个仪式化的叙事平台，使叙事内容在仪式因素的参与下呈现出更为清晰的脉络。然而，这些仪式主题的文本表现，却并不都通过仪式过程的形式进行展现，而是通过象征性的描写表现出独特的叙事目的，即仪式化书写。进一步来说，仪式素与仪式化书写表现的是文本透露出的表层意义，其深层内涵则需要通过更为深入的刻画，使文本的价值内容得到更为充分的外现。这不仅需要作者以虔诚、严肃的态度对待创作，也需要读者在阅读过程中的深度参与，并最终透过文本形成一种作者与读者的“共感”，即仪式感。其中，叙事引发的情感问题是作家感情在文本中的发散，道德问题则涉及作家的责任感，通过给予读者以真、善、美的指引，使读者在阅读中体悟到神圣、庄严、严肃的仪式感，文本价值从而能够在最高层级实现。仪式感的形成不仅能体现出作者叙事技巧的成熟，也能揭示出作者叙事的真诚态度，因此仪式感可以作为评价一部作品价值高低的标准之一。

二十世纪八十年代以降，叙事学研究逐渐从经典走向后经典，这意味着仪式叙事在借鉴经典叙事学的同时，也应该受到后经典叙事的启示，找寻并总结仪式作为一种叙事模式的特点。仪式叙事的重点在于对叙事点、面、体的分层，仪式素是文本叙事的焦点，仪式化属于叙事的面，仪式感则是从更为深入的层面把握作家与读者的情绪。此外，仪式化与仪式感叙事还表现出叙事学与人类学学科之间的内在联系，是融合叙事学概念与仪式内涵的一种尝试。

当把仪式作为文本叙事研究的一种方法时，特别是在对现实主义作品的分析中，其优越性得到了充分的展现。在仪式视域下，对仪式叙事的探究不是对概念的简单演绎，也不是对西方文学批评范式的直接挪移，而是在叙事人物、情节、环境的表现中，表达出作者对生活的深刻理解，以及对历史、文化的透彻洞悉。正因为文本的仪式研究有着重要的价值，因此仪式叙事也成为了一种需要不断挖掘、不断深入的方法，从而为读者开辟一个更为宽广的阅读视野。

本书基于对仪式与文学叙事关系新的理论探索，以茅盾文学奖获奖作品为对象，研究新时期小说的仪式叙事问题。

导言部分阐述研究目的和研究意义、研究背景与现状，以及本书的整体框架、创新之处。

第一章提出仪式是一种在时间维度中逐渐展开的过程，这种特点使其与叙事有了相似性。仪式与戏剧、诗歌、小说之间存在紧密的关联。仪式是一种广义的叙事，叙事是另一种意义上的仪式。与一般叙事相比，仪式叙事有更丰富的文化内涵。

第二章指出小说的仪式叙事建立在由浅到深的三个层面之上，即客观描写仪式过程的仪式素、蕴含仪式特征的仪式化书写、抒发文本所蕴含情感内容的仪式感。仪式叙事的三个层面赋予了小说可供衡量、评价的客观标准。

第三章认为仪式叙事的意义不仅在文本之内，更在文本之外，它结合了人类学的仪式理论，通过多种叙事功能的发挥，呈现出仪式叙事的深层结构。在具体的批评实践中，以茅盾文学奖获奖作品为对象，进一步阐明了仪式叙事对于优化作品分析的积极意义。

第四章阐释了《白鹿原》与《湖光山色》中仪式素对主要叙事背景的构成作用，展现出传统文化对人物性格形成的关键作用。仪式化书写强化了文本的时代主题，表现出伦理秩序与人性欲望在历史与时代主题相融合的文学作品中的碰撞。

第五章通过解读《平凡的世界》与《生命册》中的仪式化书写，追溯人物在仪式叙事中的成长历程。文本表现出乡土社会对人物成长及其性格养成的影响，而乡土文化中特有的仪式恰好成为观察和理解这一影响的中介。从文本的仪式叙事中可以看出，仪式在提升人的本有力量与精神高度方面具有积极的意义。

第六章通过阐述《穆斯林的葬礼》和《额尔古纳河右岸》中大量的民族仪式的描写，展现民族文化背景中鲜明的仪式标识与印记。在表现少数民族的文学作品中，宗教仪式与民俗仪式充分展现出了一个民族的精神和荣光。

第七章通过分析《金瓯缺》及《白门柳》中庄严、厚重的仪式书写，还原出封建王朝历史面目的沉重与沧桑。文本所呈现的仪式感，使读者感受到岁月的变迁与传统文化的印迹，展现出历史的厚重，以及仪式书写对表现华夏文明传承的影响与作用。

结语：仪式叙事分别汲取了文学理论与人类学研究方法的养分，是研究方法的有效综合，因此能够在整体意义上发掘小说文本的丰富内涵。仪式叙事的主要内容，是在文本叙事的过程中，揭示对人物仪式行为的仪式素展现，叙事情节的仪式化书写，以及文本背后所表达的情感功能。仪式素、仪式化书写、仪式感，构成仪式书写的基本结构。在对纯粹的仪式行为进行描绘之外，仪式素还有更多延伸性意义，如从广义上来看，文本中的叙事行为本身即是一种仪式行为，那么，小说叙事即可以看作仪式行为的“元叙事”形式。因此，打破对人物仪式行为进行单独叙事分析的藩篱，有利于深化仪式叙事的研究。在狭义的仪式叙事中，本书通过阐释仪式叙事理论，从仪式批评的三个不同层次入手，对八部茅盾文学奖获奖作品做出分析批评，进而探讨茅盾文学奖获奖作品在当代文学创作阶段的典型性意义，以及对其他类型小说创作的启示。

作为一种叙事的批评方式，仪式书写的叙事研究无疑还有更为深远的意义。它不仅更契合中国当代长篇小说的文化背景与创作表现，而且在一定程度上可以兼顾“向内转”与“向外转”的批评方式。更为重要的是，目前对仪式理论的研究仍处于开放的状态，它允许研究者以各种方式介入，这正是笔者最终确定以仪式作为一种批评方法，并对以茅盾文学奖获奖作品为中心的中国当代长篇小说进行分析、再阐释的初衷。

目　　录

绪　论

一、对于研究目的和研究意义的思考

仪式，已经成为一个耳熟能详的词汇，在人们的日常生活中被频繁使用。然而，究竟什么是“仪式”，以及什么是从“仪式”中延伸出的“仪式感”，关于“仪式”的概念仍有很大的开放性，值得研究者对其进行深入界定。从日常生活的运用到文学的表现，仪式更是被作家以各种叙事手法融入文本，甚至可以认为，作家的创作活动以及读者的阅读方式，也是一种仪式行为。换言之，仪式已经不仅仅是一种被表现的对象，还是一种不断进行中的现象，它不仅存在于人类学的学科视域中，还存在于文学的领域内。那么，什么是文学中的仪式？什么是小说中的仪式？它与一般的仪式概念的关系是什么？如果小说中的仪式叙事是一种独特的表现形式，那么它又是如何成为一种独立的话语体系？通过什么样的方式进行展现？这一系列的问题都是本书展开思考研究的基础。

从既有的研究成果来看，仪式是一个既得到了研究者充分重视，又仍存在很大研究空间的概念。说其得到了充分的重视，是由于随着人类学的发展以及人类学与其他学科的互动结合，仪式研究逐渐成为一门显学。在人类学的研究领域中，仪式成为人类学研究的重要内容，是一扇观察人类生活、文化的窗口。仪式研究不但在传统人类学学科发源地的英、法、美等国有厚重的积淀，在中国学术界也显示出一片欣欣向荣的景象，甚至不断地出现在社会学、美学、历史学、文学等人文社会等学科的研究当中。仪式学家维克多·特纳表示，从一定意义上来说，想要了解一个民族的历史和文明以及生活习惯，仪式可能是唯一有效的途径。马尔库斯与费彻尔认为，“仪式的描述和分析早已成为建构民族志文本的主要工具。从迪尔凯姆到特纳，仪式已被作为一种将社会的强制性标准转换为个人的愿望、创造社会化情绪、引起角色转换、提供治疗效应、制定社会行动的神话宪章、重新整合对立社群的工具来加以分析”①。之所以说仪式研究仍然存在很大的研究空间是因为，仪式作为一种行为模式，不仅出现在人类社会，甚至还存在于动物世界之中，表象相似的背后有可能暗含着同一个源头。另外，即使将仪式限定在人类社会行为当中，研究者对于仪式的多样化特质也有待挖掘，如人类对仪式天然需求的心理机制；民间仪式与国家仪式之间的界限；群体仪式分解后所呈现的状态；仪式与相关学科融汇后发生的改变等，都有待研究者的深入探讨。

现阶段，国内一些学者在西方学者已有的研究基础上，进一步做了大量的理论与实践工作。如彭兆荣从人类学的角度梳理仪式理论的发展脉络，其专著《人类学仪式的理论与实践》对既有的仪式研究作了详尽的介绍；叶舒宪等学者从田野调查的角度为解释仪式发生提供了另外一种思路；胡志毅从国家意识形态的角度，通过考察中华人民共和国成立前后的戏剧发展，厘清了仪式如何从民间行为转变为国家话语等，这些成果为进一步研究仪式提供了良好的范式。与现阶段民众对仪式的关注程度来看，仪式在人类生活中的重要地位毋庸置疑，甚至在20世纪的60年代末70年代初的西方国家，民众对仪式泛化所进行的大规模批判，其最后结果也仍是以一种仪式的方式实现对另一种仪式的否定。

从文学的角度来看，作家对于仪式在文本中表现的重要性的认识，要早于人类学家对仪式的理论阐释，无论是中国古典文学还是外国文

① 乔治·E. 马尔库斯，米开尔·M. J. 费彻尔：《作为文化批评的人类学》，王铭铭、蓝达居译，生活·读书·新知三联书店1998年版，第93页。

学，如《诗经》《荷马史诗》《尼伯龙人之歌》等史诗作品中都存在大量的仪式叙事。文学与人类学的跨学科融合，使得人类学的理论对文学批评、小说创作都产生了一定的影响，特别是中国当代长篇小说，与现代小说相比，当代作家明显加强了“描写”的比例，特别是对神话、亲属关系、仪式等叙事对象的涉及，皆可以看作是人类学对文学创作潜移默化影响的结果。从文学批评的角度来看，在近几年的重要学术期刊上，仪式与文学的跨学科研究成果明显增多，尤其是硕博士学位论文比重的增大，说明这种研究已经形成了一定的气候。然而研究成果数量的增多并不代表研究质量的提升，探讨小说文本中仪式对人物、情节的影响以及叙事中仪式表现的目的，成为现阶段研究的主要思路，这使理论在文本中的运用又一次陷入了“强行求同”①的困境。而在“仪式”能否形成一种独立的叙事系统方面，相关研究着实乏善可陈。要改变这种困境，首先要理解仪式的真正内涵以及从内涵中生发出的表象，尤其是仪式在文本中具有的叙事功能之外的意义。青年学者薛艺兵、张良丛分别受到格兰姆斯、格鲁克曼等人的影响，强调仪式化概念的延伸，从而为仪式与文学的融合提供了思路。其中，张良丛认为“仪式化是以仪式形式存在的传统向社会文化各个领域的延续或延伸”，它是仪式的内在核心与构造方式，包括“社会仪式化、思维仪式化、文化仪式化”②等。但是，当理论需要落实在具体的小说文本分析中时，却鲜有全面而系统的，能真正运用仪式理论对文本进行深层次分析的批评。当理论与文本脱节时，一定程度上会造成理论无用武之地，作品更失去了文化价值的发掘契机，这说明理论与文本融合具有重要的意义。从这种现象中可看出，一种理论不可能适用于每一类型的作品，而作品更不会为阐释某一种理

① 孙绍振在《西方文论的引进与我国文学经典的解读》中说道：“求同最幼稚的形态，就是从概念到概念的抽象硬搬，把复杂的文学现象看得简单了，以为一切问题可以迎刃而解。”发表于《文学评论》1999 年第 5 期，15~25 页。

② 张良丛：《从行为到意义——仪式的审美人类学阐释》，社会科学文献出版社 2015 年版，第 19~20 页。

论而诞生，因此，从不同的角度和方向阐发理论的多元性，在现阶段来说是必要的。

虽然文学与人类学都重视把人作为研究/描写的对象，但切入点和研究重点并不一致，相较于人类学而言，小说并不从实证角度研究人与人之间的关系，而是重视人物内心情感、思想的表达，并利用情节设置，构建出人物的关系网络和信仰体系。因此，在运用仪式理论进行长篇小说的叙事研究时，就会出现较大的隔膜。这就要求研究者首先要弄清人类学视域中的仪式与小说中的仪式的区别，然后才能跳出人类学仪式理论的束缚，从文本出发，在作品中发现仪式与叙事的关系，并结合已有的仪式理论与叙事学理论，提炼出符合现实主义题材小说的分析工具。

相较于现代小说以及“十七年”文学，新时期以来的长篇小说更加包罗万象，也更为成熟。作家们普遍采取的现实主义创作手法，不仅结合着当下瞬息万变的时代，而且因其架构宏大，场面表现丰富，在文本中承载了更丰厚的文化传统，无疑更具仪式研究的价值。蒋述卓认为，随着消费时代的到来，文学面临的机遇是以往任何一个时代都无法比拟的,① 事实上，新时期长篇小说的创作盛况也为研究者提供了推动小说批评发展的机会。1981 年，中国作家协会依照茅盾先生的遗嘱，为繁荣长篇小说的创作，设立了茅盾文学奖。依其遗嘱所托，这项奖励应该授予那些每年出现的最优秀的作品。关于“最优秀”这一说法，曾担任了四届评委会主任，且是茅盾生前好友的巴金曾有过明确的说法：“最优秀首先包括两种基础意义，一是文学的正面取值，作家是人类灵魂的工程师，他们写出美好的感情与形象，激发人们身上美好的东西，帮助人们并鼓舞人前进，从而有益于社会主义的精神文明建设；一是史诗性

① 蒋述卓：《消费时代文学的意义》，《文学评论》2005 年第 6 期，第 179～184 页。

的文学形式，长篇小说应该是容量很大、反映时代与认识生活的一面镜子。”①从巴金的评说中可以看出，茅盾文学奖的获奖作品并不能只符合读者的喜好，而且应该具备一种正面价值观的引导功能，同时还应在作品的艺术性等方面有突出的表现，在叙事表现方面能将历史真实与艺术虚构相结合。也就是说，这个代表着中国当代文学最高荣誉的奖项，即使在评奖的过程中偏于保守，但至少其作品表现出的思想价值与道德取向是值得肯定的。以《檀香刑》为例，它的落选正是因为其宣扬了过多的人性恶，而不符合“美好的感情与形象”的标准。

中国作家协会以高度重视的态度，从 1982 年第一次评选至今，在新时期以来大量反映现实、反映时代的优秀长篇小说之中，遴选出了 43 部获奖作品，这些作品基本上都符合“真”“善”“美”的评选标准。从奖项本身的影响力来看，几乎每一届茅盾文学奖的评选，都会引起社会的广泛关注，其知名度之广、所受重视之高、所引发的争议之大，证明茅盾文学奖已经成为现阶段中国当代长篇小说中最为重要的奖项。围绕茅盾文学奖，也产生了许多研究成果，如徐其超、毛克强、邓经武的《聚焦茅盾文学奖》、范国英的《茅盾文学奖的文学制度研究》、任东华的《茅盾文学奖研究》等，以及许多以茅盾文学奖为研究对象的学术论文以及硕博士学位论文。当然，由于评奖方式以及一些客观原因的限制，茅盾文学奖也的确遗漏了一些优秀的作品，但从整体来看，说获奖作品是“优中择优”的代表也并不为过。

整体上来看，茅盾文学奖更青睐于具有“史诗”气质的现实主义作品，因为这些获奖作品承继了现代长篇小说遗留的丰富文学经验，发出了时代的最强音，构成了当代长篇小说的发展脉络，并在一定程度上代表着当代长篇小说的创作水平。作家们对仪式叙事丰富性的呈现使其作品比非现实主义的作品更具分量，如《白鹿原》包罗万象地展示了宗法

① 巴金：《祝贺与希望——在茅盾文学奖首届授奖大会上的讲话》，《人民日报》1982 年 12 月 16 日。

仪式中的各个方面，《穆斯林的葬礼》描绘了回族人民日常生活中的丰富仪式，《天行者》从平凡人的不平凡信念中表现出仪式的力量。因此，以茅盾文学奖的获奖作品作为小说仪式叙事的研究对象，无论是在小说文本价值的呈现层面，还是人类学仪式理论价值的阐释层面，都具有重要的意义。

二、现阶段文学人类学对“仪式”的研究现状

从词源角度来看，“仪式”的前身是“实践”。据李泽厚的研究，当原始人在死去的同伴身旁撒上特定的矿物红粉时，这种原始活动就具有了意识形态内涵，而当这种行为逐渐成熟时，便可以标注为“原始社会的巫术礼仪”，意识成分便转化为原始的仪式。早期的西方学者也认为，礼仪和庆典是宗教实践的特定形式，人类对自然与宗教的崇拜行为便是一种仪式的实践行为。

现代意义上的“仪式”概念与西方人类学的兴起相关，随着人类学于20世纪初被介绍到中国，黄现璠、费孝通、吴文藻、裴文中等中国人类学先驱，奠定了中国人类学的学科基础。自此，仪式不仅成为人类学家关注和研究的对象，也逐渐与其他学科实现了融合，如林耀华先生的《金翼》便是国内第一部以长篇小说的手法写成的人类学研究案例，属于文学与人类学相结合的初次尝试。由于各种原因，人类学的发展在1949年后陷入了低谷，但高丙中认为：“因为民族志不发达，中国的社会科学在总体上不擅长以参与观察为依据的叙事表达。在一个较长的历史时期，中国社会在运作中所需要的对事实的叙述是由文学和艺术及其混合体的广场文艺来代劳的。”①换言之，“十七年”文学中的长篇小说与戏剧承担了联结文学与人类学的任务，但这种结合往往是无意识状态下的表现，而非有意识的融合，而且随着小说创作的低迷，文学研究也

① ［法］阿诺尔德·范热内普：《过渡礼仪》，张举文译，商务印书馆2010年版，第3页（总序）。

呈现出式微的状态。直到20世纪80年代，关于仪式与文学的关系等问题才重新进入研究者的视野。

如果以仪式为研究对象，从新时期文学研究的总体脉络来看，较为系统的研究大致可分为四个阶段：

第一个阶段属于萌芽期(20世纪80年代至2001年)。这一阶段可分为两个小阶段。首先是80年代至90年代初，研究者对于文学与仪式关系的思考存在较大局限，主要集中在外国文学中仪式叙事的翻译、宗教仪式与戏剧的关系以及仪式与诗歌的关系方面，如李无忌《神话与仪式型对莎士比亚悲剧的影响》、周炜《宗教仪式与藏剧艺术》、龙耀宏的《“云雨”与巫山神话考释》等论文。而对于小说中的仪式书写现象，研究者则鲜有关注。其次是90年代初到千禧年前后，这一时期学者对仪式与文学之间关系的研究明显比第一阶段要丰富和全面许多。尤其是方克强在《话剧：仪式与原型》中从中西两条线索出发，以发生学的角度系统地论证了戏剧起源与仪式的关系。在此之外，方克强也注意到了《红楼梦》与鲁迅《社戏》等小说对仪式的书写，可以说，丰富的理论与例证成为这一阶段研究的重要特色之一。同时，陈晓明的《最后的仪式——“先锋派”的历史及其评估》，正式开启了仪式与小说之间的关系研究，并以此为切入点考察当代小说思潮。然而，陈晓明所提到的仪式，除了余华等人笔下的“弑父”之外，并没有从人类学与小说文本融合的整体角度去讨论仪式叙事，仅针对先锋小说的创作与先锋作家群体，并围绕作家创作在80年代文坛中稍纵即逝的辉煌，共同构成的一种仪式现象进行评价，因此，陈晓明对“仪式”的理解与人类学的仪式有一定差异。以现当代小说为中心来探讨仪式的成果中，主要以张全之教授的《祭祀仪式：鲁迅小说的文化人类学阐释》为代表。这篇文章把鲁迅小说中的祭祀仪式作为切入点，深刻地说明了鲁迅所受传统文化的影响，以及仪式在文化遗留中的力量。还有叶舒宪的《文学与人类学相遇——后现代文化研究与〈马桥词典〉》，以韩少功的《马桥词典》为例，认为这是一部类似于人类学田野调查笔记的实验性小说。另外，王一川的《生死游戏仪式的复原——〈日光流年〉的索源体特征》，以《日光流年》中的婚嫁、生死仪式带给读者的阅读感受为基础，展开了对参与情节的仪式的深入解读。但从人类学的仪式研究角度来说，这篇论文并未从仪式的叙事意义与叙事功能方面对作品展开讨论。至于王绯《文学调侃：集体仿同与"反堂皇"仪式——关于九十年代——世纪末文学的报告》，则与王晓明对先锋文学的论述有着类似的特点，"反堂皇"仪式只是评论家针对一种文学现象所提出的总结性话语，而非对仪式理论与现象的专门讨论。这一阶段的研究为仪式研究的深化探索了道路，指示了方向，因此具有理论与实践的开拓意义。

第二阶段是发展期(2002 年至 2011 年)。以 2002 年作为分期的重要原因是这一年首次出现了以仪式为研究主题的学位论文。彭兆荣教授的博士论文《仪式谱系：文学人类学的一个视野——酒神及其祭祀仪式的发生学原理》标志着文学视阈下的仪式研究上升到了新的高度，对文学中的仪式考察已经不再局限于具体性的分类探讨，而是进一步形成了仪式的研究体系。彭兆荣将仪式研究引入文学，并展示出文学人类学研究的一个"公共空间"，仪式就此成了一个共同话题。就仪式的特质而言，它是表达性的，但并不仅限于表达性；它是形式化的，却不仅限于形式化；它的效用发生于仪式场合，又不限于仪式场合。彭兆荣的这些观点深化了人们对仪式在文学中功用的认知，并从原型的角度明确了文化倾向性主体的类型化演绎和表述，认为文学的原型(如酒神)所表现出来的特点即仪式的特点。彭兆荣对仪式在文学中表现与功能的系统化归纳做出了理论贡献，但当从发生学、历史主义的角度讨论仪式的表现时，他却忽视了仪式在文本中的能动性，以及仪式书写在戏剧与在神话(小说文本)中的区别，这不能不说是一个缺漏。受到彭兆荣教授博士论文的启发，这一阶段，探讨仪式与文学关系的学位论文以及期刊论文数量都有了明显增加，如易瑛的博士论文《巫风浸润下的诗意想象——巫文化与中国现当代小说》，以及王倩的《人类学带给神话学的变革——谈神圣仪式的发现如何改变文学式神话研究》、才贝的《人类学仪式视域下的藏族母语小说——以藏文小说〈肩胛骨之魂〉为例》、吴其南的《精神涅槃：红色儿童文学的成人仪式》等。这些研究成果大多以人类学视阈的仪式理论为基础，结合文本描绘的仪式过程，对仪式的概念、功能与发生重新作出阐释。

第三阶段属于繁荣期(2012 年至今)。从 2012 年开始，无论在数量还是质量上，关于仪式与文学关系的研究成果都有了明显的增长和提升，特别是对于文本中仪式书写的分析比以往的研究成果更丰富，出现了多篇分析现当代小说中仪式存在的学位论文。其中以傅钱余的《民间仪式与民族文学研究——历史考察、文本分析与反思》、张霞的《民俗与政治的互动——解放区文学新论》、杨秀明的《死亡仪式的文学操演与想象——基于三个文学个案的当代回族文化身份比较研究》，以及围绕特定作家、作品的仪式书写做出分析的论文为代表。学位论文之外，刘彦青、张新科的《仪式向文本的过渡——春秋赋诗的诗学传播价值》，从对西周到春秋的赋诗研究中考察仪式的文本意义，并指出诗的创作是从仪式转变到文本的过程。还有王立、刘卫英《民国武侠小说中的理性个体回归仪式》、薛龙《媒介事件与仪式修辞："陕军东征"再解读》等研究成果，也具有代表性。另外，一些知名学者如张法、王杰、胡志毅、叶舒宪、彭兆荣等，分别从美学、戏剧、民俗、西方文学等方面关注、思考仪式的表现，这对于小说中的仪式书写研究也有着积极的意义。在这个阶段中，有三个方面值得注意：一、对民族多样性的考察，除了开展民族仪式的田野调查之外，亦重视小说文本中所反映出的不同民族的仪式特点；二、关注民族作家的写作，如回族作家霍达、张承志、石舒清等的创作，以及对描写藏族文化与仪式的藏族作家阿来及汉族作家范稳的关注；三、对于仪式理论在文本中论证的深化，不局限于对过渡仪式等的解读，而是更重视仪式的原型，以及仪式通过某种特定意象传达出来的象征意义。此外，这一阶段的研究成果与前期相比，对仪式在文本中的功能表现与仪式化的修辞也有了更加全面的认识。

三、研究思路及创新点

本书对小说中仪式书写的研究，开辟了一块还鲜有研究者涉足的领域。从人类学的仪式理论来看，仪式属于一种富有目的性、特殊性、重复性、群体性的人类社会行为。而小说中的仪式书写，则指作家根据情节发展的需要，在叙事过程中以“再现”的叙述手法，对人类社会中存在的仪式及其行为过程的表现，这是一种特殊的书写方式。

小说中的仪式书写与人类学所研究的仪式既有相似之处，也存在一定的区别。小说着重表现作家通过虚构情节的设置而表达出的真实情感，仪式学则注重考察人类在发展过程中因情感原因而产生的社会行为；小说中的仪式书写可以将仪式人物与仪式场景进行拆分，甚至可以根据情节需要选择性地表现仪式的某些部分，而人类学中的仪式是一个整体，不能也不宜拆分。正如王铭铭指出的，“在长期的历史过程中，传统的信仰、仪式和象征不仅影响着占中国社会大多数的一般民众的思维方式、生产实践、社会关系和政治行为，还与帝国上层建筑和象征体系的构造形成微妙的冲突和互补关系”①，换言之，仪式理论的视角是宏观的，而小说文本的仪式书写则是从微观角度对仪式进行表现，两者之间相互契合，并对整体结构做出有效把控。《人类学视野下的小说仪式书写》提出，“所谓小说中的仪式，是指作家在构造社会关系、塑造人物形象时，根据叙事过程的需要，让笔下的人物以完成一定叙事功能为目的，而进行的推动情节、制造悬念、展现文化、透视社会等行为过程，并通过这种行为过程表达出关于作家创作的理念”②，在这一概念的基础上，本书做了一些修正。如在对小说的仪式书写做仪式素、仪式化与仪式感三个方面的划分之外，本书认为仪式素与仪式化是文本由表

---

① 王铭铭：《社会人类学与中国研究》，生活·读书·新知三联书店1997年版，第151页。

② 马硕：《人类学视野下的小说仪式书写》，《兰州大学学报》第2期，第69~75页。

及里的反映，它们的本质含义是行为与象征，仪式感则属于文本之外的感知形式层，它可以有效拉近文本与读者之间的距离。

在通常意义上，小说中的仪式描写，如婚嫁仪式、丧葬仪式、出生仪式、成人仪式、巫术仪式、庆典仪式、政治仪式、商业仪式等，实际上只属于小说仪式书写中相对具体而基础的组成部分。除此之外，只要是在小说中能表现出仪式内涵与意义的书写，即使不涉及社会仪式行为的象征性再现，也都可以看作是小说的仪式书写。依据这样的研究思路，小说仪式书写的研究大致可以分为两种：一种是对小说中所涉及的各种仪式内容进行分析。如借助婚礼、葬礼等仪式的分析，探讨人物心理的成长与转变。在上述仪式中，几乎每个主要人物都需要经历分离—阈限—聚合的阶段，完成原有身份的“死亡”和新身份的“重生”这一过程，从而展现出仪式在文本中的叙事功能。而在不涉及一般仪式的叙事中，文本暗含的秩序、文化凝聚以及历史记忆等要素，由于承载了仪式的深层含义，可揭示出人物形象的内在特点。胡志毅认为，从人物成长和转变的意义上来看，文本(戏剧)是一种“成长的仪式，也是一种过渡的仪式”，按照这一观点，小说也有理由被认为是一种成长和过渡的仪式。

另一种思路是将作品看作一个仪式的整体，通过文本内容的沉淀、渗透，将感知、想象、情感等因素融为一体，然后对文本思想、架构等方面进行总结性概括，在此基础上进行分析。首先是对仪式背景的交代。因为人物在作品中的身份是叙事的参与者，所以小说中的人物描写、环境刻画，不仅仅是叙事的需要，而且是一种仪式背景的铺垫，它是仪式的自然表现，目的在于对叙事人物、情节进行着重说明。其次，作品中每一处社会或自然场景的描写都是叙事客观表现的天然需求，人物的凝聚与冲突则是叙事过渡的需要，这些描写具有仪式化的表演与象征作用。因此，当文本具备仪式参与者、仪式环境和仪式行为等要素时，小说的仪式特征也就得以形成。

仪式与小说不是同一种意义上的存在，而是不同意义上的相互依托。小说承继了仪式内涵，具有独特性、目的性、表演性、象征性和重复性的特质，而仪式又通过小说提供的叙事环境开拓了一种可供想象与研究的途径。从这个意义上来说，小说在作家与读者的共同参与下，以文本为特殊的“仪式器物”，通过仪式化书写在叙事中制造悬念，构建冲突，解决事端，并通过创作与阅读的行为达到提升精神境界的目的，进而使小说也成为一种特殊的仪式。

总之，对小说仪式书写的研究可以拓宽仪式研究的思路，提炼出更为灵活、多变的文本阐释。将仪式作为一种文学批评方法，无疑能与结构主义、文本细读等批评方法相区别，并为作家的创作提供新的叙事模式。当作家能更加重视文本的仪式化书写及仪式感呈现时，将能够有效促进文本质量的提升。

第一章　仪式与仪式叙事

仪式与神话是远古先民从行为和语言中提炼出的两种不同表达方式。当具有特殊目的性的舞蹈、劳动等行为逐渐从日常行为中脱落，便发展成最早意义上的仪式；神话则经历了口头传播、文字记载等阶段，逐渐演化成与仪式截然不同的另一种言说模式，成为诗歌、戏剧、小说等文学形式的源头。仪式与神话同出一个母体，所以二者之间有着错综复杂的联系，并在各自发展的过程中表现出“互文”的关系。若将仪式看成一种在时间维度中展开的“过程”或“程序”，而把叙事的本质理解为对时间的保存时，它们之间便有了发生联系的可能。

为了呼应泰勒“仪式即早期宗教”的观点，荷兰学者提勒在1871年以拉丁文形式首先使用了“仪礼”(ritus)一词，认为这是一种针对宗教中实践行为的表述方式。虽然“仪式”一词的出现不过百余年，然而对于这种行为的记载却很早就发生了。如《诗经·小雅》中关于欢宴、祭祀仪式场面的描绘；《管子·封禅篇》中齐桓公主持的祭天仪式；《周礼》《仪礼》《礼记》中对仪式行为、礼仪规范的记载，以及《左传》中对仪式精神(礼)的注解等。从这些典籍的记录中可以发现，仪式作为一种宗教、社会行为，早已进入人类的观察和记录之中，特别是以《诗经》《荷马史诗》《尼伯龙人之歌》等为代表的早期文学创作，使仪式具备了叙事品格。经历了远古神话、诗歌、骈赋、散文、诗词、话本、古典小说，以及当代小说、现代戏剧的创作嬗变，仪式的表达和展现拥有了越发广阔的空间。可以这样认为，在一定时期内，当代小说和戏剧充当了民俗仪式的研究角色，并生动记录了民间仪式的原生态情境。程金城认为：“关注人类的精神现象及其深层结构和呈现方式，是文学之所以与人类学发生关联的基点。”①也就是说，仪式与小说具有天然的关联，从仪式的角度解读当代长篇小说，可以开启一种全新的思路，作家对仪式本质、内涵的揭示，能够让读者感受到文本的神圣、庄严等仪式特质，进而对作品内蕴的精神实质产生更加深刻的认知。

第一节　仪式理论

一、人类学视域下的仪式

作为人类学学科中的一个重要范畴，仪式研究经过了两百年的发展，而“仪式”一词也早已脱离了最初的概念，并被研究者赋予了新的内涵。

人类学的创始人之一爱德华·泰勒认为，仪式是对实践行为的一种表述方式，它指代的是较早时期的宗教。仪式即宗教的观点经过早期人类学、神话-仪式学派等近半个世纪的阐释与发展后，到了 20 世纪初，其内涵发生了实质性的变化。法国年刊学派的先驱者涂尔干将仪式从宗教的“神圣”领域拉到了“世俗”的现实社会当中，他将宗教的内涵划归到信仰和仪式这两个基本范畴之中，认为仪式是一些有着明确目的的行为方式，它与信仰的差别存在于思想与行为之中。然而局限于宗教学的传统仪式研究遭到了以格鲁克曼为代表的人类学家的批评，他认为涂尔干等人的观点使得仪式研究过于狭窄，这也有效推动了仪式的社会性研究，使其逐渐扩展到社会及文化领域，拓宽了仪式的研究范围。在人类学家与社会学家的努力下，仪式学的研究开始越发靠近人类的社会与文

① 程金城：《回到文学人类学的理论原点》，《中国社会科学报》2011 年 7 月 19 日 010 版。

化，其中以马林诺夫斯基、布朗等为代表的现代人类学家，致力于将人类学带向科学的道路，如马林诺夫斯基对田野调查的重视，布朗对族群文化发生、传播过程的研究等。然而，在这个阶段，仪式在人类学家的理解中还是一种静止且有局限性的行为样式，直到法国民俗学家阿诺德·范热内普意识到仪式有直接与间接、主动和被动的分别，揭示了仪式发生与转换的特性，仪式概念才从静态转向了动态。

继涂尔干之后的英国仪式学家维克多·特纳，进一步将仪式研究推向社会学领域，并在阿诺德·范热内普的基础上发展了仪式过渡理论，他将这种过渡性具体化为“分离—阈限—聚合”三个阶段，并指出“与其说仪式在社会中是一种事物，不如说是一种过程”。①在特纳之后，各学派对仪式的研究展现出一种愈加多元的趋势，研究的路径不断被拓展，研究的成果也越来越丰富。如以弗洛伊德和荣格为代表的心理学派，认为仪式是人类潜意识的群体行为表现；以埃德蒙·利奇、玛丽·道格拉斯与克利福德·格尔兹为代表的象征文化学派，赋予仪式以文化意义与社会意义，认为仪式是社会文化的象征；以皮埃尔·布尔迪厄与马歇尔·萨林斯为代表的表演学派，他们认为仪式是一种在社会制度层面上生成的社会再生产。随着文化研究的深入，雷德菲尔德更进一步提出了“大传统”与“小传统”的观点，其中“小传统”即是在文化层面对仪式特性的概括，它涵盖了仪式从纯粹的民俗研究过渡到文化研究的理论成果，为文学中的仪式研究作了理论导向。

拙文《人类学视域下的小说仪式书写》提出：“人类学的仪式反映出群体的社会关系，并通过重复性行为，将所表达的文化符号进行传承。然而，仪式表达出的符号编码需要多方面的解码，才有被充分解读和破译的可能。与之相似的是，文学在一定程度上也是对社会的反映，表达作者对社会发展和历史文化的思考，人类学中的仪式研究，有助于文学

① ［英］维克多·特纳：《仪式过程：结构与反结构》，黄剑波、柳博赟译，中国人民大学出版社2006年版，第206页。

研究者对文学作品中仪式书写的深入研究。文学对仪式的记录和再现，在一定意义上是人类学研究的有益补充。”①从社会表现与反映的角度来看，仪式发挥了重要的作用，并搭建起了一座连接人类学与文学的桥梁。在许多涉及人类生死存亡的重大问题上，仪式与文学共同承担起释放情感的功能。诺斯罗普·弗莱认为：“社会和文化的历史即是广义的人类学，它永远构成文学批评语境的一部分；而且越是清楚地区别于人类学研究仪式的方法与文学批评研究仪式的方法，那么两者之间便越能产生有益的相互影响。”②弗莱的观点为仪式研究提供了一种可行的思路，即明确人类学的仪式研究与文学中仪式研究的差异，并从这种差异中提炼出仪式在文学中表现的特殊性，继而开拓出“文学批评研究仪式”的路径。

二、小说仪式叙事

人类学的仪式研究与文学中的仪式研究归属于两种不同的学科范畴，但它们的研究对象是一致的，即存在于人类社会中的仪式行为。人类学的仪式研究是建立在社会学、民俗学、历史学乃至传播学的基础上，人类学家研究仪式发生的原因与目的、仪式行为的象征意义，以及对于民族与文化传播的影响；小说的仪式研究则建立在叙事学、语言学、伦理学以及心理学的基础之上，批评家对文本中的仪式叙事进行解读，剖析其在文本中的功能、作用，对人物、情节发展产生的影响。可以看出，人类学的仪式研究立足于仪式本身，以仪式为原点进行拓展式思考，进而了解仪式对人类社会和文化发展的意义；小说的仪式研究则立足于文本，以仪式叙事为切入点，深入到小说文本的叙事形态与所蕴含的精神特性。需要注意的是，在以往的小说仪式叙事研究中，研究者

① 马硕：《人类学视域下的小说仪式书写》，《兰州大学学报》2017年第2期，第69~75页。

② ［加］诺斯罗普·弗莱：《批评的解剖》，陈慧、袁宪军、吴伟仁译，百花文艺出版社2006年版，第157页。

的着眼点仅限于小说中的仪式表象描写，而对于仪式内涵、仪式精神在小说中的表现则鲜有涉及，这是令人遗憾的。

事实上，仪式绝不止于它所表现出的重复性、群体性等表面特征，它还具有如格莱姆斯所提出的仪式化、意大利学者佩尔尼奥拉提出的仪式思维等内涵。人类学视阈中的仪式化与仪式思维，为文学作品中的仪式化书写与仪式感的发现提供了理论依据，从而在更具深度的层面进入了仪式。因此，以人类学仪式研究的既有成果为基础，并有目的地结合叙事学、伦理学、心理学等理论视角，可以使对小说文本的解读呈现出完全不同于结构主义批评、女性主义批评、新历史主义批评的面貌，进而揭示出一种由表及里、由外到内的丰富的文本内涵。

广义看来，小说叙事搭建的是虚构化了的社会环境，但其搭建的“钢筋骨骼”却是真实的，构成其“骨骼”体系的正是与人类社会密不可分的仪式。在一个由人组成的社会中，仪式是生产、生活的重要部分，因此可以认为，在一部小说中，仪式是作家在无意识思考制约下的有意识表达，并被安排进入小说叙事进程之中。从一定意义来上说，一部作品就是一场仪式的展开，在这场“文本仪式”中，作家刻画出人物在一定社会环境中的成长与经历，可视作是“仪式”发生的背景；叙述语言则构成了“仪式”过程中的行为动作，不同的人物属于“仪式”形形色色的参与者；而故事的叙事顺序则类似于仪式的发生阶段。在小说的创作与接受过程中，作家与读者是另一个层次的仪式参与者，通过文本的编码与解码过程，读者能够把握仪式表现的人情风貌，以及由叙事语言搭建的“仪式化”过程，进而感受文本内在价值与精神内涵。从人类学与文学相结合的角度来说，仪式不仅是一种人类的社会行为，也内在地影响了作家的创作态度，以及读者对文本理解与感受的内心活动。从这个意义上来说，“仪式”可以摆脱“人类社会行为”的概念桎梏，成为一种文本分析和批评的方式方法，因此，从仪式的角度去阐释文本，不但有可行性，而且有重要的理论突破意义。

更精确地说，小说的仪式叙事由叙事情节的仪式素表现、叙事内容的仪式化书写、叙事主旨的仪式感呈现等三个层面构成，三个层面相互区分，但又相互关联，使仪式叙事呈现出层次丰富、意蕴多元的特征。小说中人物特殊的行为方式，是人物在一定仪式心理驱动下的动作表现，这使得小说变成了一个剧场，情节、结构、人物等戏剧元素，以及民俗、历史、文化背景等的映衬，使小说叙事天然地成为仪式表现的一种象征形式。总体来说，小说的叙事情节往往与仪式相关，最易分辨的仪式素书写表现出作家对仪式成分的直接借鉴，仪式化书写是以独特的叙事形式使文本呈现出类似于仪式的样貌，仪式感叙事则是从更深入的角度，发掘作家与读者围绕文本产生的共同情感内核。

第二节　仪式与文学的关系

在人类学家的田野调查中，他们无法通过阅读和交流掌握一个地域或一个民族的文化与历史现状，以及相应的社会关系与社会结构，因此，研究需要一种媒介的辅助，这种媒介便是仪式。通过对仪式展演的考察，大量仪式器具的展示与使用，不同层级人物的参与，能够体现出当地风俗习惯的仪式行为与仪式环节，它们如同人类社会的“化石”，为人类学家理解和分析文化、社会和人类关系提供了生动、丰富且完整的资料。也就是说，构成仪式行为的每一部分都可视为一种符号，承载着独特的意义。这与文学作品的语言符号的呈现与功能相类似，其价值不仅体现于人类学的研究领域，也发生于文学的创作之中，特别是文学领域的戏剧，其表演性、象征性特征及历史沿革的轨迹，都可以当作是仪式的另一种展现形式。而在仪式的描绘方面，诗歌与小说类似，亦成为诗人表现仪式特性及其内涵的重要中介。

一、仪式与戏剧

戏剧是一种运用舞台表演展开叙事的艺术形式，包括出场人物、故事情境、表演舞台、观众四个基本要素。作为一种重要的文学体裁，戏剧曾有过极为辉煌的历史，如中国古典戏剧《西厢记》《桃花扇》《牡丹亭》《长生殿》，以及英国莎士比亚的戏剧作品，都是人类文学艺术宝库中的奇葩。然而因为戏剧创作及表演的特殊性，使得这种古老的文学形式宛如一朵秋后的荼蘼花，呈现出了逐渐衰微的迹象。张清华认为，戏剧发展到当下，已经无法与其繁荣时期的表现相比较，从目前来看，新时期的现代主义戏剧实验是戏剧发展的最后一次机遇。

在小说、散文、诗歌等文学形式中，可以说戏剧与仪式的关联最为紧密。中国戏曲史研究的奠基者王国维在《宋元戏曲考》中指出，中国的戏剧起源于原始巫术，“知《诗》之神保为尸，则《楚辞》之灵保可知矣。至于浴兰沐芳，华衣若英，衣服之丽也，缓节安歌，竽瑟浩倡，歌舞之盛也；乘风载云之词，生别新知之语，荒淫之意也。是则灵之为职，或偃蹇以象神，或婆娑以乐神，盖后世戏剧之萌芽，已有存焉者矣”①。按王国维的理解，巫术仪式在漫长的历史发展过程中，其包含的治疗、占卜等内容逐渐被消解，但仪式表演中的乐曲及舞蹈成分等逐渐被强化，直到最终形成戏剧这样一种独特的文学形式。彭兆荣在经过考证后提出：“早期的戏剧学分析的倡导者使用‘仪式’一词时，依据的是公开确立的仪式活动的原有意义。他们主要将仪式视为沟通和维持群体传统活动的途径”。② 由此可以看出，许多研究者都试图发掘戏剧与仪式某种意义上的重合性，并将二者的本质属性按照一种共同的模式进行整合。

以上记述主要集中于仪式与戏剧在形式上的比较。进一步来看，首先，戏剧最为直观的呈现方式是舞台上的表演行为，而且这一行为往往具有夸张性，因此可称作是一种带有目的意义的符号。仪式行为也有类似的特征，它承担着特殊的目的与功用，因而在表现形态上也相对不受拘束。其次，戏剧的表演场所一般被局限于舞台之上，特定地点的选择使其演出具有一定的仪式意义。另外，道具、乐曲在戏剧的表演过程中

① 王国维：《王国维文学论著三种》，商务印书馆 2010 年版，第 48 页。

② 彭兆荣：《人类学仪式的理论与实践》，民族出版社 2007 年版，第 13 页。

也必不可少，这些辅助性工具类似于仪式中的器物，有着特定的指代功能。以京剧中的脸谱为例，它通过密切结合角色的性格特点，以程式化的图案实现形式与内涵的统一。脸谱的变形能够通过传神的表演表现出深刻的寓意，如三块瓦脸、十字门脸、六分脸、碎花脸、歪脸、元宝脸、象形脸等，均具有不同的意涵。还有脸谱勾画的不同颜色，也能使观众对人物的性格特点、道德品质等有进一步的了解。仪式的举行往往在固定场地中发生，但相对于戏剧表演，仪式的场地范围更广阔，禁忌也更多。在某些民间村落中，举行仪式的场地属于禁区，不允许发生仪式之外的行为，也不允许仪式主持者之外的人进入，以免亵渎神灵。在另外一些仪式中，仪式器物承担了标识与说明意义的作用，如在古代士族的婚礼中，雁、俪皮(鹿皮)都属于仪式器物，就如当代婚礼中的红伞、花生一样，它们都具有特定的指向功能。与戏剧中的表演道具有着类似的功效。

从戏剧与仪式产生外部关联的层面来说，戏剧是仪式从巫术活动中发展演化出来的一条重要分支，它在形式上较大程度地保留了仪式的诸多成分。正如戴维·霍金斯所言："非常明显，中国古代的巫师是多种艺术的大师，也是文化的保有者。不过随着世纪的推移，随着巫师的地位的不断下降，其他的专门家逐渐取代了他们的地位，于是'巫'一词的内涵也就日益变得单纯起来。"①换言之，仪式的源头与巫更具艺术性的一面相关。然而，戏剧与仪式终究是有差别的，尤其是内涵的内在呈现方面。谢克纳认为两者都是表演的行为，差别只在于归属的分类不同，"假如一种表演的目的在于功效，那么它就是仪式；假如表演的目的在于娱乐，则它就是戏剧"②。这种看法有一定的合理性，但也有不足之处。首先，他混淆了仪式与戏剧的目的，以至于当代一些学者坚持

① 转引自李泽厚：《由巫到礼 释礼归仁》，生活·读书·新知三联书店 2015 年版，第 46 页。

② 转引自彭兆荣：《人类学仪式的理论与实践》，民族出版社 2007 年版，第 164 页。

认为仪式与戏剧在本质上是相通的，只是适用面不同，甚至根据王国维“戏曲者，谓以歌舞演故事也”的定义，为一些仪式表演强制地附加“戏剧”的名号，如汪晓云认为“非职业化的乡野村民的表演与歌舞是一种宗教祭祀仪式性戏剧”，并明确提出“由于仪式的扮演性与表演性，更由于仪式与戏剧皆为‘以歌舞演故事’，仪式很容易被当作戏剧”，①这种看法显然是因为不了解仪式的真正含义而模糊了二者的界限。其次，表演的目的通常是多方面的，很难出现单向度的、非此即彼的极端情形。古罗马诗人贺拉斯早在《诗艺》中即已提出“寓教于乐”的观点，认为表演可能会同时承担功效与娱乐两种目的，那么当一种表演的目的既有功效又有娱乐时，谢克纳的结论就无法成立。换言之，仪式与戏剧可以视作源与流的关系，而非同一事物的两面，否则便有夸大戏剧适用面的嫌疑。

戏剧研究在当下呈现出跨学科发展的趋势，其研究重心已从剧场舞台走向了乡村舞台，研究方法更是发生了重大的变革，从对戏剧的语言、舞蹈、道具等的审美研究及对戏剧发生史的文献考据，逐渐转变通过人类学的田野调查方法考察民间戏剧的表演形式。戏剧研究的这种转向至少表现出两个值得注意的方面。第一是“内”让位于“外”。叙事是戏剧的重要特征，剧本是戏剧的重要依托，特别是在中国传统戏剧中，剧本的质量在很大程度上决定了戏剧的质量。因此，剧本唱词是否符合人物的身份，唱腔是否能传达人物的内心声音，舞台场景是否能塑造故事环境，都需要创作者的反复推敲。至于像表现万马奔腾等场景时，创作者是否能在动作、道具、摆设上营造出逼真的效果，其实并不属于关键环节，而是需要以象征的手法传达给观众。这种传统戏剧表现手法具有强烈的艺术性，它将情境与意境融合，通过“真”意“假”做的表演手法揭示戏剧的精神内容，进而达到更高一层的审美境界。至此，在经过

① 汪晓云：《从仪式到艺术：中西戏剧发生学》，广西师范大学出版社 2016 年版，前言。

延安戏剧、“文革”戏剧对传统戏剧的影响和改造之后，当下的戏剧无论是表现方法、表演对象，还是表达形式方面都呈现出极大的变化，也内在地表现出创作者对仪式与戏剧关系的新理解。胡志毅认为：“从延安戏剧到‘文革’戏剧，这个过程和发展，不仅是通过叙事来完成，也是通过仪式来完成的。这一时期戏剧的重演，是一种仪式的反复，它使得人们不断地回忆和体验，这种回忆和体验具有历史意义。”①

第二个方面是“近”让位于“远”。当戏剧的审美方式发生改变，其研究视角也相应地发生了变化，正如一百多年前的人类学研究从书斋走向田野一般，戏剧也从剧本、舞台的世界走向了民间。研究视角的变迁，使研究者从近距离的文本探析调整为远距离的文化勘测，对戏剧表演形式的思考也延伸到了对戏剧本质的诘问。一部优秀的戏剧往往能给观众传输巨大的情感能量，舞台上的欢乐会带动台下的喜悦，舞台上的悲戚也会引发台下的伤感，戏剧演员的情感投入甚至会使观众混淆了虚构与现实。如《白毛女》中的演员，因表演过于逼真，使台下的一些观众无法克制自己的愤怒，闹出了跳上戏台痛打演员的笑话。在革命戏剧的繁荣时期，优秀戏剧的下乡活动使这种传统艺术有了与大众接近的可能，这是戏剧表演艺术与民间大众审美相结合的第一步。但这时的戏剧与社会人类学视野中的仪式仍属于泾渭分明的两个领域，直到当下的戏剧研究者采用人类学田野调查等方式研究戏剧的表现形式时，仪式才开始与戏剧有了深入的交集。如格尔兹从文化象征的角度考察巴厘岛的历史与现状，认为当地居民的许多仪式活动便是以戏剧形式进行展演的，他因此提出，“仪式理论倾向强调剧场与宗教的亲和性，视戏剧如圣餐仪式，视寺庙如舞台；象征行动理论则走向剧场与修辞学的亲和性，视戏剧如说辞，讲台如舞台”②，并认为这种具有仪式特质的剧场表演，

---

① 胡志毅：《国家的仪式：中国革命戏剧的文化透视》，广西师范大学出版社 2008 年版，第 7 页。

② ［美］克利福德·格尔兹：《地方知识——阐释人类学文集》，杨德睿译，商务印书馆 2014 年版，第 34~35 页。

一定程度上深刻揭示了社会运行的某些特征。在历史上，戏剧在很长一段时间内都承担着社会“教化”的功能，它犹如一面镜子，通过表演反映社会的诸多关系与矛盾，呈现社会中的多元样貌。正因为此，戏剧在内涵与外延方面都愈加接近社会性仪式，二者的紧密关联便成了研究者关注的内容。

二、仪式与诗歌

诗歌与仪式的关系远不及戏剧与仪式之间那样紧密，但在人类古老仪式的传播、记录，乃至仪式话语的研究等方面，诗歌也起到了不可替代的作用，特别是在一个民族的文化初生阶段，诗歌无疑提供了最为古老且珍贵的文献资料。美国文化人类学家伊万·布莱迪认为，诗作为一种交织着真实历史过程与情感想象空间的文学形态，有着记录社会行为与地域文化的意义，“想象的空间领域刺激了一种位置转变的诗学，通过伸长、缩短和定义界限来实现。”①因此，在对仪式的展现方面，诗歌在时间和空间的维度发挥其特有的记录功能，为仪式的全面呈现提供了广阔的表现场域。以《诗经》为例，它结合了民间口头歌曲与宗庙乐歌的形式，对聚会(《诗经·鹿鸣》)、耕种(《诗经·七月》)、田猎(《诗经·兔罝》)、嫁娶(《诗经·氓》)、祭祀(《诗经·采蘩》)等仪式进行了不同程度的表现，形成了最原始、最直接的反映与记录，这些诗歌既是一种文学创作的自觉，也是文学与仪式结合的最初形式。应该说，当早期人类学家在“书斋摇椅”中回顾人类的历史和社会文化之时，诗歌便起到了重要的辅助作用，而到了社会学家在田野之中搜寻人类早期的仪式资料时，诗歌则又一次提供了珍贵而翔实的资料。

诗歌的最初表现形式是“歌”，它存在一个从歌到诗的过程。当诗歌以歌的形式呈现时，它大多与舞蹈、耕种、占卜等行为相伴，属于仪

① ［美］伊万·布莱迪：《人类学诗学》，徐鲁亚译，中国人民大学出版社2010年版，第80页。

式的语言部分。据李泽厚的考证，在人类社会早期，这些且歌且舞的行为是生产生活中极其重要的一个部分，即早期的仪式。“巫舞与整个氏族、部落生存、生活休戚相关，地位非常重要。且与其他种种祭祀活动合并(当时祭祀极为繁多，卜辞记载凡三、五日一祭)，还有治病求药等，从而发展出一套极其繁复的仪文礼节的形式规范，可称为‘巫术礼仪’”，又提出“巫术礼仪包括复杂的整套行为、姿态、容貌及语言”①，这些巫礼中的语言便是早期可以唱颂的歌曲。继孔子收集、编撰《诗经》之后，又有王逸在《楚辞章句》中云：“楚国南部之邑，沅、湘之间，其俗信鬼而好祠，其祠必作歌乐鼓舞以乐诸神。屈原见俗人祭祀之礼、歌舞之乐，其词鄙俚，因为作《九歌》之曲。”②王瑶在《中国诗歌发展史》中也认同这一观点，强调楚辞中的“九歌”即屈原在民间祭祀等仪式乐歌的基础上，结合自己的情感表达而改写的作品。换言之，仪式中的语言部分在经过修改、加工后，呈现出了诗歌的原始面貌，这一部分与仪式逐渐分离，最终成为一种独立的文学创作形式。

从早期仪式语言中分离出的歌，逐渐演化成为诗歌，并被古代文人赋予了情感寄托、审思明志等情感功能，但在对仪式行为的记录和表现方面，《诗经》之后的诗歌已不像前期那样集中。然而这并不意味着自魏晋以降的诗歌与仪式失去了关联，而是说诗人对仪式有了更具开拓性的表达，而不再局限于为巫而词、为祝而唱，因此具有了更强烈的民间意味。以表现交往仪式的诗歌为例，《诗经·鹿鸣》中对宴会的表现是“呦呦鹿鸣，食野之苹。我有嘉宾，鼓瑟吹笙。吹笙鼓簧，承筐是将”，刻画出上流社会交往仪式的景象，这种创作对后期描绘宴请仪式的诗歌也多有影响，如魏晋南北朝时期曹植的《箜篌引·野田黄雀行》就有“置酒高殿上，亲交从我游。中厨办丰膳，烹羊宰肥牛。秦筝何慷慨，齐瑟和且柔。阳阿奏奇舞，京洛出名讴。乐饮过三爵，缓带倾庶羞”的描

① 李泽厚：《由巫到礼 释礼归仁》，生活·读书·新知三联书店 2015 年版，第 11 页。

② 王国维：《王国维文学论著三种》，商务印书馆 2010 年版，第 47 页。

绘，仪式成为文人创作的重要内容，彰显仪式背后的人文情怀，成为诗人表现仪式的目的。到了李白笔下，诗歌中呈现的宴请、交往仪式更为朴实、直接，并加强了仪式中情感交流的成分，如“烹羊宰牛且为乐，会须一饮三百杯。岑夫子，丹丘生，将进酒，杯莫停，与君歌一曲，请君为我倾耳听”(《将进酒》)；又有“欢言得所憩，美酒聊共挥。长歌吟松风，曲尽河星稀”(《下终南山过斛斯山宿置酒》)。若是奢华的晚宴，在唐代诗歌中则另有一番光彩，如李贺在诗中叹道：“琉璃钟，琥珀浓，小槽酒滴真珠红。烹龙炮凤玉脂泣，罗帏绣幕围香风。吹龙笛，击鼍鼓；皓齿歌，细腰舞。况是青春日将暮，桃花乱落如红雨。”(《将进酒·琉璃钟》)在精美的器物与舞女的清歌软舞的相伴下，宴请仪式展现出一派缤纷灿烂的气象，这使诗歌既清晰地刻绘出上层社会的仪式环境，又透露出作者对人生、哲学的思考。

到宋代时，诗人们对仪式行为与仪式器物的刻画更为简洁，并融入了更多对人生及国家民族命运的思考。在诗逐渐与乐曲分离之后，词体文学继承了与乐曲相结合的传统，在形式上仍留有仪式表演的痕迹。从这个角度来看，宋词的仪式表现中情景交融的意味更加浓厚，南唐后主李煜的《玉楼春》可谓典型。“晚妆初了明肌雪，春殿嫔娥鱼贯列。凤箫吹断水云闲，重按霓裳歌遍彻”，词中的仪式场景通过人物的装扮、表演、环境等的描绘得到了充分的展示，一场盛大的宴会仪式的面目也跃然于字词间，营造出一种欢腾的气氛。另外，像南宋诗人姜白石的“元宵争看采莲船，宝马香车拾坠钿，风雨夜深人散尽，孤灯犹唤卖汤圆”，则通过对市民社会热闹景象的描写，再现了传统节日生动的仪式场景。

古典诗词毕竟不是单纯的咏叹调，诗人的创作在很大程度上受到社会环境、作者仕途、情感经历的影响，在这前提之下，与交往仪式相关的行为过程只能构成诗词歌赋的创作背景。在明清诗词中，仪式的情感表达与语言表现展现出更为复杂的面貌。如王世贞作《戚将军赠宝剑歌》中，将朋友间的交往、欢聚仪式与当时的社会政治环境相结合：

“曾向沧流剸怒鲸，酒阑分手赠书生。芙蓉涩尽鱼鳞老，总为人间事转平。”由美酒、佳肴等支撑起的欢宴仪式承载了诗人复杂的内心情感。又如纳兰容若在例行的离别筵席仪式中抒发自己的惆怅与寂寥：“催花未歇花奴鼓，酒醒已见残红舞。不忍覆余觞，临风泪数行。”(《菩萨蛮·催花未歇花奴鼓》)以及“梦回酒醒三通鼓，断肠啼鴂花飞处”等诗句中也存在类似的仪式与情感意境。可以看出，较之唐诗宋词，明清诗词中的仪式行为描绘及相关的仪式过程、场景、器物等的表现，有了淡化的趋势。在经历新诗运动、新诗改革之后，中国诗歌创作在表现形式与内容方面发生了天翻地覆的变化，作为古诗词重要表现对象的仪式在新诗中已经鲜见踪影。

在西方文学理论的影响下，中国新诗对语言意义的关注明显超过对文体、文风的关注，诗与仪式的关系显得更为疏远。然而，即使是西方早期的人类学者，他们也并未意识到人类学经验与诗歌之间其实可以发生能动的关系。据庄孔韶等学者考证，在主流人类学家的视域下，诗歌属于纯粹的文学范畴，是田野调查与传统人类学研究方法的旁白，但到了20世纪六七十年代，随着文化人类学的发展，与人类学相关的诗作研究已经开始正式登台亮相。“80年代初，《美国人类学家》杂志率先对戴蒙德和保罗·弗里德里克的诗作进行了专题评论；1982年12月，在美国人类学会年会上，戴蒙德主持了首届人类学诗朗读会……随着人类学诗学的兴起，与之相应的评论和研究也逐渐展开。在1986年美国人类学会年会上，普拉提斯主持了以‘人类学诗学’为主题的讨论。1991年，伊万·布莱迪编选的《人类学诗学》中收录了14位人类学家的诗论。”①由此可见，在人类学学科发展推动下，诗歌发展出全新的表现方式，并从对“我者”的聚焦转向对“他者”的关注，通过大量的意象表达描述出一个客体世界。与西方相比，人类学在中国仍处于发展的初

---

① 庄孔韶主编：《人类学通论》，中国人民大学出版社2016年版，第353~354页。

期，因此在与诗歌相结合的文化人类学领域中，本土诗歌还未出现代表性的作品，尽管如此，西方人类学诗学无疑为中国诗歌的发展方向提供了一个示例，进而推动当下中国诗人与诗歌创作的深入探究。

三、小说与仪式

小说以对人物的表现为中心，通过完整的叙事情节以及对典型的时代背景、发生环境的刻画，反映出一个地区、一群人物乃至一个时代的风貌，它同时包含对人类日常生活及行为的描写。从人类生活的普遍性与特殊性层面来看，仪式正是从日常中生长出来的独特存在。可以这样认为，一部小说便是一个独特的世界，无论是其故事架构、思想内涵，还是人物、地点、时间、环境等叙事细节，都有着特定的表达意义，就如希斯利·米勒所说："每一部作品都没有可比性，这令我们生畏。"①如此看来，每一部小说便是一场盛大的仪式。

仪式的特点影响了仪式呈现与表达的方式。首先，仪式的多样化体现出人物在心理支配下，表现出丰富多样的社会行为。金泽认为："仪式是诸多行为的方式，它们把集体的心凝聚在一起，其功能就是创造、保持、再创造群体中的某些精神状态。"②而一部小说也以完整的叙事展现了人物群体的心理和行为。其次，仪式有着明确的目的。特纳认为："每一种仪式都有一个存在于相互联系着的象征符号之间的特殊模式，该模式取决于这种仪式的表层目的。换句话来说，每一种仪式都有其目的论。"③同样，小说也不存在没有目的的叙事。再次，仪式有严格、规范的程序。拉帕波特指出："仪式构成了一种堪比封建主义、资本主义和东方专制主义的生产模式。由于仪式调控的社会并不会产生社会分层

① ［美］希利斯·米勒：《文学死了吗》，秦立彦译，广西师范大学出版社2007年版，第52页。

② 金泽：《宗教人类学》，宗教文化出版社2001年版，第86页。

③ ［英］维克多·特纳：《象征之林——恩登布人仪式散论》，赵玉燕、欧阳敏、徐洪峰译，商务印书馆2006年版，第31页。

或等级，仪式本身可能构成了一种非常古老或原初的生产模式。”①事实上，小说也在长期的发展演变过程中，形成了具有稳定性的叙事模式。仪式与小说有着天然的亲缘关系，具体来说，叙事的发生环境可视为仪式的表演环境，叙述的语言可看作仪式行为，叙事结构可看作仪式的发生过程或发生阶段，叙事中出现的各类人物即是仪式的参与者，文本的价值诉求则类似于仪式的举行目的。综上所述，从仪式的角度去阅读和分析文本，不仅是可行的，而且具有重要的理论意义。小说批评中的仪式亦可以借此摆脱“人类学视域下的群体社会行为”这种概念的桎梏，成为一种分析和批评小说文本的独特视角。

将小说视为仪式的类比，很大程度上拓宽了仪式的内涵，说明仪式不仅可以作为一种社会行为进行表现，也可以进入以社会为背景的小说文本之中，成为作家对社会理解的重要中介。由荷兰仪式学家扬·斯诺克总结出的 21 条仪式的特质在小说中同样适用，然而，也并不能因此就将人类学中的“仪式”和小说中的“仪式”完全等同起来。若要以仪式理论作为分析工具，并借此研究小说文本，还需要对小说中的仪式概念作进一步的界定。

那么，什么是小说中的仪式？一般可以从这样几个方面做出归纳。第一，对传统节日的描写。如一个民族的特殊节庆日或纪念日，与农耕生活息息相关的节气，有特定含义的季节，或有特殊意义的日子等。第二，对能够彰显传统文化内涵的特定语言描写。如约定俗成的问候语，在特定场合中使用的语言，一些经过长时间运用且能代表地区风貌的语言，以民间传说、历史故事等为文化背景的语言等。第三，对群体性活动的描写，如为某种目的而组织的多人参与的游戏、集会、示威、斗闹、会议、比赛等。第四，对包含政治、历史、民族、国家因素在内的具有崇高意义的行为描写，如访问、战争、庆典、阅兵、祭祀等。第

① ［美］罗伊·A. 拉帕波特：《献给祖先的猪》，赵玉燕译，商务印书馆 2016 年版，第 390 页。

五，对具有仪式意义的器物的描写，如旗帜、铜鼎、编钟等。第六，对具有仪式意义的地点的描写，如人民大会堂、烈士陵园、孔庙等。第七，对那些能够对个人产生重要意义的事件的描写，如洗礼、命名礼、成人礼、婚礼、葬礼等。第八，对巫术的描写，如民间的捉鬼、请神、招魂、诅咒、辟邪、蛊毒等。与以上八点相关的叙事都可以定义为小说中的仪式书写，上述仪式在叙事中所表现出的直观可见的特性，使它们可被称作仪式素，这属于小说仪式叙事的第一个层面。

在一部小说中，仪式素类似于文本这座大厦的砖瓦。虽然“砖瓦”是大厦建成的基础，但它更多属于叙事的细节，并不像钢筋结构一样，能够撑起文本的内在精神，因此，确定何为“钢筋”是小说仪式叙事研究的第二个层面。应该说，小说中的仪式化书写正是这样一种“钢筋”。仪式化是具有象征意义的，它从仪式素或与仪式素相关的叙事情节中提取表现的核心，既是对作家内心世界的外化表现，也是抽象理念的一种形象表达。仪式化书写建立在仪式素的呈现基础之上，超越了一般叙事的手法和意义，这一点与人类学仪式研究中的仪式化有着很大的差别。格莱姆斯指出，人类行为中的仪式化“是由种种手势构成的……仪式化是一种前意图的象征性行为，它与庆祝不同，后者是后意图的，是以中止工作、目标及故意行为为先决条件的。仪式化过程很难与礼仪或庆祝过程区别开来，但在有些行为中仪式化倾向显然明显增加，例如豪饮、暴食、色情举动、殴斗、吸烟、吵架、推搡、焚烧等行为以及儿童游行中产生的即兴行为。在这些行为中，其价值、意图以及意义必须从看起来是即兴的或带个人特征的，然而却是反复出现的现象推知”①。与格莱姆斯所说的“仪式化”不同，作家在小说中展现的仪式化书写非但不是即兴的，反而是经过深思熟虑的，它或多或少地含有作家对仪式的潜意识理解，同时成为历史文化观念在作家创作中的投射。

① ［美］罗纳德·L. 格莱姆斯：《公共仪式的命脉：菲斯塔节与公共探索规划》，［美］维克多·特纳主编《庆典》，方永德译，上海文艺出版社 1993 年版，第 367～368 页。

仪式几乎无处不在，因此完全没有仪式素或仪式化手法的小说是不存在的，然而，却不是每一部作品都能孕育出仪式感，因为具有仪式感的小说在一定程度上来说是优秀的、能够经得起考验的作品。仪式感是小说仪式叙事所表现出的第三个层面，也是最深入和最富有内涵的层面，如果说小说中的仪式素是作家表现的对象，仪式化构成了作家创作的过程，那么仪式感则延伸到了读者接受的层面。若将仪式素比作砖瓦，仪式化比作钢筋，那么仪式感则是这座大厦的设计蓝图。一部作品呈现出的到底是飞阁流丹、高台厚榭，还是凋敝破败、断井残垣，其秘密便在于仪式感的有无。从小说的表现内容来看，每一部作品都会或多或少地涉及人类交往、道德规范以及社会评价，这会使读者自然地形成一种潜在的评判标准，即作品在精神理念方面对读者的启迪是否合情合理，能否丰富读者的思想，提升读者的心灵境界，乃至唤醒读者对真、善、美的认识等。由此可以看出，小说中仪式感建构的立足点在于读者的感受，它既是“知”觉也是“受”觉，是读者通过仪式素与仪式化的感知而呈现出的一种阅读“观感”。

这种“观感”之所以被称为仪式感，是因为真挚、庄严、净化、严肃甚至迷狂和神秘等阅读感受，都属于仪式内在情感特质的一部分。因此，当读者在完成一部小说的阅读之后，产生类似于上述的感受时，便可称为一种仪式感。德国学者辛格霍夫将仪式感视为一种直觉，她认为：“这是非以理性认识为基础的直觉，它避开了逻辑，是一种直接的体验，是突然洞察复杂的事物和过程的灵感，超出了理性和逻辑的范畴。”①也就是说，读者从作品中获取的仪式感并不是完全一致的，而是与读者的教育背景、社会阅历有着紧密联系的，有可能同一部作品给一部分读者带来的仪式感是庄严的，而给另一部分读者带来的仪式感却是诙谐的。这正是优秀作品的魅力所在，它往往内蕴丰富的情感内容，并

① ［德］洛蕾利斯·辛格霍夫：《我们为什么需要仪式》，刘永强译，中国人民大学出版社2009年版，第21页。

充满了多种维度的解读可能。尽管不同的读者从同一部作品中获取的仪式感可能存在差异，但整体来说，它绝不会背离真善美的审美标准，差异仅仅是针对读者的情感偏向而言的。

莫菲在对育仑古人的研究中，曾思考过他们在仪式中进行绘画的目的，他得出的结论是，育仑古人需要创造出正确的图案，并使之蕴含来自祖先的力量。绘画与小说同属于艺术的创作，与绘画不同的是，作家书写仪式是为展现故事发生的风俗环境与仪式的画面感，而仪式书写则可以使作品更丰满，更有力量，更富有历史的深邃感。从读者的角度来看，小说需要仪式，在于仪式能使读者产生一种责任感和归属感。责任感的本质含义就是使人类从自利利他的行为中体会到自我存在的价值和意义，而归属感则意味着个体与所处群体之间的内部联系，是对这种群体的社会关系的维系和认同。仪式可以让人的生活不再潦草和苟且。从这个意义上来说，小说叙事中的仪式书写也可以使文本在一种严肃氛围的延展中发生教化意义，尤其是在那些人类创造的伟大作品中，仪式素、仪式化与仪式感等成分无一缺漏，其教化作用更加明显，这正是小说仪式叙事的意义所在，也是研究者需要重视仪式、深入仪式研究的目的所在。

第三节　小说仪式叙事方法

纵览古今中外的小说研究史，关于小说叙事的研究可谓汗牛充栋。据杨义考证，“叙事”一词源自“序事”，早在《周礼·春官宗伯·职丧》中对丧礼安排的记叙中就已出现，多指时间及空间的次序、头绪及顺序等概念。尽管这一词语的历史极其悠久，然而“叙事”起初并未被划为一种文学体类，而是作为“序”/“叙”与“事”组合的词语应用手段。公元六世纪前期，刘勰在《文心雕龙》中正式将“叙事”作为一种书写手段及文体加以运用：“建安哀辞，惟伟长差善，《行女》一篇，时有恻怛。及潘岳继作，实踵其美。观其虑善辞变，情洞悲苦，叙事如传。”（《哀辞》)虽经过刘勰的提炼、归纳，但“叙事”仍难以称为文体，直到七世纪末唐代的刘知几在《史通》中单独列《叙事》一篇，指出“夫国史之美者，以叙事为工；叙事之工者，以简要为主……叙事之体，其别有四……叙事之省，其流有而……自五经已降，三史而往，以文叙事，可得言焉”①。在此基础上，经北宋真德秀编撰《文章正宗》，为“叙事”专列六卷，并作出解释后，叙事这种文类概念才得到了广泛的认同。与中国叙事学相对应，西方叙事学称作“叙述学”(narratology)，其理论基础是索绪尔的结构主义语言学，之后在俄国形式主义与法国结构主义的影响下，诞生了西方经典叙事学。虽然西方叙事学理论从兴起到兴盛的时段并不很长，但影响力与覆盖面极大，中国当代叙事学即受其深远影响。热拉尔·热奈特在《叙述话语》中对叙事做出五种分类；兹韦坦·托多罗夫在《叙事作为话语》中以时间、语态、语式将叙事划分为三个部分；中国学者陈平原在《中国小说叙事模式的转变》中立足中西叙事学的比较视野，梳理出中国叙事在近代的转变始末；杨义在《中国叙事学》中以明清古典小说为基础，上承文化源头，下至现代小说，从结构、视角、时间等角度，对中国传统叙事模式进行总结。在此之外，徐岱、傅修延、申丹、龙迪勇、刘绍信等学者的相关研究，亦丰富了叙事学的理论内容。

随着小说的发展，以及读者对作品认知的深入，叙事学的理论研究也需要不断作出调整。20世纪90年代以来，后经典叙事学开始兴起，它最重要的一个特征即拓宽了叙事学的研究领域，特别是叙事内容、叙事表现以及叙事手法的跨学科、跨媒介研究。小说的仪式叙事研究正是一种将人类学仪式理论与文学理论相结合的研究方法。它提倡从叙事故事的整体出发，以仪式发生为立足点，关注人物之间的亲属关系、生产生活方式、行为模式，而且要揭示叙事对象背后的文化内涵，并理解其细致深刻的含义，换言之，小说仪式叙事研究是在传统叙事规则“浅

① 转引自杨义：《中国叙事学》，人民出版社2009年版，第12~13页。

描”基础之上的“深描”。因此，“意义”是仪式叙事所关注的要点，它在一定程度上取代了一般叙事理论涉及的情节、人物、对话等要素。

一、小说仪式叙事结构

如果将叙事理解为讲故事，那么这则故事必然需要一套完整的结构。正如亚里士多德在《诗学》中指出的，在安排事件、组织情节时，应该有一种可倚重的原则，这就是故事有机的完整性，也是叙事结构的基础。他以生物体作比喻：“所谓完整，指事之有头，有身，有尾。所谓有‘头’，指事之不必然上承他事，但自然引起他事发生；所谓‘尾’，则与此相反，指事情按照必然率或者常规自然的上承某事，但又无他事继其后；所谓‘身’，指事情要承前启后。因此结构完美的布局不能随便起讫，而必须按照此处所说的方式。”①虽然亚里士多德分析的对象是他所处时代的史诗与悲剧，但是，小说正是通过这两种人类文明初期的文学形式的滋养而逐渐发生的。进一步看，无论是诗歌、戏剧还是小说，也都可以理解为一种讲故事的方式，因此，从小说叙事的结构表现来看，亚里士多德的意见无疑十分中肯。

在叙事学理论中，对结构的探讨一向是基础工作。在结构主义诞生之前，西方学者对小说结构的研究主要限定于对短篇小说情节安排的探索。华莱士·马丁指出：“二十世纪之初，大部分批评家承认，亚里士多德及其追随者所提倡的微小情节结构无法被强加于那个叫做长篇小说的宽松肥大的怪物。”②直到人类学家列维-斯特劳斯与弗拉基米尔·普洛普在人类社会的关系研究中，归纳、确定了社会秩序的内部结构，并将之延伸到对文学作品的分析中，关于小说结构的讨论才有了质的飞跃。

---

① ［古希腊］亚里士多德：《诗学》，罗念生译，人民文学出版社 2000 年版，第 25 页。

② ［美］华莱士·马丁：《当代叙事学》，伍晓明译，北京大学出版社 1990 年版，第 90 页。

仪式叙事结构建立在对小说一般叙事结构的分析这一基础之上，它需要满足描写仪式过程主要环节的要求，并力图维持仪式结构的缜密。进一步说，仪式结构是“骨骼架构”，是对故事情节安排的“深描”，内容与形式则属于结构中的“肌理”，仪式叙事的结构决定了内容与形式的表现。但在小说的一般叙事中，叙事的内容与形式可以决定文本的结构安排。以张贤亮的小说创作为例，当作家的目的在于表现内心的反省与对精神内容的剖析时，小说的叙事结构是相对松散的。如《未知死亡》中，人物在“你”“我”中不断游离，回忆与当下的穿插犹如梦境与现实的交错，使文本很难形成严丝合缝的结构体系。然而在《我的菩提树》中，作者同样表现了一个经历了心灵摧残的知识分子，他将心灵救赎看作一种仪式，小说尽管是在意识流的轨迹中流动，但仪式叙事自身就形成了以“救赎”为目的的架构，文本中的一切描写都围绕仪式目的而产生。在仪式叙事结构中，“目的”是最关键的部分，无论是在仪式过程还是在仪式空间之中，内容都需要紧密围绕仪式目的而创造出来，因此，仪式叙事结构相对于一般叙事结构来看，具有更为紧凑、更有节奏感的特点。

仪式叙事结构并非一个空洞的架构，叙事情节的安排需要仪式参与人物、仪式发生过程、仪式行为等要素的有效参与。结构对于艺术创作来说是重要的基础，它于绘画是布局，于书法是笔画的布置与气势的流贯，于戏剧是局势，于小说则是体势。《抱朴子・勖学》论结构云：“文梓干云而不可名台榭者，未加班输之结构也。”即是说尽管梓木是上等的木材，但若没有将之填充入适当的结构中，那它们只能是一些原料而已。梓木本身不可能成为亭台楼榭，必须通过结构的支撑才可以。同理，在一篇小说中，故事情节等仅是叙事材料，没有合理的结构作为支撑，叙事材料只能是一盘散沙，无法构筑文本的大厦。在小说仪式叙事结构中，情节的加工与布局，人物的性格、思想、心理、情感的发展态势，都有独特的作用，故事情节的发展也要紧密围绕叙事目的展开，不能漫无边际、不知所云。杨义强调：“叙事作品不能忽视以结构之道，呼唤和贯穿结构之技的思维方式，是不能忽视哲理性结构和技巧性结构相互呼应的双重构成。否则，就会只知其然而不知其所以然，难以解读清楚其深层的文化密码。”①由此可见，结构是叙事材料得以发挥作用的基础，但它并非真的如建筑中的框架一般静止不动，而是具有能动性，它遵循一定的秩序，展现情节的变动，调和人物的关系，安排事件的发生，继而表现故事的深层含义。在仪式叙事结构研究中，还需要对仪式叙事的背景作出解释，使读者对叙事进程有基本的认知与心里预设，避免叙事走向或飘忽或乏味的两极。上述均是仪式叙事结构能够顺利运转的关键所在。

二、小说仪式叙事视角

在小说叙事视角研究方面，前人已有丰硕的理论成果。法国文学理论家兹韦坦·托多罗夫以聚焦的方式将叙事视角分为全知视角（叙述者知晓一切叙事细节）、内视角（叙述者即人物，人物应该知晓的内容叙述者也同样知晓）与外视角（叙述者不如人物知晓的内容多，只是一个一般的讲述者）三类。中国学者在这一基础上，作出了相似的叙事视角分类，如申丹在《叙述学和小说文体学》中将叙事视角划分为零视角、内视角、第一人称外视角与第三人称外视角四种，她通过对外视角的再次分割，使之更为清晰明了。杨义则是在全知、限知以及内、外视角的基础上，总结出视角的流动性、多元性、跳跃性与想象性等特征，丰富了叙事视角研究的理论体系。

视角依靠叙事的存在而存在，仪式叙事的视角问题，无论是作者在文本中展现内容，还是读者对作品实现理解，都涉及了视角的表现。不同的视角体现出作者观察的差异性，它同时影响了读者看待作品的视角。如在仪式叙事中，作家如何看待仪式？需要通过怎样的描绘和引导以展示仪式？在一般意义上，仪式叙事视角通常为全知视角或外视角，

① 杨义：《中国叙事学》，人民出版社2009年版，第52页。

否则便很难呈现仪式叙事的全面性与完整性。在叙事过程中，最显著的就是对仪式参与者与仪式器物的表现，如果通过一个具有内视角的人物进行观察，便会产生叙事者所知过多的嫌疑，影响到人物的隐私及独立性。如在徐贵祥的《历史的天空》中，有一段关于拜寿仪式的描写，梁大牙在特殊时期为其恩公朱恽轩祝寿，通过他的视角，读者发现往年朱老爷过生日时摆设的灯笼被省略了，这个细节正是在仪式叙事的引导下产生的对比效果。至于朱家遭受的打压与朱恽轩的内心感受，则已经超出了梁大牙的视野，因此不表现在文本之中。这件通过内视角呈现的小事，凸显出梁大牙的情绪转变，以及对朱家昔日辉煌与当下恓惶的对比。如果作者在这个仪式过程中采用全知视角，那么这种对比产生的张力就会更为强烈，要达到这样的效果，视角的范围也必然要扩大。由此可以看出，仪式视角侧重叙事的因果关联，而且这种视角叙事通常需要通过作者的引导而完成。

在仪式叙事中，全知视角的运用最为广泛，热奈特称这种视角为零聚焦视角，它有利于作者对仪式背景、环境做出全面的交代，使读者在最短的时间内对仪式过程产生认知。尽管全知视角有利于拉近读者与文本的距离，但也会因为叙事者的"全知"而使叙事缺少神秘感。因此，限知视角便是一种有益补充，特别是在小型仪式素与中型仪式素的表现中，这种视角作用的发挥更为明显。限知视角一般分为内视角与外视角两种，这两种视角的存在意义，在于通过叙述者与受述者①描述的叙事事实，使读者尽可能多地了解叙事细节，实现对文本内涵的理解。鲁迅先生对限知视角有过绝佳的运用，如在《孔乙己》中作者以店小二的视角观察孔乙己几次前来买酒喝的外貌、形态，使孔乙己的出现具有仪式般的象征意味；《祝福》中，"我"回到鲁镇看到记忆中的祥林嫂，已经如乞丐一般佝偻地活着，生与死、善与恶的对比书写加重了对"祝福"

① 受述者指叙事中提及的一切人物形象、态度、认识或背景等信号都需要表露。[美]杰拉德·普林斯：《叙事学：叙事的形式与功能》，徐强译，中国人民大学出版社2013年版，第21页。

仪式的讽刺效果；《一件小事》中，“我”目睹一个车夫帮扶一个跌倒的可怜妇女的过程，从而在我的内心中发生了一场净化仪式，等等。在当代小说中，限知视角的运用更是不胜枚举，仪式叙事中存在大量的限知视角。在《战争和人》中，当童家霆得知方丽清在屋内与巫婆举行“关梦”仪式时，文本对巫婆扮相与方丽清举止行为的描写即是采用限知视角，“家霆跨步向前，朝方丽清房里张望，只见巫婆约有五十多岁年纪……‘小翠红’在一边低头站着，背朝着门口，看不清她的表情”①。与此相似的例证还有很多。可以看出，限知视角呈现出一种借人物眼光去观察、评判的叙事姿态，这使叙述的空间得以拓展，是仪式叙事在细节描绘时经常采用的手法。

三、小说仪式叙事时间

“叙事时间”有别于一般意义上的时间。一般意义的时间是恒定的，它受自然规律的支配，不会因为人的需要而拉长或缩短，只会由人在主观意识层面产生或长或短的感受。《论语》中说道：“子在川上曰：‘逝者如斯夫！不舍昼夜。’”《荀子·天论》有云：“天行有常，不为尧存，不为桀亡。”受客观时间支配的人类是被动的，人无法左右时间的长短快慢，只能通过改变劳动效率实现对时间的有效利用。但是，人类主观能动性的发挥却使人类能够通过另外的形式对时间进行拉伸或压缩，从而成为影响了时间的呈现方式。其中最为突出的表现即作家通过文学叙事改造时间。

对时间的理解，体现出一个民族的文化思维特点。杨义指出：“时间意识的产生，意味着人们对天地万象生生不息、变动不居的认识和把握，开始脱离了混沌迷茫的状态，逐渐进行秩序性的整理；同时也开始了对于人自身的生老病死、长幼延续的生命过程的焦灼的体验。时间意识一头连着宇宙意识，另一头连着生命意识。时间由此成为一种具有排

① 王火：《战争和人》（二），人民文学出版社 1993 年版，第 211 页。

山倒海之势的，极为动人心弦的东西，成为叙事作品不可回避的，反而津津乐道的东西。叙事由此成为时间的艺术。”①杨义将时间作为叙事的组成部分，认为叙事实际上是对时间的陈列和表现，这种观念体现了中国传统的时空思维，是对中国叙事模式所体现的时间观的总结。

在中国传统叙事中，时间表现往往处于优先位置。《千字文》以“天地玄黄，宇宙洪荒”开篇；《道德经》第一章有“无名，天地之始；有名，万物之母”；《公羊传·春王正月》开篇“元年者何？君之始年也。春者何？岁之始也”，中国古人对时间的重视可见一斑，即使《大学》开宗明义的“修齐安平”，也内在地显示出时间秩序的制约。又如在诗词歌赋中，时间因素的表现同样处于叙事的首要位置，无论是王羲之《兰亭集序》的“永和九年，岁在癸丑”；范仲淹《岳阳楼记》的“庆历四年春”；欧阳修《丰乐亭记》的“修既治滁之明年，夏，始饮滁水而甘”；或是李白《短歌行》中的“白日何短短，百年苦易满。苍穹浩茫茫，万劫太极长”；白居易《潮》中的“早潮才落晚来潮，一月周流六十回。不独光阴朝复暮，杭州老去被潮催”，等等。中国的文化是重“礼”的文化，而“礼”文化是一种规范的、与仪式相关联的文化，因此，中国传统的时间观念原本就蕴含着中国人对于规范和仪式的理解，他们对于时间的理性认知与情感体验被自然地融进了作家的书写之中。

从仪式叙事的角度来看，时间因素的强调是叙事内容产生相对稳定性的重要手段。通过仪式叙事，不同的内容可以联结成为一个有序而全面的整体。因为仪式有严格的程序规范，所以与仪式叙事相关的时间也必须恪守这一规范。这不仅可以从人类社会生活之中的宗教仪式、耕种仪式中得出这种规律，而且在文本的仪式叙事中，也可以看到关于叙事时间的严密安排。如人物在成长过程中经历的阈限、过渡仪式，在季节描写时，涉及针对各种节气的仪式行为，以及在国家仪式、宗族仪式中井然有序的时间排列与行为步骤。庄孔韶认为，仪式中的时间特性可以

① 杨义：《中国叙事学》，人民出版社 2009 年版，第 125 页。

增强行为的神圣力量，为仪式的参与者提供神圣化的机会，换言之，叙事中的仪式时间能让人物的情感与行为在一定程度上增强力量，获得一定的强化效果。特别是对叙事时间拉长与压缩的处理，应该着重表现什么，忽略什么，都需要通过对时间的安排而达到叙事的目的。

仪式叙事时间与一般叙事时间存在一定的差别。在仪式叙事中，时序大多通过顺序、倒叙的方式完成，很少出现一般叙事中的插叙、预叙、补叙等手法。在一般意义上，小说通过顺序、倒叙、插叙、预叙、补叙等不同方式对叙事进行拆分和重构，能使叙事迂回前进，而相对单一的仪式叙事时序在一定程度上影响了叙事的灵动与丰富。但从另一个角度来看，仪式叙事时间因为更加规范整齐，使叙事时刻受到“节制”的约束，从而增强了叙事的真实感，加强了叙事的表现力度。

四、小说仪式叙事空间

在对空间的解释中，康德的观点有十分重要的地位。他认为空间是物质的外形式，与内形式的时间相对应，空间与时间的分离与组合构成一定的秩序，然后逐渐帮助人类完成从想象到知性的过渡。康德的观点为叙事学的空间研究提供了一定的理论基础，从近几年的研究成果来看，研究者对叙事空间的关注逐渐加强，尤其表现在叙事的空间维度、历史叙事的空间基础、叙事图像的空间特点的探究等方面。事实上，自从英国学者弗兰克于1945年首次提出“小说空间形式”以来，这一概念就集中于对故事空间与话语空间的理解层面上，并引发了持续争论，叙事空间的研究也随之经历了不断的修正和发展。叙事学家热拉尔·热奈特在《叙事话语》中以叙事层次代替了对叙事空间的表述，他认为：“叙事讲述的任何事件都处于一个故事层，下面紧接着产生该叙事的叙述行为所处的故事层。”①在热奈特看来，叙事空间的存在意义就是为故事的

① ［法］热拉尔·热奈特：《叙事话语》，王文融译，中国社会科学出版社1990年版，第158页。

发生和讲述提供一个适当的场所，这个场所必须包含必要的叙事要素，进而构成一个完整的空间层次。

仪式叙事空间与小说构建的故事发生空间相似，需要时间、地点、人物共同作用，被搭建的空间以描述、塑造等形式，展现出人的思想与行为存在，正如人在客观场景内的活动展示。仪式叙事空间与一般叙事空间相比较，多了一层神圣意味。具体来说，一般叙事地点与三维空间中的叙事宽度相当，叙事时间相当于叙事长度，对人物的表现则可以认为是叙事高度，这三种最基本的叙事元素决定了叙事中的空间概念。而仪式空间因其神圣性而使叙事产生了一定深度，人物因受到神圣空间的制约，其行为具有了厚重的历史文化内涵。如一个少女在春季的小河边看到逐渐复苏的自然万物时，产生了愉悦的心情，这种以地点为背景，以复苏的万物为映衬，以少女的心情为表现对象的描写，便是一般叙事空间的展现。但当叙事涉及仪式中的四季转化、象征与表演时，其空间叙事使需要借助仪式空间因素，仪式特有的秩序与结构特征由此得以凸显。

在小说仪式叙事中，空间的叙事作用极其重要，它不但包含仪式叙事的发生环境，关联着仪式叙事的物质描写，而且为仪式叙事提供了仪式过程顺利展开的场域。在荷兰叙事学家米克·巴尔看来，空间的概念夹在聚焦与叙事地点之间，是以作品的叙述视角为支点，用人物撬起地点与时间的狭缝，使之成为人物意识的一种表现方式。她特别指出："在故事中，空间是与'生活'在其中的人物联系在一起的，空间的首要方面就在于人物所产生的意识。空间感知特别包括三种感觉：视觉、听觉和触觉，所有这三者都可以导致故事对空间的描述。"①也就是说，叙事空间是一个由叙事话语搭建起来的主客观结合体，它可以随时发生变化，并通过变化表现人物与空间之间的关系，以及由之产生的叙事意

---

① ［荷］米克·巴尔：《叙述学：叙事理论导论》，谭君强译，北京师范大学出版社2015年版，第128页。

义。这样一来，空间的表现便呈现出流动的表象，进而与叙事视角等要素再一次产生联系。仪式叙事空间展现的是仪式行为与文化背景的联系，在一定意义上涉及的是仪式过程的共性。

仪式叙事与一般叙事的差异，说明叙事艺术不会局限在叙述的藩篱之内，叙事视角、时间、空间、人物、情节等要素皆可通过不同的剖析方式展现出别样的光彩。由此可见，仪式叙事研究的意义在于当剖析小说叙事这架机器时，通过对其零件配置与使用的重新审视，可以在细微处找到这架机器尚未被启用的功能。对仪式叙事结构、视角、时间与空间的细节探究，以及与从整体性视野观照仪式叙事的配合，能够充分发掘仪式叙事的艺术性与价值所在。

第二章　仪式叙事的内涵与外延

仪式叙事的立足点是小说对社会仪式的表现及内涵的解读，若没有真实的社会仪式做支撑，那么小说仪式叙事的内容便会空洞和干瘪，因此，仪式素是构成仪式叙事的关键部分。但仪式叙事若仅限于此，研究对象也就局限于对社会仪式的直接，仪式叙事的价值将受到极大的限制，因此在仪式素之外，更为重要的是仪式叙事的外延层面，即文本的仪式化书写及仪式感表达。仪式素、仪式化与仪式感的整体性解读与内涵阐发，能够使仪式的意义得到充分彰显，并赋予文本以相对客观的衡量标准。

第一节　小说中的仪式素

仪式素可看作是作家对仪式行为描写的基本单位。这个观点的提出主要受到美国社会学家贝格森的启发，他将社会仪式划分为微型、中型、大型三个层次，“所谓微型仪式(Micro-rites)，指的是一个人类群体的语言符码，也就是经过统一规范后的仪式化用语，比如见面时说‘你好’，得到他人帮助后说‘谢谢’等。中型层次的仪式(Meso-rites)，相当于集团内部的个人在日常生活中所必须遵守的行为规范，比如一日三餐的进食时间、旧式英国绅士所遵循的‘女士先行’的规则等。最后一个层次的大型仪式(Macro-rites)，便是需与日常生活区别开来的集体的庆典仪式"①。借鉴贝格森的仪式类型划分，小说中的仪式素也可以从叙事的角度划分出大型仪式素、中型仪式素及小型仪式素这样三种类型。之所以作出从大到小的层级划分，是为了契合贝格森的社会仪式分层理论，并有助于循序渐进地阐释小说中的仪式素概念，以及明晰仪式在叙事中的功能和意义。

在小说仪式叙事中，无论是研究者还是读者，首先关注到的就是仪式素叙事。这首先是因为有关婚礼、葬礼、巫术、民俗的仪式描写在小说中显而易见；其次，仪式素在文本中承担了多种叙事功能，并且对小说叙事的逻辑推演有重要的作用；最后，仪式素遍布在文本之中，对反映小说的文化背景、历史环境等有着不可忽视的意义。然而，并不是每一部小说都存在显而易见的、大量的仪式描写，那么，是不是意味着没有涉及婚礼、葬礼等的小说就不存在仪式素呢？答案当然是否定的。应该说，一般意义上的小说叙事中都存在不同程度的仪式素描写，只是在以反映民俗、乡土、传统文化为主的现实主义题材小说中比例更高，而在着重于人物心理刻画、语言实验等的现代主义小说创作中，比例会相对降低。所以，在对仪式素的基本概念具备基本认知的前提下，还应该明确文本叙事中的仪式素范围。

一、大型仪式素

大型仪式素在最大程度上包含了小说叙事的六要素，换句话说，一个大型仪式素本身就是一段完整的叙事。它不仅要交待小说叙事的时间、地点、人物、环境与情节，还需要明确仪式发生的时间、地点、人物、环境和情节，因此，要通过一场仪式对这些叙事要素进行充分地展现，势必需要一定的篇幅。从这个意义上来看，大型仪式素即指能在叙事中单独承担叙事任务，在文本中占有一定叙事比例，对仪式行为的发

① 转引自王霄冰、迪木拉提·奥迈尔主编：《文字、仪式与文化记忆》，民族出版社 2007 年版，第 31 页。

生具有明确、详细的交代，并最大限度地包含叙事各要素的仪式书写方式。

小说的叙事要素之中包含大型仪式素的叙事成分，但它们的描写方式与表现内容并不完全一致，前者相较于后者来说更加宽泛，后者对仪式情节与仪式行为的描写则更加详细、具体，也更具有针对性和表现力。除了上述叙事功能，在这之外，大型仪式素还承担了塑造细节真实与艺术想象的叙事任务。首先是叙事的真实。因为小说的虚构性是众所周知的事实，所以虚拟环境与现实生活之间的反差，容易使读者在阅读过程中产生虚无感，还使得虚构的内容很难使读者产生心灵的触动，为了解决虚构引发的虚无感问题，作家就必须借助一些叙事手段进行弥补，使小说具备一定的真实性。鲁迅认为，真实性是判断作品价值的必要因素，也就是说，一部有价值的作品至少在主观上应该让读者感受到真实。伍尔夫对小说的真实性也有着独到的见解："由于人类的感性是无限丰富的，个人对于相同的客观事实的观感截然不同，因此人物对于现实生活的主观感受就显得变化无常，而作家的任务，就是要把这种变化多端的内在的精神活动用文字表达出来。"①这些文学巨匠对小说真实性的关注其实暴露了一些作品存在的"假大空"问题，如果缺乏有效手段的弥补，作品很容易与读者产生隔阂。在多种弥补方法中，其中最主要的一种方式，便是对现实存在的各种仪式的反映和描绘，尤其是对大型仪式素的表现。莫言在《檀香刑》中描写的刑罚仪式，刘心武在《钟鼓楼》中展现的婚礼仪式都是典型的大型仪式素，甚至可以认为这两部作品就是为了一场仪式而展开的。在大型仪式素书写中，细致且精确的仪式地点与时间的表现，有助于提升作品的真实性。因此，陈列"具体"也是建构"现实"的方法之一，然而，具体的时间与地点皆需要借助仪式背景的确立，在文本中若要生硬地插入时间、地点等因素，不但不能

① ［英］弗吉尼亚·伍尔夫：《论小说与小说家》，瞿世镜译，上海译文出版社2009年版，第385页。

起到真实的效果，反而会弄巧成拙。

以大型仪式素来体现作品叙事的真实性，可达到事半功倍的效果。《钟鼓楼》中薛纪跃的婚礼仪式正是这样一种凸显出文本真实的大型仪式素，它几乎涉及了全部的叙事要素，并以仪式为根据展开了充分的描写。这场仪式的时间发生在 1982 年 12 月 12 日；仪式地点在北京一个“方正之中又颇富变化，在严谨寡淡之中又蕴含着丰富多彩”的四合院内；仪式的参与者是四合院内的每一户人家以及薛大娘邀请到的亲朋好友，这些人物身上所发生的故事，以及人物故事的交错中，构建出仪式的外围叙事；仪式的过程即文本叙事的过程，小说始终将仪式置于叙事的中心，纵横捭阖地展示出一幅二十世纪八十年代初人们的生活场景。这一大型仪式素还将薛纪跃的婚礼与中华人民共和国成立前、“文革”期间的婚礼做了仪式环节的对比，“解放前，不消说有着极其繁琐的仪式：女方一下轿就要立即拜堂……此后是入洞房、揭盖头、坐床、更衣，还要‘吃饺子’(这是一种仪式，司仪喂一个饺子，问‘生不生?’要答‘生’)……待所有的仪式过完，新郎新娘大多已经筋疲力尽，但真正的婚宴，到那时方才开始……解放后，北京市民的婚礼受到入城干部们的影响，轿子、盖头之类的讲究迅速消亡，但婚宴上的仪式也并不简单……‘文革’中不少人采取‘静悄悄’的方式结婚，除了父母，兄弟姐妹等最直系的亲属，旁系亲属和朋友一概都不惊动……举行婚礼的则包括对领袖像挥动‘小红书’，‘敬祝万寿无疆’、请‘革委会领导讲话’、背诵‘老三篇’等……‘文革’之后，北京市民的结婚方式趋于多样化，或旅行结婚，或集体婚礼，或参观包席……”①作家对婚礼在近几十年中流变的真实记述，使读者通过对仪式变迁的感受深化了对生活的认知，当叙事视角切换到薛纪跃的婚礼时，会自然产生一种带入感。由此可见，大型仪式素在帮助读者产生真实的阅读感受的同时，还可以通过对仪式的历史背景、社会环境的刻画而延伸出各种相关叙事，这部小说

① 刘心武：《钟鼓楼》，作家出版社 2009 年版，第 135~136 页。

正是作家根据仪式引发的人与事的关联叙事，颂扬了街坊邻里的质朴情感，描摹出一幅在北京一座普通四合院中发生的人情风景。

大型仪式素在表现“真实”之外，还可以在人的想象中存在，其实这仍然是一种“真实”，只是将真实向前推进了一步，是在一定程度上对现实环境的升华。想象并非作家虚假的臆造，而仍是在正常的逻辑范围内展开的。如《百年孤独》中的美人蕾梅黛丝裹着床单与一阵风一起到了“回忆之鸟也无法企及的高邈空间”，这种描写可以引起读者的共鸣，因为她的飞升是神话传说中仙女上天、嫦娥登月等原型的再现，《平凡的世界》中金富向村里人夸耀他在飞机上打开窗户看到母亲洗衣裳便属于胡言乱语。超现实的想象如何在现实主义小说中与人类现实生存融合在一起，在形成陌生化视觉效果的同时，又能符合情理，是值得每一位创作者思考的问题。

大型仪式素在一定程度上解决了超现实与现实在文本中结合的问题。如贾平凹在《妊娠 土门》中描写的“下马角”仪式，“马角者，是第二天护守纸火上天的神的力士。而马角为谁？所有的男人皆不可知，全在这五雷轰顶的锣鼓声中，在推搡撞冲的摇撼声中产生，于是，便会有一男人突然双目圆睁，几乎裂眦，手舞足蹈，癫狂不已，口吐‘吾马角来也！’这人便是这一年的马角……马角的产生完全不是人为的，因为他的一切举动全然跃过常规”①。这种超出了读者一般认知范围的仪式，明显带有一定的神话传说色彩，马角如同神灵附身一般的举止表现出作家对仪式的认知和想象，因此作家以“三月十八日”“过风楼锣鼓紧敲”“村人要抱着十架、数十架纸火在镇中游行，这是翌日祭石牛神的前奏”等具体的叙事细节实现想象与现实的联结。又如方棋在《最后的巫歌》中讲述神巫夏七发一家的跳神、作法，“她知道那十万阴兵阴将，是爷爷临终前传给父亲的，平时密封在一个陶罐里，除非有特殊需要，才会念咒掐诀，放出来行法。他们廉洁奉公尽职尽责，专门捉拿病人的

① 贾平凹：《妊娠 土门》，译林出版社 2012 年版，第 106 页。

魂魄归身，法事一完，立即又收回去密封”①。带有浓郁魔幻色彩的情节使叙事变得神秘，而这些脱离了现实的叙事总是发生在仪式环境之中，“威严的白帝天王面具”“司刀”“牛皮鼓”等仪式器物充实了读者的仪式想象。斯蒂夫·尼尔强调，“在小说的虚构中，‘现实’总是被建构的”，也就是说，大量仪式细节的描写与塑造，如对仪式地点、仪式时间、仪式器具等的表现，可以使具象化、程式化的仪式环节有所依托，使读者因此而生发兴趣。仪式的完整表现及相关意义的发生，在通常意义下必须借助大型仪式素进行表现，对叙事场面的刻画，对仪式发生背景的充分介绍，以及对仪式表演者、参与者的描述，围绕大型仪式素展开的叙事能够最终形成具有独立性的叙事片段，构成小说叙事的一部分。沃尔夫冈·伊瑟尔认为：“文学尽管是虚拟的，但在某种程度上向我们揭示了我们人类自身构成的某种东西。”②与人们现实生活中的想象不同，小说中虚构与想象的相互作用是具有典型意味的，它无须遵循客观事物的组织与运行规律，因此比日常生活中的虚构和想象更加天马行空，这也是大型仪式素能在小说叙事中充分发挥作用的根本所在。

二、中型仪式素

中型仪式素是仪式素叙事中最为常见的一种，它没有大型仪式素般宏大的场面，也缺少对仪式中一些关键参与者外貌及心理的刻画，缺少对仪式发生的历史背景与现实环境的介绍，以及对具体的仪式时间与发生地点的交代，它甚至无法承担起叙述一个独立故事的能力。尽管如此，它仍具有特定的仪式目的，以及固定的仪式结构。小说文本对中型仪式素的表现一般不会占用大量的篇幅，作者也不会将其置于叙事的中

① 方棋：《最后的巫歌》，作家出版社 2011 年版，第 246 页。

② ［德］沃尔夫冈·伊瑟尔：《虚构与想象——文学人类学疆界》，陈定家译，吉林人民出版社 2011 年版，第 3 页。

心位置给予充分的展示与描绘，而是着重表现其对叙事的辅助作用或帮助深入刻画、描述人物或文化背景的功能。中型仪式素在叙事中通常有三种作用：一是通过仪式反映人物的心理、情绪或性格，这是人物表现的方式之一；二是在情节发展过程中，以过渡仪式的形式反映人物的生活状态，这是一种叙事逻辑的需要；三是小说叙事文化背景介绍的需要，在以历史、民俗、乡土为背景而展开的叙事中，经常会触及禁忌等特殊内容，中型仪式素的插入可以帮助作者对相关背景进行有效说明。

小说中的中型仪式素叙事并不需要通过景物、人物外貌与性格的描写来构建叙事情节，而是通过仪式素中的人物状态、人物心理，以及仪式中人物的视角呈现叙事主题，这是一种较为普遍的表现方式，也最容易达到想要的叙事效果。如《战争和人》中，童霜威在南京机场迎接蒋委员长回京的仪式描写属于一个大型仪式素，紧接着，是对童霜威在回程路上看到了一场丧葬仪式，相较之前的迎接仪式，丧葬仪式明显是一个中型仪式素，作家仅用一段话就完成了对这一葬礼仪式的描绘。“童霜威从车窗里向外一望，街边是一支长长的出殡队伍。前边有十二个人抬着一口沉重的黑色棺材，跟着的几个吹鼓手正吹出扰人心弦的哀乐，后边就是披麻戴孝手执哭丧棒的孝子和家属。孝子的孝帽上还吊着摇晃的白棉球。接着是一伙送丧的亲友邻居。”①这段中型仪式素的叙事目的是借童霜威的眼睛表达出他对民国政府前景的悲观态度。由于故事发生的背景是国民党在日军凌辱下却不作为，主人公童霜威身居高位却处处受到排挤，家庭也并不幸福，因此这场丧葬仪式可以从多方面做出解读。它既是对时局的隐喻式表现，也是主要人物在特殊环境下的内心投射，这使读者从大、中两个仪式素中深刻地感受到当时国民政府内部的乌烟瘴气，与主人公郁郁不得志的悲凉心境。

又如金宇澄在《繁花》中描写李李的剃度仪式，作家用仪式串联起

① 王火：《战争和人》(一)，人民文学出版社1993年版，第77页。

现实与想象，构造了一个以“出世”来阐释“入世”的中型仪式素。小说中的李李感受过人生的巅峰，也经历过低谷，终于“淡极始知花更艳”，在朋友的见证下用一场削去“三千烦恼丝”的仪式完成由凡俗到神圣的转变。该中型仪式素对相关仪式程序的介绍没有花费太多笔墨，“方丈说，时辰到了。于是全体起立，鱼贯走出接待室，来到庵堂正殿，跨进门槛，宝光庄严，大家立定，尼众伫立两侧，大唱香赞，钟鼓齐鸣……李李拜谢四恩，向南四拜，向北四拜，一一如仪毕”①。仪式虽然简单，但它的重点在于表现见证李李剃度的阿宝等人，描写出他们从仪式中感受到的超脱世界繁华的虚无之感。仪式描述中不断出现的玫瑰，既是仪式的器物，也是李李厌倦凡俗的象征，“一篮蓝血红的玫瑰，开得正盛”，“佛菩萨莲台之前，朵朵血红的玫瑰”，“玫瑰”的描写既呼应了李李身上的玫瑰文身，又使它具备了实际功用之外的深意。伴随着仪式观察者思绪的不断游离，李李“出”世了，她的朋友阿宝们却仍然在红尘中浮浮沉沉，作者像是对不同人生的比较，又像是对人生模式的一种发问。这个中型仪式素相当于一种界限，它让每一个人在仪式体验中都成为一个个孤独的个体，就像金宇澄在谈论这部小说的创作时所提到的，“讲完张三，讲李四，以各自语气，行为，穿戴，划分各自环境，过各自生活”②。中型仪式素以其精简而富有深意的指涉意味，深化了叙事的层次与内涵，使仪式叙事在发挥情感表现作用的同时，也具有了出强烈的象征意味。

中型仪式素的重要性不仅体现在深化人物与背景方面，还体现在叙事情节的展开之中，但与其说是叙事情节需要中型仪式素，毋宁说是叙事逻辑演绎的需要。在一些作品中，仪式对实现叙事完整性的作用要大于人物塑造、情节补充等方面，特别是在一些历史小说与民俗小说中，仪式作用尤为明显。如熊召政在《张居正》中描写文武百官上朝的仪式，

① 金宇澄：《繁花》，上海文艺出版社 2013 年版，第 426 页。

② 金宇澄：《繁花》，上海文艺出版社 2013 年版，第 443 页。

"大内刻漏房报了寅牌，只见皇城午门内东南角的内阁衙门，两扇厚重的朱漆大门被司阍缓缓推开。内阁首辅高拱与次辅张居正从门里走出来。此时熹光初露冻雨才停，悠扬而又威严的钟鼓声在一重重红墙碧瓦间跌宕回响。参加朝见的文武百官在鸿胪寺官员的带领下已来到皇极殿外序班站好"①。这场仪式交代了仪式参与者的身份与仪式的发生环境，以及主要的仪式行为，因此可以看作一个中型仪式素，它仅仅介绍了故事的发生地点与主要人物的出场，至于人物性格、心理等都没有全面表现。然而，这样一场仪式却是十分必要的，因为它与叙事逻辑问题密切相关。在皇城午门内，大臣们的会聚与朝觐势必需要例行的仪式，若通过大型仪式素来介绍人物，显然没有必要，而且会使叙事臃肿不堪；若以小型仪式素来作为开场，又缺少了皇家应有的气势，所以借助一场中型仪式素来介入叙事，便能够产生一种精炼而不失庄重的效果。又如莫言在《蛙》中描写王小跑与王仁美的婚礼仪式，该仪式着力渲染了仪式发生时的恶劣天气，以及因天气而产生的障碍，对于婚礼的基本环节则只有简单的叙述。"上午十点多钟，王仁美在她的两个堂妹陪同下，冒着大雨来到我家"，"按说新娘子进院后，应该一言不发，穿过堂屋，进入洞房，骗腿上炕，号称'坐床'。但王仁美一进院就站在那儿，看着五官表演，硝烟把五官熏得满脸乌黑，像刚从锅灶里钻出来似的……她那两位充当伴娘的妹妹悄悄拉扯她的袖子，她却不理不睬。"②从仪式产生的效果来看，这场仪式缺少了应有的热闹和喜庆，但其叙事目的显然不在于仪式本身，而在于对生育主题的表现，没有一场正式的婚礼仪式作为铺垫，易使文本中因为计划生育而引发的冲突与前文出现断裂，因此这场仪式存在的主要目的是使叙事情节完整，保持叙事逻辑的顺畅。

小说在表现与祭祀、禁忌、礼仪、巫术等方面相关的历史传统或乡

① 熊召政：《张居正》，四川文艺出版社 2012 年版，第 1 页。

② 莫言：《蛙》，上海文艺出版社 2009 年版，第 82 页。

土风貌时，一般也需借助中型仪式素。因为在上述叙事类型中，通常要对人物的语言与行为做出解说，在丰富文本内容的同时，也能展示出不为大众所知的民间习俗等内容，仪式在此实现了对独特文化的阐释和说明。玛丽·道格拉斯认为："任何文化都是一系列相关的结构，它包括社会形态、价值观念、宇宙哲学和整体知识体系。通过它们，所有的经验都能得到调和。"①事实上，从历史的角度来看，禁忌与礼仪正是一种关于仪式的经验表达，因此仪式叙事才是对上述主题进行叙事展现的最佳途径。然而，仪式叙事的目的一般不在于刻画禁忌或礼仪，而是透过仪式表现传统文化内容，所以中型仪式素作为叙事的辅助，既增添了文本的生动性，也更新了读者对传统的既有认知。

雪漠在《大漠祭》中祭祀等中型仪式素，其精练的表述、丰富的内涵，鲜活而灵动地展现了当地的民俗风貌。小说描写的是一群在腾格里沙漠附近生活的人们，由于干旱缺水等恶劣的自然环境，以及贫穷所导致的愚昧无知，他们天然地信赖禁忌与巫术。如在打井时，对女人有禁忌要求，因为"女人们身子脏，尤其在身上来红的时节，会'冲'了保佑井平安的善神，比如土地爷等"②；用"三魂六魄上身来"等咒语为受到惊吓的人们举行的叫魂仪式；用类似巫术禳解噩梦的仪式，"早晨起来，在日影刚冒时，端碗清水走出屋外。左手中指，在地上划个十字，脚踩十字，左转三转，喷水三口；再右转三转，喷水三口，就可以逢凶化吉"③。这些禁忌仪式在文本中仅有参与者及仪式过程，但从小说的仪式表现可以看出，在一个巫术盛行的村落中，仪式的存在与呈现，有效地化解了人们面对精神与生命出现变故时的彷徨无助，这正是文本对意识内涵的突出。范稳在《水乳大地》中同样刻画了大量的中型仪式素，以对藏族人的禁忌文化进行表现。在他们的眼中，身边一切事物都具有

① ［英］玛丽·道格拉斯：《洁净与危险》，黄剑波、卢忱、柳博赟译，民族出版社2008年版，第159页。

② 雪漠：《大漠祭》，中央编译出版社2015年版，第18页。

③ 雪漠：《大漠祭》，中央编译出版社2015年版，第253页。

神秘的特性，人必须敬天、敬地、敬山、敬水、敬万物，才能在死后得到救赎，这种观念通过一位藏族向导的话语而传达出来："没有朝拜过卡瓦格博神山的喇嘛，他的法力就会减少一半；没有转过卡瓦格博神山的藏族人，死后他的尸体都没有人帮忙抬。因为他不干净。"①这种认知表现出当地人对自然的极端崇拜，以及原始宗教存在的广泛性，还有参与者的虔诚心理。在贡噶喇嘛与白人喇嘛斗法失败后，文本又出现了各种巫术仪式："他私下里把两个白人喇嘛的名字写在纸上，连同一些写有'断命'、'掏心'、'断精力'的咒语放在一起，放入自己的靴子中，这样他每走一步路，都把白人喇嘛踩在脚下，并实施一次充满刻毒的诅咒。"②这些既可看作是弗雷泽在《金枝》中提到的"交感巫术"，也可以看作是布留尔指出的"互渗律"的产物。作品中与禁忌相关的仪式素描写，必须有严格的分量安排，它既不能过于简单短小，使读者有不明晰的困惑，又不能大篇幅地铺陈，使读者产生"神叨"的厌烦心理，因此，在关于禁忌的叙事中，将其处理为中型仪式素最为妥当。

从小说对于巫术表现的叙事中可以看出，原始巫术的实施成为解决特定文化地域中冲突的主要手段，巫术行为在不同程度上满足了人们对生存与生活的需求。在一定程度上，巫术还帮助抒发人们深蕴的情感力量，正如布留尔指出的，"神话、葬礼仪式、土地崇拜仪式、感应巫术不像是为了合理解释的需要而产生的：它们是原始人对集体需要、对集体情感的回答，在他们那里，这些需要和情感比上述的合理解释的需要威严得多、强大得多、深刻得多"③。从这个意义上来看，中型仪式素的叙事表达对于表现风俗文化的特殊性及揭示人物情感需要，始终具有重要的作用。

---

① 范稳：《水乳大地》，人民文学出版社2004年版，第2页。

② 范稳：《水乳大地》，人民文学出版社2004年版，第49页。

③ ［法］列维-布留尔：《原始思维》，丁由译，商务印书馆1981年版，第19页。

三、小型仪式素

继贝格森将仪式界定为三个层次，并指出“你好”“谢谢”也属于仪式的一种之后，台湾学者王溢嘉在《文化与心灵》中也表达了类似的观点，他认为有些仪式有可能相当繁复，如中国传统的宗族祭祀，另一些仪式也有可能相当简单，如遇见熟人时举一举帽子这样的“友好仪式”。这种包含日常语言与行为的微型仪式在叙事中的反映，就是小说中的小型仪式素，也可称为隐形仪式素。这种仪式通常在人物交谈等日常行为中出现，或是通过作家对人物仪式行为、故事发生时间或背景的简单陈述及解释而得以展示。小型仪式素通常只涉及叙事要素中的一种，或者是人物，或者是时间，或者是情节，但无论是哪一种，其表现形式都非常简短、精练。与中型仪式素相比，小型仪式素省略的成分更多，与其说它是一段叙述，不如说是一句旁白，因此，小型仪式素极易被忽略，往往被当成是普通的叙事语言。

尽管小型仪式素具有隐蔽性，但它仍存在明显的行为痕迹，如对礼节性行为“作揖”“打千”“叩拜”等的描写；叙事中的“一切如仪”“敬事如仪”“行礼如仪”等惯用语；在节日、特定场合中有固定模式的话语，俗称“场面话”的语言。除此之外，还有在节日或特定日期出现的特殊行为。有些陈述即使简单，也可看作是一种小型仪式素，如端午时节人们赛龙舟、采艾蒿、食粽子、拴彩线等。由此可见，小型仪式素在文本中几乎无处不在，它虽然不能单独构成一个叙事故事，也不能独立地成为对人物表现、叙事情节塑造的辅助，但它背后往往都暗含着丰富历史文化与传统观念信息，因此同样需要研究者的重视。

并不是每一部小说都包含大型仪式素或中型仪式素，但绝大部分作品会涉及小型仪式素。这是因为小型仪式素与人类生活密切相关，是仪式以最简单、最直接的方式渗入人类日常生活中的证明，只要有涉及人物的叙事，那么这一叙事必然存在人类文明发展留下的印记，而这些印记通常都是仪式简化后的表现。那么，表现人类社会的小说就不大可能避开这些经过漫长演变，并成为人类行为重要组成部分的仪式。就像王安忆在小说中经常表现的谈判行为，无论这种谈判的参与人数有多少、场地是否正式，这种行为本身就是一种古老的交涉仪式的遗留。

小说中的小型仪式素表现可以从三个方面来分析。首先是人物在叙事中的礼仪行为，这是一种与仪式密切相关的行为。在缺乏仪式过程等仪式要素的前提下，礼仪不能单独称为仪式，但礼仪往往有一定的文化背景作为支撑，是仪式过程的重要构成部分，所以在一定程度上也能指代一些小规模、日常的仪式。在《推拿》中，毕飞宇写到小孔习惯在每晚睡前去王大夫的宿舍坐一坐、聊一聊，这种习惯很快成了一种规律，再结合一定的时间和状态条件——“洗完澡之后”时，小孔的日常行为就有了仪式的含义，并成为文本中的一个小型仪式素，它旨在说明盲人们之间发生的一种友好关系。李国文在《冬天里的春天》中写石湖的风俗时说道：“在石湖，若干年来相沿成习，所有的红白喜事，大小寿庆，逢年过节，请客送礼，少不了一条红荷包鲤。”①这个小型仪式素中仅出现了一种关键器物(红荷包鲤)，却能够表现出当地交往行为的传统，并且构成下文于二龙被迫在结冰的湖面下捞捕红荷包鲤，并差点付出生命代价的背景介绍。格非在《春尽江南》中写燕升在与家玉告别时，“忽然摸了一下她的头，像个真正的兄长，笑了一下”。这种礼节性仪式的背后，是人物之间那“剪不断，理还乱，是离愁，别是一般滋味上心头”的伤感情绪的外化呈现，又是在不断争吵之后一种象征性的致歉。总的来说，这个看似微小的礼节，蕴含了人物之间无法用语言去表达的情愫，这个小型仪式素也自然有了丰富的情感韵味。阿来在《尘埃落定》中描述一群土司身边的仆人跟随着土司的傻儿子去守卫粮食，但众人眼中的傻儿子却出乎意料地为土司带来了更多的财富，于是，“先是官家，后来是其他人，都在我身边跪下了”，这样一来，这种行为就不但代表了效忠的含义，还成为一种仪式行为。作家借土司傻儿子的视

① 李国文：《冬天里的春天》，贵州人民出版社 1996 年版，第 43 页。

角分析，“这不是简单的下跪，这是一个仪式。有这个仪式，跟没有这个仪式是大不一样的，一点都不一样”①。文本从一个小型仪式素入手，并对这种仪式的内涵进行了含蓄地解说，使其在叙事中产生了一种类似于中国艺术创作中的“留白”效果，为读者渲染出了可供想象的空间。高建群在《最后一个匈奴》中提到，“陕北人的一生，三次与唢呐结缘，一次是过满月，一次是结婚，一次是抬埋上山”②，作家用唢呐这一意象，将一个人一生中最重要的三次仪式串联，体现出仪式叙事特有的象征及凝聚功能，由此可以看出仪式器物对仪式的指代作用，以及仪式素在叙事中的总结及统领作用。

小型仪式素的第二个方面体现在人物在语言运用中对传统习俗实现的继承，而语言行为恰恰属于仪式行为的一个部分。马林诺夫斯基认为：“语言发音是一种动作，是人类协合动作方式中所不能少的部分。这是一种行为的方式，和使用一工具，挥舞一武器，举行一仪式，或订一契约完全一样。”③事实上，当人物以特定的语言配合某种仪式行为时，这些语言已经内在地成为仪式的一部分，具有独特的含义。范稳在《悲悯大地》中描写洛桑丹增喇嘛历尽千辛万苦寻找上师皈依求法，但遇见上师之后又屡遭拒绝，在他经受了不断的考验和磨练之后，上师终于说道：“别把一个密宗上师的修法看得那么神秘。法子，蓝天和大地，也是我们的修持对象，明白吗?”④这句话中的“法子”即是洛桑丹增喇嘛受到上师承认的标识，是一种契约成立的证明，而拜师皈依的仪式也就以这样一句话而宣告完成。如果说仪式的目的是获取一种资格，或具有某种身份，那么仪式的行为和程序仅仅是这种目的实现的辅助，语言才是仪式的关键。正如在西方的婚礼中，教堂、白婚纱、参加婚礼

① 阿来：《尘埃落定》，人民文学出版社2005年版，第189页。

② 高建群：《最后一个匈奴》，北京十月文艺出版社2010年版，第170页。

③ [英]马林诺夫斯基：《文化论》，费孝通译，中国民间文艺出版社1987年版，第6页。

④ 范稳：《悲悯大地》，人民文学出版社2006年版，第354页。

的人并不是仪式的主要部分，男女双方在牧师见证下回答的“我愿意”，才是婚礼仪式存在的本质意义。

在上述情况中，仪式环境中的特殊语言便类似于“咒语”，成了仪式的核心。刘白羽在《第二个太阳》中写小真真参加母亲的追悼会时，说：“这个孩子没有一滴眼泪，她的小脸白里泛青，瞪着两颗大眼睛，捏住两个小拳头，只说：‘我要报仇！我要报仇！’”①从一个天真无邪的孩子口中吐出的话语，映衬出这场仪式背后工人所处的严酷境遇，小真真愤怒的语言即是“复仇”仪式素的核心部分，甚至可以看做她下一步反叛行为的前奏，在这里，语言比行为在仪式中更富表演意味，并被赋予了强烈的情感表达功能。李準的《黄河东流去》，写大年初一人们在街上相遇时，相互拱手作揖，嘴里喊着“恭喜恭喜”“发财发财”等吉利话，便是春节时广为传播的特定语言，是一种传达美好祝愿的“咒语”，它促进了亲朋好友之间亲密友好关系的延续。

小型仪式素的第三个方面是仅在特殊节日才会出现的行为，如新年放鞭炮、元宵赏灯猜谜、春秋分祭日、中秋赏月、冬至食娇耳(饺子)等；又或者是依据叙事的需要，人物在某些行为中身份发生变化的一些行为，如身份变更(婚嫁)、成长过渡(满月、成人)等仪式。这些仪式通常不是叙事展开的目的，因此无需用中型仪式素予以表现，但因为这些仪式往往含有一定的背景信息，因此小型仪式素在这时就发挥了理想的作用。王旭烽在《不夜之侯》(《茶人三部曲》)中写杭嘉和与西冷的离婚，只用了一个小型仪式素，“他们各自对分手的时候的仪式都很慰藉。按照这个茶人家族的惯例，他们以茶代酒，饮尽而别”②。这个关于离婚的小型仪式素，作者在其发生前后安排了大量的笔墨去渲染，包括描写双方的心理动态、周围环境，甚至还有描绘窗外景物等“闲笔”，而在最关键的仪式中，作者却仅以平淡的语气一笔带过，其目的就是以

① 刘白羽：《第二个太阳》，人民文学出版社 1987 年版，第 135 页。

② 王旭烽：《不夜之侯》(《茶人三部曲》之二)，人民文学出版社 2004 年版，第 207 页。

最大的强度去克制地表现这一凄凉仪式中的人物情绪，避免因为过多的细节描写而冲淡人物的回忆与哀愁。葛水平在《甩鞭》中写麻五死后的葬礼，仅用了一句："新生拉了灵，王引兰穿了孝，由四个后生抬着麻五出丧。一路上歇了有十几歇，窑庄人说：'老财麻五扭着劲不想走'。"①葬礼本应该具备的出殡、安葬等各种仪式环节都被弱化，甚至消失了。作者如此安排的原因是为了将仪式主题从繁琐的环节中解脱出来，因为在文本所构造的环境中，任何隆重的仪式都会显得突兀，因此，被精简后的仪式在此时最适合于表现生前热闹与死后凄凉的巨大反差。王火在《战争和人》中描写被汪伪集团软禁的童霜威时，特意用一个极小的仪式素呈现出叙事中的冲突，"'冷面人'望着漫天的风雨，独自轻轻哼着苏滩，一会儿，用一种寂寞无聊的声调告诉他说：'童委员，明天就过年了！'"②本应是合家欢聚、热闹非凡的春节，结果却如此凄惨冷清，这种仪式层面的强烈对比既显现出政治压迫的恐怖，又契合了童霜威孤独的心境。在回族女作家马金莲的《马兰花开》中，小型仪式素属于一种对民族历史、生活习惯等的介绍，如写一家人为古尔邦节做准备时，就有"这古尔邦节，又称宰牲节，回民一般都要宰牲，庆贺这吉庆的节日"③的说明。这样的小型仪式素起到了叙事的概括作用，使每一家围绕古尔邦节而展开的日常生活都有了节日和仪式的氛围。

无论是大型仪式素、中型仪式素还是小型仪式素，它们在叙事中都具有特定且不可相互替代的作用。需要注意的是，它们除了在文本中单独出现，更多时候是以组合的方式呈现在叙事之中，即一个大型仪式素中包含几个中型仪式素与若干个小型仪式素，一个中型仪式素又由多个小型仪式素构成。在这种仪式组合中，小型仪式素一般不再承担独立的叙事作用，而是服务于中型仪式素与大型仪式素，配合后者在文本中发

① 葛水平：《甩鞭》，陈思和主编：《新世纪小说大系 2001—2010 · 乡土卷》，上海文艺出版社 2014 年版，第 166 页。

② 王火：《战争和人》(二)，人民文学出版社 1993 年版，第 178 页。

③ 马金莲：《马兰花开》，宁夏人民教育出版社 2014 年版，第 165 页。

挥相应的叙事功能。《战争和人》中多次出现的宴会场景便是由多个中型仪式素与小型仪式素组成的大型仪式素，如童霜威旅居香港时接受日伪富商季尚铭的邀请，参加品尝猴脑的筵席即是其中之一。对该仪式素的描绘占据了较大篇幅，文本以一个烫金的正规邀请谏的送达作为小型仪式素，来说明这场仪式的时间与地点，“恭请台驾洁樽候教”“谨拜”“顿首”既表现出季尚铭遵守礼节的做派，也说明对于这次与童霜威会面的重视。在正式的宴会仪式开始之前，作者又运用若干个小型仪式素来强化主客双方之间的微妙关系，特别是季尚铭对童霜威的“彬彬有礼”“执礼更恭”，反映出其该人物的虚伪做派。到了猴脑宴的准备阶段时，同被邀请参加宴会的富商、记者、政界人员等主要仪式人物，与季家祖传银台面、将被开颅剖杀的两只猴子等仪式器物，共同构成了一个中型仪式素，对该中型仪式素的描绘越是生动、细致，仪式的残酷意味就越发浓厚，这为整个仪式表演营造出极具道德与非道德之间张力的氛围，为仪式表演的高潮部分做了铺垫。

在小型仪式素与中型仪式素的烘托之下，仪式的关键部分逐渐浮现，以童霜威为主，陪同者为次的仪式参与者们，在特定的仪式环境中，开始了享用猴脑宴的过程。伪装为富商的日本军官对童霜威劝说道，当占据内心的是自己的延年益寿而非猴子的死活时，食用猴脑便会心安理得，不忍与怜悯也会烟消云散，但童霜威的恻隐之心终被猴子的呻吟声拨动，又因为其他参与者对抗战的冷漠态度，使童霜威不但不能与他们在宴会上谈笑风生，反而以呕吐的结局草草离场，这场笼罩着无耻和暴虐的筵席终告结束。这场宴会虽然最终不欢而散，但从叙事的角度来看，却是一段丰满的大型仪式素叙事，透过作家的细致描写可以看出，当欢愉建立在残害之上，当暴戾的行为伴随着喝彩，当人的享乐要以猴子的生命为代价时，与其说这场宴会是一场发生在上流社会的饕餮闹剧，毋宁说这是一场示众的屠杀仪式。在整个仪式过程中，童霜威不断波动的心理活动，间接透露出作家对这场仪式的浓重批判意味。此外，该大型仪式素又在不同程度上表现出仪式叙事的情感功能、批判的伦理功能与表现象征功能，说明该大型仪式素不但承担着独立的叙事任务，还具有表现童霜威的民族立场，以及揭露日伪们狡猾面孔的多种功能。

仪式不但与人物、地点、时间、环境等有联系，而且与文化、宗教、社会等因素也息息相关，它将叙事中那些难以言说的部分通过仪式形式呈现出来，使不可见之物变得可见，因此仪式是一道桥梁，它用自身的一套程序将文本与文本背后的一系列事物连接起来，继而形成一个整体。如果说仪式是一道桥梁，那么构成仪式的要素则是这座桥梁的石料与基石。没有石料的加工与基石的支撑，桥梁就不会坚固，更不会在文本中发挥重要的连接作用。因此小说仪式叙事研究就是以仪式素为出发点，探讨仪式素的不同类别——小型仪式素、中型仪式素、大型仪式素——对于仪式叙事的重要建构作用，并在上述基础上深入探讨仪式化叙事对于仪式素基础的巩固与加强作用，并最终上升到仪式感提炼的高度。仪式研究不同层次的发现，有利于创建以“仪式”概念为核心的批评方式，对于推动文学批评范式的转换将会有较大的开拓意义。

第二节　小说中的仪式化书写

在人类学研究早期，格鲁克曼等仪式学家就提出了“仪式化”的概念，他认为仪式化即是非仪式行为、心理等受到仪式的影响，从而具有仪式的性质和意义。赫胥黎认为仪式化是人类在自然和社会环境中做出的有意识选择，进而形成的一套能够疏通人类情感、促进交流行为发生的适应性网络。格莱姆斯则认为仪式化是一种来源于本能的、无关紧要的偶然性行为，它凭借种种手势、行为表现出人类的无意识状态。格莱姆斯强调说，“仪式化的行为是天生注定的”。从既有的研究可以看出，仪式学家大都认为仪式化并非仪式，它或是指仪式对其他行为所造成的影响，或代表了仪式最初阶段的样式。毫无疑问，仪式化与仪式有着紧密的关系。

随着仪式研究在社会学、文学、心理学、民俗学等领域的广泛展开，仪式化的概念也不断丰富，可以这样认为，对仪式化的探讨是仪式研究的更高阶段，需要研究者更为深入地理解、实践与运用。从文学的角度来看，小说叙事中的仪式化书写与人类学研究中的仪式化有着较大的差别，仪式化书写并非对仪式素的泛化描写，而是自仪式素中衍生，在叙事中有目的、有意识地凸显仪式的相关特征，且对叙事主题进行提炼的一种表现手法。

一、仪式化的定义

仪式化书写是以“化”(使某种事物以某种样式或形式呈现)的方式，使表现对象在叙事过程中展现出仪式特征和内涵的创作现象。仪式化书写有着清晰的叙述层级，通常以自上而下、从内到外、由表及里的叙事手法，表现仪式的“循环”“象征”“转化”等主题，以及通过对时间远近、地点变换等细节的描写，表现仪式蕴含的“历史记忆”“边界划分”等特征。这种书写方式既清晰地刻画了表现对象的变化，极大丰富了对象内容，又发挥了一定的叙事象征功能。从这个意义上来看，与上述表述相近的描写都可以理解为仪式化书写。

一般认为，当“化”用在名词或形容词之后，即是对事物状态转化后的说明，《说文解字》即认为“化”为会意字，一正一反二人以示变化之意。当仪式与“化”发生联系时，则指仪式这种人类特殊社会行为的转化式表现，它已经不再是一种行为，而是一种非仪式行为的状态，而这种状态与仪式又有着千丝万缕的关系，因此，从仪式化中可以看出仪式的本质意义。举例来说，当一个女子在没有任何仪式目的的情况下，庄重地“当窗理云鬓，对镜贴花黄”时，其态度的庄重与严肃，在装饰过程中的克制和约束，都具有了仪式的内涵，因为这种行为就有了仪式化的意味。又如医生对病人治疗这一行为本身并不属于仪式，然而医生对“医者仁心”这一理念的秉持，以及以祛除病人病痛为目的的治疗都充满了仪式意味，因此医生的行为天然地就是一种仪式化的表现。

在分析一种行为状态是否可归属于仪式化范畴时，首先需要明确这种状态是否具有仪式的内在意义，不具有相关意义的行为只能称为普通的日常行为，而非仪式化的表现。而根据德里达关于“如果没有……会怎样”(What if?)的问题，又可以看出仪式化与非仪式化之间的差异，布莱斯勒认为：“一个文本的意义不可能仅仅通过考察该文本就能确定下来；相反，文本意义的演变源自从一个文本自身的相互关联性到多个文本的相互关联性上。”①布莱斯勒所说的“文本”可以指代影响社会行为发生的历史环境或时代背景，该论点表明，在观照人类的社会行为与个人行为时，不能仅从行为本身的表现去阐释其意义，而是要了解行为的关联性，这就需要通过某一行为转变后的形态与内涵去解读前者的意义，这说明“化”发生前后的意义存在差别，而把握差别是理解行为的关键所在。从本质层面来看，仪式与仪式化的差异在于其表现出的“边界”的不同，如果说仪式是一种对闭合行为的展示，那么仪式化则表现出一种开放的状态。事实上，在一些批评者眼中，仪式存在泛化的现象，他们认为如果所有的行为都是仪式，还有什么不是仪式呢？这种随意地为某种行为打上仪式标签的言论，正是没有弄清仪式与仪式化差异的结果。这是因为仪式在各种前提和条件的约束下，并不具有被泛化的潜质，它只是一种封闭的行为，如果没有一定的目的、重复的行为、特定的参与者与具有象征意味的仪式器物和仪式场地，一般的群体行为并不能称为真正的仪式，更遑论个人的某一种行为。所以说，真正打破了仪式阈限的是将其转变后的仪式化状态，这种状态不再困囿于仪式概念与仪式行为的桎梏，而是凭借对仪式本质的理解与运用，实现了仪式特质与人类行为的融合。

正如仪式有其特定的标识一样，仪式化也形成了独有的特征。首先，它是富有意义的动态行为。被仪式化的动作具有一定的持续性，并

① ［美］查尔斯·E·布莱斯勒：《文学批评：理论与实践导论》，赵勇、李莎、常培杰等译，中国人民大学出版社 2015 年版，第 141 页。

在持续状态中显示行为存在的意义，这些行为可以视作一种表征符号，通过符号传达出如紧张、胆怯等具体内涵，当这些行为不被视为符号时，则不能生发出相对应的内涵意义。以站岗为例，士兵身着军服、行走和站立等例行工作无法构成仪式，但当上述动作被看成仪式化的符号时，如士兵穿着军服进行规范化的行走和站立，那么，这一持续的行为过程就有了实质性的意义改变，因为一种具有庄重和严肃性质的仪式意味的发生，士兵的行为表现出仪式化的特征。其次，仪式化是经过提炼的结果。仪式化的成分与内涵既可来源于典型的仪式行为，也可以总结自非仪式化行为，也就是说，当仪式转化到仪式化阶段时，仪式化已经在一定程度上脱离了仪式，并具有了独立的形态。如一个只有两三人参与的简短会议，在一般情况下它并不能被视为一场仪式，可是在会议开展的过程中，参与人员行为和态度的不同所展现的人们的精神状态，以及由之提炼出或激昂或萎靡的心理动态时，仪式化的含义由此发生。再次，仪式化具有一种糅合感性与理性的判断意味。相较于一般的仪式，仪式化更易变通，它的有意识行为包蕴着无意识的指向，因此会在无意识认知的基础上形成一种有意识的判断和选择。如家长对子女犯错后的训斥，便是一种先基于孩子犯错，后经过家长以杂糅理性与感性情感进行处理的行为，由于训斥本身具有惩戒仪式的痕迹，但又不至于上升到“示众”的高度，因此，家长的责罚行为便体现出强烈的仪式化意味。

二、小说中的仪式化书写

“仪式化”不仅表现在社会行为之中，也存在于文本叙事中。仪式化与叙事的结合，使叙述者在提升叙事技巧、丰富叙事内容等方面，增强了小说表现力。需要明确的是，小说中的仪式化书写是在将小说视作一个仪式的基础上来谈论的，小说中情节的展开如同仪式行为过程的延续，所以小说中的仪式化书写会呈现出一种动态的表现过程。在小说的创作过程中，作家经常无意识地借助仪式对叙事内容进行渲染，也会有意识地通过自己对仪式的理解，深化叙事主题，强化叙事对象。通过仪式化书写，作品在很大程度产生了灵动的叙事效果，作品的表现力也得以提升。

一般来说，作家通常会在叙事的四个方面运用到仪式化书写。第一种是对人物形象的描绘。一些作品对人物的介绍通常会围绕其外貌特征展开，如眼睛、鼻梁、穿着等方面，这些描写无外乎是对人物外貌基本特征的详细说明，或从美好的一面进行展示，或从丑陋的一面进行描摹，如形容女子美丽时的长睫毛、大眼睛、高鼻梁、小巧的嘴巴等，但这一类表现手法通常会使人物淹没在群像之中，无法真正突出人物美丽的独特之处，更遑论给读者留下深刻的印象，这主要是因为同质化的对美丽而又精致的五官描写会模糊人物之间的界限。如《骚动之秋》中对秋玲的描写："夜的沉重显示出两排洁齿的银亮；额头如同一片落雪的原野；原野下方，两抹浓眉下镶嵌着两颗星辰；鼻梁挺秀犹如一架山脊；一头浓发，凤尾菊似的在脑后和颈下恣意飘逸和流泻。她向墙边伸出纤细的食指，柔和的、乳白色的日光灯的亮光，立刻使她周身闪射出春天的光环。那光环遮蔽了眼角上的几道细密的褶子，和褶子下方的眸子里隐隐外泄的某种忧郁和不安的情思。"①在《英雄时代》中对袁慧也有类似的描写："一个身穿白色连衣裙的少女，正坐在秋千架上，捧读一本书。少女把书放下，坐在秋千架上荡了起来。一阵风起，把少女的裙摆吹成了一朵白玉兰花，两条玉柱样的修长的腿，在晨曦中泛着奶白色的光晕，一朵红艳的像花蕊一样的小精灵，在两腿间随着裙摆的起落时隐时现。"②这两段对美丽女子的细致刻画反而无法使读者真正领会到美丽的内涵，因为过于美化的象征手法会产生一种不真实性，从而难以实现应有的叙事效果。

仪式化的描写通常会以动态的方式，以游移视角帮助读者完成对人物的形象建构，使人物的形象跃然于眼前。如在《抉择》中，作家借助

① 刘玉民：《骚动之秋》，人民文学出版社 1990 年版，第 10 页。
② 柳建伟：《英雄时代》，人民文学出版社 2001 年版，第 104 页。

市长李高成的眼睛审视那些守候在他家门口的老工人和工程师们："然而这才过了几年，这些人怎么一下子就变成了眼前的这副模样？衣服是那样的破旧，面容是那样的憔悴，身板是那样的消瘦，神情又是那样的感伤，一个个就像冻僵了一样瑟缩在他的家门口，也许李高成刚从那些豪华阔绰的地方走出来，只觉得眼前这些人的气色衣饰比那些到城里来打工的民工还不如，忍辱含羞、衔冤负屈，活脱脱地就像一群遭了大灾大难、无家可归的叫花子！"①之所以说上述对人物的刻画属于仪式化书写，是基于围绕静态人物展开的动态化叙事。作家没有细致地描写这些人的衣物是如何打了补丁或沾满了泥垢，也没有凸显他们的面黄肌瘦、营养不良，而是从市长的视角入手，感受他们的着装、神态、身形甚至眼神，一种明显的景观跃然纸上，使读者逐渐勾画出叙事对象的整体形象，随着书写从李高成的视线转移到了对其内心感受的描摹，对比间接揭示出工人们为工厂做出的巨大牺牲，并最终发掘出"告诫"与"警示"的仪式化内涵。

小说中仪式化书写的第二种类型是对人物行为、心理的展示。如果说对人物形象的描述是建立于对静态观照之上，那么对人物的行为或心理的描写则属于一种动态过程。仪式化的书写增强了人物的表现力度，并深化了读者对文本的感受强度。《天行者》中对明爱芬老师临终前的行为描写即为典型例证。她苦苦渴望从民办教师转为公办教师，为了等待转正的机会，在病床上心有不甘地挣扎了多年，但她还是等到了。作家以仪式化书写呈现了明老师在生命最后一刻的行为："明爱芬很灿烂地一笑。她接过表格，从头看到尾，看得脸上逐渐起了一层红晕：'老余，快拿水来，我要洗洗手，不能弄脏了表格。'张英才连忙到外面去端水，趁机猛吸几口新鲜空气。明爱芬用肥皂细心地洗净了手，擦干，又朝余校长要过一支笔，颤颤悠悠地填上：明爱芬……突然间，那支笔

① 张平：《抉择》，北岳文艺出版社 2009 年版，第 238 页。

不动了……明爱芬死了。”①在明老师看来，转正是一件无比神圣的事情，虽然这次机会姗姗来迟，却丝毫没有减弱她的热情。明老师拖着沉重的病体，以极其严肃认真的态度细致地查看表格，怕弄脏、弄湿了它，又用肥皂洗手、再擦干，这一系列行为源自她内心的虔诚和渴望。在这样一个仪式场景中，她首先生发出一种生的意志，使她能够与病痛顽强地抗争；其次是欢愉，这个渴望已久的机会让她清醒而果断，甚至脸上还泛起了红晕；最后是洁净，明老师深知自己因久病而手脚污秽，于是她在清洁的过程中几乎用尽生命的最后一丝气力，在表格上填写完名字后便撒手人寰。这样的仪式化书写简练却不平淡，通过对明老师语言和行为的刻画，展现了一个民办教师质朴而纯净的灵魂。他们的愿望何其简单，而通向这个愿望的道路又何其崎岖和艰难！他们为了山区孩子能够读书认字，做出了巨大的牺牲，拿着不足以养家糊口的薪水满足着孩子们的求知欲望，维护着教师的尊严。可以这样认为，如果没有对明老师临终行为的仪式化表达，便无法凝练地概括一位民办教师的一生。结合上述例证可以发现，描写人物的心理与行为不一定是仪式化书写，但当心理、行为和人物的历史、社会背景发生关联时，那就基本可以判定这是一种仪式化书写，因此，“动作+感情+特定时域+特定地域+叙事目的”即是对叙事对象进行仪式化书写的主要构成。

仪式化书写的第三种类型是对季节或环境的描写，也可以看作是对时间和地点的描写。对这两个方面的仪式化书写可以营造出富有生气的环境，以及渲染感性的气氛和灵动的色彩，使外围叙事更好地烘托主题，甚至能与人物的行为和心境紧密地连接在一起，构成一个生动的叙事整体。从叙事效果来看，对环境进行仪式化书写在很大程度上要优于一般描绘，它能使叙事更加庄重，也更具画面感。比如对一棵树的描写，《芙蓉镇》中即是普通的描绘：“芙蓉河岸上，仅存的一棵老芙蓉树

① 刘醒龙：《天行者》，人民文学出版社 2009 年版，第 73 页。

这时开了花，而街口那棵连年繁花满枝的皂角树却赶上了公年，一朵花都不出。”①在《冬天里的春天》中，则是“三王庄有过一棵享有盛名的银杏树，起码活了几个世纪，连石湖的《县志》都记载过它的史实，那大树枝干茂密，树叶婆娑，在湖滨亭亭而立，远远望去，像伞盖一样。在烽火硝烟弥漫的日子里，这棵巨树，成了石湖支队一面精神上的旗帜”②。很显然，芙蓉镇的树仅为叙事提供了相应的坐标，并未与叙事人物、情节等发生密切联系；而三王庄的银杏树则因为经受了几百年的风暴，而呈现出一种强烈的象征意味，它成为了在艰苦环境中奋斗的共产党支队的精神寄托。通过仪式化书写，这棵大树被赋予了精神的力量、历史的记忆和高尚的品格，并被巧妙地融进叙事之中。

除了对物的仪式化书写，对叙事时间、季节的仪式化书写也是需要得到重点关注的。如在《家族》中，“我”为朱亚讲述这座城市的过去时说：“这里的四季是这样的。冬天的雪岭，河冰下的鱼，还有穿着翻毛皮袄渔猎的老人；春天的丛林，各种野花特别是小山一样叠起的洋槐……秋天满地都是果实，因为无论如何也采摘不完，就必然要留给冬天……夏天是躲闪太阳、钻河入海的日子，是深夜躺在河边沙地点一堆火听故事、仰脸看月亮和星星的日子……”③这一段描写了在四季的变换中，各种充满着生命力的花草和野物的动态表现，呈现出一幅融洽和谐的画面，在自然的怀抱中，人也充分地享受到了这份安宁与平和。“我”的叙述蕴含着对过往美好时光的回忆，自然景色与历史记忆交融共生，它不仅唤起了读者具有审美意味的阅读感受，而且也使文本产生了一种历史的厚重感。这种承载着历史记忆的叙事话语，在表现自然循环魔力的同时，也内在地塑造了历史与当下的对比，呈现出丰富的叙事内涵。

① 古华：《芙蓉镇》，人民文学出版社 1981 年版，第 45 页。

② 李国文：《冬天里的春天》，贵州人民出版社 1996 年版，第 63 页。

③ 张炜：《家族》，作家出版社 2009 年版，第 31 页。

第四种类型是叙事情节的仪式化书写。它包括两个方面，一是大型仪式素中的仪式环节，二是非仪式行为中的叙事情节。在一般意义上，情节是支撑文本结构的“钢筋架”，类似于“小说仪式”的演示过程，通过这一演示，对情节的仪式化书写可以在最大程度上强化叙事的表现力，赋予叙事旁白或背景介绍等内容以新的含义，另外情节的仪式化书写也能影响文本中的环境刻画等方面，从而提升文本的整体叙事效果。格非在《春尽江南》中对端午着迷于“牺牲”一词的描写，便是叙事情节的仪式化书写：“按照端午的看法，每个时代都有难以统计的牺牲者。正是‘牺牲’这个词的出现，使得我们司空见惯的死亡的实际含义，发生了某些变化和升华。它所强调的恰恰不是死亡本身，而是它所指向的目标和意义……牺牲，本身就是历史的一部分，或者说，是文明的一部分。”①这段叙事考证了“牺牲”这个词语的实际功用与其在历史中的演变，以及端午对“牺牲”在时代中展现出的不同形态的理解。通过作家对人物心境的细致描摹，可以看出，人物围绕“牺牲”主题产生的心理与行为具有了仪式的内涵，如端午写作题为《牺牲》的长诗，在家庭中刻意为了“牺牲”而做出牺牲，这均使叙事内在地具有了“告诫”与“虔诚”的意味，伴随人物在文本中做出的重复行为，一种仪式化书写得以形成。王旭烽在《南方有嘉木》中描写杭天醉的婚礼仪式时，在仪式场景、仪式参与人物以及人物思绪之间不断跳跃转换：“与此同时，新郎开始被摆布了。杭天醉被三次请了登堂，他都很顺从的照办了，与新娘一起上香叩首，行三跪三叩之大礼，他都温温和和，心境如水。大家都想看新娘，仪式就改革了。当司仪唱‘揭斤’时，新郎的心里‘咣当’，很响的一声。他自己也不知道，为什么这时候，他会想到红衫儿，想到那个瘦弱的勉为其难地生活着的小女子。”②在这段仪式中，婚礼过程成为人物心境的铺垫，杭天醉的平淡反应遮蔽了仪式理应产生的欢愉效

① 格非：《春尽江南》，上海文艺出版社 2012 年版，第 105 页。

② 王旭烽：《南方有嘉木》（《茶人三部曲》之一），人民文学出版社 2004 年版，第 124 页。

果，体现出杭天醉顺从行为下掩盖的内心反叛，这样一来，整个仪式便具有了浓重的表演意味，这预示了他与妻子日后的貌合神离，呈现出仪式中边界划分的含义。

除此之外，一些作家将神话传说、历史故事等穿插在文本之中，成为叙事的旁白，这也属于一种特殊的仪式化书写，可以延伸叙事的长度，拓宽叙事的广度和深度。在很多小说中，这类穿插进来的神话及传说能起到画龙点睛的作用，成为叙事仪式的灵魂，如张炜在《九月寓言》中对母猴子传说的描写，刘玉民在《骚动之秋》插入有关李龙山的神话，熊召政在《张居正》中借何心隐之口讲述鸱鸮氏儿子的神话等，这些神话传说蕴含的神秘仪式内涵，丰富了小说仪式叙事的表现内容与形式。总体看来，作家对情节的仪式化书写建立在仪式的动态呈现这一基础之上，韦斯科特认为："理论上说，叙事指一个过程，而不是一个实体；是一种交流，而不是一个文本；是一种阐释，而不是事件的简单概括。叙事容纳了不同的声音、观点和立场。"①华莱士·马丁也认为："行动、情节通常都被认为是叙事的动态方面，它推动叙事在因果和时间秩序中向前发展。"②上述论点说明在仪式的动态基础之上，仪式化书写以有目的性的、正式的、深化的语言行为建构故事，塑造了小说文本越发成熟的叙事。可见，小说中的仪式化书写是一个值得重视，并可深入研究、探索的重要叙事问题。

三、仪式化书写的目的

福斯特认为，一部小说之所以成功，并不在于它的选材，而在于小说自身的敏感度。福斯特的结论或许有绝对化之嫌，因为所有人都会承认，没有好的材料，再优秀的厨师也无法展现他的手艺，但他的观点也

---

① [美]罗杰·威廉·韦斯科特：《作为自我创造的诗歌》，[美]伊万·布莱迪主编：《人类学诗学》，徐鲁亚等译，中国人民大学出版社 2010 年版，第 177 页。

② [美]华莱士·马丁：《当代叙事学》，伍晓明译，北京大学出版社 1990 年版，第 153 页。

摆明了一个事实，即如果作家失去了对选材本身的控制，而且没有足够成熟的创作本领以及敏锐的观察和感受能力的话，再好的材料也无法加工出好的作品。金宇澄在谈论《繁花》的创作时表示：“我希望《繁花》带给读者的，是小说里的人生，也是语言的活力，虽然我借助了陈旧的故事和语言的本身，但是它们是全新的，和其他方式并不同。”①台湾作家张大春也认为：“当小说被写得中规中矩的时候，当小说应该反映现实生活的时候，当小说只能阐扬人性世情的时候，当小说必须吻合理论规范的时候，当小说不再发明另类知识、冒犯公设禁忌的时候，当小说有序而不乱的时候，小说爱好者或许连那轻盈的迷惑也失去了，小说也就死了。”②张大春眼中的“那轻盈的迷惑”正是福斯特所强调的“小说自身的敏感度”，但如何才能提高小说的敏感度呢？事实上，除了提高作家的自身素养之外，合理叙事手法的运用也是一个重要的渠道，如利用仪式素丰富表现内容，凭借仪式化书写增强表现力等。事实上，仪式化书写的确可以从作品对社会的反映、对习俗的呈现、对文化的展示等多个方面加强文本的敏感度。仪式化书写细腻且灵动，跳跃又不失沉稳，它既拓展了仪式的内涵，又以富有深意的语言呈现出仪式庄重而又生动的面貌。因此，正确地运用仪式化书写是一部小说成功的重要途径。

从这个意义上来看，《繁花》之所以能成为一部优秀的作品，与作家在文本中适时运用仪式化书写不无关系。金宇澄赋予叙事语言以一种宁静、庄重的仪式化内涵，即使是在描述争斗、反抗、暴力等激烈场景时，文本也能透出一种平静和出世的意味，这种娓娓道来的风格正是作家秉持敏感而节制的写作态度的结果。又如阿来的《尘埃落定》，这部作品的叙事主要借助麦琪土司傻儿子的视角展开。在这个末代土司家族中，那些具有重要意义的事件的描述，都带有典型的仪式化风格。比如

① 金宇澄：《繁花》，上海文艺出版社 2013 年版，第 444 页。
② 张大春：《小说稗类》，广西师范大学出版社 2004 年版，第 13 页。

二少爷在睡梦与清醒的交织中展开的回忆："就是在这里，那个下雪的早晨，我第一次把手伸进了一个叫桑吉卓玛的侍女的怀里。就是在这里，那个下雪的早晨，画眉鸟在窗子外面声声叫唤，一个侍女的身体唤醒了沉睡在傻子脑袋里那一点点智慧。我的记忆就从那个早晨，就从这个屋子，从这张床上开始了。那年我十三岁，我的生命是从十三岁那年开始的，现在，我不知道自己多少岁了。"①这段个人记忆激起了主人公对人生的感叹，充满了人性的本真和生命的哲理，这种仪式化书写产生了神秘的叙事外观，又展现出一种在视角不断转化过程中发生的象征意味，这无疑为作品的叙事表现注入了深刻的文化内涵。

那么，什么样的描写属于仪式化书写呢？检验一段叙述是否属于仪式化书写的范畴，要看它能否表现出极具象征性和表演性的仪式内涵与仪式意义。如果叙事中缺少了上述核心内容，便不能被称为仪式化书写，至少也是不完整、不充分的仪式化书写。

第三节 小说中的仪式感

当作家在创作过程中始终保持一种仪式般的心境，并且在他的作品中充分地运用了仪式化书写时，那么这部小说就能够使读者在阅读过程中产生一种仪式感。仪式感是可以传递的，它的源头在于作家本人，韦勒克在《文学理论》中就介绍过不少知名作家在创作时产生的独特仪式行为。事实上，这种"创作的仪式"风俗由来已久，"原始社会的占卜诗人都学得一种导致自己进入'心神迷乱'境界的方法，由于根据东方的求神叩灵的规条，宗教仪式，如祈祷，特别的'祷告'或'默祝'等都要在固定的地点和时间进行，因此现代作家学到了，或以为学到了诱发创作状态的种种仪式"②。现代作家的写作仪式有些极为独特，如席勒在

① 阿来：《尘埃落定》，人民文学出版社 2005 年版，第 397 页。

② ［美］勒内·韦勒克、奥斯汀·沃伦：《文学理论》，刘象愚等译，文化艺术出版社 2010 年版，第 86 页。

写作时要在书桌上摆放一个烂苹果，巴尔扎克在写作时要穿一件僧侣们身着的具有宗教意味的长袍大褂。除此之外，作家们思考和写作的地点与方式也千差万别，有的喜欢宁静，有的则喜欢喧嚣，弥尔顿则表示："他的诗的血管只在秋分至春分时流畅。"这些仪式行为或带有一定仪式意味的行为，至少能表明作家认为创作是一件神圣的事情，思绪的涌动和灵感的喷发有时并不能完全被理智所掌控，因此创造一种以超自然方式激发创作能力的行为就显得尤为必要。并不是所有作家都认为创作前的仪式行为是必不可少的，如约翰逊博士就表示写作是一件自然而然的事情，它受到的是理智的驱使，只要有写作的欲望就会产出文字的产品。但是，在大部分的文本创作中，作家们都会不自觉地将自己的仪式感融入所塑造的人物，进而使读者通过文本阅读，为人物的经历所触动，感受到作家赋予人物的独特的"仪式感"。这种触动和感悟是在不自觉之中，或是说在潜移默化中实现的，它表现为读者在阅读中产生的虔诚、严肃、愤慨等感情，这是读者在阅读中全身心投入后必然出现的感受，它带有宗教般的情绪和仪式的印记。正如雨果在《悲惨世界》中所说，"阅读就是去点燃火种，每一个词的音节都拼写出火花"，雨果所说的这种阅读感受便可称之为小说中的仪式感。

一、仪式感的概念

"仪式感"的产生与人的心理活动密切相关，心理学家冯特认为，人类心理活动总是由"感觉"和"感情"这两种部分构成，其中"感觉"对于人类来说尤为重要，但由于任何一种感觉都建立在感情的基础之上，因此这两种成分也很难彻底区分。杜威认为："'感觉'一词具有很宽泛的含义，如感受、感动、敏感、明智、感伤，以及感官。它几乎包括了从仅仅是身体与情感的冲击到感觉本身的一切——即呈现在直接经验前的事物的意义。"①费孝通认为："'感情'可以从两方面去看，心理学可

① ［美］杜威：《艺术即经验》，高建平译，商务印书馆2005年版，第25页。

以从机体的生理变化来说明感情的本质和种类，社会学却从感情在人和人的关系上去看它所发生的作用”①。由此可见，无论感觉还是感情，都属于心理层面的感受，而仪式感之所以称为“感”，指的是人对仪式或类仪式产生的印象在大脑中产生了投射，然后在心理层面形成了一种感官知觉。当这种感官知觉与仪式发生联系，也就是说这些感受发生在仪式过程之中时，它就类似于人类的宗教信仰情感。吕思勉在《中国文化史》中提出，宗教给予人以当下的满足感，而仪式感也能使人达成自我实现和满足的意图。更具体来看，仪式中的神圣、庄严氛围，会使仪式参与者自然地形成不可亵渎的严肃感受；仪式环节的繁复与仪式器具的繁多，也会使仪式参与者产生一种秩序感与表演性质；仪式目的的彰显，更使参与者产生凝聚、奉献、高尚等感受。在现实生活中，人们也会因为某些重大的事件而表现出一种严肃态度，然而这种严肃极少存在不容亵渎的意味，就像一场大会的严肃气氛也存在被打破和挑战的可能，所以这种严肃仅仅是一种态度的表象。但是，在真正的仪式过程中，参与者因为存在或崇高、或畏惧的心态，严肃态度在他们内心之中逐渐升华为神圣感受。从仪式的表演中提炼出的秩序感同样如此，表演在歌厅、舞厅等地方随处可见，可是它相较于仪式来说，缺少了秩序和奉献内涵，以及由之而产生的象征意义，更不用说那些只有通过仪式才能生发出的特殊感受。通过仪式生发出的“感”是多元的，但无论是哪一种仪式感，它们始终存在一种共通性，即一种“神圣”的感受。

在当代社会中，人们往往会不自觉地把“神圣”与巫术或宗教等挂钩，然而自涂尔干以降，仪式已经不再专属于巫术或宗教，而成为一种普遍的社会行为，尽管如此，仪式脱胎于宗教的本质意义并没有改变，它始终在激发人的某种心理状态，并通过一些行为进行感官知觉的塑造。德国神学家奥托在二十世纪初期就确立了“神圣”在宗教中的崇高

① ［英］弗思、费孝通：《人文类型·乡土中国》，辽宁人民出版社 2012 年版，第 177 页。

地位，他认为这是宗教情感的真谛，而瑞典人类学家赛德布洛姆也指出："神圣是宗教中的重要术语，它甚至是比上帝概念更为基本的东西。现实的宗教可以没有一个明确的上帝概念而存在，但没有神圣和世俗的区别，就没有任何现实的宗教。"①仪式行为过程与参与者的心境密切相关，除了仪式在特定氛围内对参与者心境的激发和塑造产生作用之外，参与者也在主动地营造符合仪式内涵的心境，这就使"神圣"的外延不断扩大，其内涵也不断深化，在这一前提下，非宗教场合中的仪式也理所当然地具有了神圣感。涂尔干针对这一现象指出，任何事物都可以成为神圣的事物，所有仪式也都具有这种性质；事实上，如果仪式不具有一定程度的神圣性，它就不可能存在。随着人类社会中宗教仪式的减少和世俗仪式的增多，神圣感的内涵也逐渐发生了变化，例如人们也许仍然可以从一场婚礼或一场祭祀仪式中感受到神圣意味，但却很难从日常的交往仪式或某些定期举行的仪式（中秋节、腊八节等）中产生神圣感，因为神圣感被一种弱化后的感受——严肃感所取代。但严肃感并非完全取代神圣感，因为其根源仍然来自于神圣，它与神圣感的差别仅在于程度的不同。

尽管神圣感或者说严肃感是仪式感中最核心的部分，但其内涵它仍会随着仪式行为主题的变化而变化，并使仪式参与者产生出各种与之相关，但非同一的感受。如在求雨、驱鬼等巫术仪式中，神秘感要多于神圣感；在基督教堂每周举行的礼拜仪式、伊斯兰教信众每日五次的朝拜与佛教徒每日的诵经及早晚课中，敬畏感是主要的成分；在出生礼、成人礼等过渡仪式，以及寿宴等生日仪式中，最主要的是喜悦感；婚礼、授权等强化仪式中，庄严感和期盼感是值得注意的部分；反叛、暴动等暴力仪式中，体验的重点在于迷狂感；至于交往仪式中的打招呼、问候等行为中，对自我尊严的维护和荣誉感又上升到了首要位置。

① 转引自金泽：《宗教人类学导论》，宗教文化出版社2001年版，第71页。

事实上，在日常的社会行为之中，人们不可避免地也会产生恐慌、羞愧、沉闷、焦虑等感受。这些感受是否属于仪式感的范畴？是否只有来源于仪式中的感受才属于仪式感？答案显然是否定的。正如不是所有的社会群体行为都是仪式一样，不是所有源自仪式中的感受都是仪式感。那么，什么样的感受才属于仪式感的范畴呢？客观来说，仪式感是一种高尚的、神圣的感官知觉，它生长于宗教的土壤之中，又经过了艺术的装饰，承担着人类的希望和美好的愿望，虽然它在某些特殊的环境中偶尔会夹杂如迷狂一类的特异感受，但总体来说，它代表着一种正面、向上的心理感觉，因为它蕴含着神圣、奉献的成分，因此会自然地摆脱一些情绪的消极因素。以暴动仪式为例，通常意义中的暴动大多是负面的，但在历史的进程中，当新兴力量要打破腐朽、残酷的旧秩序时，暴动的行为必然要发生。如陈胜、吴广领导的大泽乡起义，拉开了大规模农民起义的序幕，他们的行为虽然不可避免地造成了破坏，但这种破坏蕴含着新生，它符合人类社会发展的根本规律，因此起义者心中也会怀有推翻压迫者、重建公平秩序的高尚而严肃的仪式感。诸如此类的示例显然还有许多。布朗认为："情感通过仪式得到了庄重和统一的表达，从而再次肯定、更新和加强了社会稳定所依赖的那些情感。"①由此可见，仪式感尽管归属于感官知觉的范畴，但由于它生发于仪式的行为过程之中，与人类的心理感受相关联，因此对仪式感的探讨便发生于仪式学与心理学的交叉领域之中。

二、小说中的仪式感

仪式感的产生通常需要情境的依托，但这并不意味着仪式感只能借助仪式产生。一般情况下，仪式中的仪式感是最容易辨识的，如在入党宣誓仪式时，老党员带领新党员在党旗之下举起右拳宣誓，庄严而肃穆

① ［英］A. R. 拉德克利夫-布朗：《原始社会的结构与功能》，丁国勇译，中国社会科学出版社 2009 年版，第 167 页。

的场景会让仪式参与者的神圣感或严肃感油然而生；在国家阅兵大典时，三军仪仗队代表着军队的庄严形象，各类兵种有条不紊、斗志昂扬地接受检阅，在这一场景中，仪式的参与者与观看者都能够产生崇敬感、威严感等感受。而在一些非仪式场景中，也存在参与者产生仪式感的可能性，如警察在帮助遭受暴徒伤害的群众时，其内心的同情与正义即是一种关于慈悯与庄严的仪式感表现；又如长期去敬老院或孤儿院等地方参加志愿服务的人们，他们的付出和奉献也体现出了高尚仪式感的存在。除了以上社会行为，许多优秀的小说也能使读者产生类似的感受，读者往往在阅读中不自觉地成为叙事的参与者，随着人物的经历而产生情感波动，同时也会受到人物精神境界、价值观、人生态度的影响，继而形成对自我价值的判断和内省。在这一过程中，读者会产生一种类似于在社会仪式行为中发生的仪式感受，这可以理解为由文本带来的仪式感。

一般来说，小说中的仪式感由两个方面构成。

第一个方面来源于作品的情节内容，即读者在阅读文本故事过程中的感受，这是仪式感存在的关键所在。读者在阅读之后，从文本中感受到的精神内容与心灵世界发生共鸣，而这一共鸣需要通过读者的感官而呈现，因此能不能使读者在感官层面得到满足，是衡量一部作品能否使读者产生仪式感的基本条件。除此之外，读者的精神诉求与文本表达出的精神实质是否一致，作品能否产生有所导向的教育效果，以及文本所传递出的价值观等，都需要纳入仪式感的衡量体系之中。当一部作品满足了以上条件时，通常就能够引导读者生发出仪式感。如刘醒龙的《天行者》，讲述的是一群乡村民办教师的故事，他们坚守在平凡而艰苦的岗位上，为了山里孩子能够读书认字，甘心忍受着不平等的待遇，日复一日、年复一年的守候和付出，成为奉献与牺牲的代名词。几乎每一位读者在阅读后，都会为余校长、邓有米和孙四海等几位老师动容。在这个经济至上、利益至上的社会中，人性的良善显得尤其可贵，人物的高尚与谦和深刻地影响了读者的心境，特别是几位老师半夜抬着得了急病的骆雨，在黑暗中赶着狼、以双脚为车在山间奔跑，无疑能够激发读者严肃而崇敬的仪式感。在叙事的细节层面，文本中经常出现的升旗仪式也是使读者生发仪式感的重要部分，界岭小学每日升国旗的传统由来已久，每一位新来的老师都会参与到这个仪式之中，而每个人在仪式中也生发出不同的仪式感受。万站长与几位元老教师将升旗仪式看作象征，他们在仪式中感受到了凝聚与平和，张英才则是在对这些教师朴实内心与行为的感受中慢慢“看懂”了国旗，在文本中人物仪式感的影响下，读者自然也会随着叙事的发展而产生崇敬的仪式感。

简单来说，一些小说如能使读者合上书卷之后，仍然沉浸在叙事之中而久久无法出离，便可以初步判断它具有一定的仪式感，至于有些伟大的小说，它揭示的精神主旨不但能影响读者的一生，甚至能够影响人类的文明进程，这些作品的仪式感可以说代表了人类艺术创造的最高层级。古今中外的许多优秀作品，如拉伯雷的《巨人传》、巴尔扎克的《人间喜剧》、陀思妥耶夫斯基的《卡拉马佐夫兄弟》、屠格涅夫的《父与子》、易卜生的《玩偶之家》、肖洛霍夫的《静静的顿河》、海明威的《钟为谁鸣》、简·奥斯汀的《简·爱》、布尔加科夫的《大师与玛格丽特》，都有这样的特点。中国古典小说中的四大名著，被认为在一定程度上影响了中国人的性格，以及鲁迅、茅盾、老舍、巴金、沈从文等现代作家的作品，又有陈忠实的《白鹿原》、徐兴业的《金瓯缺》、王火的《战争和人》等当代名著……这些优秀作品呈现出多元且丰富的仪式感，深刻影响了不同时代的读者。

读者仪式感的产生固然需要立足于作品的整体阐释，但是文本的细节处也是使读者产生仪式感的重要部分，它是对读者仪式感受的点燃和强化。一般来说，当文本涉及悲剧的场面，特别是某个人物为家国而牺牲、为他人的利益而做出无条件的奉献时，容易使读者受到触动并产生仪式感。在《战争和人》中，黄埔军校的年轻军官童军威怀着一腔保家卫国的热血，即使明知防守工事用竹竿代替钢筋，所有国民党高级军官都已弃兵弃城的情况下，他仍然和战友们以微薄的力量守护南京城，放弃了出逃的机会。他以破釜沉舟、抗战到底的信念，不辱使命，壮烈牺牲，最终被敌人割下了高贵的头颅，成为日寇的“战利品”、对敌军天皇的“献祭”。在战斗的间歇，童军威在心中无声地唱起黄埔军校的校歌：“怒潮澎湃，党旗飞舞，这是革命的黄埔！主义需贯彻，纪律莫放松，准备着奋斗作先锋！打条血路，领导被压迫民族，携紧手，向前进！”①，还有那昭示着其英魂永存的血书，使读者不由肃然起敬。叙事细节产生的强烈冲击力，不仅使读者产生敬畏的仪式感，也使文本产生了庄严和神圣的意味。牺牲个人以成就他人的英雄人物在许多小说之中都有深刻的表现，如王安忆《小鲍庄》中的英雄少年捞渣，范稳《悲悯大地》中以生命供养洛桑丹增喇嘛的一家人，曹征路《那儿》中的小舅等，这些人物用他们灵魂深处的信仰谱写了一曲曲生命之歌，并在读者面前竖立起一座座人性的丰碑。

作品仪式感的第二个方面是作家的主观意识在创作过程中的体现，即作家通过作品传递出的仪式感。客观来说，无论作家的创作初衷有多么宏大，做出的努力是多么巨大，也并不能由此断定一位作家能够写出一部使读者生发仪式感的作品。只有作家的愿景与文本相对成熟的叙事能够实现合理的融通，作品仪式感的呈现才有可能。一位伟大的作家在很多时候会经历生活与生命的双重考验，因此，他们的笔下往往凝聚着血泪和对生活的深刻感悟，詹姆斯认为：“意识活动总是以一定的先在意识为背景的，新的感觉必定落在已经存在的意识屏幕上而发生相应的变形，这时形成的意识不是单纯的‘这一意识’，而是‘这一意识’与‘固有意识’的汇合。”②也就是说，作家在创作前所经历的生活帮助其形成了先在意识，而其创作不可能完全背离他的先在意识而发生根本改变，否则将会失去真实性，而失去真实性的作品很难谈到仪式感。路遥就曾说过，他的固有意识和生长环境，使他在描绘乡村生活时随心所欲，但

① 王火：《战争和人》(一)，人民文学出版社1993年版，第466页。

② 转引自鲁枢元：《文学的跨界研究：文学与心理学》，学林出版社2011年版，第27页。

若想表现帝王贵胄便会力不从心，然而同是陕西作家的叶广芩则擅长描写王公贵族，因为她本人便属于贵族后裔。伍尔夫也说如果康拉德不曾做过水手，那么他最精华的小说就不会存在。如果托尔斯泰不是一位富家公子，他将无法得到上流社会所给予他的教育，以及关于人生和社会的知识，他后来参军成为一名士兵，又使他了解到了战争的残酷本质，如果没有这些经历，《战争与和平》将会贫乏无味到令人难以置信。

总而言之，作家在“固有意识”的基础上，要创造一个虚构的世界时，就会对自己的过往经历产生一种严肃感受，对将要在笔下形成的世界产生神圣的期待，甚至可以说，一位作家迎接自己呕心沥血完成的作品的感受，丝毫不亚于一个怀胎十月等待孩子降临的母亲。这样一来，作家就能够在整体上掌控作品的情感基调，通过在文本中突出理智与情感的交织，使得文本中的仪式感顺利诞生。文本中的人物寄托了作家的情感和态度，他们在一定程度上可以超越一般读者理解的局限。伍尔夫指出，在这种时候，“我们看到的不是他们的细枝末节，而是放大了的、庄严化了的形象。我们看到苔丝穿着睡衣给她的婴儿举行受洗仪式之时，她‘带着一种几乎是神圣的尊严’。我们看到玛蒂·索斯‘像一个为了更高尚的、抽象的人道主义品质而漠然否定性欲特征的人物’，把花朵安放在温特鲍恩的墓地上。他们的谈吐中有一种圣经一般的庄严和诗意。他们身上有一种不可否认的力量，一种爱情或仇恨的力量；这种力量在那些男人身上导致他们去反抗生活的压迫，在那些妇女身上暗示着遭受苦难的无限可能性”①。伍尔夫所说的“力量”以及由这股力量而引发出的各种连锁反应，正是文本呈现出的仪式感。在一定意义上，力量与仪式感是相辅相成的，能产生仪式感的叙事一定是有力量的，而有力量的叙事也必然会承载着仪式感。

在《黄河东流去》的诸多情节中，李凖都表现了这种具有力量的仪

① ［英］弗吉尼亚·伍尔夫：《论小说与小说家》，瞿世镜译，上海译文出版社 2009 年版，第 200 页。

式感。这种仪式感的产生，首先是源于作者对民族精神的理解和挖掘。他在谈创作初衷时不断强调："历史是人民创造的——他们身上的道德、品质、伦理、爱情、智慧和创造力，是如此的光辉灿烂……是我们民族赖以生存和发展的精神支柱。"①作者精神世界中内蕴的仪式感深刻影响了作品的叙事表达，如他在表现农民家族的情感传承时写道："农民们的天伦之爱是无声的、是质朴的，他们没有动听的语言，没有热烈的表情。但是他们的爱是深厚的，深厚得像地壳里边的岩浆，他们把炽烈的热埋在地层深处，又用这些热量催发着万物，给大地以生命。"②这是作家表现在作品中的一种共感，能够使读者感受到力量的传递，有平和中的愉悦，也有期待中的亢奋。然而，无论是愉悦还是亢奋，这些感受都体现出了欢娱和奉献的内涵，因此说这是一种仪式感的文本呈现。又如张平在《抉择》中描写的市长李高成，尽管他在亲友的瞒骗下被动地成为贪腐的源头，然而客观来看，这位老共产党员始终坚守着良心的阵地，是一位正直的领导。张平自身的社会阅历与知识结构，使其在对李高成的刻画中多少带有自己对官僚主义、贪污腐化的认知和感受，所以李高成的发声立场即是作者内心感受的外现。他在"气氛极其紧张"的会议室内，面向检察官铿锵有力地说："我说的责任绝不只是说说而已，而是下了决心要兑现的。其实大家也知道，中纺的问题涉及了我个人，涉及了我的家庭，涉及了我的妻子。对此我有永远不能推卸，永远无法推卸的责任！所以我在这里郑重声明，有关中纺的问题，即使把我查进去，把我一家都查进去，就是把我查得身败名裂、家破人亡，把我查得撤了职，判了刑、坐了牢，我也请求省委省政府把中纺的问题查到底！"③这段话讲得正义凛然，荡气回肠，他对人性恶的宣战其实是将自己摆上了牺牲的祭台，这种赎罪般的仪式感极大地净化了读者的心灵世界。

① 李凖：《黄河东流去》，人民文学出版社 2005 年版，序。

② 李凖：《黄河东流去》，人民文学出版社 2005 年版，第 421 页。

③ 张平：《抉择》，北岳文艺出版社 2009 年版，第 533 页。

三、仪式感中的“真”“善”“美”

优秀的作品一般都具有仪式感，它不仅具有与平庸对抗的力量，使读者的内心世界受到冲击和震撼，产生一种敬畏之心，而且还有重要的教化作用。这是因为富有仪式感的作品中蕴含着人类的美好情感，而且这些情感在精神和道德的层面符合真、善、美的标准。

仪式感中的“真”包括叙事人物的情感真实、场景与器物细节的真实、叙事逻辑真实这样三个层面。真实不但包括感性的成分，也包括理性的因素。如《芙蓉镇》中的秦书田、胡玉音与王秋赦，他们的人性欲求在一个特殊的时代背景中被推向了极致，这不仅包含友爱和互助，也掺杂着仇恨和毁灭。人物的境遇之所以能让读者产生强烈的同情或愤慨，源于他们所表现出的情感真实。反观《张居正》这部作品，作家对李太后特别是其父武清伯李伟的描写就不够真实。国丈在昭宁寺觐见太后女儿时竟然“风风火火地走了进来”，接着“情绪激动又显得局促不安”，因为“按国礼，他应该给李太后下跪，按家礼，李太后又该给他下跪，这正是李伟的为难之处。李太后大约看出了父亲的尴尬，主动起身给父亲蹲了个万福，亲自把父亲扶到一张藤椅上坐下”。① 读过《红楼梦》的读者都知道贾元春以贵妃身份回家省亲时，“礼仪太监二人引贾赦、贾政等于月台下排班，殿上昭容传谕曰‘免’……茶已三献，贾妃降座，乐止。退入侧殿更衣，方备省亲车架出园。至贾母正室，欲行家礼，贾母等俱跪止不迭。”贾母的身份何等尊贵，尚且以“跪止不迭”来阻止贵妃行家礼，这是因为国礼至高无上，它代表的是国家尊严，等级远在家礼之上。尽管元春是行“省亲”之事，代表的却是皇恩浩荡，因此贾府上下对元妃的恭敬即是对皇上乃至国家的恭敬。由此看来，武清伯觐见比贾元春身份更为高贵的李太后时，竟毫无礼数可言，甚至对太后说道：“听说你来昭宁寺烧香拜佛，咱特意赶过来相见。搭帮着咱

① 熊召政：《张居正》(第二卷)，四川文艺出版社 2012 年版，第 186 页。

也在菩萨面前磕几个头，烧一炉香，讨点福气。”“接着东张西望，看到客房里陈设琳琅满目，每一件都非常考究，不由得羡慕地说：‘这和尚们的铺排，竟如此华贵，咱武清伯府上，比起这里来，不知道寒酸了多少。’”①不管是从情感真实、细节真实还是逻辑真实层面来看，武清伯李伟都不应该也不可能直呼太后为“闺女”，甚至顾及自己的父亲身份而不肯向太后行礼。对皇室日常会面仪式场景的书写本可以极好地烘托出封建社会中的礼仪文化及等级的森严，引导读者理解权贵阶层的日常行为，并从权力、权威等方面产生一定的仪式感，然而过于随意的描写不但经不起推敲，而且细节的真实和仪式感的营造方面也颇为粗糙，因此成为一处仪式书写的败笔。这部取材于明朝万历年间史实的作品，经过熊召政的文学演义，的确具有了厚重扎实的优秀品格，然而文本中屡次出现的“不真”问题，极大地损害了文本的艺术价值。作品的“真”是使读者产生仪式感的基础，无论是何种题材，无论以何种叙事方式进行描述，真实始终是核心所在，正如雷诺兹在一次演讲中强调的，不真实即是假象，假象又如何能打动读者呢？

仪式感中的“善”，指小说对人性中正义、善良、纯净、坚韧等优秀品质的颂扬，它能使读者生发出一种道德感。道德感的概念曾因美国道德情感主义学派的宣扬而在十七、十八世纪风行一时，经过了哈奇逊、休谟、亚当·斯密等人的理论推进，“道德感”被证明为人的心理层面的反射。从小说表现的层面来看，美国批评家特里林提出的“道德现实主义”即是一种小说的善，他认为小说最伟大之处即它在道德和伦理方面的影响力和感召力，他认为《傲慢与偏见》的最大魅力就在于这部作品可以让读者“将道德视为一种风格”，这是一种关于“善”在小说中表现的本质概括。瞿世英说过：“一种作品的好坏，重在本质，而不重在字面上的美丽和形式上的整齐。”②意思是说，作家的叙事态度若是

① 熊召政：《张居正》(第二卷)，四川文艺出版社 2012 年版，第 186 页。

② 瞿世英：《小说的研究》，王永生主编：《中国现代文论选》，贵州人民出版社 1984 年版，第 67 页。

基于对道德感的颂扬，那么即使小说涉及许多社会或人性的阴暗面，但仍然能够使读者感受到爱与希望，因此这种文本所表达的仍然是“善”的。而另一些反映人性恶，无法使读者感到希望，甚至宣扬暴力、淫秽等假、丑、恶的小说，其本质即为“恶”，即使拥有多么华丽的辞藻，也只能归类为“恶”的作品，如现代小说家张资平便深受鲁迅、茅盾等作家的诟病，甚至被鲁迅先生以一个“△”指代其作品风格。

在当代小说中，虽然一些网络文学、通俗文学中出现了表现“恶”的作品，但仍然有大量作家在从事严肃认真的写作，并始终在文本中表现出对“善”的宣扬。特别是自 1982 年茅盾文学奖评选开始，获奖作品都在不同层面上揭示善的本质，并着重在叙事中塑造一种仪式感。如魏巍在《东方》中对那些为国家牺牲个人利益，维护中朝两国友谊的英雄们的颂扬；张洁在《沉重的翅膀》中对充满激情的年轻一代的赞美，对坚守信仰与道德的人们的肯定；凌力在《少年天子》中对少年福临的帝王智慧以及对董鄂妃一往情深的刻画，表现出君临天下的威仪与情感的真挚；刘玉民的《骚动之秋》通过对岳赢官与岳鹏程两代农民企业家的精神境界的对比，积极宣扬了善的理念；王安忆的《长恨歌》则以王琦瑶的一生为中心，揭示出“曾经沧海难为水，除却巫山不是云”的哲理与美感；宗璞的《东藏记》则反映出知识分子在国破家亡中仍坚持美好的道德情操与坚定的价值取向；麦加的《暗算》表现了特工身份的特殊性，及其丰富的内心世界与传奇般的个人经历；刘震云在《一句顶一万句》中刻画了中国农民的精神世界，他们对于感情的执着，及对美好生活的向往；还有老作家王蒙的《这边风景》，表现出汉族、维吾尔族两个民族在特殊时代背景下的交往和友谊，特别是对维吾尔族生活细节与精神世界的描写，使读者领略到一种特别的风味。这些作品的叙事风格千差万别，所表现的时代背景也迥然不同，但作品的叙事意图与基调都围绕着“善”而展开，并着重凸显诚实、正直与宽恕等质素的意义。“善”的宣扬有助于读者在阅读时坚持一种客观的评判态度，深化对人物的理解，得到一种净化和升华的力量，进而产生更为纯粹的仪式感。

仪式感中的“美”，从宏观上来看是指一部作品整体的艺术风格，从微观上看则指文本中雅致的遣词造句、仪式化的叙事，以及作家对人物美好外貌、行为、心灵等的细节表现。“美”属于仪式感中的高级部分，它既具有转化作家仪式的效用，而且还拥有一种表演的魔力，强化文本人物与叙事语言的表现力，同时能够超越一般的价值标准和道德判定，表现出人性中最本真的一面。如《战争和人》中的欧阳素心，这个人物被作者赋予了极为强烈的美感，她不仅有着绝世的容颜，更有着纯净的心灵，尽管她生长于被日本侵略的中国，也目睹了中国百姓被侵略者烧杀劫掠的凄惨景况，然而她身上一半的日本血统却使她无法接受中日之间的战争，而是宣扬应该用和平的方式使双方化和解。虽然素心不断在帮助穷苦的百姓，甚至也撒过传单呼吁当局抗日，但她深藏于心底的反战思想始终未曾改变，这种被认为有汉奸嫌疑的、不切实际的想法，加之她那固执和盲目的自我牺牲心理，使其一生充满了悲剧性，她最终被逼疯而进入疯人院的凄惨结局，产生了一种凛冽而绝望的美，而素心这一人物形象也在牺牲与奉献的仪式感中永存。又比如《少年天子》中的董鄂妃、《英雄时代》中的金月兰、《金瓯缺》中的亸娘等人物，这些美丽女子聪颖且勤劳，在行为处事方面也真诚且谦卑。除此之外，她们还具有一种大爱的情怀，如董鄂妃对福临的扶持，使其在削弱满蒙贵族势力受到严重阻碍时得到了真诚的慰藉和理解；金月兰始终秉持“都得利”的初衷，坚持每日升国旗并定期发展党员，力所能及地关怀身边每一位朋友；亸娘为民族大义甘愿牺牲家庭的幸福，默默支持着丈夫保家卫国的事业。文本通过对这些人物的刻画表现出她们精神的高度，并在对“赋予”“奉献”“牺牲”等主旨的表达中提炼出一种庄严的美感，在上述情境中，美感与仪式感往往融合为一体。文本中对细节的仪式化书写，也容易使读者感受到美的仪式感，如《都市风流》中徐丽里去世后，“徐援朝整个人缩在沙发里。他双手捧着头，两眼红肿。看上去神情恍惚，已经完全失去了往日的风采。张义民没有想到一贯跋扈骄恣的徐援朝会有这样一幅表情。他对姐姐会有这样丰富深厚的一份感情”①。这种因失去亲人而表现出的深刻悲痛，是一种带有极度悲情的仪式感，那种无助、挫败的情感内容成为仪式感中具有特殊形态的美。

符合真、善、美标准的叙事，在一定程度上拥有了真、善、美所赋予的力量，这使读者能够在阅读中形成一种基于文本价值的判断，乃至产生一种对更具崇高意味的精神境界的追求。一般来说，文本的叙事技巧以及对“陌生化”“意识流”等理论的叙事化用，只能有限地帮助读者实现情感的升华，更重要的是需要建构文本的仪式感，只有塑造一种贯穿文本的结合了作者和读者共感的情绪，才可能形成一种关于情感表达与释放的共鸣。仪式感与它所能表现出的生命力量、体验强度相关，也与它是否能使读者精神得到净化相关，只有结合上述方面进行全面的体察，才能衡量文本仪式感对文本价值实现的贡献。

① 孙力、余小惠：《都市风流》，人民文学出版社 2005 年版，第 342～343 页。

第三章　仪式叙事的表现及功能

叙事学是西方文艺理论的重要组成部分，滥觞于举起俄国形式主义大纛的什克洛夫斯基，又经法国结构主义代表罗兰·巴特、列维-斯特劳斯、布雷蒙、托多罗夫、热奈特等人的推动，最终蓬勃发展起来。诸多学者对“叙事”定义大同小异，阿伯拉姆认为，“叙事学的主要兴趣，在于叙述的‘谈话’是如何将一个‘故事’制作成有组织的‘情节’形式的”①，罗兰·巴特指出，“叙事是在人类开蒙、发明语言之后，才出现的一种超越历史、超越文本的古老现象。叙事的媒介并不局限于语言，可以是电影、绘画、雕塑、幻灯、哑剧等，也可以是上述各种媒介的混合”②；浦安迪认为“叙事就是‘讲故事’”。从小说创作的角度来看，叙事指作家以书面语言为主要写作方式，遵从一定的组织结构，叙述出有条理和有内容的故事。在对叙事进行定义之外，还有诸多关于叙事功能的研究，如普洛普以俄国一百多种童话故事为基础，归纳总结出三十一种叙事功能；热奈特的五种叙事概念和三种视角的总结；格雷马斯的叙事学模型、罗兰·巴特的叙事三层次等。前人开创性的学术贡献，为后人的小说叙事研究打下了坚实的基础，为研究者开辟了广阔的视野，并提供了找寻新视角的可能，本书从仪式的角度研究小说叙事即是一种叙事研究的新尝试。

---

① 转引自徐岱：《小说叙事学》，商务印书馆2010年版，第6~7页。

② 转引自[美]浦安迪：《中国叙事学》，北京大学出版社1996年版，第5页。

第一节　仪式叙事方法的独特表现

当小说被视为一种仪式时，仪式的基本要素便象征性地代表了小说的基本要素，叙事时间转换为仪式时间，叙事地点成为仪式地点，叙事人物即仪式的参与者或旁观者。从仪式叙事的角度阐释小说叙事值得尝试，是因为能够使读者以仪式参与者的身份进入小说叙事人物群体系列之中，并以仪式旁观者的身份参与仪式的整个过程。从另一个角度来看，研究者可以通过立足于仪式对象的文本分析，在仪式素与非仪式素描写的观照中，发现仪式化书写的特征，探求仪式感的内在含义。

一、仪式素叙事的独特性

叙事结构是小说线索与整体框架相结合的基础，在这一点上，仪式素叙事与一般小说叙事并无差别，它仍然需要文本通过一种恰当的方式，对叙述中的人物、故事情节等要素做出安排，力求条理清晰、内容完整。这类似于描述一场完整的仪式过程，仪式的起因、经过、结果，如同生物体的头、身、手等部位一般，有着严密的承接，任何一个环节的缺失都会影响叙事(仪式)的完成度。

小说叙事与仪式素叙事存在差别，这主要体现在三个方面。首先，仪式素叙事的目的性较于一般小说叙事更为强烈。对于一场仪式来说，目的是仪式进行的根本前提，在整个仪式中，所有参与者都表现出严肃而紧张的状态，对仪式过程的描述也几乎不存在没有目的的“闲笔”，因此，无论是大型仪式还是小型仪式，其过程都因强烈的目的性而显得严密、紧凑。当仪式强烈的目的性特征表现在小说叙事中时，文本亦表现出紧张而有序的特征，“闲笔”的存在极易打乱仪式素叙事的节奏，从而无法形成有机整体。但在小说叙事中，“闲笔”往往有着重要的意义和存在价值。《水浒传》中“鲁提辖拳打镇关西”一节，从鲁提辖提着拳头要为金家父女讨说法开始，其目的性就十分鲜明，他做主让金氏父女远离此地，却受到店小二阻挠，行为的被阻隔便使叙事增加了迂回的意味。小说中即有两处视角转换的“闲笔”：一处是镇关西切臊子时，本欲送信的店小二不敢前来，暗自着急；另一处是鲁提辖拳打镇关西正当要紧处时，作者笔锋一转，反而去写看客们的神态表现。这两处闲笔属于小说叙事中有目的的控制手法，但若从仪式叙事的角度来看，这场惩戒仪式的流畅性却遭到了一定程度的破坏。相较而言，《蛙》中王小跑与小狮子在集市广场拜祭送子娘娘的描写，可认为是典型的仪式叙事结构。王小跑与小狮子婚后多年未能生育，两人的生活重心几乎全集中于生育问题，因此在见到送子娘娘塑像时，强烈的目的性心理激发出他们浓烈的情感，这使王小跑在仔细观察塑像的过程中，产生了强烈的仪式感。夫妻双方并非不知道祈祷仪式大多源于自我安慰与心理暗示，但在作家对叙事的安排中，这一仪式却成为叙事的核心部分，强烈的目的性使王小跑夫妻完整而流畅地完成了祈子仪式过程。这种叙事结构的安排与情节的展现，可看作是仪式素叙事。

从大的层面来说，仪式素叙事从属于一般的小说叙事，但在具体表现方面又有独特性，它更注重局部的描摹，而非整体地观照。这一独特性体现出了仪式的本质含义，无论是格尔兹提出的仪式的本质是表演，或是维克多·特纳认为的仪式是一种行为过程，乃至帕森斯将仪式视作某个特殊社会的要素，他们的观点都体现出仪式的一个共同特征，即仪式是一种有针对性的阶段行为，并且是社会运行、文化发展过程中的重要内容。一般情况下，小说叙事着重于全局把握，其结构更为复杂，而仪式素叙事则针对作品的局部，具有强烈的目的指向，因此可以在涉及某一特殊场景或特别行动时，实现对参与人物、行为意义等的顺畅表达。

仪式素叙事与一般小说叙事的差异之二在于视角的稳定性。视角是小说叙事研究中的重要概念，不同的叙事视角体现了叙事者的不同态度，反映出叙事者的不同情感倾向。在许多作品中，小说的叙事视角是不断变换的，即使作品以第一人称或第三人称进行叙述，叙事视角也会出现从叙事者视角切换至他人视角的情况。在视角不断转换的过程中，小说的叙事场景呈现出一种或远或近、或流动或凝聚的视觉特征。杨义对叙事视角的作用有着深刻的认识："视角蕴藏着生命，它能感觉，也能思考，画家用之见画，思想家用之见思想，因为视角往往偕同感觉和思想切入于行文运笔之间。甚而至于那些独特的视角操作，可以产生哲理性的功能，可以进行比较深刻的社会人生反省。"①在仪式素叙事中，仪式视角不仅要呈现仪式过程、器物，还要细致地表现色彩、声音等元素，否则当因视角选用不当而使仪式的某个环节出现缺失时，叙事的逻辑便会受到质疑，继而影响到仪式背后文化表达的有效性。

小说《少年天子》中涉及大量关于少年皇帝福临的仪式素描写，作者始终以全知视角予以观照，如福临会见汤若望时，小说事无巨细地表现出天子仪仗繁冗且威仪的礼节，以及从神甫、钦天监官员到鸣赞官、护军营骑兵和乐队庄重的行为神态。如果作家以限知视角等进行叙述，则很难细致描绘仪式的诸多细节。随着仪式的结束，全知视角也随之退场，福临在进入汤若望的教堂之后叙事转变为内视角，从而在更隐秘的层面表现皇帝的身份与性格。由此可见，在仪式素叙事中，限知视角不利于对全局的把握，因此在展现宏大的仪式场面时较少出现。

仪式素叙事明确的目的性及视角的稳定性等特点，使其呈现出紧凑且富有条理的叙事外观。仪式过程的流畅性，以及时间限度的规定，需要仪式素叙事的叙事过程与客观的仪式过程相对应，因此，仪式素叙事需要以流畅、紧密的叙事方式，使人物、行为、情节等多种叙事元素与叙事时间混融为一体。另外，仪式过程对于"顺序"是有严格要求的，顺序的打乱不仅影响仪式的进行，也会干扰仪式的最终效果。因此仪式素叙事往往采用顺叙方式，这不仅是对仪式过程的真实再现，而且也促使文本情节得以合理延伸。《黄河东流去》中写到蓝五与雪梅的爱情故

① 杨义：《中国叙事学》，人民出版社2009年版，第203页。

事，按照事件发生的时间，这两个人经历了失散后的重逢，重逢之后，他们要回顾过去发生的事情，因此这种回溯过程便采用了倒叙的方式。在倒叙过程中，读者得知蓝五和雪梅重逢于一场婚礼仪式，在对这场仪式进行描写时，必须按照仪式进行的顺序来展开。在婚礼过程中，蓝五所在的响器班子“一大早就来了”，到了“中午”，仪式逐一举行，“完毕之后”才有了蓝五婚宴开席后的笙吹细打。因此，仪式严格按照时间顺序进行的特性，使作者能够在整体倒叙中插入“顺叙”的仪式，从而凸显真实的仪式过程与仪式素叙事的独特性，这成为叙事逻辑的重要依托。与严格控制时间逻辑的现实主义小说不同，在许多先锋作品（如余华《此文献给少女杨柳》、孙甘露《请女人猜谜》、格非《迷舟》）中，时间被作家打乱、重置，呈现出不稳定的状态，仪式素的表现有极大的困难，由此可以看出，仪式叙事对逻辑表现、时间掌控的青睐，要强于对叙事情节的描述。

二、仪式化叙事的关键词

小说的仪式叙事并不仅限于对仪式素的结构、视角、空间、时间的表现，小说中仪式化书写的表现方式同样具有重要的存在价值。仪式化书写是将非仪式叙事的情节、结构进行仪式的“化”处理，将叙事的主题以仪式化的关键词形式进行提炼与归纳，并通过这种方式，使关键词在叙事中呈现出仪式的意义及内涵。换言之，仪式化叙事中的关键词，是对叙事中表现出的仪式意义的凝练表达。杰拉德·普林斯在《叙事学：叙事的形式与功能》中谈道：“叙事学研究的是：从叙事意义上来说，所有叙事有哪些共同之处，以及是什么允许它们具有叙事意义上的区别。因此它不怎么关心特定小说或故事的历史，以及它们的美学价值，但很注意那些把叙事与其他重要系统相区别的特质。”①叙事的最终

① ［美］杰拉德·普林斯：《叙事学：叙事的形式与功能》，徐强译，中国人民大学出版社 2013 年版，第 5 页。

目标往往是表现文本的内涵意义，对于仪式叙事而言，“意义”显然尤为重要。正如法国叙事学家格雷马斯指出的：“意义问题是当今人文科学研究的核心问题。要想把人的种种不同行为组织成一门人类学，把先后发生的事件串联成有机的历史，我们就不得不对人类活动的含义和历史的含义发问。对人而言，人类世界从本质上来说大概就是意义的世界。”①从格雷马斯的观点可以看出，对一种新方法的发现，首先便是探测其对意义实现有什么样的作用，仪式化书写正是这样一种从意义阐发的角度对叙事的模式探析，而仪式化的关键词正是打开意义大门的钥匙。

仪式化关键词不仅是对仪式叙事意义的提炼，更是对一般叙事意义的提升有推进作用。从叙事内涵体现出的情感强度来看，它大致可分为四类。第一类强度最大，可称为强度仪式化，其关键词有：神圣、朝圣、强制、磨砺、反叛、弑杀、牺牲、朝圣、迷狂、权威、赋予生命、赎罪。在叙事中，强性的仪式化一般发生在情节发展的高潮阶段，叙事人物基本限定于文本的主要人物，叙事时间通常比较集中，一般在几天，甚至一天或几个小时之内，并在特定的叙事空间中展现出人物从行为到心理的全面参与过程，它往往对情节走向具有关键作用。正如一部长篇小说不可能仅有一处情节高潮，仪式化关键词也不会只限定于一个，特别是在架构宏大的作品中，经常会出现两个以上的强度仪式化关键词。当人物对一种事业的追求达到极致，并为之克服一切困难时，即可称为具有“神圣”意义的仪式化书写，而困难对人物的考验与人物遭受的挫折又有了“磨砺”“弑杀”的意味，有时人物甚至要为之付出生命，成为“牺牲”。这些仪式化关键词在一定意义上可以勾勒出叙事的关键脉络，并能够高度概括文本的内在精神。刘醒龙在《天行者》中多次写到界岭小学的升国旗仪式，以至于升旗仪式成为了师生的“朝圣”，在强大信

① 转引自薛艺兵：《神圣的娱乐——中国民间祭祀仪式及其音乐的人类学研究》，宗教文化出版社2003年版，第161页。

念的支撑下，每一位贫苦的民办教师都在精神上被“赋予了生命”。

第二类仪式化关键词的情感强度较第一类次之，可称为亚强度仪式化，主要有：永生、苦行、秩序、高尚、凝聚、欢娱、治疗、冲突、奉献、谦卑、净化、洁净、庄严、惩戒、替罪羊。这些仪式化关键词仍具有一定的精神高度，但并不像宗教信仰般具有浓烈的情感色彩，这样的书写方式更有利于表现出人物的真实性与情节的可靠性，因此在情感方面也有了缓冲的余地。从文学对时代主题的表现方面来看，如果说“十七年”文学大多有强度仪式化书写的意味，那么，新时期以来的伤痕文学、反思文学、改革小说、寻根文学等，则呈现出亚强度仪式化书写的迹象。在许多作品中，强度仪式化与亚强度仪式化是共存的，作品为了凸显强度仪式化，需要有一定程度的亚强度仪式化作为叙事的辅助。可以说，亚强度仪式化书写因为有更高的包容性，更能全面地体现出人的情怀与价值、渴望与追求，因此是更具普遍性与重要性的叙述模式。如《天行者》中的升旗仪式作为一种亚强度仪式化书写时，日常工作与生活对四位民办教师发生的“凝聚”作用，艰苦环境中的“苦行”，以及这些教师们无怨无悔的“奉献”，都是作品叙事在“神圣”意味之外的仪式化书写。

第三类仪式化关键词的情感表现较为中性，其叙事具有柔和、内敛的特质，可称为中性仪式化，主要有：复活、训练、告诫、意志、控制、魔力、考验、神秘、节制、严肃、约束、荣誉、共享。在一般情况下，中性仪式化书写都会在之后伴有亚强度或强度仪式化书写，从而呈现出情感的递进，有利于作家把握叙事节奏，使叙事张弛有度。张平在《抉择》中展现的纺织厂工人与领导之间的矛盾，便是从中性仪式化书写延伸至亚强度书写的一个过程。在这一矛盾中，工人内部的对自我情绪的“控制”与对工厂荣誉的“共享”，以及领导对权力及财富的“控制”与“共享”，形成了一种较量，矛盾也从中产生。为了解决“手心”与“手背”之间的矛盾，从纺织厂走出来的市长李高成在“冲突”与“惩戒”的亚强度仪式化书写中，完成了对自我与工厂的“净化”，这使得文本中的情感表现从单一渐趋丰满，最终达到“高尚”的境地。

第四类仪式化关键词几乎不含有情感色彩，可称为弱度仪式化，主要有：边界划分、历史记忆、公证、信仰、循环、过渡、表演、象征、转化、赠礼、权力。弱度仪式化书写通常需要立足作品整体进行分析，它是对小说叙事全貌的描绘。如麦家的《暗算》，小说对国家秘密机构中的若干特殊人才的描绘，表现的是对一个不为众人所知的世界的“历史记忆”；莫言的《蛙》则充分表现出每个人物因生育问题而发生的“转化”，以及“蛙”这种动物的象征意义。另外，弱度仪式化还存在于一些零度情感表达的写作中。作家对所描写的事件，哪怕是一些极端行为也表现得不动声色，然而这并不意味着叙事者情感的消失，而是作者刻意弱化情感强度的结果。作者在叙事中着重突出“真实”，涂抹掉叙述者的情感痕迹，使书写呈现出冷酷的意味，这种弱度的仪式化关键词正是发现作者所隐藏情绪的关键所在。格非的《江南三部曲》讲述了三代的命运“循环”，从人物到叙事情节，“过渡”与“表演”的仪式化书写成为文本表现的主题，同时也间接地揭示出作者的情感态度。

三、仪式感的叙事表达

仪式感叙事并非一种叙事方法，也不涉及叙事人物、情节、时间、视角等元素，而是类似于一种叙事的投影，与叙事的观念形态相关。从叙事方法的角度看待仪式素与仪式化书写，它们仍从属于叙事的结构成分，而仪式感叙事则跳出了这种结构，成为一种统领性的，能够影响叙事整体布局的叙事内涵。换言之，仪式感叙事并非叙事方法，而是一种叙事效果。

叙事的展开过程，表现出作家对文化的理解，而文化的细节无不体现着仪式的烙印，可以这样认为，文化正是人类在长久以来的日常行为与仪式行为中共同构建的。衣俊卿强调，人总是生活在文化之中，无论是进食中使用筷子或刀叉，还是在正式的场合身着旗袍或西装，又或者是宴会上的举酒祝词，基督徒的礼拜功课，世界各地的传统节日与风俗，都体现出丰富的文化信息。因此仪式成为文化的依托，人类丰富多彩的文化表现，无不带有浓厚的仪式色彩，表现出丰富的仪式情感。从这个意义上来看，凭借文化而表达和传递的仪式感，成为人类情感中最为基础和原初的形式。

仪式感之所以能与叙事发生联系，是因为叙事人物、情节、时间、视角等要素都能反映出情感的特质。其中，人物、情节与仪式感发生关联是读者较易理解的，比较难理解的是时间与视角如何使仪式感发生。以叙事时间中的仪式感为例，首先应该明确的是，时间并非一种冷冰冰的刻度，而是始终记录着人类行为的轨迹，这样就自然地与人类情感联系起来。人类在抒发情感时，往往会将时间置于情感的记忆之中，如《祝福》中祥林嫂在哀悼儿子与自己的不幸命运时，不断地重述“下雪的时候，春天，一清早”等时间节点，时间的存在为祥林嫂提供了回忆的线索。兰色姆认为情感需要被点化，这种被点化的过程即是叙事手段发生作用的过程，将事件放置在特殊的时间阶段内，借此形成叙事的基本框架，是在叙事中表达仪式感的基础。李泽厚表示：“如果时间没有情感，那是机械的框架和恒等的苍白；如果情感没有时间，那是动物的本能和生命的虚无。只有期待(未来)、状态(现在)、记忆(过去)集于一身的情感的时间，才是活生生的人的生命。”①李泽厚指出的关于未来、现在、过去三种时间向度所承载的期待、状态、记忆，恰恰就是人类能够在仪式中获取的三种精神维度，从这个意义上来说，仪式叙事以时间为依托，以严密的叙事情节刻画文本人物，由此产生的涉及历史记忆与边界划分的情感状态，便是叙事时间引发的仪式感。

更为明显的仪式感呈现在小说叙事情节的展演之中，这与小说的根本属性相关，小说的叙事目的并非仅仅对一件事情进行叙述，而是发现事件叙述对读者情感的生发所起的重要作用。叙事如果不能使读者产生情感波动，或是无法使读者产生情感积淀，这样的叙事几乎无效力可

① 李泽厚：《美学三书》，天津社会科学院出版社2003年版，第246页。

言，因为它需要助力情感的发生，并实现叙事客体与叙事主体的统一。需要注意的是，尽管叙事情节有助于仪式感的产生，但仪式感却并非在情节中一以贯之。在不同的叙事情节中，仪式感的强弱表现也是不同的，这里可以用大情感与小情感分别指代仪式感在叙事不同层次中的表现。如在强度、亚强度的仪式化叙事中，仪式感呈现为大情感的表现，而在中强度、弱强度情感的仪式化叙事中，则是小情感的表现。大小情感的概念来源于艾略特，兰色姆在其观点的基础上做了进一步阐释，他认为："大情感指的是我们对于主要情境或者说整体情境的感受，而小情感指的是我们对于这一情境中各色细节的感受。或者说，大情感附着于主体'结构'，小情感附着于局部'肌质'。"①可以看出，情感的层次可以依据叙事的需要做出不同的划分，可以明确的是，当叙事以仪式形式进行表现时，其产生的情感也理所当然地具有了仪式感的指向。

第二节 小说中仪式的叙事功能

在通常意义上，小说的仪式叙事关涉三个方面，即仪式素、仪式化与仪式感。仪式素是小说仪式叙事的重要组成部分，仪式素构成了叙事的诸多细节，是小说能够进行仪式叙事研究的根本。仪式素叙事由多方面组成，比如仪式背景、仪式视角、仪式心理等。仪式化叙事是对仪式素等叙事要素的串联，形成了对小说整体形式的理解，同时又有效烘托了小说主题，因此是对仪式素与仪式感的连接与过渡。仪式感是对小说整体内涵的升华，从小说叙事学的意义上来说，仪式感超越了单纯从形式层面解读小说的层面，它涉及作者的价值倾向及审美追求，对于读者来说，仪式感具有一种心理的引导作用。仪式在叙事中的功能迥异于人

① [美]约翰·克劳·兰色姆：《新批评》，王腊宝、张哲译，文化艺术出版社2010年版，第92页。

类学家的记录，华莱士·马丁认为，小说是不同于人类学报告的一种人类历史经验的集成。从这个角度来看，仪式的叙事功能主要可分为以下三种。

一、社会关系的表现功能

1. 凝聚功能

从人类学家的角度来看，群体性是仪式的一个基本特征，仪式通过“凝聚”功能聚合了群体，并成为一种公众力量。仪式的凝聚功能有着多重含义：首先，仪式的过程即凝聚生成的过程，没有凝聚力的仪式必定是分崩离析的，因为群体的行为需要关联，这是一种使行为和目的合理存在的需要，如庆典仪式、祭祖仪式等都是以“凝聚”表现出群体问题的关联；其次，仪式凝聚的不仅是参与者，还有参与者对仪式的心理认同。凝聚功能在很大程度上统一了参与者的行为与思想状态，使参与者在特定节日中的行为必须符合仪式的限定含义，清明节不应张灯结彩，重阳节也不适宜划龙舟、吃寒食等。再次，凝聚有同化的意味，凝聚的过程逐渐促成了人与环境的同一，鲁枢元认为这种关系“不是一种简单的、直线的、单向的刺激与反应、反应与被反映的关系，而是各种复杂的、立体的、双向的、相互影响、相互渗透、相互创生的关系，人与环境存在着内在的统一”①。如人在求雨仪式中的心态就与自然环境密切相关，雨水的多寡影响到庄稼收成的好坏，进而影响到人的生存问题，在这种情形之下，人与环境是共生的，仪式的存在意义也是维护这种共生关系。当然，仪式的凝聚性并不总是正面的，当凝聚走向极端时，仪式就会暴露出它的反面与缺陷，如封闭与保守。由于仪式参与者有着相同的目的，因此他们自然会形成一种与外界隔离的状态，如在狂

---

① 鲁枢元：《文学的跨界研究：文学与心理学》，学林出版社 2011 年版，第 97 页。

欢仪式中，人处于癫狂状态中的情绪和思想都是较为激进的，布迪厄认为，“有些人只关注事件发生的那一时刻，而那一时刻是淹没在事件与时间激起的情绪之中的”①，也就是说，当仪式进行到一定阶段，其凝聚功能达到一定的限度后，仪式往往就会走向它的反面。

在小说的仪式素书写中，颇为瞩目的一点是叙事通过仪式素而发挥的凝聚功能，完成不同人物的出场介绍，以及对于人物行为、心理的表现，使叙事者自然地区分了仪式参与者与仪式观看者。从仪式参与者的角度来看，他们有相同或类似的心理目的、行为轨迹，他们的作用一方面是为了烘托叙事中的仪式场面，另一方面则是体现仪式内在的凝聚功能。从仪式观看者的角度来说，仪式的凝聚功能在一定程度上将他们排除在了仪式之外，但因为他们同处于仪式叙事的范围之内，因此又成为了外围的仪式参与者，间接地烘托与反衬了仪式。仪式素的凝聚功能是如此重要，以至于在几乎每一种仪式素叙事中都有所表现。如《百年孤独》中有一场描写何塞·阿尔卡蒂奥·布恩迪亚与普鲁邓希奥·阿基拉尔在斗鸡场门口的决斗仪式，那里聚集了村里一半人，在他们的旁观下，布恩迪亚杀死了对手。这段叙事不仅凝聚了所有参与者和观看者的目光，还深刻影响了小说叙事的走向，何塞·阿尔卡蒂奥·布恩迪亚正是在这场决斗仪式之后，因不堪鬼魂的困扰而迁徙到了马孔多。赫里内勒多·马尔克斯上校的葬礼也充分展现出仪式的凝聚功能，所有的人都在张望着送葬的队伍，每个人也都不忘朝着以布恩迪亚上校命名的街道和房子望上一眼，承载着马孔多记忆的乌尔苏拉也在关注着送葬的每一个细节，送葬仪式的举行，使已经分居、离散的人们又被重新凝聚在了一起。中国当代作家毕飞宇《推拿》中描写都红出院时，沙复明选择在中午接她回来，因为这时候的人是最齐全的，才能举行一个小的欢迎仪式。“仪式是必须的，仪式不是认知的方式，而是认知的程度。有时

---

① ［法］皮埃尔·布迪厄：《人：学术者》，王作虹译，贵州人民出版社 2006 年版，第 173 页。

候，仪式比事情本身更能说明问题”①，可以看出，以仪式的形式凝聚叙事中的人物，能传达出仪式之外的语言意义，如在这个盲人按摩所中盲人们相互倚靠、鼓励的关系，沙复明在精明之外的深情，盲人与平常人一样需要关注和爱护等。

2. 权力功能

仪式的权力功能指仪式所具有的一种类似于法律、法规的效力，也就是说仪式能够对人的行为进行判定。表现权力的仪式主要有司法仪式、政治仪式、反抗仪式等，特纳认为：“‘权力’这个概念指的是一定数量的对另一个人或群体的‘劝诱力量的可能性’。”②根据的仪式象征性、凝聚性的特征，仪式一方面描绘人物的相互关系，另一方面则突出了仪式主持者对权力的掌控作用，它能够形成一种宗法效力。在人类社会初期，人对仪式中的权力就有了朦胧的认知(远古先民借助蓍草、龟甲、兽骨等，对未来以及未知事物进行占卜)，从古代社会中的战斗预测、奴隶的命运、庄稼的收成，到现代社会的审判、惩罚等，都可以通过仪式形式而完成。从考古学研究成果来看，中国历史上出现的最早的文字，体现出的正是仪式的权力内涵。到当代社会，仪式的权力特质进一步深化，它可以通过各种形式进行繁殖和生产，正如福柯指出的：“权力能够生产。它生产现实，生产对象的领域和真理的仪式。”③福柯的结论虽然是建立在对刑罚的研究基础之上，然而只要向前再走一步，就会发现无论是惩戒还是反叛，权力的意味始终存在于仪式之中，权力本身就是仪式必不可少的一个部分，这也正是福柯所谓权力能被生产的真正含义。

① 毕飞宇：《推拿》，人民文学出版社2008年版，第296页。

② [英]维克多·特纳：《象征之林——恩登布人仪式散论》，赵玉燕、欧阳敏、徐洪峰译，商务印书馆2006年版，第272页。

③ [法]米歇尔·福柯：《规训与惩罚》，刘北成、杨远婴译，生活·读书·新知三联书店2012年版，第218页。

在小说的仪式素叙事中，权力的隐蔽属性使它几乎无处不在。这首先是因为权力承载着对立观念，只有通过对权力的展现，才能更深刻地表现冲突；其次是因为人物可以通过对权力的掌控影响叙事的发展走向。从这两方面来看，权力承担着重要的小说仪式叙事功能，尤其是在那些表现了冲突、规训和审判等含义的仪式素中，权力功能的表现尤为明显。古典小说《水浒传》里，施耐庵对梁山泊好汉与腐败官府之间的斗争描写，即体现了反叛仪式中的权力冲突，好汉们的揭竿起义就是对规则的挑衅，而规则正是官方制定的权力，在百姓的生存受到威胁时，对官府的反抗就是以民间斗争的形式对官方权力的挑战。随着梁山泊势力的壮大，官方权力受到严重影响，因此就有了官方对权力的妥协——招安，梁山泊好汉们最终接受了招安，体现出好汉们在心理深层对传统权力规则的认同。所以说梁山泊的悲剧在于民众对权力本质认识的模糊，当民众不能认识到人民的权力才是国家权力的来源时，这种悲剧就不可避免。

当代作家张平的《抉择》，也是一部以冲突表现权力斗争的作品。叙事从工人的一次暴动开始，他们不满工厂领导滥用权力使得工厂资不抵债，更遑论正常开工营业，因此以暴力仪式进行抗议，双方矛盾紧密地围绕着权力的归属问题而展开，一直到工厂领导的权力被更高一层的权力制约，腐化的权力掌控者受到惩罚才告结束。小说以暴动的仪式激发矛盾，激发出群众的质朴感情，并揭示了在权力支配下，一些领导的丑恶嘴脸，实质上，这与其说是暴动在引导叙事，毋宁说是权力在用一只无形的手对叙事进行操控。另外，韩少功的《爸爸爸》、莫言的《檀香刑》、余华的《许三观卖血记》等作品，都在叙事中刻画出人物在各种社会权力或文化权力的重压下的反抗与妥协。格莱姆斯指出："由于权力是在仪式化行为和礼节中事先存在的，在典礼中通过象征化的行为加以表现——权力要保护或改变某种东西。每种权力——政治的、军事的、法律的、个人的或经济的——都具有双重含义：它既可以是造成矛盾的原因，也可以成为解决矛盾的可能。”①从这个角度来看，当叙事中出现惩治、处决与反叛等情节时，权力往往隐藏在暴力仪式的背后，产生一种对抗的张力，这使读者具有了一种洞察力，能够发现仪式叙事背后的权力真相。

仪式的权力功能还具有政治规范的意味。李泽厚在《中国古代思想史论》中提出，仪式的一个基本特征便是从原始礼仪中流变而来的，发展成为原始晚期氏族社会统治的规范，杨宽在《古史新探》中也认为，仪式不仅是一种礼仪，更有元老会议等性质，是古代政权机构的前身。因此，小说在对宗族秩序、国家制度等进行表现时，仪式的权力功能在“规约”的呈现和表达等方面具有了重要意义。如柳建伟在《英雄时代》中反复描写金月兰的公司“都得利”每天早晨的升国旗、高唱国际歌的仪式，这种仪式在一定意义上已经成为这家民营公司不成文的规章制度，因此员工在不能遵守这种规约时，实际便意味着与“都得利”的诀别。还有古华的《芙蓉镇》中，大队不时地要召集五类分子汇报情况并对他们训话，这种对他们行为、思想的约束与规范也成为了例行的仪式，在这种行为过程中，权力实现了高效的凝聚，正如格尔茨指出的，规范所产生的力量是巨大的，与其说它们是对行为的管制，不如说是一种表述。

二、情绪表达的功能

1. 情感功能

仪式作为人类社会行为的符号化表达，蕴含了丰富的情感，仪式的真实性往往通过对人类真挚情感的表现而得以实现，没有情感的仪式只能沉耽于表演的过程，而失去了仪式本身的意义。仪式中的情感问题得

① [美]罗纳尔德·格莱姆斯：《仪式的分类》，王霄冰主编：《仪式与信仰：当代文化人类学新视野》，民族出版社2008年版，第23~24页。

到了许多人类学家及社会学家的关注，大卫·科泽的思考是“仪式的情感源自何处？涂尔干给出的提示是仪式之所以能产生强烈的情感，是因为仪式表达出了人们对社会的强有力的信赖感”，他在泰瑟的启发下进一步提出：“仪式不单激发情感，而且循循善诱。仪式的诱导能力主要依赖于它令人们心悦诚服的能力……最有力的仪式在情感上的影响力是无与伦比的：它们牵涉的不是人格的某些方面，而是人格的全部。”①这里需要区分的是，情感和感情是否属于同一种事物？虽然二者大致相同，但还是存在细微的差别。一般认为，情感是一种与人类社会需求相关的态度，如幸福、厌恶、喜悦、仇恨等，感情则更多地指人类在外界刺激下产生的心理反应，是一种具有浓厚主观性的感受，如慈悲、羞耻、自豪、恐慌等。虽然，感情比情感的包容性更强，情感的时效性比感情更短、更集中。在正常情况下，一场盛大的婚礼仪式充满了爱的感情，在这基础上又会产生参与者高兴、羞涩、腼腆、激动和期盼的情感，庄严肃穆的葬礼仪式中的感情则是悲哀的，且同时又存在哀愁的情感。虽然情感和感情存在差别，但实质上它们显示出互文的关系，感情自然包含了情感，情感又何尝不是感情的反射呢？因此仪式的情感功能与感情功能同中有异、互为补充，都是表达仪式参与者心理态度的方式。

一些学者认为，小说在情感的表达方面要逊于诗歌，这种看法有一定道理。刘玉民在《骚动之秋》中描写赢官面对母亲的苦难时表现出极其激昂的情感，“一种崇高得近乎神圣的情感升腾起来，像股热流。赢官被深深地感动了。他觉出了眼睛的潮润。那潮润旋即作了滂滂热泪，破眶四溢……那近乎神圣的情感很快升腾到了极致，随之，以一种异乎寻常的速度和力量，变成了截然相反的仇恨。那仇恨使赢官以近乎疯狂

① ［美］大卫·科泽：《仪式、政治与权力》，王海洲译，江苏人民出版社2015年版，第115页。

的神态跳跃起来”①，人物的情感固然热烈，但与《诗经·邶风·凯风》②中作者对母亲独自辛苦抚养子女的怜惜，以及白居易的《慈乌夜啼》③中诗人对慈乌失去母亲后，那种“树欲静而风不止，子欲养而亲不待”的悲怆感情相比，确实在情感的真挚和饱满方面有较大差距。徐岱在《小说叙事学》中也提出，“诗歌的创作动机是一种抒发动机，小说的创作驱动力则是一种叙事的动机”④。小说的仪式素叙事恰恰在很大程度上弥补了小说情感展现的缺失。仪式素描写是表现人物心理、情绪的有效渠道，它能随着仪式多重环节的开展，呈现出人物的情绪变化过程，并升华情感中的喜、怒、哀、乐等诸多内容，营造出一个蕴含多种元素的情感世界。布朗认为，“情感通过仪式得到了庄重和统一的表达，从而再次肯定、更新和加强了社会稳定所引来的那些情感”⑤。通过仪式生发出的情感，无论是真实客观的仪式行为，还是作为小说叙事的组成部分，都专注于仪式参与者在仪式氛围中的心理感受和情绪表达。如格非在《春尽江南》(《江南三部曲》之三)中描写的谭端午参加庞家玉的葬礼仪式。在殡仪馆引导员的指导下，他回家取一把用来罩着骨灰盒的黑伞，以免死者的亡魂四处飘荡：“端午从厕所的柜子里拿出了一把黑伞，犹豫了一下，又换了一把花伞。他的眼泪即刻涌出了眼眶。”⑥家玉去世时，端午其实与她的感情已经破裂到了无可挽回的地

① 刘玉民：《骚动之秋》，人民文学出版社1990年版，第208页。

② 《诗经·邶风·凯风》原诗：凯风自南，吹彼棘心。棘心夭夭，母氏劬劳。凯风自南，吹彼棘薪。母氏圣善，我无令人。爰有寒泉？在浚之下。有子七人，母氏劳苦。睍睆黄鸟，载好其音。有子七人，莫慰母心。

③ 白居易《慈乌夜啼》原诗：慈乌失其母，哑哑吐哀音。昼夜不飞去，经年守故林。夜夜夜半啼，闻者为沾襟。声中如告诉，未尽反哺心。百鸟岂无母，尔独哀怨深。应是母慈重，使尔悲不任。昔有吴起者，母殁丧不临。嗟哉斯徒辈，其心不如禽。慈乌复慈乌，鸟中之曾参。

④ 徐岱：《小说叙事学》，商务印书馆2010年版，第8页。

⑤ [英]A. R. 拉德克利夫-布朗：《原始社会的结构与功能》，中央民族大学出版社1999年版，第120页。

⑥ 格非：《春尽江南》，上海文艺出版社2012年版，第347页。

步，但葬礼仪式却重新唤起了他对夫妻生活中曾经美好一面的眷恋，端午伤感和难过的情感正是通过“伞”这样一个仪式器物得到了释放。

2. 伦理功能

伦理，即人在社会与自然生活中所需协调处理的关系与规范，如中国儒家传统文化中的“忠、孝、信、悌、仁”即是一种伦理要求。在通常意义上，人们经常将伦理与道德联系在一起，认为伦理是体现道德观念和行为的一种准则，对伦理的遵从也就体现着道德的态度。那么，仪式有没有伦理属性？这个问题值得商榷。马塞尔·莫斯认为仪式是一种能传递各种各样观念的语言，因此它可以有善也可以有恶。许多学者则认为仪式并不完全都是具有道德、充满爱和智慧的，还有相当多的仪式是恐怖、甚至邪恶的，善的仪式往往包含着仁爱；交往仪式包含的是礼让谦和，交换仪式包含的是诚信和遵守。但在恶的仪式中，则很难看出与伦理有关的成分，如弗雷泽、马林诺夫斯基、埃文斯-普理查德等早期的人类学家，在《金枝》《西太平洋的航海者》《阿赞德人的巫术、神谕和魔法》等著作中，对巫术险恶、狠毒的一面有着详尽的描述，并在不同程度上谴责巫术的存在。埃文斯-普理查德指出，“巫术概念不仅是不幸和人际关系的函数，而且还包含着道德批判”，“实施巫术不是漫无目的的随意行为，它是一个人向仇人发起的有计划的攻击。巫师经过充满恶意的预谋后才采取行动”。① 由此看来，仪式的伦理性是存在区分必要的。

仪式在小说叙事中表现出的伦理特性是具有研究价值的，通过仪式来展示人物的伦理道德无疑更为生动，而且，个体的伦理表现往往是社会伦理影响的结果，从这个角度来看，小说叙事中的仪式素本身就是伦理阐释的前提。如葬礼所体现的便是一种关乎伦理的文化，莫菲曾说

---

① ［英］E. E. 埃文斯-普理查德：《阿赞德人的巫术、神谕和魔法》，覃俐俐译，商务印书馆2006年版，第108页。

“没有任何一个社会是将死人一扔了事的”，与此相关的还有成人礼、宗教礼、世俗礼等。杨义在《中国现代小说史》中谈到，小说是作家对社会人生体悟的表现，通过作家对外在材料与内在心理的综合处理，才有了作品中关于生命与道德的表现。也就是说，当仪式素作为一种外在材料时，它就需要作家在主观上作出判断，然后使仪式与文本更好地融合为一体，呈现出关于民族、社会、历史等深厚的伦理文化。刘小枫也认为，原初的伦理学正是对个人或集体命运的讲述。有相当数量的小说中的仪式描写表现出了作家对伦理问题的关注，如《西游记》中唐僧师徒四人历经千难万险、经历九九八十一难之后，终于在极乐世界见到佛祖，而四人加冕成佛的仪式既有功德圆满的含义，也有对慈悲、正义、忠诚、勇气等伦理内涵的歌颂。又如《红楼梦》中马道婆以巫术的邪恶力量祸害王熙凤与贾宝玉的叙事，为读者理解仪式恶的一面提供了范例。吃斋念佛的马道婆本应该慈悲为怀，静心清修，然而为了贪图赵姨娘的银两，便用巫术伤害他人，巫术在这里便成为对不道德行为的注解。马林诺夫斯基认为，“正如一个社会普遍接受的道德和规范那样……可以通过分析当地人的行为而发现。我们通过看一个社会的风俗和行为，便可以了解该地的法律和社会礼仪的基本原则；通过研究仪式，我们可以找到信仰的宗旨和教条”①，借助这一观点去观照小说叙事，可发现通过对一部作品中仪式叙事的解读，便能够了解作家所处地域的文化态度。

三、仪式书写的叙事功能

1. 象征功能

仪式的象征意义是其较为基本的特征之一，如果将人类的语言和行

① ［英］马林诺夫斯基：《西太平洋的航海者》，梁永佳、李绍明译，华夏出版社 2002 年版，第 372 页。

为视为不同的符号，那么，仪式便是其中意义最丰富、表达形式最多样的一种。仪式通过行为过程与语言来阐释意义，这种意义需要通过仪式具体环节的串联、具体器物的象征性呈现共同组建。霍尔指出，“意义并不内在于事物当中，它是被构造的，被产生的”①，所以还需要为意义附加社会心理、生命价值等含义，才能使意义具有象征意味。如东方婚礼中的红色象征着热闹、喜庆，西方婚礼中则需要以白色来象征纯洁与长久；东方的葬礼以白色象征悲哀，西方的葬礼以黑色象征凝重。相同的颜色在不同的地域中产生了截然相反的象征性意义，这是因为文化赋予了颜色本身意义之外的含义，因此才有了不同的象征内涵。又如中国男性婴儿周岁时的“抓周”仪式，通过婴儿抓取象征着不同含义的器物，喻示其日后的发展，如书籍代表舞文弄墨、弓箭代表要枪弄棒、脂粉代表不务正业等。可以看出，不同的文化类型赋予了仪式不同的象征意义，这种影响也延伸到了环节、器物、时间、场地等诸多层面。在约定俗成的仪式中，象征性通过各种形式要素而被牢牢固定下来。

小说仪式素的象征意义具有两种层面的含义，一种是仪式本身的象征意义，另一种是仪式素在叙事中的象征意义。如《骆驼祥子》中刘四爷为自己贺寿的仪式，便是一种直接行动的过渡仪式，仪式的效果体现在人物的直接反应中。小说描写了细致的仪式场景，如“大寿桃点着红嘴，插着八仙人”，还有象征平平安安的苹果和寿面，更不用说“喜棚，寿堂，画着长坂坡的挂屏，与三个海碗的席面”，上述仪式器物的存在，象征着刘四爷希望自己长命百岁、平安吉祥的愿望，而当把仪式视为文本叙事的有机构成时，关于刘四爷命运、社会环境、人群之间的交往等的叙事，就让这场看似红火热闹的寿宴仪式，转为他一辈子争强斗狠后孤单与落寞的象征，仪式越热烈，刘四爷的精神世界就越孤独。又如鲁迅《祝福》中的年关祝福仪式，“这是鲁镇年终的大典，致敬尽礼，

① ［英］斯图尔特·霍尔：《表征：文化表征与意指实践》，徐亮、陆兴华译，商务印书馆2013年版，第33页。

迎接福神，拜求来年一年中的好运气的"，这个仪式的象征意义在于求福禳灾，因此只有男人才能点香烛、恭请福神。而它在叙事中的象征意义远大于仪式本身的意义，一场祝福的仪式葬送了祥林嫂这样一个鲜活的灵魂，仪式越庄重，其冷酷的象征意味也越突出，祥林嫂正是死于"爆竹声联绵不断"的"祝福"之中。如果叙事止步于此，那么鲁迅仪式书写的批判意味就远不够浓烈，于是作者又写到"祝福"仪式结束之后，令人不安的事物从此"全给祝福的空气一扫而空了，只觉得天地圣众歆享了牲醴和香烟，都醉醺醺的在空中蹒跚，豫备给鲁镇的人们以无限的幸福"①，这种带有强烈讽刺意味的书写才是最值得深思的仪式象征含义。通过上述例证，可以证明仪式叙事的象征意义很大程度上超越了其本身的象征意义，揭示出了深刻的内涵。

2. 节奏功能

从社会行为的角度来看，仪式因其纷杂的程序、繁复的步骤、连续性的时间、多样的仪式器物、庞大的仪式参与者与观看者群体，构成了一个庞大的行为整体，如古代帝王的登基仪式、婚礼仪式等。这些仪式因为糅合了国家、民族与个人等多元成分，具有强烈的象征意义，因此存在从大到小、从巨型到微型的多元规模。另外，仪式也可以简化为一个手势、一句话，甚至一个表情，如在节日中相互拱手问候的交往仪式，现代会议中签到的身份认同仪式，还有在战争年代地下党员的入党仪式、苦难岁月中的添丁仪式等。当小说对这些仪式进行表现时，作者往往将简单的仪式复杂化处理，以追溯的方式对问候语在特定场合中出现的情况作出解释和说明，并对这种行为的文化背景作出一定交代，甚至浓墨重彩地介绍参与人物的成长经历。这种叙事并非作者的无病呻吟，而是叙述者制造叙事"空白"的过程。在中国古典艺术中，"留白"是一项重要的艺术手法，它为观赏者提供了广阔的可供想象及回味的空

① 鲁迅:《呐喊·彷徨》，江苏文艺出版社 2006 年版，第 118 页。

间。对简单仪式的时空拉伸与复杂化呈现，是文本利用仪式舒缓叙事节奏的表现。对于一些较为复杂的仪式，作家反而用轻描淡写的几句话作交代，便可看作是文本对叙事节奏控制的另一种表现。徐岱认为，“叙事的本质是对语言的运用，而语言是一种主体性极强的符号体系，因为在语言背后始终存在着一位语言的使用主体”①，此“语言的使用主体”会因为自己对叙事的独特理解而产生思维的波动，这种有高有低、有缓有急的思维波动，反映在文本中便转换为叙事的节奏。

小说仪式叙事节奏功能的主体在于创作者，它体现了作家的主观能动性。如苏童的《我的帝王生涯》，以第一人称叙事口吻，讲述了一个燮国国君所经历的八年帝王岁月，在帝国分崩离析之时，象征着帝王尊严的皇家仪式也荡然无存，相比起《康熙大帝》等作品，苏童对仪式的淡化似乎是有意为之，他通过简化仪式加快了叙事的节奏，使人物的恐慌与忧虑情绪不断增强，间接反映出创作主体的情感态度。又如阎连科的《坚硬如水》，在这样一部充满革命仪式的作品中，作家同样对仪式素做出了极大的简化，仅保留了必要的时间、环境与行为，制造出紧张而激动的革命气氛，同时矮化人的理智，使全村人几乎都迷失在高爱军对未来憧憬的许诺与现阶段的革命仪式之中。在这样的叙事结构中，仪式的过度展开反而会干扰情节的流畅性，因此对仪式的缩减是有利于故事发展的。

在一些表现庄严场面的小说中，仪式素呈现出反向表现的趋势，往往一个简单的仪式会被铺陈成宏大的场景，如凌力的《少年天子》，即详尽描写了少年福临的两次出宫仪式。相较于其他皇家仪式，皇帝的出巡尽管需要体现皇家气势，但毕竟只能归属于社会交往仪式而不属于隆重的政治仪式，然而凌力却刻意细化了对这种仪式阵势的刻画。“五凤楼上，钟响阵阵。钟声沉重又辽远，响彻北京古城的每一个角落，庄严地宣告：皇帝出巡！静鞭山响……开道红棍，黑漆描金，由一队队銮仪

① 徐岱：《小说叙事学》，商务印书馆2010年版，第382页。

兵走过。跟着便是由鼓、仗、板、龙头笛、金、画角、金钲、小铜号、大铜号等组成的浩大乐队……乐队之后，三百多红衣銮仪校执掌着一百多对卤簿：伞——黄、红、白、青、黑、紫等色的龙纹伞、花卉伞、方伞、圆伞……浩浩荡荡，绚烂夺目的銮仪，导引着一顶黄幔软金檐暖布舆。十六名抬舆旗尉，头戴豹皮帽，身穿红缎织小葵花长袍，步伐整齐……辉煌的大队，在徐缓、庄严的乐曲声中静静前进，像一条彩色缤纷的河，向南流动——这是皇帝排设仪仗中的第三等。"①由此可见，随着作者对出巡仪式中仪式器物的详尽展示，以及对各色仪式参与人员的描绘，在使叙事放缓的同时也营造出一种庄严肃穆的气氛，这说明在作家的有意控制下，仪式有效地承担了叙事节奏的控制功能。

第三节　新时期小说仪式叙事与茅盾文学奖获奖作品

没有一种理论不需要实践的支撑作用，特别是在文学研究领域，没有文本依托的理论是空洞的，作为一种批评方法的小说仪式叙事研究也不例外，只有在文本土壤的"滋养"下，仪式叙事批评才能得到更好的发展。

理论与文本并非单向度的决定关系，恰当而有效的理论往往也能深刻影响作家的创作。从作家的角度来说，恰当的理论阐释能够帮助其调整创作的构思与表述。从小说创作的层面来说，虽然作家很少会按照理论构想规划其作品内容，但绝大部分作家会在借鉴前辈优秀作家作品的同时，深刻领会前人优秀创作中的理论"影子"，如王蒙的《夜的眼》《春之声》等便是对意识流理论的明显借鉴。从读者的角度来看，缺失了理论指导的阅读，读者往往很难从对文本的感性认识上升到具有一定深度的理性认知，因此理论在一定程度上可以帮助读者透过文本，了解其内

① 凌力：《少年天子》，作家出版社 2009 年版，第 16~17 页。

涵所在，并引导读者更为全面地理解作家及作品。从这个意义上来看，理论与文本是相互提升、相互促进的。

一、新时期小说的仪式叙事书写

在新时期以来的小说创作中，社会仪式行为已成为作家们重要的叙事对象。在对上述小说文本进行研究时，需要与小说叙事相适切的理论批评方法。与古典及现代文学相比，当代小说具有更加开阔的创作视野，更加多元的内容，与更加包容的特性，这在新时期以来繁荣的长篇小说创作中表现得尤为明显。

首先是题材的多样化。如果说现代小说打破了表现"才子佳人""王侯将相"的藩篱，那么当代小说特别是新时期小说，其表现对象变得前所未有的丰富。比如对城市普通百姓的描写，如苏童的《黄雀记》、叶兆言的《马文的战争》、徐则臣的《耶路撒冷》、王安忆的《匿名》，反映出普通人在特殊环境中的表现，揭示他们特有的生活哲学；对底层人民生活的展现，如贾平凹的《高兴》、曹征路的《那儿》、陈应松的《马嘶岭血案》、罗伟章的《大嫂谣》等，刻画出底层艰辛而充满血泪的生活；对知识分子的重塑，如贾平凹的《废都》、格非的《江南三部曲》、阎连科的《风雅颂》等，表现了虽拥有文化知识，但不具备健全人格的知识分子群体，他们是思想与现实生活均被撕裂的人类代表；对官场、商场斗争的描写，如闫真的《沧浪之水》、王晓方的系列小说《驻京办主任》、黄晓明的系列小说《二号首长》、小桥老树的《侯卫东官场笔记》、崔曼莉的《浮沉》、付遥的《输赢》，这类小说是对底层人民眼中"权贵"人物的祛魅，描绘出身处高层或手握巨资的社会精英们的生存现实；历史小说如高阳的《胡雪岩》、孙皓辉的《大秦帝国》、郑熙亭的《汴京梦断》、王安忆的《天香》等，这些作品在重现历史场景的同时，又映射着当下的现实生活；网络小说如宁致远的《楚氏春秋》、萧鼎的《诛仙》、酒徒的《明》、流潋紫的《后宫·甄嬛传》等，这些创作以网络为传播平台，以商业化模式运营，迎合了不同类型读者的阅读趣味，是当代文学的重要组成部分。另外，表现少数民族生活题材的小说，如范稳的《水乳大地》《悲悯大地》《大地雅歌》（藏地三部曲），武侠小说如张大春的《城邦暴力团》，科幻小说如刘慈欣的《三体》、郝景芳的《北京折叠》等作品，都为新时期以来小说创作题材的不断丰富贡献了重要力量。

其次是文学创作风格的丰富性。新时期小说创作受到了中西方文艺思潮的深刻影响，这不仅包括作家对古典文学写作经验的继承，也包括对西方文学理论的参考和借鉴，可以说，新时期作家知识背景的多元化是其创作意识表现多元化的重要来源。在这一过程中，许多作家也开始有选择地、以批判性继承的眼光对待诸多文学观念和创作方法。在现实主义风格的小说创作中，作家们除了真实地反映和表达现实，还对本民族的历史文化资源进行了有意识的叙事改造，如以莫言为代表的魔幻现实主义创作便是其中代表。雷达认为："新世纪以来，作家们在小说文体的探索实践中，普遍自觉地将民族形式作为一种可以用来平衡'先锋叙事'某些极端化倾向的手段，力求根植于本土文学的深厚土壤，创造出更适合本民族语境的文体形式。"①在现代主义风格的创作中，重要作家如马原、洪峰、残雪、扎西达娃、余华、格非、莫言等开始了小说创作的各种实验，诗歌界则以"白洋淀派""朦胧派"诗人为代表，做出了大胆的创作变革，张清华甚至将这一时期的文学现象称为当代的"文艺复兴运动"②。虽然成绩喜人，但具有现代主义风格的长篇小说创作不但在数量上不够充足，在作品价值上也有所欠缺。最主要的问题是作家们为了现代而现代，为了技巧而技巧，却并未真正领会"现代"产生的根源与实质内涵，这使得该类型小说仍处于艰辛的探索路途之中。当然，少数作家如莫言、格非、李锐、陈希我、宁肯等已突破了传统的叙事方式与单一的写作视角，这使他们的作品呈现出更具灵活性的艺术风貌。

尽管小说创作实验在当下仍如火如荼，但现实主义作品在绝大多数

---

① 雷达主编：《新世纪小说概观》，北岳文艺出版社2014年版，第77页。

② 张清华：《中国当代先锋文学思潮论》，中国人民大学出版社2014年版，第6页。

读者心目中的地位仍然不可撼动，茅盾文学奖获奖作品受到的广泛关注即说明了这一点。

二、茅盾文学奖获奖作品中的仪式书写表现

在已经产生的四十三部(1982—2014 年)茅盾文学奖获奖作品中，反映现实、讴歌时代的现实主义作品占据了最大比重，即使是仅有的五部历史小说(《李自成》《少年天子》《金瓯缺》《白门柳》《张居正》)也是立足于现实的历史观照，仍坚持了浓重的现实主义创作风格。在叙事方面，获奖作品几乎毫无例外地涉及了表现文化传统、民风民俗的仪式描写，其中，仪式素起到了在叙事中表现真实细节的作用，仪式化与仪式感则承担了真实细节描写之外的情感表达作用。林耀华的《金翼：中国家族制度的社会学研究》，这部小说以民族志的方式进行写作，但由于仪式化书写的缺乏，使得这部作品无法使读者生发出相应的仪式感，因此仪式化书写在一定程度上保证了小说文本不至于发生偏移而类似于田野志或纪实文学。在仪式叙事的基础上，能否使作品达到“真、善、美”的高度，则是对作家艺术功力的考验。

获茅盾文学奖的四十三部获奖作品大多细致描绘了特定时代的仪式，大到国家层面的仪式(第二届张洁的《沉重的翅膀》、第四届王火的《战争和人》、第八届莫言的《蛙》)，小到家族仪式(第四届陈忠实的《白鹿原》、第五届王旭烽《茶人三部曲》、第六届张洁的《无字》、第七届贾平凹的《秦腔》)，乃至个人仪式(第一届古华的《芙蓉镇》、第二届刘心武的《钟鼓楼》、第八届刘醒龙的《天行者》、第九届李佩甫的《生命册》与金宇澄的《繁花》)。这些作品的仪式素表现一方面凝结着作家对社会文化的全面认知，另一方面则体现出仪式存在对作家创作思维的影响。如《白鹿原》中的仪式素涉及了婚礼、葬礼、巫术、过渡仪式、家族宗法仪式等，陈忠实通过丰富的仪式素书写展现出一幅封建宗法色彩浓郁的乡村图画；《湖光山色》中的仪式素有表演仪式、婚礼、祭祀、

政治仪式等，作家通过仪式素的展示，表现了以旷开田与楚暖暖为代表的新时期农民在金钱与权力冲击下的思想变化。在另一些作品如《抉择》《沉重的翅膀》中，作家则表现出了仪式的变形样式，并通过小型仪式素塑造独特的人物形象，这类作品借助仪式化书写指出了特殊时代中出现的诸多问题，并留给读者种种思考。

在获奖的五部历史小说中，作者们都非常重视仪式素的运用，尤其是在国家仪式的表现层面。《少年天子》《金瓯缺》用大量篇幅描绘了以封建王朝最高统治者视角展现出的皇家仪式；《白门柳》《张居正》则以儒家正统秩序的眼光，再现了扶持帝国大厦的王侯将相们的历史面孔，仪式素的描写使模糊的历史面目得以再现。在表现少数民族历史与生活的作品中，霍达的《穆斯林的葬礼》描写了居住北京的回族人民在社会动荡中的喜怒哀愁，阿来的《尘埃落定》表现了藏族最后一个土司家族的古老民俗，迟子建的《额尔古纳河右岸》通过表现鄂伦春族独具特色的民间仪式，展现了他们的民族性格及与天地自然的和谐生活。在极具理想主义色彩的现实主义创作中，如《冬天里的春天》《平凡的世界》《将军吟》《东藏记》《天行者》《生命册》等作品，作家通过仪式素的运用调节叙事的节奏，在一些仪式环境中，仪式素往往成为人物命运的转折点，成为一种观照人物成长历程的独特视角。特别是李佩甫在《生命册》中，以“橘子瓣”的叙事方式，将下梁村虫嫂、杜秋月、骆驼等人物的成长线索刻意缠绕起来，表现命运不可捉摸的特征，这构成了人物生命成长的仪式。这些作品将人物的个人成长与社会变迁结合起来，表现出小说的精神价值塑造作用。

在近两年的获奖作品中，仪式素作为一种叙事对象，在文本中的表现呈现出明显减少的趋势，这是否证明仪式化书写不再被时代需要呢？显然不是。在仪式素的表现之外，仪式化书写广泛存在于获奖作品之中，且活跃于各类题材作品之中。在反映大家族、小家庭的作品如《许茂和他的女儿们》《钟鼓楼》《茶人三部曲》《秦腔》《你在高原》中，“凝聚”“历史记忆”是最显著的仪式化表象；在以特定的时代背景为表现对象的《芙蓉镇》《将军吟》《冬天里的春天》《沉重的翅膀》《骚动之秋》《战争和人》等作品中，边界划分与“考验”“磨砺”构成了仪式化书写的主要内容。而在《第二个太阳》《长恨歌》《天行者》《蛙》《推拿》等小说中，“赋予生命”“净化”是这类作品仪式化书写中值得重视的部分。另外，历史小说中蕴含“告诫”的仪式化书写、展示少数民族民俗风貌的小说中“庄严”“神秘”的仪式化书写等，因其具备生动而鲜明的叙事特点而得到了作家的普遍重视。

与仪式素表现、仪式化书写不同，仪式感并不完全受到作家的主观支配，因为它并非一种叙事材料或叙事手段。前文已经多次强调，仪式感决定了一部作品品质的优劣，因此作者只有通过培养自身的文学功力、艺术感悟力与道德素养、人文情怀，并在创作中不断投入血汗之后，才有可能使创作蕴含真实而不虚伪、具体而不空洞的“真”“善”“美”的品质，也才能使读者在阅读过程中生发出崇高的精神高度，即一种代表着“神圣、崇高、庄严”的仪式感。仪式感属于读者主观层面的感受，来源于读者内心世界最深处的情感激荡，所以需要读者从整体层面上形成的感官知觉进行评价。兰色姆对此有过令人信服的解释：“我们对于艺术中的物体所怀的感情不同于我们对自然或本源的物体所怀的感情，我们在‘心理距离’、‘艺术的超然’以及艺术‘模仿’等理论中也经常听到这一定理。然而，两种感情的差别在哪里？何为被‘点化’的感情？我认为要对这类问题进行清晰的讨论，必须丢开那一套感情语汇，去讨论与那些感情相对应的认知物体或客观情境。但是，要将这二者连接起来，我们不妨说最初的感情是一种炽烈的情感火花，它伴随着一种活动，当事人从中得到实际、完满的体现，也许我们可以称之为现实性情感。接着我们应该区分出仅由物体意象引发的情感，这种情感因回忆而被唤起，或由恣纵的想象力混合而成，它至多被当做一种实验性或尝试性的情感，或者说是一种自觉、哲学性或推想式的情感；总之是‘审美’情感中的任何成分。”①杜勃罗留波夫也指出：“文学的价值和意义，它的巨大的吸引力，很大程度上，就来自于它的社会内容、思想深度、情感力量和伦理意味。”②

巴金对获奖作品“最优秀”的定义，其评价标准很大程度上是仪式感之有无。仪式感在最大程度上凝聚了作品对于真、善、美的表现，只有那些情感真实、价值观导向正确、具有美的艺术性的作品，才能使读者感受到真、善、美的真谛，才能使作者达到通过作品引导读者精神走向的目的。值得称赞的是，在四十三部获奖作品中，《将军吟》《平凡的世界》《金瓯缺》《白门柳》《战争和人》《天行者》等都从不同层面提炼了仪式感的内涵，它们或注重宣扬人性本真的善良，给读者以崇高的仪式感；或在讴歌英雄在家国危难之际的本色、民族气节，给读者以庄严的仪式感；或通过对时代和社会苦难的表现，弘扬人与人之间的美好情感，歌颂一种永恒的美好。

三、选择八部典型作品的依据

总的来说，九届茅盾文学奖获奖作品基本上以仪式素为叙事对象，通过仪式化书写的运用，最终使文本的情感与精神内容升华至仪式感的高度。这些作品的主题涉及军旅、战争、家族、改革、乡土、政治、历史、知识分子、少数民族等，在文体风格方面具有独特的艺术性，表现了人类生活的多元内容，以及精神与思想的深刻性。本书的主旨并非对四十三部获奖作品一一做出评论，而是以一部分作为代表，全面阐释小说仪式书写的理论体系。批评的目的在于通过考察作家的创作行为及文本的最终呈现，检验作品是否通过仪式叙事而构成一个自足的整体，乃至考察仪式叙事理论是否能够成为全面分析中国当代小说创作，以及批

① ［美］约翰·克劳·兰色姆：《新批评》，王腊宝、张哲译，文化艺术出版社2010年版，第91~92页。

② 转引自李建军：《黑暗王国的一道精神闪电——论杜勃罗留波夫的文学批评》，《扬子江评论》2017年第5期，第5~13页。

评的工具。

仪式是人类一系列系统性行为的整合与表现，因此运用仪式叙事理论研究现实主义文学作品是可行的，从仪式素、仪式化、仪式感三个方面考察茅盾文学奖的代表性创作，对于小说仪式叙事批评和推广是有重要借鉴意义的。之所以从四十三部获奖作品中挑选八部，是基于两个方面的考虑。首先，仪式有不同的面貌与类型，当一部作品具有广泛的涵盖面与深刻的表现力时，它所展现出的仪式类型也理应是多样的。主题单一的作品，其文本中的仪式会相应出现类型化的问题。如在以战争为表现对象的文本中(魏巍《东方》、萧克《浴血罗霄》、徐贵祥《历史的天空》)，作家显然更着重于对战争中人物的成长、敌我双方力量的改变、斗争与胜利的艰难等的表现，仪式在叙事中便有很大的局限性。即便是一些更具体的仪式，如婚礼(《东方》)、葬礼(《冬天里的春天》)、祝寿(《历史的天空》)等，也完全围绕敌我双方的斗争展开，仪式素本身的内涵与本质在一定程度上受到了遮蔽。又如在以社会经济改革为主题的作品中，叙事内容会更偏重事情发展的因果关系及人物个性的展现。这一类的代表作品有张洁的《沉重的翅膀》、柳建伟的《英雄时代》、刘玉明的《骚动之秋》等，作家担负着反映时代的重任，侧重于描绘改革等因素的发生与实现，其表现重点更集中于仪式化书写，文本的仪式感表现也相应受到了损害。基于上述原因，为了更充分地展示仪式叙事的丰富性及全面性，这两种类型的获奖作品便未纳入代表性的作品分析之中。

其次，在同一类型的题材中，应该有两部以上的获奖作品作为参照与比较的对象。这样，从仪式叙事的角度对作品进行遴选，对于理论的系统性、完整性研究都能产生更加积极的效果。从一个方面来看，茅盾文学奖评选的作品涉及面广泛，是这个奖项能得到持续关注，并推动作家从各个方面进行文学表现的重要条件。但从另一个方面来看，如果对全部研究对象展开分析，理论自身也会陷入一定程度的窘境当中。如以普通百姓的生活为描写对象的《钟鼓楼》，以特工生活为背景的谍战小说《暗算》，以女性与城市之间关系作为书写对象的《长恨歌》，这些作品的表现范围本身存在一定限制，很难与其他作品划归入同一类型主题，因此，这一类作品中的仪式书写也呈现出更为专门化的特点。

基于以上的考虑，本书以展现历史风貌、时代环境、乡土风俗与民族精神这四个方面为标准，遴选出八部作品作为代表，并从仪式批评的角度进行解读分析。这八部作品不仅具有一定的社会影响力，而且文学性丰厚，在当代文学史中有着非常重要的位置。其中，在表现时代与个人主题的代表作中，《白鹿原》与《湖光山色》的人物在不同生命进程中形成了独特的世界观与价值观，即使是在同一时代，不同的人物也产生了极大的差别，如《白鹿原》中的白嘉轩与鹿子霖，《湖光山色》中的楚暖暖与旷开田。尽管创作风格不尽相同，但仪式神秘特质的展现、历史记忆等书写方式的相似性，使这两部作品有了可被共同分析的基础。在以乡土世界为主题的作品中，《平凡的世界》与《生命册》在反映个人成长历程，以及对民间、乡土仪式变迁的表现等方面，扮演了见证者的角色，这使得两部作品的创作时间虽然相差近二十年，但却有着本质上的同一性。在以民族文化为主题的作品中，《穆斯林的葬礼》与《额尔古纳河右岸》都呈现出仪式在民族信仰中的重要位置，相较而言，同以民族文化为主题的《尘埃落定》则在仪式素与仪式感的呈现方面要略逊一筹。在以历史书写为主题的作品中，《金瓯缺》《白门柳》与另外三部历史小说(《李自成》《张居正》《少年天子》)相比，在写作技巧、艺术成就、情感表达上更为成熟，在历史进程的仪式素叙事、仪式化书写与仪式感抒发方面，叙事表现也更加充分。因此，以这两部长篇历史小说为例，能使仪式叙事理论得到更合理的阐释。

从仪式叙事批评的角度对八部获奖作品进行剖析，虽然只是一种初步的探索，但对于深入同类型小说文本的仪式叙事批评，无疑提供了可借鉴的参照样本。

第四章　仪式视域下的时代与个人

从历史的角度来看，时代的更迭如陵谷变迁，以时代转变为背景的作品中，人物所受到的影响以及其所呈现出的状态值得思考。《白鹿原》的宏大笔触，就展现出深受儒家文化影响的古老中国，面临全新的思想、理念，展现出一副彷徨不安、亟待改变的样貌。在中国西北部的关中平原上，小小的白鹿村就是一个国家的缩影，白嘉轩、鹿子霖、孝文孝武兄弟、兆鹏兆海兄弟、黑娃与田小娥等人，或显示出人性之恶，或发出人性之光，在仪式化书写的渲染中，皆有着隽永的意蕴。而在《湖光山色》中，随着改革开放渗透到乡村建设中，楚王庄这个有着悠久历史的村庄被钱权利益打破了往昔的宁静，楚暖暖与旷开田作为两种思维模式的代表人物，表现出截然不同的行为，无论是开始的情投意合还是后来的分道扬镳，仪式对人物的影响在其中都起到了关键性的作用。然而，叙事中的仪式素毕竟只是展现人性的诱因，对人物性格轨迹变异的表现仍存在于仪式化书写当中。从时代与个人的角度对这两部作品进行仪式批评研究，有求同存异的启示。

第一节　《白鹿原》：被宗法仪式制约的家族

《白鹿原》自出版以来，就在文学史上占据了一个高位，从既有的研究成果来看，对《白鹿原》的研究可谓蔚然大观。尽管《白鹿原》受到普遍的赞誉，相当一部分学者也表示出了对这部小说的反感，甚至有学者认为，“《白鹿原》是中国文学上的悲哀”；“其艺术上的粗糙和笨拙实在令人齿寒”①。当然，这些否定的观点从另一个角度说明了这部作品在一定程度上激发出读者的不同观感，也就是说，《白鹿原》是一部相当复杂的作品。对持赞扬态度的读者来说，它展现了真、善、美，而那些对它不满的读者可能看到了真、善、美背后的阴影。但无论是菡萏还是泥泞，一部作品能引发如此巨大的争议，这种现象本身就能说明它的重要性。也因为这部作品已经到了难以找寻新材料进行分析的地步，因此，若试图在已有成果上有所突破，必须从新的理论方法及视角去重新审视这部为誉为“二十世纪收官之作”的现实主义小说，如从仪式叙事视域下审视仪式素以及仪式化书写的运用。评论家徐其超在《批评歧见与文本矛盾〈白鹿原〉文化研究论衡》一文中提出，“礼俗文化本来就是永恒性和时代性的统一”，这样看来，从仪式的角度去重读这部作品，可以使之展现出一种新内涵。

一、缠绕着真实与虚诞的仪式素

陈忠实强调，这部小说的创作基调是现实主义，然而文本中的白鹿精魂、乡间传说，甚至“怪力乱神”都赋予了这部作品以浓厚的魔幻色彩，并非纯粹的现实主义手法。然而，《白鹿原》的基调的确真实地表现出了近一百年来关中土地上的沧桑多变，犹如“天上浮云如白衣，斯须改变如苍狗”，而没有受到魔幻色彩的干扰，原因就在于大量的仪式素成为了作品真实性的保障。民间的婚丧嫁娶、民俗、巫术和规训、惩罚等政治仪式一起，交织在世事的变迁之中。仪式在作品中的运用，体现于白鹿村人对生命的态度、伦理的传承以及对秩序的维护三个方面，展现出人物守旧与开放、顺从与反抗、新鲜与腐朽等矛盾心理，也同时展现出一个古老民族似睡非睡、似醒非醒的状态与她无声的呻吟。

---

① 宋剑华：《〈白鹿原〉：一部值得重新论证的“经典”》，《中国文学研究》2010 年第 1 期，第 77~87 页。

《白鹿原》中虽然存在大量的仪式素，但作者描写它们的主要目的却不仅仅是为了展现民俗，更重要的是从中发掘出文化的承继形态。虽然中国传统文化古老而沉重，但始终值得敬畏。从三个方面来看这些具有深厚文化内涵的仪式素，首先就是围绕生命展开的仪式。在民间文化的视域下，它既普通又崇高，孔子曰，“死生亦大矣”，可见中国人对生命的态度，用于克斯屈尔的话来说，生命是终极的和自决的实在，因此仪式便可以看作是刻在生命之树上的标记。在这部作品之中，生命分为两个层级，首先是人的自然生命，与其相对应的是关于生老病死的个人“过渡”仪式，但人的自然生命中还存在着社会生命，如果说自然生命意味着人的生存状态，社会生命就是成长和责任的标识。

白嘉轩的社会生命始于父亲与六个女人的死亡，“不孝有三，无后为大”，白家稀薄的人丁，使作为独子的白嘉轩需要承担起延续香火的使命，但白家不但未能迎来新的生命，反而接二连三地有家人葬送性命，父亲的暴疾而亡与自己完全不正常的“克妻”事实使白嘉轩感到了恐慌。他从怀疑自己的生理延伸到了否定家族的生命气数上，因为妻子们的相继死亡与父亲的死亡将白家逼入了绝境，他需要考虑的已经不仅仅是延续白家血脉的问题，更有白家命运的问题。在他看来，如果要让白家扭转因不断娶亲所造成的声誉、财产各方面的颓败趋势，非得依靠仪式等非寻常的方式。

从白嘉轩对仪式的态度可以看出，他对于生命的认知逐渐在发生改变，他对其父亲葬礼的态度是“必办不可”，本应隆重的葬礼却受到白家不断死妻的影响而大打折扣。山里的吴掌柜在这场葬礼上的仪式行为，表现得令人瞩目，一场仪式让吴掌柜“知恩图报”的名声远扬，受到了村民们普遍的尊重，但却反衬出此时的白嘉轩，社会生命仍处于襁褓之中。显然，这场葬礼仪式让他受到了很大的触动，以至于后来白嘉轩因为女儿白灵反抗包办婚姻，隆重地退还了彩礼，就可看出吴掌柜对他产生的影响。父亲的去世让白嘉轩在家庭中的身份发生了改变，莫菲认为，“当一个人改变身份时，无论是年龄的变化还是其他变化，对于这个人说来都会带来忧虑和不安。这种变化还会带来相应的角色变化，周围人期望关系的变化”①，到了他“埋葬木匠卫家的三姑娘时，草了的程度比前边四位有所好转，他用杨木板割了一副棺材，穿了五件衣服，前边四个都只穿了三件……年轻女人死亡做到这一步已经算是十分宽厚仁慈了”②，在经历了第六个女人的葬礼之后，白嘉轩的社会生命算是基本成熟了，终于在亲人的死亡和仪式中逐渐成长了起来。

在白嘉轩的生命中，生机大于死亡，同是白鹿原大户的鹿子霖却有着一条相反的道路。从勺勺客起家的鹿家比白家更为富裕，村里孩子们在徐先生的学堂读书时，鹿兆鹏送给黑娃让他生出怨恨的冰糖，可见鹿家在经济富裕之余，对外来事物的态度也比白家更为开放。以礼物为主旨的交往仪式，经常出现在围绕鹿家展开的叙事中，从鹿子霖到鹿家的两个儿子，鹿家本应呈现出一派活跃的生气，然而，道德、眼光等种种因素制约了争强好胜的鹿子霖，仪式视阈下的鹿子霖在政治选举中落败并被关押，靠散尽家财而幸免，两个儿子一个不知所踪，另一个为国捐躯，终于，在目睹白孝文判决黑娃的仪式上，鹿子霖精神全面崩溃，疯癫而死。

文本中围绕鹿家与白家的大小仪式素鲜明地展示了他们之间不断的争斗，仪式素成为了这两条生命向度的见证，为何这两个白鹿村最大的家族，最终结局有着天壤之别？用白嘉轩的话来说，这是鹿家家风不正的结果，但仪式有着更为客观的答案。鹿子霖对待仪式的态度是敷衍而淡漠的，甚至嘲笑白嘉轩对待仪式的严谨，充分表明他的不认可。卡西尔认为，“人的本质不依赖于外部的环境，而只依赖于人给予他自身的价值”，仪式素作为文本中诚实的“旁观者”，在近乎于刻板的仪式程序、仪式行为等叙事中，看到了人物的精神本质。

仪式素的第二个方面超越了人物生活的基本状态，小说通过对人物

① [美]罗伯特·F. 莫菲：《文化和社会人类学》，吴玫译，中国文联出版公司 1988 年版，第 146 页。

② 陈忠实：《白鹿原》，作家出版社 2009 年版，第 9 页。

内心与精神的展现，仪式中的伦理道德也有了依托。以族长白嘉轩为例，他在白鹿村事务的管理上，通过一系列的仪式逐渐确立了自己在白鹿村的权威。其中因李寡妇卖地引起的纷争，在一场和解仪式的干预下得到了圆满解决，白鹿村也因此成为道德典范，“滋水县令古德茂大为感动，批为‘仁义白鹿村’，凿刻石碑一块，红绸裹了，择定吉日，由乐人吹奏升平气象的乐曲，亲自送上白鹿村”①，这场仪式对于白鹿村来说有着重要的意义，紧接着的修建祠堂、开办学馆、修复围墙抵制“白狼”等一系列举措，奠定了白鹿村的道德基础。特别是立《乡约》一事，叙事将仪式所呈现出的道德精神推向了最高处，《乡约》的家法族规，表现出一种“家天下”的意味，且“刑不上大夫”对地位尊贵与卑下的区别对待，为白孝文日后的变故埋下了伏笔。

而从围绕鹿子霖的仪式描写中可看出另一种景象，“第一保障所创建成功，并举行了隆重的庆祝活动。鹿子霖首先约请了顶头上司田福贤，还邀请了第一保障所所辖管的是个村子里的官人……一个都没有遗漏。第一项仪式是挂牌。白鹿仓总乡约田福贤把挽着红绸的木牌挂在右首的四方门柱上，然后鞭炮齐鸣，又三声铳响，把人们震得耳鸣心跳。在乱糟糟的恭贺气氛里，鹿子霖却想起老太爷的话‘中了秀才放一串草炮，中了举人放雷子炮，中了进士放三声铳子’。他现在是保障所的乡约，草炮雷子铳子都放了，老太爷在天之灵便可得到了慰藉”②。同样是庆典仪式，鹿子霖的心态与白嘉轩有明显的差别，白嘉轩是在“公”中求“私”，而鹿子霖却是从“私”中为“公”，应该说这正是白嘉轩的聪明之处。对于一个从乡土中成长起来的人来说，光耀门楣的心理情结根深蒂固，在这一点上白嘉轩和鹿子霖并无不同，但白嘉轩懂得在原上活人的道理，他的行为无一不以伦理道德作为外衣，大张旗鼓地通过仪式进行宣扬，将自己包裹成为一个原上的贤人。白嘉轩敏感地意识到，可

① 陈忠实：《白鹿原》，作家出版社 2009 年版，第 49 页。
② 陈忠实：《白鹿原》，作家出版社 2009 年版，第 82 页。

以通过翻修祠堂强化族长的身份，“整个工程竣工揭幕的那天，请来了南原上麻子红的戏班子，唱了三天三夜。川原上下的人都拥到白鹿原来看戏，来瞻仰白鹿村修造一新的祠堂，来观光县令亲置在祠堂院子里的石碑，来认一认白鹿村继任的族长白嘉轩”①，多次的仪式行为使得他成了道德的标杆，以至于白孝文日后吸毒卖房也被村人视为“自作孽不可活”，而不会危及白家的名声。在鹿子霖看来，在祖坟上放铳子的行为，也仅属于一种祖辈的心愿，而不是立身扬名的途径，对仪式力量的忽视，让鹿家接二连三地失去了立名的机会。

在生命与伦理之外，仪式素第三个方面是对秩序的维护，通过在仪式中传递出一种秩序井然的理念。卫道士般的白嘉轩并非真的死板，从他要诡计置换了有白鹿精魂的鹿家土地，以及因李寡妇的土地而和鹿子霖厮打一事来看，他为了维护自家利益也做出了各种尝试。直到他在标榜道德仁义的仪式行为中尝到甜头之后，白嘉轩很快找到了真正超越鹿家的方式，通过掌握仪式的主动权进而掌握白鹿村事务的话语权。尤其是当仪式中含有秩序的成分时，仪式在一定程度上甚至被赋予了法规的功能。如他在祠堂里召集全族男女对赌钱和抽大烟的族人进行公开惩治时，首先宣读《乡约》，让所有行为都有了依据，接着，通过当众体罚，在仪式中又一次强化白鹿村的秩序。布尔迪厄指出：“在默默要求恢复秩序的漫长过程中，创立的仪式由于其庄严而非同寻常的特征占据了特殊的地位：这些仪式力求以被调动起来的整个集体性的名义并在它在场的情况下，建立一种神圣化的分隔。”②在惩罚仪式的过程中，秩序不再局限于《乡约》的具体条例，而反映在行使、制定秩序的掌控者手中，仪式以维护秩序为缘由，凸显出人物的地位差异，进而体现出权力的分化。

惩戒田小娥的仪式，是白嘉轩以维护秩序为名，对两家利益争斗的

① 陈忠实：《白鹿原》，作家出版社2009年版，第55页。

② ［法］皮埃尔·布尔迪厄：《男性统治》，刘晖译，中国人民大学出版社2012年版，第31页。

又一次反映。对于白嘉轩来说，既然能为娶过七房女人“引以为豪壮”，并瞒着母亲卖地换地，说明他并非恪守道德文章的卫道士。但白嘉轩却丝毫不顾黑娃的情感，明知田小娥恓惶无助，却以她为武器，将矛头指向了鹿子霖，田小娥成为白鹿村人的众矢之的，关键的原因就在于她与黑娃成婚缺少了仪式环节，没有被祠堂接纳，也更谈不上被村人接纳祝福。维柯认为：“各民族都怀着宗教的虔诚来庆祝婚礼这种人类习俗，凭此就决定了不结婚而交媾是一种野兽的罪孽行为，尽管情有可原。”① 显然，鹿子霖也觉察到了这一点，才因此对田小娥感叹：“白嘉轩把你的尻蛋子当做我的脸蛋子打哩刷哩！”遗憾的是，此时的鹿子霖仍然没有看到白嘉轩对仪式的利用，因此，在与白家争斗时，他寻找了一条卑劣的路径，让田小娥“把他那个大公子的裤子抹下来”。这件事尽管在很大程度上打击了白嘉轩，但最终仍然是给鹿子霖自己带了无尽的损害。梁鸿对白嘉轩惩戒田小娥一事的分析可谓精辟：“白嘉轩在白鹿原上实施的是暴力统治，用暴力的手段达到‘仁义’的目的……白嘉轩对权力的运用有自己的目的和目标，但这并不意味着它是由白嘉轩的主观意识决定的，他也受着所信奉的道德精神的制约，这种高层次的理性又形成一层权力网住白嘉轩并敦促他去实施，以达到它的目的。”②可见，白嘉轩与鹿子霖本质的高下既不在于是否恪守传统、维护礼教，也不在于对后代的管教等方面，而是在于对仪式的把控上，这成为他们最具差异的地方。

二、仪式化的白鹿与白、鹿家族

《白鹿原》遭到激烈争议的一个重要的原因，在于它虽然对传统文化进行了重述，却因大胆地铺开了人性中最贪婪、最龌龊、最真实的一

① [意]维柯：《新科学》，朱光潜译，人民文学出版社 1986 年版，第 136 页。

② 梁鸿：《“灵光”的消逝：当代文学叙事美学的嬗变》，中信出版社 2016 年版，第 89 页。

面，背离了大众的认知和想象。蔡葵说："我参加过三届茅盾文学评奖，得奖作品都是从写景开始，《白鹿原》却开门见山，把整个小说概括出来，把民族真正的忌讳写出来。整部小说没有专门风景描写，都是干货。"①蔡葵的言下之意是《白鹿原》满溢着对人性的叹息，对历史的感悟，与其说这部小说是对半个世纪以来白鹿原上人与事的记录，不如说是在撕裂的历史中，通过对冲突与控制、循环与永生，以及人物显现出的表演和象征，奉献和反叛等的仪式化书写，展现出传统文化的变异，献给读者一个错综复杂的文化社会。

这部小说引人瞩目的一个原因是围绕"性"展开的主题叙事，"性"不仅表现出男女之间的隐私，还由此延伸到了性别差异等问题，最值得重视的首先是女性对受到压迫和残害的不自知。陈忠实在创作谈中说起，他在查阅三县县志时，"在面对无以数计长篇累牍的节烈妇女们的名字无言以对，常常影响到我的情绪"②，在同情之余，陈忠实无疑会有反思，若要文本的思想到达深刻的境地，叙事就无法避免人性中这种最本能的冲动，为此，小说中有了以田小娥、冷先生家大女儿这些令人哀叹的年轻女子，还有白赵氏这种已经完全被封建礼教毒害的老一辈妇女。

在小说中，伦常礼教是以高尚为名的弑杀，通过个人权力实现对他人尤其是对女子的行为约束。如白嘉轩的母亲白赵氏，这个人物甚至会让人联想到张爱玲《金锁记》中的曹七巧，曹七巧在年老后的变态以及对子女的荼毒并非本性使然，长期的压抑使她在人生旅途的后半段中，完全无法受到理性的控制。同样，白赵氏也因为封建主义下的男权统治，使她完全失去了自我，成为一个典型的"未嫁从父、出嫁从夫、夫死从子"的旧式女子，这样的社会角色使她成为白家仅存的长辈时，自

① 人民文学出版社编辑部：《〈白鹿原〉评论集》，人民文学出版社2000年版，第23页。

② 陈忠实：《关于〈白鹿原〉的问答》，《小说评论》1993年第3期，第4~13页。

身的性别意识就开始变得模糊。在白家连续死了五个儿媳后，她没有丝毫的伤痛，反而上了劲儿地对儿子说“甭摆出那个阴阳丧气的架势！女人不过是糊窗子的纸，破了烂了揭掉了再糊一层新的”；得知前五个已经死去的女子因嫉妒而变鬼作祟，阻碍了白家血脉传承之事时，她毫无怜悯地当即表示，“今黑就去请法官，把狗日的一个一个都捉了”；直到孙子娶媳初尝男女之事而不知节制时，她又偏袒着孙子对孙媳妇肆意谩骂和侮辱，可见，男尊女卑的传统掩盖着极度的自私与傲慢，无论是死去的儿媳还是初为新妇的孙媳妇，都以一种替罪羊的形象出现在作品之中。这样的仪式化书写深刻地表现出女性在男性统治高压下的不自由，呈现出“原罪”的生命状态。

女性因受到性别的压制所造成的种种悲剧，引发了作者对“性”的思考，当它作为一个亟须直视的问题存在时，涉及的必然是男女双方面的态度或心理。文本中的两位主人公白嘉轩与鹿子霖，在性意识的表现上同样旺盛、发达，不能因为白嘉轩古板、正经的行为，就认定他对“性”厌恶、鄙夷，而“勺勺客”的后代鹿子霖就更加粗鄙。特别是小说的开篇就先声夺人地写到白嘉轩对于娶了七房媳妇的经历引以为傲，说明在他的内心中，认为对女性的占有和征服是种个人能力的体现。因此在木匠女儿“作揖磕头”的乞求中，他因为感到自尊受到伤害，产生了对这位可怜姑娘的报复行为，还有娶了美貌的第六个媳妇，在“放开腰禁后的狂热持续了整整三个通宵”，这些行为在展现了人性本能的同时，也显示出白嘉轩对性的执着和渴望。但七房媳妇死了六房，毕竟是一件令人讳莫如深的事情，为何白嘉轩后来却“引以为傲”？可以认为，这是他作为男性在人生阅历中的一部分，同样，鹿子霖也为他在原上有许多无法说清道明的“干儿子”感到自豪，从这里可以看出，白、鹿两家的比较与抗衡涉及方方面面。

由对欲望的仪式化书写过渡到日常生活描写，白嘉轩与鹿子霖的命运轨迹在不断博弈中渐行渐远，从这两个白鹿村最大的家族的发展史可知，两大家族本质的差异就礼教与仪式的理解不同，对待秩序的态度也是天壤之别。从另一个角度来看，尽管白嘉轩曾七次娶妻，并为之花费不少家财，然而每一任妻子都是明媒正娶，符合传统的礼仪，鹿子霖对旧社会中“三妻四妾”的糟粕习俗却理解失当，与田小娥及原上的寡妇们发生令人唾弃的行为，以至于田小娥终于认清自己不过是鹿子霖利用的工具，解恨般的尿了鹿乡约一脸时，连陈忠实都似乎出了一口气。由此可见，在白嘉轩的礼教心态与行为中，隐含着男权视野下的“公平”，而鹿子霖却只显示出一种放纵。文本对男性的“性”审视与礼教相结合后，人物的发展和经历便具有了一种公证力，这种仪式化书写隐含着节制与放纵的比较，通过转化的仪式化书写之后，人物逐渐成为一种文化象征，白嘉轩和鹿子霖即是这种文化的一体两面。

小说中仪式化书写的第二个方面在于对人物、历史循环的表现方面。虽然这部作品浸浴着浓厚的儒家文化思想，无论是白嘉轩、鹿三，还是类似于圣人般的朱先生，对于礼的“教化”功用都十分执着。在他们看来，所有人都可以通过教化达到更好的状态，那么，乡土社会中的村民们也可以通过教化形成良好的风气。因此，立《乡约》的仪式中，白嘉轩煞费苦心，对村里适龄儿童的教育毫不松懈，哪怕是长工鹿三家的儿子黑娃，也主张要他读书认字，学做好人。然而，这些努力很难真正达到预期的效果，因为小说中不可抗拒的宿命观在无形的与教化对抗，并以一种生命的循环方式出现在如鹿子霖、黑娃及白孝文等人的人生轨迹之中。其中，最为典型的应是黑娃，一些评论者认为陈忠实在处理黑娃的人生时，颇有些突兀，他从砸祠堂到重回祠堂拜祖认宗简直是封建礼教的一次获胜，至于黑娃逆转成为朱先生最得意的弟子更是小说的一大败笔。在畅广元与屈雅军、李凌泽关于这部小说的讨论中，李凌泽就表示：“黑娃的浪子回头实在令人反感。他少时就宁愿干活而不愿读书，是一个生就了反骨的白鹿原的叛逆。一夜之间便由江洋大盗‘学为好人’了，晨读夜诵，勤学不怠，真让人难以置信。这究竟是黑娃的逻辑，还是白鹿原人的逻辑，还是陈忠实的逻辑呢?”①这样的观点可视为从对否定黑娃开始，进一步延伸到否定作家。事实上，李凌泽未理解黑娃的内心世界。这个出生于长工家的大儿子兼具着自尊与自卑的性格特点，他独自去远方扛活，做过土匪，入过国民党，同时与共产党交往甚密，甚至坐过牢，曾四处逃窜躲避追捕。从他不安分的本性来看，他一生中唯一未曾经历的，可能就是通过读书正心修身。他性格中的某些本能促使他最终不自觉地进入这种尝试之中，表现在人生路径的循环方面，便是幼年在徐先生门下读书到壮年重投于朱先生门下求学，在白孝文身上也可以看出，他从一位受人尊敬的年轻族长到成为一个拆房卖地的大烟鬼，在死亡的边上徘徊几遭后，又洗心革面，在镇政府中出人头地，这种人生轨迹明显显示出循环的仪式化叙事特点。从家族的发展来看，鹿家在勺勺客之前也曾经家大业大，但由于祖上的肆意挥霍，到了勺勺客这一辈时一贫如洗，在极其艰难的环境下，勺勺客又慢慢恢复了家业，传到鹿子霖一代时，重新成为白鹿村首屈一指的大户，但是鹿子霖表面精明，实则内心糊涂，让他在与白嘉轩的较量中惨败，一次牢狱之灾甚至要将家产变卖干净、上下打点才得以幸免。两家的发展沿着不同的轨迹逐渐归位，尽管白孝文曾在鹿子霖与田小娥的陷害和引诱中堕落，但到底重新站了起来，成为一镇之长。而曾经风头无两，指挥人拆白家房子的鹿子霖也最终沦落到卖地拆房的境地，比当初的白孝文更加潦倒恓惶。

个人与家族的循环是叙事的一个方面，更大的循环表现在政权更迭与社会变迁之上，正如白嘉轩在重修祠堂石碑时说“白鹿村的戏楼这下变成烙锅盔的鏊子了!”乱糟糟的革命团体“你方唱罢我登场”，原上的百姓不仅是当时社会环境的见证者，而且是饱受其害的亲历者。毫无组织的“革命”本质上就是对权力的抢占。这样的循环表现出在“保全文

① 畅广元、屈雅军、李凌泽:《负重的民族秘史——〈白鹿原〉对话》,《当代作家评论》1993 年第 4 期，第 10~14 页。

化”名义的掩盖下，不同群体任意攫取财富和权力的行为，张光直认为，文化在一定意义上是财富聚合的体现，指出“财富的攫取需主要凭借政治权力；而财富又是获得和保持这种权力的条件。统治者首先树立政治权威，而后才能行使政治权力”①。可以说，白鹿原上接二连三发生的“风搅雪”等不同形式的运动，就是人对财富和权力的渴望，小说中的革命者通过暴力占有财富与权力，在动乱的社会中又难以为继，不得不依靠一定的手段进行巩固和维护，这就引发了斗争与反斗争的循环。小说通过仪式化书写，表现出百姓遭受的苦难与社会隐含的不可抗力，将循环赋予了宿命的意味。

仪式化书写的第三个方面在于对人物的渲染和把握。一些评论家认为《白鹿原》中极少经典人物，除主人公白嘉轩之外，白灵、鹿三、鹿子霖等人有面目模糊的嫌疑。应该说，这种评价有一定的道理，但这是将人物形象的评价停留在了表面，将人物放置在特定的文学环境当中，从而忽视了《白鹿原》的创作初衷。因为，这部作品的主要目的并非为了表现人物本身，而是为了展现文化传统、追随人性本源，以及叩问历史的流变。从这个角度来看，人物在这部作品中仅是陈忠实的叙事工具。

对人物外貌的描写在《白鹿原》中分量极低，寥寥数笔的描写与其说是对形象的勾勒，不如说是人物精神的外现，如白稼轩在黑娃眼中“永是一副凛然正经八百的神情，鼓出的眼皮泡儿总是使人联想到庙里的神像”，就连孝文、孝武的脸“还是联想到庙里那尊神像旁边的小神童的脸”②，这种外貌特点的描绘象征着白家人的处事规则。使白嘉轩的形象从平面到立体的描写，还是在于他处理事务时表现出的豪爽、义气、责任心，以及矜孤恤寡、敬老怀幼等行为，这些对“仁义礼智信”精神的外化彰显出白嘉轩与儒家文化的紧密联系。最后，通过一场求雨

① [美]张光直：《美术·神话与祭祀》，郭净、陈星译，辽宁教育出版社1988年版，第106~107页。

② 陈忠实：《白鹿原》，作家出版社2009年版，第60页。

仪式，真正使白嘉轩这个形象树立了起来。这场仪式中，先后有三个青年小伙子失败了，继鹿子霖失败后，“人们看见佝偻着腰的族长从正殿大门奔跃出来时，像一只追袭兔子的狗……一把抓住递上来的刚出炉的淡黄透亮的铁铧，紧紧攥在掌心，从头顶从左向右舞摆三匝，又从右到左摆舞三匝，掷下地去，那黄表纸呼啦一下烧成粉灰。他用左手再接住一根红亮亮的钢钎儿，‘啊’地大吼一声，扑哧一响，从左腮穿到右腮，冒起一股皮肉焦灼的黑烟……”①在众人的公证和迷狂式的表演中，白嘉轩被置于神化人的权威地位，完全变成了一种超凡的象征。

小说在对鹿家人物刻画时，一种功利的思维始终左右着他们的言行，鹿家与白家发生土地纷争的事情上，鹿子霖认为白嘉轩不尊重鹿家，鹿老太爷赞许“看到这一点就对了”，明显表露出其外表仁厚、内心奸猾的性格特点，这样的传家之道致使鹿子霖的行为缺少正气。因此，鹿子霖获取的尊重是依靠自家的财富和乡里对他的利用，他对上谦卑与对下骄横，又是内心复杂、矛盾的表现。特别是他在田小娥的炕上慷慨说道：“谁敢哈你一口大气大就叫他挨挫！”但真当田小娥受到族规的严厉处置后，鹿子霖却不敢也无法兑现承诺，让这个人物的虚伪形象表露无余。从赎罪的叙事角度来看，另一个人物鹿三就深懂为人之道，当黑娃不听劝阻，决意与田小娥成婚后，深受白家家风浸染的鹿三情绪羞愧，紧接着，白家两代人因田小娥产生的冲突，使鹿三认为杀死田小娥就可以为白家甚至白鹿村除害，这种信念使他的行为成为继“鸡毛信”后的又一次献祭。“他第四次拃起左手拇指试锋刃时，就感到了钢刃上的那种理想的效果……然后用一块烂布擦了擦钢刃上的水，压到被子底下，点燃一锅旱烟，坐在炕边上……他的沉静不啻是脑子简单，主要归于他对自己的生活信条的坚信崇拜。”②从预谋到准备，这一系列动态的行为，具有强烈的赎罪意味。鹿三始终将田小娥带来灾祸的缘由归

---

① 陈忠实：《白鹿原》，作家出版社 2009 年版，第 259 页。

② 陈忠实：《白鹿原》，作家出版社 2009 年版，第 295 页。

结到儿子黑娃身上，因此，杀死田小娥不但是一种救赎的行为，更是一种为民除害的行径，在这种思想意识支配下，鹿三的行为就充满了严肃和崇高的仪式内涵。然而，在陈忠实的创作意识中，田小娥是一个代表着“性”反叛的女子，他在创作谈中也提到，县志中不可计数的贞洁烈妇促成了田小娥这个形象的形成，这样一个勇于反抗旧秩序的女子，最终却要死于旧秩序的刀下，并由自己的公公亲自行刑，这中间凸显的矛盾和牺牲就有了动人心魄的力量，让鹿三手弑儿媳行为更加强了仪式化的惩戒效力。

三、弥漫在白鹿原上的仪式感

《白鹿原》的基调是沉重的，也唯有这种沉重才担负得起扉页上“小说被认为是一个民族的秘史”一言。这部作品历史的展现出 20 世纪初期，中国乡村社会的风云变幻和发展过程中的跌宕起伏，处于这段历史中的人物，几乎都因为时代而背负着沉重的枷锁，他们的精神情感也因此呈现出特殊的历史意义。陈嘉映认为：“作品让现实以一种新的方式成像。作品不只是反映现实，作品一开始就是一种建构，经过如此这般的建构，原本看不到的，会显现出来，原本看不清楚的，会看得比较清楚。”①延伸到这部小说中，白嘉轩的明哲保身、鹿子霖的借机上位、黑娃的趁火打劫、白孝文的大起大落，还有朱先生的洞察世事与田小娥的对旧秩序的积极反抗等，反映出一种既矛盾又复杂的关系。可以看出，小说中的仪式素成为了叙事的节点和灵魂，白鹿原上发生的每一场仪式，都是一次重大事件，参与者的仪式感又引发出了读者的仪式感。

从整部作品来看，每个人物的命运都充溢着悲剧色彩，恪守礼法的白嘉轩对鹿三一家可谓情深义重，却被黑娃媳妇田小娥先陷害了大儿子，又继而在黑娃的指示下被打折了腰脊。然而白嘉轩面对这些打击时，表现出的正气与坚决，使读者感受到一种庄重而严肃的仪式感；白

① 陈嘉映：《无法还原的象》，华夏出版社 2016 年版，第 100 页。

灵为了理想放弃优渥的生活，并献出了自己年轻的生命，表现出一种高尚和神圣的仪式感；朱先生以一己之力，不顾年岁高迈，为民族大义奔走呼喊，强烈的意志与责任心也表现出一种正义的使命感。用伊恩·P. 瓦特的话来说，当精神得以确立时，它便可以在自我引导下成为一种类似于信仰般的仪式。尽管在仪式中，小说人物因心理同一性而遭到了质疑，如孙绍振认为："《白鹿原》中众多人物的缺乏心理的错位，以致像求雨的大场面，长达三千字，居然所有的人都只有一种共同的感觉。作者显然用诗的统一感觉代替了小说家的错位的感觉。这正是《白鹿原》在艺术上失败的原因。"①但这种统一却有助于小说仪式感的强化，通过仪式叙事的指引，读者能轻易地从中感受到虽然隐蔽但实在的精神主旨。

小说的主人公白嘉轩不仅展现出了丰富的仪式化特点，更充满了仪式感。他一生都在模仿姐夫朱先生，力图振兴门户，使家风源远流长，但他受闭塞思维方式与封建心理的影响，导致在处理家族关系的许多事上并不成功，儿子孝而不亲，女儿决裂，自己老年鳏寡，是个悲情的人物。白嘉轩完成了延续香火的重任后，很快开始了在白鹿村"移风易俗"的努力。他善待村民并用《乡约》予以教化，恩威并施的做法让白嘉轩迅速成为道德标杆。可以想象，如果不是国家战乱不断、人民生活动荡不安，白嘉轩的人格理念或许可以得到贯彻，他试图表现的仁义与正直具有一种仪式精神，并在不断重复中使读者感受到庄严的仪式感。

白嘉轩的内心深处又有着伪善的一面，他处心积虑地置换风水、明知鹿子霖与田小娥的混乱关系，却以狗蛋为替罪羊，殴打其致死。这才一定程度上弱化了仪式感中的庄严性质。刘再复认为："在人的双重基本欲求中，文化欲求显得特别复杂。人类自身缔造的文化体系，表现了人类对善的追求，但是，也处处有伪善的部分夹在其中，与真实的善形

① 孙绍振：《西方文论的引进和我国文学经典的解读》，《文学评论》1999年第5期，第26页。

成对抗的力，因此，在人的文化欲求中，总是接受着祖先文化遗产的双重积淀，这种复杂的情况也使人的文化追求体系本身又有两种力的拼搏。"①伪善的另一面是值得同情的委屈和无奈，白嘉轩与鹿子霖的暗中抗衡以及白鹿原上此起彼伏的运动，让他不得不明哲保身。当鹿子霖通过田小娥成功陷害了白孝文，甚至当众将白家扒房揭瓦之后，让读者对严肃、生硬的白嘉轩产生了同情，这种感情甚至随着他近乎执着的坚强而发生了升华。特别是当田小娥附身于鹿三身上，让村民染上了瘟疫，白嘉轩不顾劝阻，从请"法官"捉鬼到捕蝶建塔镇压，完全不顾自身的安危，俨然是一副有承担、有责任的儒家君子做派，自此，读者也终于对他苦苦维系的礼制产生了新的认识，然后通过白嘉轩的行为生发出崇敬的仪式感。荣格指出："'美'和'善'是一个原始的概念，在人们发现美学和道德之间的冲突之间，它就存在着。基督教用了一千年才将美和善区分开来，使人们清楚地认识到，善的东西并不总是美的，而美的东西也并不一定就是善。"②当读者真正理解了这个人物的另一面，认识到白嘉轩为维护传统礼制做出的努力时，仪式感就有了理性的根基，也更为真实。

白灵与白嘉轩的精神特质不同，这个代表着自由、民主的女性，尽管得到了父亲的偏爱，却未能得到好的结局。白灵的悲剧源于试图改造社会的决心，而非性格缺陷使然，因此，这样的书写增加了人物感染力，也让读者生发出崇敬的仪式感。白灵的人物形象具有浓烈的象征意味，以白鹿的精魂为暗示，她的牺牲让白家的运势由盛而衰，然而，尽管新生力量遭受到了挫折，其中也含有"野火烧不尽，春风吹又生"的坚韧意蕴。白灵的牺牲令人惋惜，但对于一位真正的革命党人来说，牺牲并不值得畏惧，相较于牺牲，对理想主义的奉献更为重要。白灵从一个封建地主家的小姐成长为一个勇敢的革命女战士，这一过程正是对

① 刘再复：《文学的反思》，福建教育出版社 2010 年版，第 322 页。

② ［瑞士］卡尔·古斯塔夫·荣格：《心理学与文学》，冯川、苏克译，译林出版社 2011 年版，第 47 页。

“小我”的超越，“大我”的成就。

白灵与父亲的决裂并不在于她对包办婚姻的反抗，而是白嘉轩无法接受新时期的妇女改变，她们和男子一样，走出家门并承担社会责任。白嘉轩绝非缺少道德仁义之人，他可以救助鹿三，帮助李寡妇与村里的孤寡老人，但他狭隘的思想和格局使他无法看见白鹿村外的劳苦大众，白灵较之父亲的精神境界显然更为高尚。当她与鹿兆海在城里抬埋为国捐躯的将士与死难百姓时，白嘉轩就表现出一种狭隘和自私，他无法忍受妻母饱尝思念女儿的伤痛，找到白灵后倚仗父亲的权威逼迫她回家，她对父亲的回应掷地有声：“你看看那么多人战死了饿死了还在城墙根下烂着，我们受他们的保护活了下来再不管他们良心不安呀！我实话实说了吧，一礼拜也回不去，尸首抬完了埋完了，还要举行全城的安灵祭奠仪式，正在挖着的万人坑将命名为‘革命公园’，让子孙后代永远记住这些为国民革命献出生命的英灵……”①白灵对国家的忠勇无法得到白嘉轩的认同，这种不肯屈服父权而屈服正义的反抗使读者感受到一种高贵的仪式感。理念的分歧导致了父女决裂，这位坚定的女共产党员先是被家庭抛弃，又因为特殊时期的错误路线被同志抛弃，使白灵的牺牲更让人动容。文学应该对读者产生影响，这关乎文学的价值。白灵用有限的生命，发挥无限的精神力量，这是《白鹿原》在否定中的肯定，引导读者领悟正确的人生价值取向，进而获得深层的阅读感受。

陈忠实无疑希望能创造出一个正统的儒家人物，这个人物凝结着他对儒家文化的认知和想象，在他的创作中，先将这个重担赋予了他的中篇小说《蓝袍先生》中的教书先生，然后继续对人物进行深化，最终创造出白嘉轩。陈忠实在创作谈中说：“我在弄清家族的粗略脉络之后，这位爷爷随意说出的又一个人令我心头一颤。他说他见过我的曾祖父，个子很高，腰杆儿总是挺得又端又直，从村子里走过去，那些在街巷里在门楼下袒胸露怀给孩子喂奶的女人，全都吓得跑回自家或就近躲进村

① 陈忠实：《白鹿原》，作家出版社 2009 年版，第 159 页。

人的院门里头去了。我听到这个他描述的形象和细节，是一种无以名状的激动和难以抑制的兴奋。此前我已经开始酝酿构想着的一位族长的尚属模糊平面的影像，顿时就注入了活力也呈现出质感，一下子就在我构想的白鹿村的街巷、祠堂和自家门楼里踏出声响来；这个人的禀赋、气性，几乎在这一刻达到鼻息可感的生动和具体了。也就在这一刻，我从县志上抄录的'乡约'，很自然地就融进这个人的血液，不再是干死的条文，而呈现出生动和鲜活。"①作者在多个场合强调，他受丁玲"一本书"的影响颇深，因此，这部作品最重要的便是让叙事在想象中成熟，让读者觉得好看之余，还能在一定程度上感受到时代拙朴的气息和跳动的脉搏，也就是说，它需要表现出丰富的文化意蕴。从这个角度来看，陈忠实对这部作品的期待呈现出他作为一名作家虔诚、专注且强烈的仪式意识。需要注意的是，尽管白嘉轩止步于"齐家"，不能在"治国""平天下"的层面中施展更多的智慧，然而作家的理想并未落空，"多智而近妖"的关中大儒朱先生完成了作家的夙愿，也在一定程度上弥补了白嘉轩的思想文化缺失。

朱先生不属于叙事的主要人物，但他表现出的爱国热忱与对仁义的理解，强化了小说对道德的注释。从对人物刻画的体量来看，陈忠实极少将朱先生推到叙事前线，而是通过他对白嘉轩以及原上百姓的影响，展现出人物的价值。特别是朱先生以无比豪迈的勇气，为挽救三秦百姓只身穿梭于对峙的两军当中的描写，使这个人物的风貌显现无余，而朱先生打算投笔从戎，杀日寇报效国家的行为，更使他的精神风貌得到了充分外化，君子崇高的行径让一股正气驰骋于天地之间，使读者得到一种极富尊严的仪式感。

从第一届到第九届的茅盾文学奖获奖作品之中，《白鹿原》收获的赞誉与抨击都最为瞩目、也最为激烈，两种不同观点针锋相对的状况，

---

① 转引自程光炜：《陕西人的地方志和白鹿原——〈白鹿原〉读记》，《文艺研究》2014年第8期，第5~13页。

是其他作品不曾经历的。立场的不同在于视角的差异，从这个角度来看，仪式批评的视角更为全面、广阔，它从叙事手法到叙事立意等方面，多层次地找寻出作品叙事的目的和立意，丰富的仪式素与特殊的仪式化书写为仪式感的塑造打下了坚实的叙事基础。《白鹿原》中涵盖了众多婚礼仪式、葬礼仪式、农耕仪式等民俗仪式，作品展现的时代承载了数代人的历史记忆，文本中的仪式化书写更是凝结了不同社会阶层的理念，无论是乡绅或是士子，人的精神差异中表现出明显的边界，呈现出了巴赫金所说的“复调”结构，因此说，这种宏大的叙事本身就具有严肃的仪式感，也为读者对于小说的评判提供了更为客观的依据。

第二节　《湖光山色》：历史与现实交织的表演仪式

许多学者认为，《湖光山色》是对一种乡村“乌托邦”的描绘，但与其说这部小说中宁静的丹湖、神话般的三角区烟雾、郁郁葱葱的山岭、承载着历史记忆的楚长城正是现代的桃花源，毋宁说它对经济与人性的表现更为重要，有人在追逐名利中变得面目全非，有人坚守着农民的质朴本色，也有人从迷失中清醒，这一系列的变化都在仪式叙事的记录中清晰显现。

自然环境与人类的关系密不可分，它是人类生存和发展的基础。经济环境与道德环境则是人类建立的社会环境，凝结着漫长历史中的人类文明。道德环境是社会环境中的首要条件，缺失了道德环境，经济环境与自然环境很可能在人类欲望的驱使下遭受严重破坏，维护自然环境必须重视道德与经济环境。从这个角度来看，周大新的这部作品具有深刻含义，他以求神拜佛仪式、结婚仪式、村长竞选仪式、表演楚王祭祀仪式等叙事为镜，映照出当地自然环境与经济、道德环境之间的发展和联系。《湖光山色》中的仪式具有重要意义，叙事逻辑的安排、人物性情的改变都通过仪式素与仪式化书写而实现，是小说叙事的澄源正本。

一、被仪式打破的宁静与质朴

暖暖无疑是周大新钟爱的女性形象，作者将其塑造成为一个勤劳、大胆、踏实、聪颖的人物，她的思维方式具有一些局限性，但在某些方面又展示出冲破传统束缚的现代性，复杂和单纯的品性同时凝聚在她身上。这个人物表现出女性平衡个人发展和家庭和睦的艰难，也显现出新农村发展和建设道路的曲折。

吸收了楚王庄灵秀之气的暖暖，外出打工多年后，因母亲意外生病回村照料，在这期间，因目睹了一场阴婚仪式，从而打消了重回城市的念头。娶阴亲是一种极富迷信色彩的传统仪式，表现乡土风俗的作品中，如鲁彦的《菊英的出嫁》、吴组缃的《菉竹山房》、郑义的《老井》、阎连科的《丁庄梦》《乡村死亡报告》、王安忆的《天仙配》、葛亮的《北鸢》等，时常能见到这种仪式的身影。它以婚礼仪式中的聚合为主题，辅以葬礼仪式中安息，转化成为一种喜事与丧事相结合的特殊仪式。娶阴亲的亡人大都是年轻夭折的男女，家人之所以为已经逝去的家庭成员举办阴亲仪式，通常出于补偿疚愧、寄托哀思、了结心愿等心理，使这种仪式兼具了表演和情感。经过这场仪式之后，暖暖深刻意识到，楚王庄人不仅经济落后，观念更为过时，于是，她原本计划离开楚王庄改变命运的想法有了动摇，她隐约感觉到这片土地比城市更需要她。这场看似与暖暖无甚关联的仪式，实际是叙事的转折，它的重要性在于，一方面表现楚王庄的封闭和保守，另一方面给了暖暖一个扎根楚王庄的理由，进而开启了她的新人生。

唯物辩证法认为，现象与结果存在相互影响、相互作用的因果联系，在一定环境下，一种成为原因的现象会引发一系列的结果，这些结果又会反作用于引发它的原因。留在了楚王庄的暖暖很快面临着婚配问题，她青春洋溢的气质与类似城市姑娘的穿着打扮，让她引起了众多男青年的注目，其中村主任的弟弟詹石梯和旷开田在暖暖身上都下足了工夫。除了与暖暖从小建立的深厚感情之外，贫穷的旷开田一无所有，而詹石梯则倚仗兄长的势力，使暖暖一家受到了不小的诱惑。面对这种困境，暖暖应该屈从外界的压力，还是遵循内心的感受，成为决定她命运走向的关键，最终，暖暖因为无法说服家人，便擅自利用一场婚礼仪式做出了决断。

仪式在一定程度上具有法律的效力，它既是一种传统，也是一种约定俗成的制度，在许多观念传统的乡村，仪式往往比法律程序更能得到大众的认同。涂尔干在《宗教生活的基本形式》中提出："如果有人问一个土著为什么要奉行仪式，他会回答说他的祖先一直如此奉行，他应该遵照他们的榜样……他觉得它在服从一道律令，履行一项任务。"①暖暖显然了解在楚王庄人的理念中，婚礼仪式占据了重要的位置，因此，她说服了开田，在极其匆忙的条件下，举办了一场孤独的婚礼。这场婚礼缺少了父母之命、媒妁之言，将个人的意识凌驾于社会群体的感受之上，"暖暖一想到明天自己就成了开田的女人……她的心就忽悠一下向高处荡去，体验到一种醉人的甜蜜。可再一想这件事给爹娘和奶奶带来的打击，她的心又忍不住疼起来：爹、娘，我这算不算不孝？奶奶，你会骂我丢了楚家的脸吗？"②使这场婚礼没有得到除青苗嫂和开田父母外的任何祝福。当喜庆的仪式缺少了集体的关注、见证，尤其是祝福时，仪式就缺失了传统观念中的力量注入，民俗学家黄涛认为，婚礼仪式上的祝福相当于咒语，而咒语正是一套仪式中最为核心的部分，也就是说，暖暖的婚礼仪式只具备了外在形式却缺失了本质内容。进一步说，这种缺失还在于，婚礼已处于进行过程中，村临乡舍竟然对开田的新娘还一无所知，当暖暖出现在众人面前时，"一下子都惊得住了声"，可见，这场仪式也没有建立起应有的社会联系。暖暖和开田的婚礼既冒犯了村主任一家，又冒犯了暖暖家的长辈，就理应承担仪式行为后的结果，于是，开田发生挨打、遭黑砖，以及因错卖假化肥而被村主任詹石

① ［法］爱弥儿·涂尔干：《宗教生活的基本形式》，渠东、汲喆译，商务印书馆 2011 年版，第 264 页。

② 周大新：《湖光山色》，作家出版社 2006 年版，第 36 页。

磴蓄意报复等一系列灾难也就不足为奇了。不被祝福的婚姻注定要被阴霾笼罩，从叙事线索来看，暖暖由她与父母之间的冲突转为她与村主任之间的矛盾，这场婚仪成为暖暖与詹石磴正式展开较量的缘由，喜庆转为了惩戒，仪式又一次在小说中承担起引导叙事转向的功能。

以暖暖为主导的婚礼仪式和村主任改选仪式，这两个大型仪式素来看，她表现出了一个现代女性的勇敢和聪慧。村主任改选仪式的起因，源于一位历史学家谭老伯发现楚王庄存留着一条建于春秋战国时期的古长城，这个发现为暖暖一家带来了极为可观的旅游收入，村长詹石磴眼红逐渐富裕起来的暖暖，想尽办法对她阻挠、遏制。受到屈辱的暖暖意识到，楚王庄必须结束以往“主任为王”的治理模式，当村主任不愿为村民谋福，权力就得不到有效的监督和制约，民主和发展都将成为一纸空谈，然后，权力就会走向它的反面。为了使楚王庄的社会环境平和、有序，消除以往主任对村民的不良影响，暖暖极力鼓励开田竞选村主任，并为这场仪式出谋划策，显示出极高的政治天赋。在暖暖与开田的努力下，开田取代了詹石磴，成为了楚王庄新一任的主任。

竞选村主任的仪式开辟出一片新的叙事天地，主任的职责赋予了开田治理楚王庄的权力。大卫·科泽指出：“在等级制组织的权力关系传达中，仪式别有价值。实际上，人们能够通过操纵仪式增长其权力，就像他们因为在仪式中被忽视或无力掌控仪式而失去权力一样。”①仪式见证了权力的合法效力，也见证了权力对人的腐蚀。开田的变化让暖暖始料不及，他很快忘记了自己对村民的承诺，表现出的虚荣和刚愎自用与前任主任詹石磴如出一辙。如果说日后的楚王扮演仪式开启了开田内心邪恶的欲望，那么，村主任的改选仪式就为他提供了一条通向堕落的路径。

格尔兹认为仪式是一种表演的行为，这种说法有些过于绝对，但不

① [美]大卫·科泽：《仪式、政治与权力》，王海洲译，江苏人民出版社2015年版，第37页。

可否认，任意一场仪式中的表演都占据了一定分量，尤其是当表演被视为仪式目的时，它在一定程度上就成为了仪式的代表，仪式的其他部分则沦为成表演的道具。仪式中的表演是虚幻的，但情感的投入通常是真实的，当真实情感与虚幻表演相结合时，一些仪式参与者就容易陷入幻境而不能自拔。如起初的楚王表演中，开田并不情愿参与，然而，当他在仪式表演的过程中受到前呼后拥的簇拥，他便自然地将主任与楚王混而为一，一发不可收地沉浸在“楚王离别”的表演仪式之中。为了享受在仪式中得到的满足感，甚至没有一个游客的大年初一，他也要重复一次“离别”仪式。通过反复的表演，开田逐渐迷失自我，脱离了表演的初衷，类似贾平凹在《废都》中塑造的龚小乙，只能靠毒品麻醉后的幻想寻找自身存在的价值。开田虽然不至于此，但他不止一次叫嚣“在楚王庄，我是主任，是最高的官，我就是王！”以及暖暖发现，“开田被众人簇拥着由湖边走过来时，一脸的冰冷，眼中甚至还带了股肃杀之气，她看着不由得打了个冷战：狗东西，你倒越演越像个叫人害怕的真楚王了！”①在这些叙事描写中，如同触发器一般的“离别”仪式暴露了他内心中最为阴暗的角落。

仪式本身并无对错，除了“楚王赀”旷开田之外，并无一人被表演中的角色蛊惑，所以说，是开田自身的弱点导致了他的滑落。从另一方面来看，精明的暖暖依靠她的经济头脑和政治野心，将开田推到了一个他不曾经历的环境之中，富裕的生活、邻里的赞叹，甚至击败了不可一世的詹石磴，使开田对自己的能力产生了错误的判断，而他备受压抑的成长经历又在一定程度上加重了这些不良情绪，以至于在当上村主任之后，他先学领导的穿戴、学抽烟喝酒，让自己看起来与其他主任没有差别后，又利用村里的集体款买摩托，力图通过外在装饰弥补内心空虚。这些内在原因经过仪式的煽动，才导致后来离婚、被逮捕等一系列悲剧后果。“楚王离别”仪式的指向十分深刻，有学者认为：“开田对楚王角

---

① 周大新：《湖光山色》，作家出版社 2006 年版，第 255 页。

色的认同说明其骨子里的农民皇权思想阴魂不散，如果不根除封建帝王意识生存的文化土壤，对乡村进行新的思想启蒙，那么乡村的民主、文明进程仍然举步维艰。”①仪式在揭示农民内在心理方面提供了有益启示，当道德被权力远远甩开，仪式就是悲剧的催化剂。

二、仪式化的转化和象征

周大新通过诸多仪式建构出《湖光山色》的叙事脉络，呈现出人物在仪式行为后的心理变化与人生历程，又通过富有仪式内涵的象征和转化进一步展示了这种变化过程。仪式化书写的重要意义体现在对人物精神品格的表现方面，暖暖和开田原本恩爱无比，却最终分道扬镳，都这部作品不止停留在叙事的表面，更引发了值得深入思考的问题。

暖暖身上有一种近乎执着的奉献精神，它是仪式重要内涵的表现，如果不考虑奉献对象，仅从奉献本身来考量，这无疑是种高尚的品格，因为它强化了自我牺牲，淡化了索取回报的需求，在仪式化书写的作用下，人物的奉献无疑具有积极的意义。从暖暖这个人物来看，可以从低到高的分为三个层次，最基本的奉献出自子女回报父母养育之恩的本能。暖暖得知母亲重病，立刻从京返家并为母亲治病，几乎花光了所有的积蓄，母亲病好后，她决定下嫁开田，于是更主动的帮父亲撒网捕鱼，帮母亲料理家务。第二层是以爱情为基础的奉献。暖暖知道开田一贫如洗，父亲还身患残疾，但为了心上人，她不惜得罪村主任，义无反顾的与开田成婚，开田上当受骗后被抓捕，暖暖又付出了极大代价，救回被拘留的丈夫。在与开田的婚姻中，暖暖表现出了纯粹的奉献精神。第三个层次是超越个人恩怨的道德奉献。开田的性格越来越扭曲，为了一已私怨，强迫半身不遂的詹石磴观看女儿卖淫，在关键时刻暖暖以德报怨，帮助润润渡过了难关，另外，当暖暖意识到，她为村民带来了经

① 曹书文：《乡村变革与思想启蒙的双重变奏——评周大新的〈湖光山色〉》，《河南师范大学学报》2009年第3期，第172~174页。

济收益的同时也带来了精神瘟疫，便毅然决然放弃收益，为受害的乡邻们提供工作，用自己微薄的力量庇护村民。可见，暖暖对奉献的理解和实践在不断的成熟、完善，她在改善家庭经济境况的同时打开了视野，特别是赏心苑后期藏污纳垢的现象与开田的变化，让她意识到，经济发展必须以道德发展为前提，遵循健康、可持续的道路，个人是集体的个人，脱离了集体，个人的利益也将随之消逝。于是，她慢慢舍弃了对“小我”的追求，转向了楚王庄的“大我”上，这种奉献行为的仪式化力量也因此得到了强化。

楚暖暖的认识，正是作家本人的态度，并在一定程度上代表了一种当代农村应当如何发展的共识。无独有偶，在刘玉民的《骚动之秋》中，刚愎自用、唯我独尊的岳鹏程将大桑园当做了自己的王国，以“顺我者昌，逆我者亡”的态度对待村民，他的儿子赢官对父亲的行为做派深恶痛绝，他脱离父亲后帮助大家打开了一扇发展与共的窗户，得到了村民们的热烈拥护。又如关仁山的《麦河》，从双羊与瞎子白立国之间的矛盾中可见，当农村的土地已经不再局限于耕作，传统与现代之间必然会产生冲突，而化解的唯一途径就是通过可持续的“绿色”反哺和奉献，才能使水常流、树常青。农村在现代化进程中，需要一些有想法、有能力的先富者们带动，作家通过对这群人物的描写，表达出对他们建设新农村的美好憧憬和祝福。

周大新在塑造旷开田这个人物时，可以看到作者怀着在批判中惋惜、在否定中同情的态度。开田从当上村主任的一刻起，思想中就有了对边界的划分，这种划分来源于职务的“引导”，让他产生了一种村主任不是人民群众的观念，他代表着楚王庄，是拥有权威力量的特殊人物。他对暖暖说：“心里觉得荣耀，家家人见了你都争着同你打招呼说话，那股亲热劲过去没有见过。”①开田甚至认为当主任就要混吃酒肉，否则将有被看轻的危险。显然，他从一开始就不具备当村主任的素养，

① 周大新：《湖光山色》，作家出版社 2006 年版，第 204 页。

他甚至不如暖暖，只看到了村主任拥有权力的一面，而忽视了需要履行责任和义务的另一面，村主任对村里事务拥有的管理权限，让开田们很难将自己和权力相互分离。周大新在否定开田的同时，对他滋生这种思维的原因也做出了思考，应该说，由于村民受到村干部权威的长期压制，脑海里根本不具备民主意识，合理合法的要求也认为必须送人情才能解决，如黑豆叔想为儿子结婚盖房申请一块宅基地，便要请开田喝酒。权力意味着强制与控制，当村民恭维、奉承村主任的态度如同对待酋长，而村主任又缺乏正确的认知时，腐败便成了必然。

《湖光山色》的仪式化书写展现了权力生发出的边界划分。开田没有意识到，他受到尊重的原因并不是由于自己的威望，而是村主任这个职务被赋予的权力。他在大年初一召集大家表演“楚王离别”仪式时，遭到了麻老四的不满和抗议，开田认为村主任的权威受到了挑战，便大发脾气：“今天这场演出是我这个主任让演的，没钱发！可平日参演的每个人都得参加，谁敢不来，我以后就加他的摊派款！”受到威胁的麻老四立刻服了软，“只能点头说：中，中，我这就去喊人。你是我的主任又是我的老板还是我的国王，我是你的村民又是你的雇员还是你的下臣，咱服从就是”①。可以看出，开田将群众赋予的组织权力完全转化为了个人权力，对于掌控权力的渴望，让他已经失去了理智，围绕边界划分的仪式化书写，表现出开田的迷狂和疯癫，也进一步反映出当民主、法律不能发挥实质作用时，所谓的民主选举就是一种流于形式的行为，詹石磴如此，旷开田如此，甚至可以推测，在这种环境中成长起来的下一任村主任也将如此。

边界划分之外，《湖光山色》还有在祭神、禁忌等仪式行为种对表演的仪式化书写。以娱乐为载体的表演仪式，将想象转化为真实，从真实中感受历史。“楚王别离”仪式的生成背景在楚长城遗址被发现后，谭老伯又紧接着鉴定了大量的楚国仪式器物，根据器物上的“王”字饰

① 周大新：《湖光山色》，作家出版社2006年版，第258页。

纹推测，此地应该发生过与楚王相关的重大仪式。这段历史的真实原型是春秋时期的楚文王，《楚史》称其“强硬如挟雷带电，诡谲如翻云覆雨”，尽管他为楚国的版图与霸业做出了不可磨灭的功绩，但其个人品德却深受时人诟病。因为年代久远，又无文献可考，谭老伯便编撰了一个楚王祭母的故事，配合宫鼎等各类祭祀器物，并邀请乐师奏编钟，重现了一场以悲戚离别为主题的仪式。许多涉及远古时代的仪式，都需要后代的逆向推测与想象，开田为之入迷的正是以这个故事为母题的表演。对表演的仪式化书写呈现出一种从思想到行为的可编排性，它为一个故事赋予了生命，在表演的欢愉中复活了历史，这种表演仪式象征着仪式的乌托邦精神，表达出作者对楚王庄古老历史的神往。詹姆逊认为：“在工业社会中，个人受到摧残的表现就是欲望得不到满足，个人内心的欲望永远是被压抑，受到摧残，便普遍地存在着乌托邦式的冲击，乌托邦式的对整个世界的幻想改变。”①旷开田在扮演楚王一段时间后，性格的确发生了转变，他在一定程度上复活了楚王赀的性格，却也只能止步于此，唯有沦落到在虚幻中寻找满足感，这种仪式化的书写呈现出作者的探索姿态，具有深刻的思考价值。

三、亦真亦幻的仪式感

《湖光山色》并不仅限于“湖光山色”——秀美的山村、野地的牛羊、落日的炊烟等，也不仅是对农村在迈入现代化进程中，出现新旧矛盾、各色冲突、逐渐消逝的“乌托邦”的描绘，更重要的是文本嵌入了作者的一种情感，如人与自然的和谐相处，人与人之间相互友爱，还有人类在面对一些科学暂时无法解释的现象时，内心应该具有的敬畏。可以认为，这部作品思想理念的实质在于观照，尤其是对内心的审视，然后，在这种观照和审视中传达出一种仪式感。

① 弗雷德里克·詹姆逊：《后现代主义与文化理论》，唐小兵译，陕西师范大学出版社 1986 年版，第 170 页。

在周大新看来，因果轮回与善恶报应着实存在，这种冥冥间的定律不以人类意志而转移，但人类至少可以通过扬善避恶以顺应因果律。这种哲学观在佛教未传入之前，在中国的早期文化中已见端倪，老子在《道德经》中说“天下有始，以为天下母。既得其母，以知其子。既知其子，复守其母，没身不殆”；《大学》曰“物有本末，事有终始，知所先后，则近道矣”；《尚书·汤诰》曰“作善，降之百祥；作不善，降之百殃”等，到佛教传入之后，这种哲学观更加系统，也更为明确清晰，如《佛说十善业道经》曰“一切众生，心想异故，造业亦异，由是诸趣轮转”；《妙法胜念处经》曰“业果善不善，所作受决定；自作自缠缚，如蚕等无异”；东晋慧远禅师在《三报论》中说“终说业报有三：一曰现报，二曰生报，三曰后报。现报者，善恶始于此身，即此身受；生报者，来生便受；后报者，或经二生三生，百生千生，然后乃受”。关于善恶报应的因果律经过不断阐释，又通过文人的笔触渗入如《宣验记》《冥验记》《感应传》《搜神记》《太平广记》《水浒传》《金瓶梅》《红楼梦》等多种风格的文学作品之中。

到近代时，《孽海花》《儿女英雄传》等小说，对善恶观有了更为复杂的叙事表现，直到现代“启蒙”和“救亡”思潮喷薄而出，才压倒了“因果”叙事。在这类作品中，作家更重视人民群众在国家、社会中的位置，对伦理道德、因果循环等理念则明显弱化。迈入改革开放后的当代文学，重新开始反思之前一阶段的小说创作，这种反思结合了作家自身的成长经历，以及对中国传统文化的重拾，也将“因果”再次纳入写作之中。王安忆的《小鲍庄》、郑义的《老井》，以及长篇小说《冬天里的春天》《芙蓉镇》《将军吟》《许茂和他的女儿们》等作品中，重新出现了因果律的踪影。

应该说，《湖光山色》秉承了这一善恶报应的传统价值观，孟繁华认为：“小说始于水又止于水，这当然不是一个简单轮回的隐喻，也不是对乡村变革具有某种神秘色彩的解释。但可以肯定的是，周大新在这个有意的结构中，一定寄予了他对于中国传统文化、特别是中原农村文化某种深思熟虑的、具有穿透性的思考。”①显然，是小说中的轮回、因果律激发了这样的感悟。暖暖娘被医院诊断为“奶子癌”，暖暖的奶奶痛心疾首的认为这是暖暖爹从丹湖中逮鱼、网虾、捉蟹，又从不敬湖神才遭到了神明降罪。暖暖本人未能考上大学，也被认为是小时候偷食峻岩寺的贡品，犯了禁忌而遭受报应的缘故。事实上，暖暖娘和暖暖的不幸很难用不敬河神、偷食贡品作解释，但詹石磴在当村主任时为非作歹的行为与后来落得半身不遂的悲惨下场，以及旷开田肆意妄为，最终被逮捕，锒铛入狱的结局却明显具有“善有善报，恶有恶报”的因果内涵。关于因果律的叙事暗含着深刻的哲学观，即人不仅是社会的一员，还是自然的一员，每个人都赖于环境的滋养而存在，《论语·季氏》中孔子曰：“君子有三畏：畏天命，畏大人，畏圣人之言。小人不知天命而不畏也，狎大人，辱圣人之言。”《后汉书·曹世书妻传》曰“忍辱含垢，常若畏惧”，如果将自身的利益置于他人之上，甚至危害到自然环境时，始作俑者必将受到惩罚，这也正是一种从仪式感中延伸出的教化。

应该说，楚暖暖对财富的向往比开田更强烈，但为何滑向深渊的不是暖暖而是开田？这正是因为，她更有底线也更有畏惧，奶奶的影响以及高考失利的结果让她坚信，天地之间有一种惩恶扬善的力量，因此人的行为就必须符合道德环境的规律。从因果律中引发的畏惧情绪是一种重要的仪式感，使读者用全新的视角开启一种对人物命运，以及人在社会环境中如何作为的思考。

重视畏惧的同时也抒发温情，如家人的扶持、坚定的友情等，表现出《湖光山色》关于爱与善的仪式感叙事。暖暖的好友青葱嫂可视为这部作品中的一抹亮色，她比暖暖更宽容、坚定，也更大气有担当，如果说暖暖代表了由农村走向城市的新女性，青葱嫂则是传统农村妇女的优秀代表。当暖暖去医院探望生病的母亲时，是青葱嫂主动在夜晚陪同；

---

① 孟繁华：《乡村中国的艰难蜕变——评周大新长篇小说〈湖光山色〉》，《名作欣赏》2009 年第 3 期，第 97~99 页。

暖暖一意孤行的婚礼，是青葱嫂不畏村主任的报复，在冷清的大喜日子中主动上门送礼庆贺；暖暖和开田误卖假农药给青葱嫂和村里人，造成了重大损失，是青葱嫂体量暖暖的难处，主动表示将自己的赔偿放在最后，甚至无需考虑；暖暖受了旷开田的欺辱，又是青葱嫂不惜生命代价，在一场表演仪式中故意沉船，试图为她复仇。青葱嫂对暖暖的友情中有真挚的情感，她为暖暖提供无私的帮助，将朋友的困难当作自己的困难，但暖暖致富后，她又退居一旁，没有丝毫居功邀赏的念头，然而，当暖暖再次落难，她也毫不计较暖暖在成功时对她的冷落，义无反顾地予以帮助。青葱嫂的身上有一种伟大的力量，她在需要付出的环境中，正直英勇，面对困境时，她不怨天尤人，展示出极大的宽容。精神的力量上升到一定高度时，其中的道德意识往往就会产生神圣感，李泽厚认为："道德本是维系群体人际关系的原则、准绳，它是一种逐渐形成并不断演化、微调以适应不断变化着的生存环境的产物，成为一种非人为设计的长久习俗。"①从这个意义上来看，青葱嫂对情感的维系就在于这种道德力量，诚挚与真实的情感让读者感受到纯净的仪式感。历史上中不乏为友情唱诵讴歌的文学作品，如罗贯中《三国演义》中的"桃园三结义"；卡勒德·胡赛尼《追风筝的人》中的阿米尔和哈桑；余华《兄弟》里中的宋钢与李光头；王安忆《上种红菱下种藕》中的秧宝宝和蒋芽儿；以及苏童《黄雀记》里的宝润和柳生等。友谊不仅是个人的道德水准的体现，也是民族优秀品格的呈现。因此，从青葱嫂与暖暖的交往中，读者感受到的庄重与真挚便可视为一种凝重的仪式感。

评论家雷达认为："人们需要的是富于钙质的作品和呼唤真情的作品，文学缺钙，已成严重问题，所谓钙，不仅指人格、良知、正义，还应体现于钙质的本土生成。它是一些坚硬的质素。凡是揭示民族性格的作品，是有钙质的。文学的钙质体现在作品的精神追求上，体现在作家

① 李泽厚：《人类学历史本体论》，青岛出版社 2016 年版，第 33 页。

的人格精神上，体现在对人的灵魂的关注上。”①雷达为小说创作的精神追求指出了方向，一部优秀的作品应该关注思想、重视道德，它需要在叙事中创建仪式感，这也是“是一个有识见的作家洞穿历史后对的祈祷和愿望”②。

---

① 雷达：《当前文学症候分析》，作家出版社 2009 年版，第 14 页。

② 孟繁华：《乡村中国的艰难蜕变——评周大新小说〈湖光山色〉》，《名作欣赏》2009 年第 3 期，第 97~99 页。

第五章　仪式书写中的乡土世界

自鲁迅以来，以“乡土”为主题的小说创作始终活跃于中国现当代文学的舞台上。百年文学的长河中，以乡土或以乡土人物为叙事对象的作品不可谓不多，仅改革开放之后的长篇小说便不胜枚举，数量的繁荣也导致这一类型小说更难脱颖。然而，《平凡的世界》却从未受到时代的约束，它不仅畅销而且常销，这部作品崇高而庄严的仪式感激励了一代又一代的青年。与之相较，另一部获奖作品《生命册》自出版以来也同样得到了评论家与读者的喜爱，它的笔触划过苦难而不纠结于苦难，与《平凡的世界》对人性美好品质的颂扬相比，《生命册》更清晰地观察到了生命卑微的一面，具有一种悲剧意识。从仪式叙事的角度来看，这两部作品在展示乡土风貌方面有着高度的相似性，引导读者在叙事中生发出对真、善、美的向往。

第一节　《平凡的世界》：生长于黄土地上的民间仪式

一部优秀的作品会展现出多面的图景，使不同视角的阅读者得到不同的阅读感受。如《平凡的世界》就是从民族、时代、理想和现实等多方面呈现出生动、具体的叙事景象，这部作品以双水村为背景，将个人奋斗与时代发展相结合，通过诸多的仪式素以及细致的仪式化书写，抒发出令人动容的仪式感，值得从仪式叙事的角度重点关注。

一、富含乡村风貌的仪式素

无论是哺育路遥成长的榆林还是他笔下的双水村，都有着古老的传承，曾经的辉煌已经成为遥远的历史，如今这片经过几千年风吹雨打、物换星移的土地，已经逐渐变得贫瘠。在相当长的一段时间里，生活在这片土地上的人们为果腹而努力，为生存而挣扎，真正能表达他们精神世界的活动即是各种社会仪式。对于面朝黄土背朝天的农民来说，仪式活动是他们生活中的一种自然诉求，有相当一部分仪式承载了他们对于命运的妥协和对于未来的祈盼。在以农民、土地为叙事对象的现实主义小说中，大多都有仪式的描写，如关仁山在《麦河》中描写祭奠土地爷连安地神的仪式；李佩甫在《生命册》中描写虫嫂在辛苦一辈子后的葬礼仪式；李学辉在《末代紧皮手》中描写招了邪神后的叫魄仪式；严歌苓在《第九个寡妇》中围绕求雨展开的敬黑龙、惩黑龙仪式；雪漠在《大漠祭》中描写神婆为白福求子的巫术仪式，以及老顺家一年一度的祭神仪式等。这些扎根于土地的众多仪式与宗教并无太大的联系，它只是祖祖辈辈在生存经验中逐渐形成并稳定下来的习俗。孙末楠在《Folk Ways》中指出："人类先有行为，后有思想。决定行为的是从试验与错误的公式中累积出来的经验，思想只有保留这些经验的作用，自觉地欲望是文化的命令。"①也就是说，农民奉行的仪式大多源自传统文化思维，并在经验中累积起来的，一种用以解决现实问题的行为方式。

《平凡的世界》与其他表现农民风貌的现实主义作品相似，存在着大量的仪式素描写，通过仪式素表现出对身份的认同问题，以及对传统的承继和变革。生活的苦难和生存的挣扎是小说两大仪式素主题，围绕这两大主题，路遥通过对过渡仪式、政治仪式、民间仪式的描写，展示出双水村农民的心理情感。政治生活与日常生活在双水村密切交织，村

① 转引自费孝通：《人文类型·乡土中国》，辽宁人民出版社 2012 年版，第 209 页。

里的成人几乎都在极其浓烈的政治空气中生活，特别是在作品前两卷中，关于政治生活的仪式被置于最显要的位置。孙玉厚老汉的弟弟孙玉亭是个积极分子，热衷参加批斗会、党员会等仪式性的会议，只有在这种集体仪式中，他才能找到自我存在的价值。尽管孙玉亭吃不饱、穿不暖，连一口旱烟也要恬不知耻地向哥哥索取，但为了闹革命，却可以不顾生产的东奔西跑。在一次公社组织的批斗仪式中，孙玉厚老汉一家因为女婿王满银贩卖老鼠药，被定性为“走资本主义道路”，与时常说“世事要变了”而被定性为阶级敌人的傻子田二一并成为批斗对象。这场仪式给孙老汉一家带来了灾难，不仅因为“老百姓尽管少吃缺穿，但非常看重政治名誉。谁家的一个人给糟践上这么一次，家里另外的人跟集上会都有人指着后脑勺说长道短”①。更因为“要是劳教，丢人不算，还不给工分，一年下来又不知要出多少钱粮——现在他们家多年的粮钱都堆在一起还不了账”②。农民最看重的荣誉与粮钱，都会因为批斗而被残酷剥夺。但从另一个层面来看，批斗仪式又成为孙玉亭、徐志功等公社领导显示政治身份、获取政治资本的机会，因此，这一类仪式便可看作是反映村民关系与生存境况的一面镜子。

在这场仪式中，批判者与被批判者是仪式的两极，批判者掌握了决定被批判者身份的权力。权力强化了仪式主持者的身份，当大户金俊山家、田福堂家拥有这种权力时，让公社总指挥徐志功也对批斗仪式产生了不安的心理。批斗者一方显然比被批斗的一方更加热衷这种区分身份的仪式，大卫·科泽指出：“一个人对组织的认同感只是和其他组织成员共享信仰的结果之一，因为信仰是脆弱的，且非必需之物。就此而言，仪式向人们提供了一种机制，用于缺乏共同信仰的情况下对组织或运动效忠。对献身的心理学研究清楚地指出，仪式引导人们通过公共行

① 路遥：《平凡的世界》，《路遥文集》（第一卷），人民文学出版社 2005 年版，第 27 页。

② 路遥：《平凡的世界》，《路遥文集》（第一卷），人民文学出版社 2005 年版，第 28 页。

动与政治群体达成一致，从而构建和强化人们与群体之间的必要联系。”①然而，处于仪式两端的身份并不是固化或相互隔绝的，批判者与被批判者也会因为各种关系而被缠绕在一起，使得他们的身份变得并不十分明晰。被批斗一方与掌控权力的一方总会因为各种原因搭建起千丝万缕的联系，这种联系既是仪式叙事的需要，也是情节发展的需要。

贫苦农民在政治仪式的重压之外，与农耕相关的仪式描写进一步的突出了农民的艰辛。当恶劣的自然环境将靠天吃饭的农民推到了绝境时，一场干旱就能摧毁庄稼，也摧毁农民生存的希望：“严重的干旱已经把庄稼人的心都烤焦了。太阳像火盆一样高悬在空中，山上的庄稼叶子都快晒干了，所有的绿颜色都开始变灰，阳坡上有的庄稼甚至已经枯黄了。庄稼人出于习惯和本能，依然在这些毫无收获指望的土地上辛勤地劳作着，哺育这些快要死亡的、用他们的血汗浇灌起来的生命。整个村子已经失去了生气，任何人的脸上都再也看不出一丝的笑容来了。”②当生存受到威胁时，民俗仪式便成为农民寄托希望的重要途径，“文化大革命”禁止的求神祈雨仪式不断在这种环境下复苏，如乐天派的田五大叔“头戴柳帽圈”跪在水井前，以呜咽的声调向诸神祷告着雨水：“晒坏的了呀晒坏的了，五谷田苗子晒干了，龙王的佬价呦，救万民！……佛的玉簿玉皇的令，观音老母的盛水瓶，玉皇的佬价呦，救万民！”③这种被莫斯认为是巫术仪式的求雨行为，是农民不愿意向绝望妥协的必然行为，在少平看来，“这悲戚的音调实际上是所有庄稼人绝望的呼喊声呀！”然而，饱浸着农民的悲哀与希望的仪式，未能给双水村带来实际改善。不得已的情况下，村干部们在会议中达成了挖河流上游的村庄水

---

① ［美］大卫·科泽：《仪式、政治与权力》，王海洲译，江苏人民出版社2015年，第84页。

② 路遥：《平凡的世界》，《路遥文集》（第一卷），人民文学出版社2005年版，第188页。

③ 路遥：《平凡的世界》，《路遥文集》（第一卷），人民文学出版社2005年版，第190页。

坝的一致意见，但未曾料到这次秘密的仪式行为又一次给村里带来了灾难，挖坝决堤的大水不但冲走了庄稼，还冲走了村副书记金俊山的弟弟金俊斌。这场灾难对于金家不啻为一个巨大的打击，为了安慰金老太太，村里一致决定以“革命烈士”的身份为俊斌举办一次盛大的葬礼，葬礼仪式与祈雨仪式遥相呼应，在农民深切的盼望下，轰轰烈烈的仪式行为成了一场闹剧，强化了农民残酷的生存环境。

路遥指出：“这部作品的结构先是从人物开始的。从一个人到一个家庭到一个群体。然后是人与人，家庭与家庭，群体与群体的纵横交叉，以最终织成一张人物的大网。在读者的视野中，人物运动的河流将主要有三条，即分别以孙少安孙少平为中心的两条近景上的主流和以田福军为中心的一条‘远景’上的主流。”①对人物感情生活的仪式叙事，能准确表现人物性格特点、心理活动，孙少安和田润叶之间相爱却无法相和的悲剧，是这部作品引发读者同情的重要部分之一。孙少安狠心回绝了主动示爱的润叶之后，怀着悲凉的心情为自己找了一个不需要彩礼的媳妇秀莲，这个对少安一见钟情的姑娘，追随少安来到双水村，并参加了一场庆祝丰收的打枣节。这场仪式表现出双水村人欢快、热闹的性格特点，妇女们“头上包着雪白的毛巾”，身上穿着较为体面的衣裳，头发也“梳得黑明发亮”；年轻男人和学生娃“像猴子似的攀爬”，所有人的“喊声，笑声，棍杆敲打枣树枝的噼啪声，混响成一片，撩拨得人心在胸膛里乱跳弹”②。打枣节中热烈、欢闹的景象给深情的秀莲留下了良好的印象，她的懂事、贤惠也渐渐冲淡了少安因失去润叶而忧伤的心情。双水村这场盛大的节庆仪式象征了少安和秀莲日后的和美，也成为他们婚礼仪式吉祥的前奏。

孙少安身上无疑有着《人生》中高加林的身影，对爱情的态度极为

① 路遥：《早晨从中午开始——〈平凡的世界〉创作随笔》，中国文联出版社1993年版，第32页。

② 路遥：《平凡的世界》，《路遥文集》（第一卷），人民文学出版社2005年版，第237页。

理智，他对润叶的感情同样深厚，但家庭环境及教育背景的差距使他退缩了，与高加林一样，他清楚自己对爱情、对生活的诉求，姑娘的深情与否在未来的发展中只能退居二线。因此，对于少安来说，与秀莲的婚姻虽然简朴但更为般配，这段婚姻开启了他人生的新航程，至于润叶的感受，他已经无暇顾及了。仪式在这个层面上成了宣判者，它在开启了一段希望时又埋葬了另一段希望，伍尔夫认为："小说的中心是人物，而人物的核心是他的'人性'。"①从一定意义上来说，仪式是小说表现人性的重要契机，伤心欲绝的润叶没有在少安的婚礼上"让他把那姑娘打发走"，也没有"寻死上吊闹腾一番"，而是强忍悲痛，送上了贵重的"杭州锦花缎被面"作为礼物，润叶的痴心和善良通过少安的婚礼仪式得到了全面展现。

少安的婚礼仪式虽然物质艰苦，但仍有着喜庆和欢乐的成分，反观润叶和李向前的婚礼，却透出了人物在精神上的苦涩和绝望。李向前无疑是田福堂心目中的理想女婿，家庭背景良好而且性格敦厚，女儿能嫁给这样的人让田福堂心满意足。然而，这场类似于终身宣判的仪式却为润叶套上了沉重的精神枷锁，"从答应和李向前结婚的那一刻起，她就万分后悔。她感到她的一生被自己的一句话断送了。她一次又一次鼓足勇气，想立即找家里的大人，重新否定她答应了的事"②。然而，不容忽视的亲属关系、无法挣脱的道德评判、自我牺牲的献祭，在传统的乡村社会中都具有巨大的力量。田润叶可以与自己较劲儿，却无法与仪式暗含的诸多力量抗衡，她所做的只是在顺应大环境的前提下，保持自我的主体意识，即情感的孤独。鲁枢元认为："所谓'顺应'，即主体为适应新的环境，在新的外部刺激下，改变自己固有心理结构的格局或图

① ［英］弗吉尼亚·伍尔夫：《论小说与小说家》，瞿世镜译，上海译文出版社2009年版，第354页。

② 路遥：《平凡的世界》，《路遥文集》(第一卷)，人民文学出版社2005年版，第302页。

式，以建立能够适应新环境的心理格局或图式。”①这种“顺应”是一种由表及里的改变，而润叶显然不止于此，她复杂的内心感受和外在行为之间的矛盾，使她显示出更为深刻的人性内涵。因此，她的婚礼仪式也缺失了一般意义上的欢乐、喜悦：“她感到头晕目眩，甚至不知道自己身在何地。命运啊，多么无情！这不是婚礼，而是她青春的葬礼……”②对于润叶来说，真正的苦难在于上无法弥补的创伤。少安的弟弟少平通过参加这两次婚礼，对于润叶和少安的爱情悲剧有了清醒认识：“两个家庭贫富的差别，就把两个相爱的人隔在了两个世界。他们是不得已，才各自找了自己的归宿。人生啊，有多少悲哀和辛酸！”③感情，特别是爱情，是文学作品中一曲永恒的歌，《人生》中巧珍对高加林无怨无悔的付出，即使被抛弃仍然不忍看他遭受磨难，在爱情的际遇中，她与润叶都成了失败者，不得已嫁给不爱的男人，无论是巧珍还是润叶的婚礼，都是对这两个痴情而无助的女子所进行的一场残酷判决。

仪式既可以反映出环境给人们带来的生存厄运、情感困境，也可以通过人物的精神与身体、理想与现实，表现出一种巨大的冲突。如地主成分的金光亮一家在遭受了几十年的不公正对待后，因儿子加入解放军而扬眉吐气，兄弟几家不仅挺胸凸肚穿新衣，刻意抛头露面，连“说话声音也提高了八度”，经历了长期压抑后的释放，使金光亮弟兄三家的行住坐卧都成了一种仪式，“像过婚嫁喜事一样，大人娃娃都穿起了新衣裳”，“三家人的院子里飘散着油糕和小炒猪肉的香味；饸饹床子咯

① 鲁枢元：《文学的跨界研究：文学与心理学》，学林出版社 2011 年版，第 97 页。

② 路遥：《平凡的世界》，《路遥文集》（第一卷），人民文学出版社 2005 年版，第 306~307 页。

③ 路遥：《平凡的世界》，《路遥文集》（第一卷），人民文学出版社 2005 年版，第 305 页。

巴巴价响个不停”①。路遥将日常生活描写成仪式行为后，又将笔锋陡然一转，“等众人先后回到窑里，见全家的主事人金光亮一声不吭地把一些纸钱和黄表纸放在一个竹篮里，并且拾起了两碟祭坟的茶饭”②，这个举动使得全家人“面面相觑”。金光亮解释说儿子参军扫空了笼罩在家族上空几十年的阴霾，祭祖是希望“地下的祖先长出上一口气”，然而，这个愿望在全家人的阻挠下落空了，最终成为一个人的祭祖仪式。田仲一成在《中国戏曲文学在祭祀仪式中产生的过程》中指出，祭祀的目的是再次产生集团的生命力。对于这场本应声势浩大、大书特书的家族祭祀仪式，被作家有意一笔带过：“临近中午的时候，在小学后面金家祖坟那里，金光亮一个人跪在老地主的坟前，哭丧着脸开始了他的祭祖仪式。”③侧面反映出在缺失了参与者、器物、步骤过程等元素时，仪式特殊的内涵和意义也难以得到彰显。金光亮的仪式行为包含了复杂的家族情感和历史内涵，也显示出路遥对农民的观察和思考。通过仪式对人与人、人与事之间的关系作审视，路遥的态度是公平的，评论家李建军对此说：“捍卫每一个人的平等和尊严。他固然将更多的同情投向底层的人们，投向那些为了生存和尊严而艰难挣扎和艰苦奋斗的劳动者，但是，他在人格和情感的意义上尊重一切人，体恤一切人，从来不用‘阶级’的眼光来看人，内心没有哪怕一丝一毫的仇富的原始冲动。就此而言，他比奥斯特洛夫斯基的精神更健全，比柳青的情感世界更博大。”④平凡的世界里，身处其中的每一位个体都并非真的平凡，仪式在这个意义上出了见证了人作为独立个体的真实感受。

① 路遥：《平凡的世界》，《路遥文集》（第二卷），人民文学出版社 2005 年版，第 74 页。

② 路遥：《平凡的世界》，《路遥文集》（第二卷），人民文学出版社 2005 年版，第 74 页。

③ 路遥：《平凡的世界》，《路遥文集》（第二卷），人民文学出版社 2005 年版，第 75 页。

④ 李建军：《一把剪刀似春风——论〈平凡的世界〉的反讽叙事》，《文艺争鸣》2015 年第 8 期，第 32~44 页。

以孙少安为例，他参与的“冒尖户”的表彰大会，既是以仪式划分社会层次的表现，又是通过仪式凸显个人“不平凡”的象征。在严格的意义上，孙少安并未达到原西县的富户标准，但在奖品和虚荣心的双重推动下，他终于忐忑不安地代表双水村，参加了这场热闹的庆典仪式。他的忐忑包含了复杂的心理感受，首先，由于家里极度贫困，为了全家人的温饱，父亲与弟妹在很大程度上牺牲了自我，尤其是少安自己，他以优异的成绩考上高中，却不得不辍学，用稚嫩的肩膀和父亲一起挑起家庭的重担，经过许多年的努力，能有机会在“夸富会”上露面，无疑有一种“翻身”的内在含义。其次，孙少安之所以被村里人标榜为“能人”，与他高于同龄人的魄力和见识有密切的关系，但他并不满足现有的成绩，他渴望走出双水村，看看外面的人和世界，这也是他愿意以“不合格”的身份，参与到这场仪式中的另一原因。德国学者洛蕾利斯·辛格霍夫认为：“借助仪式，人们能够克服社会存在的差异，建构社会秩序和共同的归属感，仪式使人们有可能在共同的行动中邂逅，相知并相互融合。”①

“四干”夸富仪式在小说中有着划时代的意义，“往年的‘四干’会，通常都要批判几个有资本主义倾向的‘阶级敌人’，今年却要大张旗鼓地表彰发家致富的人”②。主流意识形态通过仪式表达出一种新倾向，“会议期间，‘冒尖户’们像平民中新封的贵族一般，受到了非同寻常的抬举”，“在社会还普遍贫穷的状况下，这些发达起来的农民受到了人们的尊敬。他们佩戴着写有‘冒尖户’的红纸条走到街上，连干部们都羡慕地议论他们”，“过去尊敬的是各种‘运动’产生的积极分子，现在

---

① [德]洛蕾利斯·辛格霍夫：《我们为什么需要仪式》，刘永强译，中国人民大学出版社2009年版，第5页。

② 路遥：《平凡的世界》，《路遥文集》（第二卷），人民文学出版社2005年版，第207页。

却把仰慕的目光投照到这些腰里别着人民币的人物身上了”①。仪式中，富户们受到的隆重、光荣待遇引发了少安惭愧的心理，但也同样激发起他的好胜心，他被“各种情况刺激得坐卧不安，同时也在内心升腾起一种新的雄心壮志。他感到，由于过去太穷，生活一旦有所改善，就有点心满意足了”。“他要成为一个真正的‘冒尖户’。他暗暗下决心，明年他要理直气壮地来参加这样的会议！”②这场具有政治意味的仪式功用已经不仅局限于“表彰”，更成为孙少安内心发生急剧变化的机枢。

具体来看，仪式的举行现场在热烈的庆祝氛围中，将参与者与观看者的情绪都推向了高潮。“这一天，原西县城一片热闹景象。除过参加会议的一千多名干部外，城里的机关和市民也都纷纷涌进了县体育场。县广播站在向全县转播大会实况。体育场挤得人山人海。主席台下，‘冒尖户’们全都披红挂花，其在高头大马上，一个个都被装扮得像状元兼驸马。”③作为仪式主要参与者的“冒尖户”们，以特定的服饰装扮，体现出他们突出的身份和地位，并凭借观看者的视角确认了这种边界，仪式中生动的细节，更彰显了当地传统的喜庆风俗。“游行队伍的最前边是十几班吹鼓手。这些被召来的全县最著名的乐人，唢呐上挽着红绸花，一个个都大显神通，腮帮子鼓得像拳头一般大。唢呐声和锣鼓声震天价喧吼。四面八方鞭炮声骤起，空气中弥漫着呛人的硝烟味。”“乐队后面，是骑马的‘冒尖户’们。他们的马都由县委和各部门的领导人牵着，使得这些受宠的泥腿把子们，都十分不好意思。”④新奇的体验使这些“冒尖户”们形成了一种个人与集体相交融的内在意识，一个人的才

① 路遥：《平凡的世界》，《路遥文集》（第二卷），人民文学出版社 2005 年版，第 210 页。

② 路遥：《平凡的世界》，《路遥文集》（第二卷），人民文学出版社 2005 年版，第 211 页。

③ 路遥：《平凡的世界》，《路遥文集》（第二卷），人民文学出版社 2005 年版，第 212 页。

④ 路遥：《平凡的世界》，《路遥文集》（第二卷），人民文学出版社 2005 年版，第 212 页。

干需要集体的认可，平日里高高在上的领导人在仪式中为他们牵马坠蹬，仪式行为进一步加强了“冒尖户”们自豪、虚荣、喜悦的内心感受。可见，仪式的象征性通过政治力量，可以让参与者在精神层面得到极大满足，并将情感重新转化为生产力。这一场声势浩大的仪式，让少安“已经忘记了他是个冒充的‘冒尖户’，而全身心地沉浸在一种幸福之中；自从降生到这个世界上，他第一次感到了作为人的尊贵”①。少安的感受展现了仪式的意义，它是社会认可的一种方式，能够激发、唤醒人的情感反应，使人物的心态在仪式过程中发生合理转变。仪式过后，少安时刻激励自己承担更大的社会责任，直到他的确名副其实地成为真正的富户，并出资为孩子们建新校舍，与他在这次仪式中的所见所得不无关系。

随着时间的流淌，双水村不断发展变化。见证双水村变化的不仅是孙少安兄妹、金强兄弟、金波兄妹及孙卫红等年轻的一辈，还有孙玉厚老汉、田福堂、金俊山这些中年人，更有如金老太太、少平奶奶这些老辈人。发展的另一层含义是更替，不仅包括生产资料、发展模式的更替，也包括人的更替。金老太太的去世“意味着一代人在这个古老村庄即将最后消失”，因此，古老乡俗的葬礼仪式便承载了记忆、传承等多种意义。金老太太的葬礼仪式属于大型仪式素的叙事，展现出了庞杂的社会关系和繁冗的仪式程序，以及从传统中继承的各类仪式器具与风水先生点穴、念咒语等特殊表演。莫菲认为：“葬礼是为活人开的。它是一个表达悲哀和疚愧的机会，又是人们在压力和困难中相互安慰、鼓励的社会。悼念的人们聚在一起可以重新建立新的相互关系，将逝者置于‘死者’身份之中，保证生活得以继续。”②金老太太与她的先生因为良好的声誉在当地得到了人们的普遍赞誉和尊敬，因此，村庄里的各姓人

① 路遥：《平凡的世界》，《路遥文集》（第二卷），人民文学出版社 2005 年版，第 213 页。

② ［美］罗伯特·F. 莫菲：《文化和社会人类学》，吴玫译，中国文联出版公司 1988 年版，第 147 页。

家对金老太太的亡故“表现出真诚的哀悼”。葬礼的隆重与否一方面反映出子孙的实力与孝心，另一方面也映衬出亡人生前的口碑与德行。苏童在《黄雀记》中就写道：“有一年夏天气温反常，狡诈的死神藏身于热浪，在香椿树上巡弋，一口气拽走了七个可怜的老人。祖父冒着高温酷暑，逐一登门吊唁，发现七家葬礼都缺乏组织，敷衍了事，充满了这样那样的遗憾。最离谱的是码头工人乔师傅家，儿女们居然找不到乔师傅的照片。”①与之相较，金老太太的儿子金俊武没有丝毫犹豫，“他要按农村习俗的最高礼规安葬他母亲”，礼规不仅体现在仪式的规模方面，更体现于操办者的态度和恭敬心，金俊武和侄儿金强在发报丧事时，见人叩头的行为更是中国传统礼教的直接表现。金家的葬礼款待了几乎是全村人的吃喝，接下来以守灵、吊唁及隆重的“撒路灯”②、“游食上祭”③等仪式，又赢得了老年人们艳羡的感叹：“金老太太生了个真孝子，把丧事办得多体面啊！”④尽管俊武对这场仪式尽心尽力，仍然在“商话”的环节中受到了本家舅舅的诘难。“所谓‘商话’，就是由死者娘家的人审问孝子们在老人生前是否对她孝顺；或者她死后的葬礼是否得到尽心操办？这时候，死者娘家门上来的人，哪怕是三岁娃娃，在孝子面前都是权威人士，像君主立宪国的皇室成员，神圣不可侵犯。如果他们中任何一个人从中作梗，孝子们就别想让老人入土！”⑤严苛的习俗加强了葬礼的严肃性，正如王羲之在《兰亭集序》中的感叹“死生亦大矣”，传统文化中的“孝道”重视子孙后代的家风、道德传承，在这个层面上来看，仪式与其说是一种格尔兹所认为的“表演”，不如说是一种行为上“言传身教”的道德教育。经历了过关斩将般的仪式程序，金老太太

---

① 苏童：《黄雀记》，作家出版社 2013 年版，第 4 页。

② 当地葬礼仪式过程中一个单独的仪式环节。

③ 同“撒路灯”，属于当地葬礼仪式过程中一个单独的仪式环节。

④ 路遥：《平凡的世界》，《路遥文集》（第三卷），人民文学出版社 2005 年版，第 174 页。

⑤ 路遥：《平凡的世界》，《路遥文集》（第三卷），人民文学出版社 2005 年版，第 174 页。

在阴阳先生的指导下顺利安葬，整个葬礼仪式才算最终结束。与此同时，金老太太一代人的叙事也就此结束，通过仪式告别一个时代，是叙事庄重的一种表现。

二、仪式化书写中的贫瘠与富足

如果说需要用仪式素来展现《平凡的世界》中的风土人情，并推进叙事情节、梳理人物关系的话，那么，小说中的仪式化书写则是对孙玉厚老汉一家物质贫瘠，以及金富、王彩娥等人精神贫瘠的具体描绘，以及通过对孙少安兄弟与孙兰香奋斗经历的描写，展现生命在苦难中绽放的叙事。

“贫瘠”是这部小说的一个重要主题，也是仪式化书写的重点。相当长的一段时间内，萦绕在孙玉厚老汉一家脑海中的，几乎都是如何填饱肚子，不至于挨饿。孙少安在全村人眼里是个念书的好苗子，他升高小的成绩列全公社所有考生第一，然而，读完了高小后的少安，因为家庭极度贫困，再也无法继续读书，唯一心愿只能退居为参加完初中入学的考试，再回家劳动。这场证明他能力的考试如同一场献祭仪式，少安牺牲了自己对读书的热爱和向往，并从此告别前程、埋葬了童年。对于其他人来说，不过是一次选拔考试，在少安眼中却无比神圣。作为一个贫穷家庭中的长子，他选择放弃读书，承担起支撑家庭的责任，弃学务农的行为满载着崇高品格。也因为此，关于少安的叙事描写就富有了深刻的仪式化内涵。

令人遗憾的是，少安的自我牺牲并没有使这个家庭从贫困中解脱出来，弟妹仅是没有步他的后尘退学回家而已。弟弟少平仍是班里最拮据的学生，不用说昂贵的甲等菜，连最大众化的乙等菜也超出了他的承受范围，只有最寒酸的丙等菜与少平的身份等同。为了维护自尊心，掩饰贫寒，少平与哥哥一样，通过发奋学习，为自己赢得了精神的慰藉。但在为人处世方面，少平比哥哥少安更加冷静，也更有追求和想法。当家里突然发生了姐夫贩卖老鼠药被劳教的事情，父兄无法抽身处理，家里一片混乱，少平能够迅速拿出应对的主意，摆正自己“临时主事”的位置，通过安慰祖母、为母亲和姐姐分配活计等举措，从行为中透出井井有条的秩序性。很快，继父兄之后，少平成为家里的另一个依靠。少平在参与家庭权力的过程中发生了一定的心理改变，他理解生活不易，深深懂得磨难的意义，小说对少平应对态度的描写呈现出“秩序”的仪式化特征。

孙玉厚一家的贫瘠在少安娶亲一事中表现得更为突出。在对待这场重大的人生仪式上，少安一家因贫穷受到了极大煎熬，家里没钱办婚事，没粮招待亲友，甚至连秀莲的住处和新衣裳都没有。然而，为了儿子的婚姻，孙玉厚老汉愿重新背负一身债务；为了照顾朋友的自尊，金俊海主动慷慨解囊；为了减轻兄长的劳累，少平兄妹与金波兄妹更是奔前跑后；善良的秀莲理解这个贫穷家庭的艰难，为了不给少安添难，连结婚的衣裳也情愿省略。这些生动而美好的行为传递出一种积极的价值观，一种难以衡量的高贵情感。朋友交于义而非交于利，夫妻的情感也应该建立在相互体谅的爱情之上，具有仪式特质的爱与友善，通过对众人“凝聚”的仪式化，增强了这场仪式的价值，也成为这个村庄朴实风气的真实写照。

贫瘠既是孙玉厚老汉一家的生活写照，也是孙家年轻人日后奋斗的动力所在。路遥在谈及奋斗时说：“尽管一切艰辛都是为了成功，但是，人生最大的幸福也许在于创造的过程，而不在于那个结果。”①因为贫穷，孙少安兄弟在人生路上的方方面面都显得比同龄人更加艰辛，然而，生活的艰难也并非刻意针对孙家的兄弟。不同的行当中，人们为生存抛泪洒汗的艰难真实而生动地表现在了叙事之中。如少安从山西买骡子的回程中遇到的一群纤夫，这群人呼应了少安的苦行，他看见“牵着船的那根绳索像绷紧的弓弦似的伸向河岸的峭壁，扣在一串光身子纤夫

① 路遥：《早晨从中午开始——〈平凡的世界〉创作随笔》，中国文联出版社1993年版，第39页。

的肩膀里。这些人几乎是在半崖的羊肠小道上手脚并用爬着走；呻吟般的‘嗯呦’声像来自大地的深处……”①路遥笔下的“苦行”可以认为是奋斗的本质，是类似于“苦行”仪式的一种态度。在拉砖打活的过程中，少安住的是“连狗窝也不如”的山水洞，吃的是高粱稀饭和腌酸白菜，拉砖时手脚并用、大汗淋漓，经常“气喘得像两只风箱”，这样的日子持续了相当长的时间，直到“孙少安和他的铁青骡子把时间拉出了九月”。少安拉砖的“苦行”与在小砖窑厂里卖苦力，以及弟弟少平离家外出扛活的“苦行”，都表现出一种不向命运屈服的抗争，兄弟俩在凭借双手追求人生幸福的过程中，正是通过“苦行”才将对摆脱贫瘠的“愿景”上升到了“信仰”。

生活对于一些人来说是残酷的，少安和少平没有润叶和田晓霞无需为生计发愁的家庭环境，他们需要挑起生计的重担，履行家庭的责任。与少安兄弟相似的年轻人，很多都接受了命运的安排，如同他们的父辈一般，即便穷困也安然固守，将汗水永远洒在长着庄稼的黄土地上。当然，坚守土地并非意味着拒绝努力，侍弄土地的庄稼人多数勤劳而艰辛，只是他们的勤劳和艰辛在很大程度上缺少了信仰的成分，也缺失了一种对探寻人生意义的勇气，是一种被动而非主动的承受，因此，不能称为严格意义上的“苦行”。

少平和其他农民一样扛石料、卖苦力时，隐瞒了自己的教师身份，无论工作如何辛苦都不忘记读书，即使衣衫褴褛，也要去影剧院看一场《王子复仇记》的电影。他始终不失自己的尊严，也不曾忘记自己的追求，这些叙事便有了一种悲壮的意味，成为一种仪式化的书写。正如路遥的感叹：“是的，他在我们的时代属于这样的青年：有文化，但没有幸运地进入大学或参加工作，因此似乎没有充分的条件直接参与到目前社会发展的主潮之中。而另一方面，他们又不甘心把自己局限在狭小的

① 路遥：《平凡的世界》，《路遥文集》（第二卷），人民文学出版社 2005 年版，第 63 页。

生活天地里。因此，他们往往带着一种悲壮的激情，在一条最为艰难的道路上进行人生的搏斗。他们顾不得高谈阔论或愤世嫉俗地忧患人类的命运。他们首先得改变自己的生存条件，同时也不放弃最主要的精神追求；他们既不鄙视普通人的世俗生活，但又竭力使自己对生活的认识达到更深的层次……"①

贫瘠的深刻体现于叙事的多个层面，它不仅是孙玉厚老汉一家吃穿用度的窘迫表现，或是孙少安兄弟在最恶劣环境中的奋斗挣扎，更有一些人因为爱慕虚荣、道德缺失表现出来的精神贫瘠。如果说孙玉厚的弟弟孙玉亭的精神贫瘠是作为一个农民却不具备基本的生活能力，满脑子充斥着政治运动的话，那么王满银则表现出一个人受到成长经历的影响而导致的心理贫瘠。从表面来看，他对于妻子、儿女的不负责任是由于不肯吃苦当个本分的农民，但更深次的原因是，王满银是一个不幸家庭的牺牲者。从祖父抽大烟败家开始，到"二流子"父亲将剩余家业踢踏干净去世，王满银与母亲相依为命，没过几年就因母亲亡故而无依无靠。祖父与父辈的荒唐，让他无法接受任何教育，对母亲的记忆也逐渐远去，这样的成长历程只能让他将生存视为最高的需求。从王满银不断倒腾买卖与不断出走的行为可以看出，他同样有着对美好生活的向往和追求，但是他极度自我的个性使他抗拒改变。可以说，王满银并不是一个需要憎恨的反面人物，只是一个可怜的悲剧人物。他一直处于"不洁"之中，如违反政策贩卖老鼠药，在外地结识相好并合伙卖假表，这些不被社会容忍的行为是"禁忌"的外现，象征着他对家庭以及对社会的"污染"。也正因为"不洁"，王满银几乎一直处于一种被区隔的状态之中，玛丽·道格拉斯认为："如果不洁就是不适当，那么我们必须透过秩序的进路来研究它。一种模式如果想要保持下去的话，就一定要将

---

① 路遥：《平凡的世界》，《路遥文集》（第二卷），人民文学出版社 2005 年版，第 173 页。

不洁或污秽排除在外。”①小说对王满银因自作聪明而导致的不良后果，以及孙玉厚老汉一家对他反感又无奈的描写，即是仪式叙事中将人物行为的“污染”“不洁”与精神贫瘠相结合的仪式化书写。

精神贫瘠往往导致道德的缺失，对于符合道德行为的褒扬以及对于非道德行为的谴责，成为文本创作的精神基础。小说对金富重回双水村的叙事，即是一种人们盲目崇拜金钱和权力的仪式化讽刺。金富因财大气粗、出手阔绰受到了村民们热烈的追捧，甚至还有许多人家为自己的女儿提亲。对财富有基本判断的人家，如孙玉厚家、金俊武家还有田福堂家，认为金富没有文化知识，偷奸要滑又不肯吃苦耐劳，在短时间内积累的丰厚财富肯定来路不明。对于淳朴的村民来说，良好的名声是安家立命之本，失去了声名的村民几乎无法在村庄里立足，如《生命册》中连偷带“卖”的虫嫂；《故乡天下黄花》中不改流氓本性的赵刺猬、赖和尚等人；《第九个寡妇》中的游手好闲的五合；《大漠祭》中心术不正的白福；《墨雨》中偷鸡摸狗的书落壳等人，都可视为小说中的反面人物。非劳动所得的财富会严重损害祖辈建立的名声，崇尚劳动、鄙夷不劳而获是《平凡的世界》中的一种基本道德观，少安忍痛割舍青梅竹马的润叶，少平不愿接受晓霞除了书籍以外更多的馈赠，都体现出这样一种价值观。

对权力的仪式化书写，可看出道德缺失的另一种形式，权力是把双刃剑，既可以解决冲突，同样也可以成为冲突的缘由。如周文龙恣意妄为、任人唯亲，稍有反抗者即进行恶毒惩治，俨然将柳岔公社变成了自己的小王国，如同《许茂和他的女儿们》中作恶多端的大队副支书郑百如，为了掩盖自己的罪行，一方面拼命讨好上面来的干部，另一方面使尽手段排除异己。路遥显然不赞同建立在私欲之上的权力，他深知权力与腐败相伴而生，历史的进步需要依靠人民大众的力量而非掌握着权力

① ［英］玛丽·道格拉斯：《洁净与危险》，黄剑波、卢忱、柳博赟译，民族出版社2008年版，第51页。

的少数人，对权力的过度重视容易导致思想腐朽和行为越界的后果。李建军为此做出评价："路遥通过生动的反讽性描写，揭示了'文革'时期权力腐败的一个突出特点：道德主张与道德行为相互脱节。像周文龙这样的人，一方面，反对和限制别人的'资产阶级法权'，另一方面，却是自己肆无忌惮地搞特权腐败。路遥对周文龙父亲的心理和行为的反讽性描写，包含着极为深刻的心理内容和社会内容。"①路遥对周文龙滥用权力的批判上升到了道德的高度，他不受理智约束的"迷狂"状态，与"反叛""冲突""控制"的交互交织中显示出仪式的痕迹。

与缺失对应的是满足，特别是精神上的满足，体现出人物对内心充实的向往和喜悦。可以从两个方面来看，首先是人物情感方面的满足。深爱着润叶的李向前从婚前到婚后，始终不计一切回报地为她付出，却未能得到润叶的爱情。表面看来是李向前不幸致残，润叶才最终于接受他并投入到婚姻关系之中，但这显然与李向前长期以来的默默付出有着很大关系。还有偶遇郝红梅的田润生燃起了爱情的火焰，然而红梅离异有子的身份使他们的感情一波三折，在父亲的干涉下，润生承受了极大压力，但他并未在世俗的眼光下屈服，勇敢地反抗父亲的控制，遵从内心的感受去追逐爱情，最终得到了父母的认可并有了幸福的结局。

其次是个人追求事业而得到的满足。少安在初次烧砖成功后，抱着"穷则独善其身，达则兼济天下"的念头，为乡亲们解决工作，却不幸被所骗导致血本无归，巨大的失败让少安瞬间破产，更遑论给乡亲们付工资，然而，被打入谷底的少安重新站了起来，最终获得了事业的成功。向往工人身份的少平进入铜城煤矿，过着提着脑袋下井工作的生活，这使他对人生有了新的认识，特别是师傅与女友不幸相继死亡，以及他自己因工毁容的经历更加深刻地改变了他，进而影响到他对未来的选择。无论是个人的情感还是事业，追逐的过程即是对缺失的补足。在

① 李建军：《一把剪刀似春风——论〈平凡的世界〉的反讽叙事》，《文艺争鸣》2015 年第 8 期，第 32~44 页。

中国传统文化视阈中，缺失意味着一种从无到有的过渡，有一种独特的智慧意蕴。布朗认为特殊行为本身就是一种仪式化的象征，荣格则认为当一种行为、精神、术语或意向，被赋予了比它本身更加丰富的含义时，就成了象征。格尔茨强调："这些符号与象征，这些意义的载体在社会的生命中扮演了一个角色，而且实际上就是置身于其间的这个角色才给了它们生命。"①少平们通过努力奋斗达到一种自我实现的满足，并以此传递信念，成为仪式化书写的重要内容。

在孙少安兄弟之外，老人和女人是路遥借以传递美好情感的另一类群体。路遥无疑具有传统的价值观和道德观，他敬重生命的成长历程，特别是已经在苦难岁月中度过了一生的老人。如《人生》中的德顺老汉，尽管他对高加林抛弃巧珍一事痛心疾首，然而加林受挫折后重回农村时，仍然是这位可敬的老人给予他关心、希望和力量。在路遥的文学世界里，享有真正尊贵地位的人并不是村干部或地区专员，而是谦卑和智慧的老人，这些老人在小说里得到了应有的颂扬。《平凡的世界》里，少平的奶奶与金家老太太分别代表了同受人尊敬，却类型各异的老人。孙奶奶没有文化，她对子孙的关怀和照顾朴实无华，担心他们在外是否受人欺负，是否顺心，是否吃饱穿暖，这些周而复始的细节描写，表现出仪式化的生命循环，孙奶奶不懂得人生的大道理，但她真诚的爱给予了儿孙们融洽的家庭氛围，使三个孙辈在外奔波时，总能因为奶奶而引起对家的牵挂。金老先生的遗孀金老太太代表着有知识、有见识的一类老人，她深明大义，自觉维护着传统的秩序，在需要牺牲自家的利益去服从大局时，始终以集体利益为重，并不倚仗自己在村里的地位发难，一辈子的好声誉让她得到了大家的敬重，因此，众人在她的葬礼上表现出了真诚的哀悼。老年是每个人都将通往的阶段，在一定程度上，对待老人的态度显现出一个民族的文化道德水准，老人不仅赋予了年轻人生

① [美]克利福德·格尔兹：《地方知识——阐释人类学论文集》，杨德睿译，商务印书馆2014年版，第139页。

命，还传授给他们宝贵的经验和教训，历史在不断的传承中得以发展。谭伟平认为："深受传统文化影响的路遥是带着强烈的感情色彩去构筑道德的理想世界的，他试图以乡村的道德人伦去宽慰饱尝磨难的心灵，为人们的奋斗提供精神支撑。"①在塑造老人的形象、表达他们的思想等方面，作家通过"凝聚"的仪式化书写抒发情感，然而，家庭以至族群成员之间的行为交流容易遭到"日常"的消解，更有本能的成分在内，因此，仪式化书写的一些特性也受到了一定程度的遮盖。

三、于苦难中重生的仪式感

路遥在完成了《平凡的世界》之后，在《早晨从中午开始》这本纪实散文中详细谈到了他的创作过程，在他看来，生命不息，创作不止。"只要不丧失远大的使命感，或者说还保持着较为清醒的头脑，就决然不能把人生之船长期停泊在某个温暖的港湾，应该重新扬起风帆，驶向生活的惊涛骇浪中，以领略其间的无限风光。"②正因为怀有这样的信念，在《人生》获得了巨大的成功后，路遥又开始了对另一部作品的构思。经历了差不多六年的艰苦食宿、远离亲人，《平凡的世界》才诞生在读者的眼域之中。路遥的勤奋甚至影响到了他笔下的人物，不同于鲁迅笔下的阿Q、孔乙己，或是老舍笔下的虎妞、大赤包等人，无论是《惊心动魄的一幕》《在困难的日子里》，还是《人生》《平凡的世界》中，路遥笔下，即便是一些在许多事情上有过重大偏差的人物，也未曾停止在人生道路上摸爬滚打。作品中始终传递着一种观念——一个人只要扬帆起航，就必然会遇见风浪，克服困难和挑战的关键就在于不屈服的勇气，路遥认为："一个人要是停留在自己的历史中不再前行，那是极为

---

① 谭伟平、吴海杰：《理想的批判与批判的理想——对〈平凡的世界〉中"理想世界"的解读》，《理论与创作》2010年第2期，第62~67页。

② 路遥：《早晨从中午开始——〈平凡的世界〉创作随笔》，中国文联出版社1993年版，第5页。

可悲的。”①打动了万千读者的孙少平、孙少安，甚至孙少香、田晓霞、田润叶无不如此，在惊涛骇浪中前行，挫折是他们前进的垫脚石而不是绊脚石，即使是某一刻的成功也不会让奋斗戛然而止，因为“人，不仅要战胜失败，也要超越胜利”，刹那的一刻并非永恒。通过当下来把握未来，成为路遥在理想与浪漫中透出的一种信念，践行这种信念需要执着的意志、强制的控制、坚定的信仰，不如此这般，则无法通过磨砺的考验，可见，这种信念本身就是仪式感的一种外现。

当路遥把完成《平凡的世界》视为一种夙愿时，他克服了恐惧、孤独，围绕着思考和写作，让乏味的生活日复一日。他认为艰苦是成就自我的最佳途径：“实行如此繁难的使命，不能对自己有丝毫的怜悯之心。要排斥舒适，要斩断温柔。只有在暴风雨中才可能有豪迈的飞翔；只有用滴血的手指才有可能弹拨出绝响。”②因此，在孙少安、孙少平身上，俨然有路遥自己奋斗的身影；在田福军、金俊武身上有他对社会现象和发展的思考；在金秀和少香身上又有他对美好的向往。每一个人物的成长和发展的历史，都贯穿着路遥对待创作的严肃态度。

《平凡的世界》之所以能够长久地受到读者喜爱，与这部作品表现出的仪式感有很大关系。路遥将创作视为一种神圣的使命，在开始这部鸿篇巨制前，除了准备作品素材，还有精神的准备。他以“朝拜”沙漠这种特殊的形式观照自我，并在沙漠中体会生命的意义。沙漠是路遥精神中的圣殿，他表示：“赤脚行走在空寂逶迤的沙漠之中，或者四肢大展仰卧于沙丘之上眼望高深莫测的天穹，对这神圣的大自然充满虔诚的感恩之情。尽管我多少次来过这里接受精神的沐浴，但此行意义非同往常。虽然一切想法都已在心中确定无疑，可是这个‘朝拜’仍然是神圣

① 路遥：《早晨从中午开始——〈平凡的世界〉创作随笔》，中国文联出版社1993年版，第126页。

② 路遥：《早晨从中午开始——〈平凡的世界〉创作随笔》，中国文联出版社1993年版，第43页。

而必须进行的。”①作家在写作之前的仪式态度在一定程度上决定了作品的精神高度，衡量一部作品的优劣时，这种创作态度是需要重视的一个重要方面。列夫·托尔斯泰认为，态度决定作品的价值，“任何的艺术作品中，作者对于生活所持有的态度及在作品中反映出作者生活态度的描写，对于读者来说是至关重要、有价值且有说服力的……艺术作品的完整性不在于构思的统一，不在于对人物的雕琢及其他，而在于作者明确和坚定的生活态度，并将这种态度渗透整个作品”②。路遥认为作家的态度应该充满激情和真诚，很难想象一部严肃、积极的作品背后却没有一个具有严肃和积极态度的作者，一个对于写作抱着无所谓甚至玩世不恭态度的作家，能写出动人的、高尚的篇章，即便是一部轻松愉快的作品背后同样需要有一个严肃认真的作者，否则，作品的轻松愉快将很容易陷入荒唐的闹剧。因此说，路遥创作《平凡的世界》时，持有的宗教般情愫，也就十分容易理解了。

仪式感决定了一部作品能否带给读者正面的启迪与美的感受。虽然感受在很大程度上是一种私人的、个体的体验，正如薛宝钗的性格在有些读者看来属于圆融、识大体的大家闺秀风范，但在另一些读者看来则是虚伪和强烈的心机表现；阿 Q 被一部分读者认为是个地痞流氓的同时，也有一部分读者认为他具有深刻的革命性。对人物的多种解读一方面受到读者自身认识程度、理解水平的影响，另一方面也显示出成功的人物形象具有复杂性与多面性特点。读者对薛宝钗、阿 Q 等人物的认识偏差，不等同于对作品的认识也会出现巨大的偏差，否定宝钗和阿 Q 的读者不会否定《红楼梦》《阿 Q 正传》的伟大。当一部作品的精神主旨可以得到大部分读者的理解和认同时，说明感受存在差异的同时也存在共性。

---

① 路遥：《早晨从中午开始——〈平凡的世界〉创作随笔》，中国文联出版社 1993 年版，第 11 页。

② 契尔特科夫于 1894 年笔录，转引自路遥：《早晨从中午开始——〈平凡的世界〉创作随笔》，中国文联出版社 1993 年版，第 26 页。

在《平凡的世界》中，处于社会最底层的青年不被艰苦的环境击败，通过劳动和读书，披荆斩棘地闯出了一片广阔的天地。他们的奋斗不仅是为了改变生存的现状，还为了自己的未来，因此，他们勤劳、善良、勇敢、正直，几乎具备了一个年轻人应该拥有的一切优良品质。路遥不止一次地进入到文本中，或为笔下的人物叹息，或为他们鼓劲，作者与人物的声音相互交织，即仪式的共感。在这一过程中，路遥将自己对待创作的态度注入到人物身上，从而给读者传递出强烈的仪式感受。《平凡的世界》中的仪式感是继作者的仪式感之后的重要环节，它主要通过强化艰苦但超越艰苦的意识（苦行）、对待友情不计个人得失的豁达（仗义）、崇敬知识的态度（庄严）等三个方面进行表现。

在《人生》等中短篇小说中，路遥还未将苦行提升到一个具有仪式感的叙事高度，到了《平凡的世界》时，苦行成为一个重要主题。孙兰花不幸嫁给二流子王满银，用一个女人的肩膀扛负起本属于男人的活计；孙少安高小毕业后即参与到繁重的劳动中，拉砖、烧砖窑无不是充满了艰苦和辛酸；孙兰香两度因贫困而差点儿放弃学业，为了减轻家庭负担，也抽空参与到成年男人的工地劳动中；李向前在爱情里受折磨，以残废为代价才换来润叶的感情；郝红梅在感情中不断遭受挫折，班里曾经最美的姑娘被残酷的生活折磨得几乎失了形；其中最突出的，是孙少平在高中毕业离家后，在黄原扛活，在铜城煤矿下井工作，将身体和生命的力量透支到了极限。在揽工的工地上，下工后的孙少平不顾背上的累累伤痕，一人趴在一堆麦秸秆和破烂被褥中，靠着豆大的烛光阅读，这幅场景不仅震撼了他的兄长和女友，也使读者受到了极大的震动。少平在当时并没有升学的压力，也没有对未来的规划，他完全无需在一天的繁重体力劳动后负伤读书，他之所以如此，不过是因为不愿苟且地生活，他放弃的又何止是与工友们一起享乐呢？他还放弃了家里已经逐渐好转的环境与兄长的庇护。由此可见，在少平身上，“苦行”之所以具有仪式感，是因为他对苦难的态度不同寻常，他为战胜苦难而骄傲，超越过苦难的痛就能品味到苦难对精神的磨砺，也才能感受到被锻造的快乐。有了揽工经历的少平在大牙湾煤矿又一次受到严峻的考验，这片地下的世界随处都是危险，煤矿是强者存活的地方，需要勇敢和无畏。少平最信赖的班长为了救人献出了生命，女友晓霞也因在洪灾中救人献出了生命，这两个人的死亡使少平重新开始思考人生的价值，他们是平凡人群中的一员，不平凡的行为让他们逝去的生命变得高洁。随即，他也因救人而遭受了毁容的痛楚。痛苦若不能将人打到，就会转而成为他的盔甲，伤痕也会随之成为耀眼的勋章。少平正是如此，重新振作起来的他重新回到了煤矿，这个勇敢的年轻人仍然心忧天下，继续坚定地踏在他所选择的人生道路上。读者从少平的成长中能感受到一种高尚且严肃的品质，这样的品质不断刷新冲击着读者对苦难的认知。

“仗义”体现了仪式感的第二个方面。虽然少安、少平与兰香通过自我的奋斗，终于告别了生活上的恓惶，各自走上了一条前景光明的道路，然而在这一过程中，金波一家的无私鼓励和支持都是不能忽视的，在关键时刻，这种外力的支撑往往是内力得以延续的重要保证。金波一家对孙家的友善、义气、宽容，无不使读者感受到邻里之间同舟共济、朋友之间丹诚相许的美好感情。很难想象，如果没有金波，少平是否还能走一条相同的人生道路，金波塞给他自己也不宽裕的白面票；共用一辆自行车风风雨雨四五年；见少平受气，冒着被学校开除的危险也要为朋友打架出气……金波用朴实的友谊给予少平无法估量的精神支持。

通常来说，一个人少年时期的经历会对成年后的选择产生极大影响，少平能见义勇为地搭救“瘸女子”侯玉英；不计前嫌的帮助郝红梅掩饰偷窃行为，这固然是少平具备优秀的品质，但与富于义气的金波多年以来对他的影响也不无关系。在少安的婚礼筹备上，金家又一次表现出仗义的作用，在普遍贫困的年代，两百元钱对于并不富裕的金俊海一家来说也并非小数目，但在玉厚老汉困难的关头，金家主动借钱借粮，忙里忙外。更不消说“早年间，玉亭成家后，他们没地方住，白白在人家门上住了好几年。以后虽说他们把家搬到了这里，但少平和兰香晚上没地方住，还不是在人家那里借宿！再说，平时金秀对兰香，金波对少平，经常拿吃拿喝的，金波他妈也对这两个孩子没少操过心——两个念书娃娃的制服少安妈不会做，还不是金波他妈在他们家的缝纫机上给做的吗？"①仗义疏财与体谅入微的行为体现出金家为人称颂的道德品质。在中国传统的价值观中，朋友属于五伦之一，俞伯牙与钟子期的知遇之交、管仲与鲍叔牙的管鲍之交、廉颇与蔺相如的刎颈之交、陈重与雷义的胶漆之交、范式与张劭的鸡黍之交等，都是历史上关于美好友情的范式。友情是人生中不可或缺的组成部分，若有幸结交到甘苦与共、高义薄云的朋友，显然是无法计量的宝贵财富。孙玉厚老汉一家除了能帮金家做些重体力活计，少平和兰香能在学习上帮助金波和金秀之外，委实难有更多回报，而金俊海一家人从未估算过"投入"与"产出"，对孙家始终如一的支持、照顾，表现出人与人在相互交往中的纯粹情感，读者在其中所感受到的是一种如仪式般纯净的朴素和真挚，一种因为无私所以更加珍贵的仪式感。

小说中人物的处事与对待知识的庄严态度，可视为是这部作品第三个方面的仪式感。少安是村里公认的"能人"，田福堂对这个小伙子也不乏欣赏和敬畏，但得知女儿看上少安后却十分恼怒，认为少安是不自量力地欺负自家，这种矛盾的心情显示出对少安放弃读书而回乡劳动的遗憾。两个年轻人从事行业的差异，导致了身份的区隔，这种区隔又会将他们导向两种不同的人生。有文化、有知识的润叶留在县城成为一名公家人，而失去读书机会的少安只能留在黄土地上做农民，应该说，让他们无法结合的真正原因并不是少安无情或是田福堂从中阻隔，而是精神层面有可能产生的疏离。正如《人生》中德顺老汉看到了刘巧珍的善良和质朴，但他却很难理解，高加林面对着只知道"你家老母猪压死了小猪"的巧珍，精神无法获得共鸣的痛苦内心。

然而，同样存在巨大身份差异的少平与晓霞，却有了交流和相爱的

---

① 路遥：《平凡的世界》，《路遥文集》（第一卷），人民文学出版社 2005 年版，第 229 页。

可能。少平无论是当老师，还是扛石料、揽工、进煤矿，他从未放弃过对书籍的渴望和对知识的追求，田晓霞作为市委书记的女儿显然不会被一时的冲动冲昏头脑，她一贯以来的理智，让她看到了少平身上与众不同的品质，在相互交谈中，她更感受到少平对生活的独到理解，思想火花的不断碰撞使两个年轻人相知相爱。知识的力量绝不仅仅是让人拥有令人羡慕的工作，或是收获可观的经济利润，更重要的是为一个人打开一扇看世界的窗户，以及提供一种重新思考世界的可能。王一川认为："在《平凡的世界》中，可以看到孙少平对图书的强烈渴望：狄更斯的《艰难时世》、夏洛蒂·勃朗特的《简·爱》、阿·托尔斯泰的《苦难的历程》、列夫·托尔斯泰的《复活》、巴尔扎克的《欧也妮·葛朗台》和艾特玛托夫的《白轮船》等。正是这些优秀的图书改变并塑造着孙少平的精神世界，使他在苦难中找到自己精神的归宿。"①有知识的少平具有追逐理想的基础，他完全脱离了庸俗，从这个角度来看，少平比《沧浪之水》中的池大为更值得尊重，原因就在于他对知识的尊重始终如一，而且，并不利用知识去走一条违背初衷的人生道路。出走不仅是少平人生的一段经历，更成为他成长的仪式，他之所以愿意，也能够忍受背井离乡扛活打工的艰苦，深层的原因就在于他对社会和时代有不一样的认识。知识的背景让少平的人生选择具有了悲壮的意味，因此也更令人尊敬。而少平对知识的渴望和对待书籍的庄严态度，多少会改变读者对知识的理解，并生发出一种被净化的仪式情感。

从仪式的角度理解《平凡的世界》，可以更好地结合叙事中的传统观与现代观，仪式素体现出人物在不同阶层及不同环境中的区隔与融合，如批斗、惩戒等仪式，通过一些规则划分出界限，触碰界限者即为"不洁"者，仪式然后成为清洗"不洁"的方式。又如打枣节等民俗仪式凸显的融合，不同的人物围绕一个共同的目标表现出一种凝结的力量，

① 王一川：《中国晚熟现实主义的三元交融及其意义——读路遥的〈平凡的世界〉》，《文艺争鸣》2010年第23期，第97~109页。

所有人都是仪式的参与者，个体在仪式中不再重要，重要的是通过仪式抒发情绪及传承风俗。而婚礼、葬礼等仪式则是从个人与仪式的关系中表现出一种秩序，与其说这一类仪式促使社会成员完成了身份转变，不如说它是一种道德的教化，使人物承担起对家庭的责任乃至对社会的责任。这一类暗含着多种意义的仪式是叙事发展变化的必然，同样是婚礼，少安的婚礼是喜庆的，润叶的婚礼则笼罩着伤感、哀怨，与之类似的还有金俊斌与金老太太的葬礼。涂尔干认为，自从人类为仪式的原始内容添加了新的观念后，仪式便不断更新并扩展。也就是说，通过赋予仪式不同的目的，仪式就有了更广泛的内涵。

第二节 《生命册》：生命仪式中的众生百态

继《羊的门》《城的灯》之后，《生命册》的创作深刻地凸显出李佩甫对人类灵魂深处的观照，以及对于人性善/恶二元对立的复杂认识。鲁枢元将思考人性等问题的作品概括为对“精神圈”的表达，从这个意义上来看，《生命册》是一部表现“精神圈”的现实主义创作。对这一类作品的解读，需要一种既能自由出入文本，又客观且生动的方法。在一些批评家看来，不能触及事物本质的文本批评是苍白无力的，仪式批评恰恰为具体且有效的批评提供了科学合理的路径。文本在涉及不同人物、不同环境场合以及事态时，往往伴有明显的仪式素叙事，在仪式素的基础上，作家通过对人物的仪式化书写，描绘出举止各异、内心丰富的人物群像。事实上，《生命册》所展现的不仅是人物的生命，还有环境的生命与时代的生命，它们共同构成了一支生命之歌，歌曲沉重而庄严的旋律，正是一种对土地的献祭、一种歌唱生命的仪式。

一、喧嚣背后的仪式素

小说的叙事主体——“我”，因为孤儿的身份吃百家饭、穿百家衣，是个受到村里人的恩惠而成长起来的孩子，因此“我”的生命是无梁村给的，慧命也同样得益于这片土地。为了在三十多个村庄里为“我”争取到一个读大学的指标，村支书“老姑父”抹下了他从来不肯送礼求人的脸面，提着家家户户凑出的芝麻、烟、酒等贵重礼物，使“我”有幸成为这个村庄走出去的第一个大学生。因为有了这样的成长背景，“我”才得以亲眼见证无梁村走出去的蔡苇香、梁五方，以及走进来的虫嫂、杜秋月这些人的生命形态，这也包括“换血”的兄弟骆驼。土地的联系喻示着生命的联系，受人滴水之恩更应涌泉相报，按照情理，“我”是应该回报生我养我的无梁村的，但在村民们看来已经完全改变了身份的“我”，仅是个学院的讲师，在城市里几乎一文不名。一直庇护“我”的老姑父，不断地以一张“见字如面”开头的白条提醒着“我”的生命之源，这不仅压垮了“我”初现端倪的爱情，也葬送了“我”继续从事学术研究的希望。巨大的感情债让“我”不堪重负，终于落荒而逃，然而埋藏在心底的记忆和愧疚却显然不是可以一逃了之的。这些与老姑父和他“给口奶吃”的相关记忆构成了叙事发展的经线，而在这些记忆中曾经发生的仪式，则是经线上具有重要意义的节点，如老姑父、虫嫂的葬礼仪式，批斗梁五方、杜秋月的政治仪式，乃至春才当上万元户后的庆祝仪式，这些仪式表现出叙事者对一段段人生历程的总结，以及一种社会关系的重置过程。

为了一名外形姣好的女子，老姑父从部队来到无梁村，放弃了原本光明的大好前程。老姑父是一个好人，整个无梁村都在他的守护之中，他当村支书时所保护的又何止“我”一人呢？梁五方、杜秋月、虫嫂、春才等无不是在老姑父的宽恕和护卫中逐渐平复了被践踏的尊严。可正是这样一个善良的人，却遭到了来自最亲近的妻子最恶毒的对待，妻子甚至将自己的仇恨种到了女儿的心里，老姑父看到他最疼爱的小女儿“一双喷溅着仇恨的眼睛，这双眼睛里爬满了蜇人的蚂蚁，那都是在黑夜里一点一点积攒下来的”①，心里的震颤和失望让他“满眼都是泪

① 李佩甫：《生命册》，作家出版社 2012 年版，第 61 页。

水”。老姑父的不幸婚姻史使他酗酒度日，在中风之后，老姑父在家里完全失去了尊严，他拖着半瘫的身子、扎着一头银针重新学走路，直到彻底瘫痪，他得到的妻子侮辱的唾沫远比得到的食物多，老姑父正是在这种精神与物质的双重摧残中离开了世界。死亡之后，妻子和女儿却为他举办了隆重的葬礼，且在无梁村百姓的旁观中尽显哀容。老姑父的葬礼只能算是小型仪式素，但却有着极其复杂的内在含义，因为葬礼不仅是生命结束的标志，也是对社会关系的总结。莫菲认为：“葬礼是为活人开的。它是一个表达悲哀和愧疚的机会，有时人们在压力和困难中相互安慰、鼓励的社会。悼念的人们聚在一起可以重新建立新的相互关系，将逝者置于‘死者’身份之中，保证生活得以继续。”①莫菲对葬礼的认知是不全面的，当仪式中神圣的一面被人性恶的一面所掩盖时，仪式往往也失去了它原本的含义。老姑父的妻子吴玉花和女儿苇香在其葬礼中表现出的悲哀和愧疚很难让人信服，尽管她们也掉泪了，但无论从村民还是读者的角度来看，她们表演的成分远远大于其发自内心的感受。正因为此，老姑父的葬礼愈是隆重，就显得老姑父愈加可悲。

以葬礼的形式揭示人性的丑陋，还表现在被称为“小虫儿窝蛋”的虫嫂身上。虫嫂是《生命册》中刻画得极为成功的一个形象，作家对她充满理解与善意的笔调，使她偷集体的庄稼、随意“卖身”给村里男人们等这些足以使一个女人身败名裂的丑事，却难以引发读者的负面感受。因为这个女人行为上所有的不端都有着高尚的理由作为支撑——她既是妻子又是母亲，在贫穷又动乱的环境中，为了残疾的丈夫和嗷嗷待哺的三个孩子，这个身高一米三的“小人国”女子还有什么选择和出路呢？事实上，虫嫂因为她的行为不端已经受到了严厉的惩罚。“斗私批修”的时候，她不但被游街，还像猴子似的在桌上翻跟头，受尽了侮辱；一个下雨日子里，她遭到村里妇女的集体围攻和殴打，占过虫嫂便

① [美]罗伯特·F. 莫菲：《文化和社会人类学》，吴玫译，中国文联出版公司1988年版，第147页。

宜的男人们以扭曲的“审美”眼光看一个“光肚儿女人在场地里奔跑”。虫嫂的“示众”使她的三个孩子抛弃了苦苦养大他们的母亲，自此她悲剧的人生才真正开始。虫嫂对她的三个子女抱有极大的期望，为了子女们的身体成长，她可以不顾脸面地偷窃和“卖身”，为了他们的体面，她也可以立即洗心革面，靠捡破烂为生。虫嫂全心全意的付出却无法换回子女们的体谅，他们始终无法从心底接受这样一个不体面的母亲，除了拿饭要钱，他们始终不和母亲产生任何联系，直到虫嫂苍老变形的晚年，还被子女们推来搡去，她只能在绝望和悲哀中离世。虫嫂的葬礼和老姑父一样是风光的，但这与子女的孝心无关，村里用虫嫂含辛茹苦地卖破烂赚的钱“搭了灵棚，置了桐木棺材，请来了四班响器，还租来了三个哭丧的‘孝子’”。当得知母亲还有一笔三万元的存款时，子女们才争相回来行孝，但被村人拒之村外。虫嫂渴求了一辈子的同情和谅解终于在她的葬礼仪式中实现了，那些曾经打骂过虫嫂的女人们流着泪，将她洗净入葬。靠死亡换取的风光和宁静无疑是沉重和辛酸的，仪式也像是用冷眼在观察世间百态一般，在热闹中透出冷漠，在阴影中又闪出了一道光亮。无论是对虫嫂，还是她的子女，又或是村里曾经仇恨过她、同情过她的人来说，葬礼都满足了一种“俱往矣”的共同需要，而作家也用一种象征性的抒情笔法结束了关于虫嫂的故事，“地里的草，该长还长。谁都知道，有一种草，那叫‘小虫窝蛋’”①。

不同于余华在《活着》《在细雨中呼喊》《兄弟》等作品中对暴力仪式的冷酷书写，李佩甫的暴力仪式书写更多建立在一种怜悯情感的基础之上。在《城的灯》中，刘汉香最终被村里的小混混奸杀，他们如同为狂欢和欲望献祭一般的残暴行为让人怒不可遏，但刘汉香在临死前“谁来救救这些孩子”的呼喊，隐含的是作者的心痛与忧虑。《生命册》中梁五方、虫嫂和杜秋月在不同程度上遭受到来自群体暴力的伤害。被誉为“龙麒麟”的梁五方自傲于他卓尔不群的手艺，在众人看来根本不可能

① 李佩甫：《生命册》，作家出版社 2012 年版，第 232 页。

靠自己独立完成的造房等事，竟然被他又快又好地完成了，不收敛、不谨慎的行为使梁五方不仅得罪了师父九爷，也为他日后被集体暴力损害埋下了祸根。当“运动”成为公报私仇的借口时，众人内心中噼啪作响的愤怒火焰瞬间燃烧起来，这些人狂暴的原因也许仅仅是因为自尊心受到了伤害，于是“人完全失去了自控能力……像雨点一样的唾沫吐在他的脸上，像飓风一样的巴掌扇在他的脸上”①，除了骂、推、打、掐、拧，甚至还有人用鞋底子扇、用上鞋的锥子锥，更让人触目惊心的是梁五方的亲兄弟“五升偷偷地从袖筒里掏出了一个驴粪蛋，塞了他一嘴驴粪！”②如果说梁五方因为能力出众而伤害了旁人的自尊，那么虫嫂触怒的则是其他女性无法言说的脸面。当虫嫂彻底“褪下”了裤腰带之后，村里大多数男人都开始对她“进攻”，其他女人鄙视虫嫂的行为，却无法绑住男人的腿和心，因此对虫嫂报复性的辱骂殴打，实际上是这群女性维护自尊的发泄。“她不时跌倒在泥水里，尔后爬起来再跑，就像一只可怜巴巴的小泥母猪……女人们大喊着在泥水里围追堵截，各自手里都拿着‘武器’：有的手里拿着赶牲口的扎鞭，有的甚至是木棒、桑叉，还有扫帚、牛笼嘴、木锨……虫嫂那凄厉地哭喊让人头皮发麻……”③通过表现人们欺压一个弱小生命而获得的满足感和成功感，作家完成了对施行刑罚的群体的无情讽刺。同样遭到暴力攻击的杜秋月则属于“人畜无害”的知识分子，他没有伤害过无梁村任何人或物，但依然能激起群众的愤怒，“在唾沫星子的汪洋大海里，在声嘶力竭的怒斥下，他吓坏了”④。由此可见，群体暴力的本质其实是人之恶意的聚会和狂欢，因此暴力就变成了一种象征恶的仪式，它串联起了人类生存的现象与本质。

在当代小说创作中，一些作家容易将暴力仪式残酷的一面推到极

---

① 李佩甫：《生命册》，作家出版社 2012 年版，第 123 页。
② 李佩甫：《生命册》，作家出版社 2012 年版，第 124 页。
③ 李佩甫：《生命册》，作家出版社 2012 年版，第 213 页。
④ 李佩甫：《生命册》，作家出版社 2012 年版，第 282 页。

致，从而产生一种不真实的效果，读者的感情很容易就脱离了文本，认为“这只是小说”，但李佩甫并不以透支读者的情感为代价，去塑造场面的残酷和人心的险恶，因此这种克制的写作为读者的接受心理留下了余地，使读者可以利用这点“余地”去进一步思考人性问题。从这个角度来说，李佩甫将鲁迅对国民性中“对羊显凶猛”“拿残酷当娱乐”的批判意识通过叙事继承了下来。

李佩甫通过仪式素书写透出的讽刺意味并不局限于悲剧色彩浓重的葬礼仪式与暴力仪式，也表现于对充满喜气的夸富仪式的书写中。邀请春才参加夸富仪式大典的武装部长老胡本是他的冤家对头，因为春才曾不合时宜地在一次政治仪式中顶撞了老胡，使暴怒中的老胡一定要惩罚这只“羊群里窜出来的兔子”，在老姑父的力保下，春才才得以逃过一劫，时过境迁，当老胡反过来动员和请求春才参加夸富仪式时，这种书写便有了“风水轮流转”的讽刺意味。另一个巨大的讽刺是仪式过后人物陷入的尴尬境地。春才在仪式中以“十字披红、跨马游街的光辉形象”赢得了全国上百个姑娘的垂青爱慕，但春才的身体遭受过阉割和戕害，已经不是一个健全的男人，为此，慕名而来的追求者几乎全体撤退，唯一留下的一个则在经过处心积虑的表演和伪装后，席卷走了春才所有的金钱。这样一来，让春才出尽了风头的夸富仪式就成为导致他这场巨大灾难的罪魁祸首，春才从被仰慕到被欺骗乃至被遗弃，原因在于某些仪式内含价值信息的欺骗性。E. H. 卡尔认为：“价值进入事实，而且是事实的一个重要组成部分。人通过价值的范畴接近了事实。”①也就是说，一些仪式往往会故意遮盖本质，并显现出符合期待者预期的一面，这时候的仪式便是一块华而不实的面纱，遮盖着真实的千疮百孔，如果按照仪式的表面信息就轻易信任仪式，那么只会陷入被欺骗的境地。若是从表面去对照需求，往往就会感到巨大的失望。

① E. H. 卡尔：《历史是什么》，陈恒译，商务印书馆 2007 年版，第 235 页。

二、被仪式化的变形与迷狂

若要真正理解李佩甫对土地以及在土地上生长的每一个鲜活生命的认知，就必须要了解他对于“变形”与“迷狂”的体悟。“变形”在字面上的释义是指事物改变了原来的形态，李佩甫认为事物的成长都有其本源和根基，如土地之于树木，传统的价值标准之于人，当树木或人脱离了本源之后，其精神本质也随之发生改变。小说中的梁五方、骆驼等人，当他们一旦脱离生养他们的土壤，其精神心理与人生发展轨迹就会发生严重的扭曲变形。与变形相伴的往往是迷狂，它是变形的极端形式，《等等灵魂》中的任秋风和《生命册》中的骆驼就存在典型的迷狂表现。

在张平的《抉择》、张洁的《沉重的翅膀》、格非的《江南三部曲》、苏童的《黄雀记》等作品中，均有对人物变形的思考，但很少有作家像李佩甫一样形成了人物的表现体系，如《等等灵魂》中的任秋风、《城的灯》中的冯家昌、《羊的门》中的呼国庆等。他们为了金钱、地位或者权力，逐渐迷失在欲望之中，最后或者像任秋风一样达到巅峰之后猛然坠落，然后身败名裂，或者如冯家昌一般虽然追逐到了向往的地位，但却需要用一生的时间赎罪，又或者像呼国庆一样一直追逐和向往着呼伯的境界，却始终不得要领，只能在闯下大祸之后才从土地和村庄里“回炉重生”。在被评论界认为是平原三部曲“收官之作”的《生命册》中，作者超越了时代环境对人物的影响，结合了历史记忆、循环、象征与荣誉等仪式内涵，对于人性的变形探究有了全新的开拓。程德培先生将李佩甫的小说总结为一种“两地书”的写作，但作家对乡村的理解、对农民的刻画，特别是对乡村仪式的书写，显然要优于对城市、城市人、城市生活的刻画。造成这种现象的重要原因，就是李佩甫对乡村部分的书写更加仪式化，因此其叙事更准确、更细腻，更能体现出人物生命跳动的脉搏。

在乡村土地上成长的生物，在李佩甫笔下都具有特殊的且值得尊重的生命底色。而城市因为缺少土地孕育生命的力量，因此在农村出生、成长然后去城市发展的人，总有一个生命力逐渐枯萎的过程。这是一种变形的外部表现，而作家尤其突出这一变形过程中人物遭遇的创伤。创伤普遍蕴含着惩戒、苦行和告诫的意义，将这些意义灌注入人物生命过程的展示，就呈现出仪式化书写的特点。《生命册》中的“我”、骆驼，以及梁五方、蔡苇香，告别了故土，闯荡于都市丛林，质朴的底色逐渐褪色，思想逐渐变得混浊。毋庸置疑，城市给予了人物很多东西，城市开阔了他们的眼界，增长了他们的见识，使“我”、骆驼拥有了曾经不敢想象的财富，尤其是骆驼，资产一度膨胀到过百亿；蔡苇香自创了公司，在当地呼风唤雨，风头甚至超越了当年的父亲；即便是孤寡的“上访专业户”梁五方，也成了一个深不可测，还有些掐算本事的人物。但生命在滋养他们的同时也会索取着他们的生命元力，并将他们推入迷狂的境地，骆驼最终毁灭了自己，他选择从18楼跳落结束生命，这又何尝不是他一生的象征和写照呢？骆驼出事之后，“我”也遭受了严重车祸带来的眼部伤害，缺少交叉视角的视觉世界使“我”的思维开始发生转变，“我”开始沉浸在对童年和故乡的无限回忆之中；蔡苇香背负了沉重的骂名，逼迫她举行一场迁坟仪式证明清白，攻破“大逆不道”的谣言；梁五方在运动过后遣送了妻子，踏上长达几十年的上访之路，身心俱疲之余，其“龙麒麟”的好名声也跌落到了全村人不屑一顾的“五”。人的欲望造成了生与死、成功与失败的区隔，生命需要健康心理的滋养，当欲望代替了雨露，贪婪充当了养分时，人的生命变形就必然会发生。

以杜秋月为例，他最初进入无梁村时的身份是一个戴了“帽子”的知识分子，在城市里养成的生活习惯使他与当地人格格不入，但通过治保主任和农民们的改造，“第二年，老杜已可以穿着大裤衩子，光着脊梁蹲在村街的饭场里吃饭了。他甚至学会了在阳光下捉虱”①。事实上，老杜的外在变形是一种慢慢回到劳动原初状态的过程，他解下了口罩，

① 李佩甫：《生命册》，作家出版社2012年版，第285页。

脱掉了鞋袜，去除了一切“包装”。这一过程其实表现出农村环境所具有的一种强制力量，因为老杜是个外来的“罪人”，他没有任何社会地位，不允许存在自我的意识和声音，在这里，所有人都可以教育和指责他，他的个人行为、习惯必须符合群体的评价标准，否则会被视为异类而被排斥。对于老杜来说，生存是第一位的事情，因此他必须祛除与农村环境不协调的部分，成为一个被打磨过的全新个体，这种变形呈现出带有强制意味的仪式化书写，表现出群体和舆论的力量对于个体的变形所产生的巨大作用。杜秋月更为重要的变形是思想上的变形。在农村改造几年后，他已经逐渐适应了无梁村的环境，由于表现好，又有文化知识，还曾被派到村小学执教。尽管老杜不断受到运动的冲击，但在老姑父的保护下，他总算平安无事，还娶妻生子，生活逐渐步入了正轨。然而老杜始终无法忘怀自己的知识分子身份，当政府下达平反政策后，他也走上了像梁五方一样的“上访”路，但他的路途显然更为艰难，在奔波中，他丢失了仅有的脸面和尊严。这一窘境造成了老杜在精神上的变形，“在人们一次次诱导下，他不但学会了送礼，还学会了说瞎话。他见人说人话，见鬼说鬼话，他已经变成了一个瞎话篓子！”①他变形后的圆滑、撒谎和隐瞒，帮助他在平反后成功地欺骗妻子离了婚。程德培认为：“认定‘变形’，是因为我们自以为有一个原型，惊叹‘变化’，那是我们心目中有一个不变的镜像。其实原型和不变并不是‘我思故我在’的镜像。”②如果说老杜最初的外在变形是生存欲望使然，那么他精神层面的变形则是价值观扭曲后的必然结果。李佩甫对仪式化书写变形特质的细致描摹，揭示出文本深刻的思想内涵。

变形之后的迷狂，是《生命册》仪式化书写的另一个重要主题。李佩甫在骆驼这个人物身上表现了由创伤导致迷狂的典型形态，这同样表现于身体与精神两个层面。身体的变形展现了创伤的可见形态，骆驼的

---

① 李佩甫：《生命册》，作家出版社2012年版，第311页。

② 程德培：《李佩甫的“两地书”》，《当代作家评论》2012年第5期，第97~111页。

背上长了一块类似于“驼峰”的罗锅，而且还有一条几乎无法使用的佝偻手臂，因为残疾，骆驼连续三年被大学拒之门外。他面对周围人或同情、或取笑、或冷漠的目光时，始终是镇定自若的，当因为身体残疾而面临被强制退学的危机时，“骆驼也从容不迫，脸上看不到一丝沮丧的样子……不时有人扭头看他，可他置若罔闻。在众目睽睽之下，他单手，从容地打了饭……没人知道他跟校长谈了些什么，结果是他留下来了”①。这些描写表现出骆驼的清晰、坚定的目标意识，他能坦然地接受身体与生俱来的伤痕，并以强大的意志力和控制力应对周围环境的变化，这种叙事已经初步具备了仪式化的色彩。

毕业之后，走投无路的骆驼和“我”因一个能出版经典赚钱的机会重新聚合在一起，但理想和现实总是天差地别，住地下小旅馆、吃泡面，终月不见天日，忍受苦闷环境的目的并非为了出版经典所做出的牺牲，而是为了去写色情小说！这一段经历带给了骆驼另一处身体创伤——他以自残的方式追债，一刀插入自己的胸腔，差一点便魂断京城。骆驼的极端行为将自己放在了“牺牲”的位置上，他采取“以暴制暴”的方式降服了欠债方，这一方式虽然惨痛，但毕竟赢回了尊严和血汗钱。骆驼追债成功后的一席话强化了这个人物的仪式化色彩，他说：“这钱，是咱们去南方打天下的本金，得省着点用。但是，要记住，咱哥俩还欠着债呢。廖兄一万，朱兄一万。这是死债。一定要还的！将来，咱哥俩亮活了，加倍还。”②骆驼的身体创伤在一定意义上缓解了他的精神危机，残疾的骆驼获得了苦难偿报他的巨大财富，他不但赢得了城市里众多美貌姑娘的芳心，而且得到了吴志鹏的鼎力帮扶，让他在欲望的不归路上“所向披靡”。

骆驼用强大的意志力战胜了身体的创伤，当身体创伤不再成为问题时，人在心理层面的疾病便显现出更加巨大的杀伤力。爱情和事业在表

① 李佩甫：《生命册》，作家出版社 2012 年版，第 75 页。

② 李佩甫：《生命册》，作家出版社 2012 年版，第 107 页。

面上的成功暴露了骆驼心理层面的创伤，他在不同的女人之间摇摆不定，陷入感情和财产的纷争；早期对财富不择手段的攫取触碰到了国家法律法规的底线，陷入被制裁的纠纷；身体的严重透支，与公司资产负债的混乱局面，使骆驼变得愈加烦躁，饱受抑郁症与各种压力折磨的骆驼，终于不堪重负地告别了世界，就像一片被吹落的黄叶，从大厦的高空飘摇坠落。骆驼的失败是必然的，因为这是他从小所遭受不公正对待而埋下的隐患，为了避免这种不公正，他尽力地去掩饰自己身体的不正常，所以不但在外形上假装身体无恙，还不断地以沧桑、忧郁甚至苦难来吸引女性的爱慕和追随。作家通过对骆驼表演行为的仪式化书写，塑造出这个人物与众不同的行为与思想状态，而这些归根结底仍是一种心理创伤的表现。所以，与其说骆驼没有真正地面对自己的创伤并进行修复，不如说骆驼在利用创伤来激励自己，他需要一种巨大的成功去洗涤记忆中的耻辱和不快，这自然地造成了一种仪式中的边界划分效果。

在骆驼的身边，只有与他一起打拼天下的吴志鹏意识到了欲望的可怕，但已经被财富和权势冲昏头脑的骆驼早已忘却了他们曾经的约定。吴志鹏的“慢”与骆驼的“快”是存在分歧的，他们冲突的结局只能是分道扬镳，心理创伤的加剧成为压垮骆驼的最后一根稻草。迷狂状态中的骆驼与《等等灵魂》中功成名就的任秋风几乎一模一样，他们忘记了自己的出身，也忘记了早期艰苦的拼搏，他们早早地就为自己埋下了日后悲剧的种子。骆驼没有意识到的是，真正赶走吴志鹏的并不完全是因为理念的不合，而是自己行为和情绪上的失控，这种精神上的迷狂状态，成为二人产生嫌隙并以分裂告终的根本原因。从身体创伤蕴含的庄严转化为心理创伤所表现出的迷狂，创伤的含义在骆驼这个人物身上有着细致的呈现，这是小说仪式化书写转化效果的叙事表现，也蕴含着深刻的寓意。

三、赋予生命以尊严的仪式感

从李佩甫的生活阅历来看，他对人世间的真善美和假丑恶都有较为深刻的了解，在作家的叙事中，真善美成为假丑恶的升华，同时又映射了假丑恶。上述因素与人物生命历程的结合影响了人物与读者的情感倾向，并形成了具有象征意义的仪式感。如《等等灵魂》中富有心机，为了获取自身利益而不择手段的江雪，使读者产生了强烈的憎恶感。她利用老师齐康民对她的诚挚爱情，为自己谋取了诸多利益，因为她的冷漠和无情，齐康民甚至在痛苦中结束了自己的生命。然而，江雪却并非“性本恶”，是她在经历悲惨童年后坚信所谓的“丛林法则”的认同的结果，她无法与上官、小陶一样相信人性中的善意，在她的人生哲学中，生存才是第一要义。读者从关于江雪的叙事中感受到的仪式感，来源于对她童年的苦行与成年后极富理智的意志力之关联的认知。黑格尔在《法哲学原理》中说，“凡是合乎理性的都是现实的，凡是现实的都是合乎理性的”，也就是说，江雪的行为有其存在的合理性，它体现的是人之生命成长的需求，是客观存在的，它无关善恶，是传统的道德约定与法律制度引导着人物的善恶选择。当读者看到脆弱的江雪在床榻上摆着齐康民的骨灰盒时，也不禁心怀感慨，并不忍过多地责怪这个内心裹着层层盔甲的女孩。又如《城的灯》中的冯家昌，也是一个引发读者谴责又让人不无同情的人物。他因为母亲早逝，与三个弟弟一起经历了孤苦的童年，贫穷带来的屈辱深深地刻在了他的心灵深处，为此他发奋拼搏，在部队中迅速地成长、提干。为了能爬得更高、走得更快，他不顾患难时与汉香的海誓山盟，抛弃了为他家苦苦操劳了八年的爱人，娶了首长的女儿。冯家昌的努力为他赢得了成功的事业，但他的薄情寡义又使他为人所不齿。摆脱苦难固然是努力奋斗的动力，但脱离道德约束的成功也注定难以持久，因此，这可以看作是一种结合了高尚与卑微的仪式感。在李佩甫笔下，人物没有绝对的善恶之分，他对每一个生命均报以充分的尊重和理解，即便是地痞类的人物，李佩甫也不忘从成长背景方面去解释他们为何如此，因为有了这样的宽容心态，所以作家即使是以批判的目光去审视人性之恶，也仍然能使读者感受到希望和善意。在这一点上，他与同是河南作家的阎连科有着极大的区别。在阎连科的作品中，读者感受到的是人性中几乎挖掘不完的欲望与恶，而读者在李佩甫的作品中却能感受到人性的美好与善意，并能体验到仪式的庄严和神圣。

人的情感与事业，是个人生命的重要组成部分。以情感表现为例，在李佩甫笔下，人物的不幸情感，已成为其创作系列的重要表现对象。米兰·昆德拉认为："小说的精神是延续性。每部作品都是对它之前作品的回应，每部作品都包含着小说以往的一切经验。"①李佩甫在小说中刻画的情感主体，总有一方占据了道德的制高点，另一方则在道德上有缺陷，这就使读者容易对拥有道德理性的一方产生崇敬的仪式感受。如老姑父和吴玉花的家庭是不幸的，他们自打结婚起就处于吵闹之中，连三个女儿也几乎成为婚姻的陪葬品，但老姑父对爱情的执着和高尚的人品却使人敬畏；梁五方的婚姻是不幸的，他原本也有对他情深义重的妻子，但在他的打骂和唾弃下含泪离去，使他在老年不得不孤苦伶仃地生活；虫嫂自我作践的行为无法换来丈夫和孩子的理解，但却获得了读者的同情，她的不幸恰是一种神圣仪式感的来源；老杜在平反后费尽心思也没真正摆脱他娶过的寡妇，反而落入半身不遂的可怜境地，最终还需靠前妻的赡养才能继续生活，他的遭遇使读者产生人物被惩戒的感受；"我"曾经饱受爱情的折磨，多年后当"我"遵守承诺寻找梅村时，却发现曾经的爱情早已成为永远也回不去的记忆，"我"准备送给梅村的阿比西尼亚玫瑰象征着仪式的信物，这种对爱情的坚守也因此具有了高贵的仪式感。

《生命册》中的情感表现是令人动容的，它所体现的仪式感是从人物对待婚姻的庄严态度、在困境中牺牲自我的高尚品德这两个方面展开的。虽然这些人物没有显赫的家世、尊贵的地位，但是他们对信念的坚守行为却迸发出强烈的仪式感。如老姑父爱上了无梁村少女吴玉花之

① 米兰·昆德拉：《小说的艺术》，董强译，上海译文出版社2014年版，第25页。

后，锲而不舍地从学校追到了村里，为此他不惜退伍入赘到当地。老姑父在对待爱情的举动中充分显现出一个军人的风采，有一股不达目的誓不罢休的气势，他的婚姻不仅轰动了整个颍平城，而且使他的命运也从此发生了天翻地覆的变化。当老姑父曾经的荣光都随着婚姻而远去，剩下的就是用一生去偿还这种抉择付出的代价。老姑父在婚姻中的牺牲显然是巨大的，但婚后生活的狰狞面目并未让他放弃家庭，对于妻子和女儿他仍显示出足够的包容力。老姑父在家庭中遭受的欺辱，与村里人因受他的恩惠而表现出的敬重，这两方面的对比对读者造成了强大的冲击，读者在同情老姑夫的同时，也因其隐忍和无私而在内心产生了庄严的仪式感。吴志鹏的爱情叙事有着同样的效果。他遇见了美丽脱俗的梅村后坠入情网，但贫困的出身与沉重的人情债让他不得不选择逃离爱情，只能对梅村许下承诺。无论是贫穷还是富裕，他始终没有忘记要用一百多枝阿比西尼亚玫瑰迎娶梅村的约定。他在商海中不断积累个人财富的同时，仍不忘却对爱情的承诺，当吴志鹏终于有了可以赠予梅村的玫瑰时，却早已物是人非。在爱情中所显现的仪式感，可以视为一种固定的情感倾向，这是人类最为美好和动人的情感之一，吴志鹏带给读者的仪式感就是一种纯净、美好的内心感受。

关于人物理想和信念的叙事，是《生命册》给予读者以仪式感的另一个方面。以叙事者吴志鹏为例，他的孤儿身份使他从小就不受管教和约束，因此在童年和少年时期给村里人带来了不少麻烦，如为了响应“除四害”，差一点纵火烧光了整个村子，更不用提咬人、捏女人屁股等劣迹。但当村里人得知大学可以推荐招生时，又不约而同地为这个孤儿出谋划策，几乎是威胁着老姑父为吴志鹏争取到了宝贵的名额。吴志鹏认为这是村人为了赶走自己这个“祸害”而做出的举动，但事实并非如此，“赶走”的举动其实承载着乡亲们朴实的善与爱，因为“他们在帮助一个孤儿，这就是道理”。村里人虽然没有高深的知识与高尚的情怀，但在心底里有最基本的是非判断和善恶标准，所以，村里人的善举也成功感化了吴志鹏，“我是多么感谢村人啊，我看见我的心都跪下来了”①。吴志鹏在临行之前，在欢送仪式中感受到村人“善”的集中体现，“人们开始用最好的饭菜招待我，用最优美的语言夸赞我，我在无梁村生活的每一个细节都被人们无限放大，我不再是祸害了，我成了一个最聪明、最懂事的孩子”，而且“我的被褥，是村里女人们套的，我的脸盆，是村里给买的，还在我的兜里塞满了柿饼和鸡蛋……”②这种浓烈而淳厚的乡土情感，很复杂也很朴素，村里人在这个孩子身上寄托了对外面世界的向往，也真诚地为他能走出去而感到自豪和骄傲。尽管不排除村人有为自我考虑的因素，但集体行为释放出的仪式感仍具有极为高尚的色彩。走出去的吴志鹏没有辜负村人和老姑父的期望，他完成大学学业之后考上了研究生，最终成为一所学院的讲师，他将自己比作一个强行嵌入城市的楔子，成为从农村中走出的为理想而奋斗的群体之象征。李佩甫认为吴志鹏是他在这部作品中塑造得最为成功的一个人物，对于不公正人生的不妥协行为，反映出的是对理想信念的执着，这使读者能够在对主人公奋斗的感知中生发象征理想与勇气的仪式感。

李佩甫在《生命册》中通过对仪式素的运用表现出不同人物的生命脉动，还原了与无梁村相关联的人们在现代社会中的经历，又在仪式化书写中表现出人物成长过程中的生命变形。有学者认为，“李佩甫对中原厚土既有着近乎宗教般的神圣感情，又有着审视和忧思”③，从中可以看出李佩甫对待生命的态度，即每一个生命都有其神圣价值所在，赋予人生以价值，便是赋予生命以尊严，这体现了仪式感的深层次内涵。

① 李佩甫：《生命册》，作家出版社2012年版，第56页。

② 李佩甫：《生命册》，作家出版社2012年版，第57页。

③ 刘军：《〈生命册〉：“爱欲与文明”的纠葛与疏离》，《扬子江评论》2013年第4期，第10~13页。

第六章　仪式书写中的民族精神

仪式是以少数民族生活为题材的优秀小说中必不可少的部分，它能清晰且生动地记录少数民族生活与行为的丰富性，在全面展示少数民族风貌的两部获奖作品中，仪式绕不过的核心主题。《穆斯林的葬礼》以细腻的描写，呈现出北京城一个从事玉器手工业的回族家庭的面貌，在动荡的社会环境中，他们以虔诚和良善维护着信仰；《额尔古纳河右岸》则是以笑中带泪的方式歌唱淳朴的鄂温克族，这个一直以来在山林中生活的民族，朴素而智慧，他们有着自然且自由的灵魂。在两部作品中，作家们用丰富的仪式书写，充分展现出少数民族的精神荣光。

第一节　《穆斯林的葬礼》：仪式中的痛苦和希望

《穆斯林的葬礼》是继蒙古族作家李凖的《黄河东流去》之后，又一部获得茅盾文学奖的少数民族小说。这部作品的作者霍达不仅是少数民族，其作品内容亦是对少数民族生活的反映，与《黄河东流去》相比，这部作品对回族人民的表现更加丰富，也更加厚重。作品围绕一个穆斯林家庭三代人物的日常宗教信仰与生活事业的经历展开，作家以细腻的笔触，对他们的生活起居、宗教仪式、处世格局、家国情怀等方面进行了全面观照，而作品最吸引人的地方，是各种异于传统汉族文化的仪式书写。它的获奖标志着少数民族小说创作的成熟，它同时构成当代小说创作的重要组成部分。

一、寄托生死轮回的仪式

一个民族的各种仪式，既是融合本民族内部情感的有效方式，又是区分本民族与他民族的中介。每个民族的仪式都是一种鲜明的印记，人们通过仪式孕育未来的希望，守护虔诚的信徒，并对他们进行严格地约束。当梁冰玉在多年后重新踏上故土，让她心怀敬畏的或许并不是沧桑历史留下的绿瓦红墙，而是在“迷蒙的曙色中，矗立着这一带唯一的高出民房的建筑，尖顶如塔，橘黄色的琉璃瓦闪闪发光。那是清真寺的‘邦克’楼，每日五次，那里传出警钟似的召唤：‘真主至大！万物非主，唯有安拉；穆罕默德，主之使者。快礼拜啊！’”①这种召唤既是流淌在血液中的民族情感使然，也是民族仪式强大惯性力量在个体心中发挥作用的必然结果。

这部讲述了三代人悲剧的小说，展现了多种随处可见的仪式素，它记录了这户以玉为生的人家主要的生活内容。小的仪式如穆斯林见面时的相互问候，“按赛俩目而来坤！”小型仪式的问候语拉近了彼此之间的距离，它是对共同血统和信仰的证明，“这是全世界穆斯林的共同语言，无论他们走到天涯还是海角，都能凭借这熟悉的声音找到自己的同胞”②。日常的仪式如“洗净”，“按照规定，穆斯林一天须做五次礼拜；日出前的晨礼（榜答），午后的晌礼（撇什尼），太阳平西时晡礼（底盖尔），日落黑定前的昏礼（沙目），夜间的宵礼（虎伏滩）”③。大型仪式如婚礼，极富宗教意义的婚姻是一种以生儿育女为目的的“逊奈”（圣行）。“按照回回的习俗，男婚女嫁，不是自由恋爱、私定终身就可以了事儿的，任何一方有意，先要请‘古瓦西’（媒人）去保亲”④，后经过在清真寺或清真饭馆的“放小定”，及一年半载后的“放大订”，在喜期

① 霍达：《穆斯林的葬礼》，北京十月文艺出版社 1988 年版，第 2 页。
② 霍达：《穆斯林的葬礼》，北京十月文艺出版社 1988 年版，第 19 页。
③ 霍达：《穆斯林的葬礼》，北京十月文艺出版社 1988 年版，第 25 页。
④ 霍达：《穆斯林的葬礼》，北京十月文艺出版社 1988 年版，第 221 页。

来临时，还要布置嫁女的十抬嫁妆，娶媳的“回菜”等，之后才将新娘接入新房。这烦琐的过程之后才是真正的宗教仪式，“八仙桌上，摆好笔砚，由双方请来的两位阿訇写‘意札布’(婚书)”①，阿訇写毕后，新人念“达旦”和“盖毕尔图”，最后以再次“拿手”完成全部的婚礼。又如葬礼，一个穆斯林去世前要口念清真言，接着在“水溜子”或“旱托”(尸床)上接受一生中最后一次清除一切污垢的洗浴：“韩子奇跪在师傅的身旁，手持汤瓶，由清真寺专管洗‘埋体’的人履行神圣的职责，为他洗浴。穆斯林认为，经过洗‘务斯里’，亡人生前的一切‘罪恶’都被清除了。”②接下来的土葬是穆斯林抒发情意和寄托哀思的关键步骤，土、速、薄的葬礼体现出穆斯林文化中节俭、讲求实际的一面，他们对亲人眷恋和爱护的感情并不以棺木的贵贱、寿衣的奢俭、陪葬的多寡来表现，而靠的是埋体舒适的“试坑”以及救赎亡人魂灵的“以思卡脱”(赦罪)。

对于穆斯林来说，仪式既是他们在信仰中延续和承继的行为，也是对真主虔诚、恪守教规行为的见证。从每日不间断的礼拜仪式到人生中的重大仪式，穆斯林的生活与各种仪式结下了不解之缘，神圣的宗教仪式见证了每一个穆斯林由生到死的一生，以及不断净化心灵与身体的一生，这个过程被赋予了不断轮回的神圣意义，死亡孕育着新生，新生也暗示着终结。有研究者指出：“伊斯兰教认为，人始于真主，死后复归于真主。人的死亡是归真复命的过程，《古兰经》说：‘每一个有息气的，都要尝死的滋味，然后，你们将被召归与我。’”③这种宗教的哲理内涵在霍达的笔下，通过人物悲欢离合的境遇而表现出来。玉魔老人和吐罗耶定老人，分别喻示了“奇珍斋”两代主人在“物”与“灵”之间相互缠绕、共生共灭的生命过程。吐罗耶定立志朝圣克尔白，得到了梁亦清

① 霍达：《穆斯林的葬礼》，北京十月文艺出版社1988年版，第223页。

② 霍达：《穆斯林的葬礼》，北京十月文艺出版社1988年版，第126页。

③ 祖晓春、周泽涛：《从婚丧习俗看伊斯兰教两世并重的生死观》，《回族研究》2015年第4期，第84~86页。

全家的赞叹和供养，因为“克尔白是穆斯林尊贵的天房，远在阿拉伯的圣地麦加，全世界的穆斯林一日五次的礼拜都朝着那个方向；每一个穆斯林一生之中，如果条件许可应该前往克尔白朝觐一次”。去克尔白朝觐是每个穆斯林心目中最神圣的仪式，“每年的伊斯兰历十二月上旬，来自世界各地的穆斯林，远离家乡，成群结队，有的步行，有的乘骑，有的沿路经商，有的一路乞讨，奔向日夜思慕的麦加，虔诚受戒，脱去衣服，以白布遮身，环绕天房克尔白，亲吻‘天手’黑石。人们如痴如醉，泪流满面，从此获得了安拉的宥赦，求得了死后进入天园的门券。这是穆斯林最崇高的愿望，真正的归宿，无上的光荣！”①通往圣地的朝觐仪式，代表了朝觐者罪孽的死亡和灵魂的新生，因此，梁亦清结识吐罗耶定，也是“奇珍斋”在冥冥之中摆脱死亡并走向新生的一种象征。

韩子奇与玉及“奇珍斋”的缘分由他失手打破一个玉碗开始，玉碗的“死亡”却成为韩子奇“新生”的契机，他经过简单的拜师仪式，坚定地留在了“奇珍斋”。雕玉是梁亦清养家糊口的手艺，也是他怡情养性的精神寄托。在极度虔诚和专注的状态下，梁亦清做玉的工艺程序俨然也成了一种仪式。梁亦清与韩子奇作为师徒，他们的感情逐渐转变为父子亲情，当梁亦清因为制作蒲绶昌订的玉宝船不幸去世，这在一定意义上成就了韩子奇的又一次新生。人类社会中的死亡与新生并非一种自然的交替，而是往往伴随着极度的喜悦与痛苦，梁亦清的死亡即宣告了家破人亡，并给参加葬礼的人带来极大的痛苦。韩子奇为了重振门庭，改投于仇人门下，三年后的重归彻底开启了“奇珍斋”的新生。

韩新月的悲剧是以仪式见证生死的又一个例证。这个由霍达倾注了大量美好感情所创造出的人物，聪明、善良、乖巧、灵秀，却有着令人扼腕的凄凉身世，年少夭折增强了韩新月生命的悲剧性，对悲情的渲染在其葬礼上被推向高潮。看似无忧无虑的新月，事实上遭受了两次心灵死亡带来的伤害，一次是被母亲扼杀的爱情，另一次是在苦苦追寻下得

① 霍达：《穆斯林的葬礼》，北京十月文艺出版社1988年版，第24页。

知身世的秘密。从小到大，新月总是因母亲的喜怒无常而感到困扰，母亲对待哥哥天星的慈爱与对待她的冷漠形成了鲜明的对比，这种压抑的氛围使她过早形成了善解人意却敏感的性格特征。被北京大学录取的新月结识了班主任楚雁潮，共同的话题与志向使得这对年轻人的心逐渐靠近。在他们之间发生爱情的档口，突然受伤的韩子奇在无意中触发了女儿新月的先天性心脏病，楚雁潮此时对新月表明了心迹，希望新月在爱情和事业的双重鼓励中康复。楚雁潮渴望用爱情给新月以最后的温暖，但遭到韩太太的无情拒绝，“韩太太沉下脸来，对楚雁潮说：‘咱们两家没这个缘分，您也别怪我们无情无义，只能怪您自个儿……’”①爱情的破灭带来了灾难性的后果，新月在失望中加速了死亡，而且眼前这个女人不是自己亲生母亲的事实又给了她以最后一击，新月在对母亲的怀念中撒手而去。爱情的死亡、对母爱期盼的死亡以及生命的死亡，这些在毁灭新月旧生命的同时也使她有了新生的可能。

新月的葬礼是体面的，“雪后初晴，‘博雅’宅银装素裹，庄严肃穆。院门大敞着，川流不息的穆斯林涌进去。这些人，是那些久不走动的亲戚，很少往来的街坊四邻，和奇珍斋主有着多年世交的同行，曾经和新月一起上过小学、中学的青年，居住在清真寺周围的男女老少乡亲……”②众多的送葬者显示出韩家人高尚的人品，也证明了新月在人们心中的分量之重。“这些人并不都是韩家报了信请来的，人们听到消息，心里咯噔一声，就不约而同地自动来了。亲的近的，看一看姑娘的遗容，点上一束香，大哭一场；其他人，也愿意送上一份‘经礼’，表达对这姑娘的哀悼和祝愿；这姑娘好造化，真主慈悯她，让她在圣洁的斋月死去，在庄严的开斋节出门，这样的归宿真是再好不过了！”③新月的死亡牵动了众多穆斯林的心，一个优秀的年轻人突然之间撒手人寰，触发了包括韩太太在内的，几乎是所有参加葬礼仪式者对信仰的深层次

① 霍达：《穆斯林的葬礼》，北京十月文艺出版社1988年版，第582页。
② 霍达：《穆斯林的葬礼》，北京十月文艺出版社1988年版，第702页。
③ 霍达：《穆斯林的葬礼》，北京十月文艺出版社1988年版，第703页。

理解。死亡是不可避免的，但活着的人仍有选择的机会，人的善行能够使灵魂通往光明之境。因此，与其说送葬者是为新月的早逝和生死无常而哭泣，不如说他们在为自己的罪恶为迷茫于人世间而悲泣。这种生死轮回的观念在不同的宗教信仰中有着类似的表现，如阿来在《尘埃落定》中描写为大少爷举办葬礼，大少爷的骨灰被安放在庙里接受供养和斋醮，而他的灵魂则在僧人们念诵《超生经》的声音中得到了安定。然而，对新月葬礼的描写显然比土司家大少爷的葬礼更为细致、动人，这不仅是因为新月度过了短暂而不幸的一生，更因为新月的早逝触发了韩太太迟到的忏悔与楚雁潮痛不欲生的情感。这种在仪式中迸发的真挚感情，无疑是最为神圣的。

依靠穆斯林的教规，"最合法的洗亡人的人，应当是死者的至亲，或者是有道德的人——坚守斋、拜，信仰虔诚的穆斯林，因为他们能够为死者隐恶扬善"。"穆圣说：'谁洗亡体，为之遮丑恶，真主就宽恕他四十件罪过。'"①韩太太承担起了为新月洗埋体的职责："香炉在新月身边绕了三匝，韩太太手执汤瓶，为女儿冲洗。先做'小净'：给她洗脸，洗两肘和双脚。当妈的从来也没为女儿做过这一切，平生只有这一次，却是最后一次了！"②韩太太对女儿的忏悔之情正是在这一点一滴中萌发，逐渐达到高潮，最后完成了韩太太自我的救赎和灵魂的新生。"新月什么也不知道，她无声无息地领受着这份来得太迟的母爱。汤瓶里的水在静静地流淌，伴着妈妈的泪水，洒在女儿的脸上、手上、脚上……韩太太凝视着女儿，抚摸着女儿，不忍释手。"③如果说新月的灵魂在亲人的祝福中走向了新生，那么楚雁潮对新月的炽烈爱情则随着她的死亡而被永远埋葬。

"试坑"是穆斯林向亡人表达感情的一种重要方式，为了让新月舒适长眠，不是穆斯林的楚雁潮也随着天星跳下了墓穴。"他跪在坑底，

① 霍达：《穆斯林的葬礼》，北京十月文艺出版社 1988 年版，第 703 页。
② 霍达：《穆斯林的葬礼》，北京十月文艺出版社 1988 年版，第 704 页。
③ 霍达：《穆斯林的葬礼》，北京十月文艺出版社 1988 年版，第 704 页。

膝行着进入‘拉赫’。”“他伸出颤抖的手，抚摸着穹顶，抚摸着三面墙壁，抚摸着地面，冰冷的，冻土是冰冷的。”“他用手掌抹平穹顶和三面墙壁，把那些坑坑洼洼都抹平；他仔细地抚摸着地面，把土块和石子都捡走，把碎土铺平，按实，不能有任何一点儿坎坷影响新月的安息！”①多年以后，当新月的生母梁冰玉寻找女儿的坟墓时，楚雁潮又一次出现：“一个身材高高的中年男子久久地伫立在一棵树旁，脸色沉郁，神情楚楚。他久久地伫立着，凝视着面前的土地，一动也不动。”②“淡淡的月光下，幽幽的树影旁，响起了轻柔徐缓的小提琴声，如泣如诉，如梦如烟。琴弓亲吻着琴弦，述说着一个在世界的东方、家喻户晓的故事：《梁山伯与祝英台》。”③这首暗示着他们爱情悲剧的曲子，在新月生前已经多次出现，正如生与死是不断的循环，他们看似无法结合的爱情悲剧，却在别离后生发出永恒的，超越了民族与生死界限的意义。

二、仪式化的玉与月

玉与月是这部作品中被仪式化的两种核心意象。玉本身即具有象征意味，称一个人具有“美玉”般的品格，是极高的赞赏之语，“宁为玉碎不为瓦全”，在某种程度上正是对梁亦清人品的真实写照。与月相比，玉在作品中的象征性稍有减弱，更多的是作为一种媒介，作家借此展现了“奇珍斋”两代主人的生命与信仰历程。作品的序曲以“月梦”开头，尾声以“月魂”终止，正文部分奇偶相对，玉、月互映，具体的结构为玉魔、月冷、玉殇、月清、玉缘、月明、玉王、月晦、玉游、月情、玉劫、月恋、玉归、月落与玉别。主人公韩子奇与韩新月正是玉与月的化身。韩子奇对玉的着迷程度远远超出了师傅，他爱玉、懂玉、藏玉、惜玉，甚至一度有了“玉王”的称号，这种迷狂的状态几乎持续了一生。新月冰清玉洁，如花一般短暂的一生还未绽放就已凋零，她渴望母爱而

① 霍达：《穆斯林的葬礼》，北京十月文艺出版社1988年版，第712页。
② 霍达：《穆斯林的葬礼》，北京十月文艺出版社1988年版，第743页。
③ 霍达：《穆斯林的葬礼》，北京十月文艺出版社1988年版，第744页。

不得，深爱着自己的老师，但又因为各种世俗的羁绊而不得不放手，这种无奈正如她的名字“新月”，尽管清丽纯洁，却饱含缺憾。“玉”与“月”的象征意味，使作家对人与物、景与情的塑造超出了一般性的描写，而饱含着仪式的特质。通过仪式化的加工，小说的叙事从简单到复杂，从单线到多面，从平面到立体，并凸显出对象的庄严、神圣意味。霍达将“月”与“玉”进行仪式化的表现，通过层层深入的叙事过程，厚实、细腻的叙事手法，以及广阔的历史叙事视角，刻画出具有典型性的仪式化情境。

自古以来，玉用以比拟君子，“君子如玉”“君子比德于玉，温润而泽，仁也”，象征着一个人品德的高贵。梁亦清爱玉，但不守玉，韩子奇失手打碎了一个贵重的玉碗后，全家人都被惊动了，吐罗耶定则是“若无其事地抬起右手，抚着飘飘的长髯，静静地看着奇珍斋主梁亦清。他要看看梁亦清在此时此刻将怎样对待自己的穆斯林同胞”①。然而，他的表现十分平和，未有一句责备。梁亦清如玉一般的品质还有他“宁为玉碎不为瓦全”的态度，为了让天下人知道中国玉雕艺人的手艺，并为“朵斯提”增光添彩，他制作了玉宝船“郑和下西洋”。他对待琢玉严谨、一丝不苟的执着态度，深刻地表现出仪式化的“神圣”“专注”等特质。但梁亦清也将对玉的执着推向了极端，在制玉时“完全忘去了自我，把他的命、他的心都和宝船融为一体”②。在宝船即将完工的一刻，他咽下了最后一口气，玉毁人亡、功亏一篑。然而，梁亦清的过世又在某种程度上成就了韩子奇，并开启了他仪式化的一生。

信仰表现是仪式书写的重要基础，韩子奇在“朝圣的路上，突然改变了方向，决不是为了赔一只玉碗。吐罗耶定巴巴深深地叹息着，走了。他没有勉强易卜拉欣，也许认为他已经放弃了信仰。其实这时候易卜拉欣还弄不明白究竟什么是信仰，也许他立志献身于迷人的玉器制

① 霍达：《穆斯林的葬礼》，北京十月文艺出版社1988年版，第30页。
② 霍达：《穆斯林的葬礼》，北京十月文艺出版社1988年版，第89页。

作，这就是一种信仰”①。韩子奇从爱玉、懂玉到恋玉的过程，也是信仰逐步深化的过程。因为爱玉，他放弃了作为一个穆斯林一生中最神圣的朝圣仪式；两次学徒生涯，让他脱离了对玉的简单认知，而是从玉质、技艺、历史、嬗变等多方面真正懂得了玉；通过懂玉、鉴玉、藏玉，韩子奇不但重振了“奇珍斋”，而且通过“览玉盛会”获得“玉王”的盛名。弗莱认为：“在人类生活中，仪式看来只能是某一自愿的努力，为的是重新掌握人类已失去的、与自然循环的关系。”“我们可以在仪式中发现叙述的起源，仪式是一组先后有序的行为，其中蕴含着有意识的含义或意义：一位旁观者能够看出这一点，而参加者却对此全然不知。”②韩子奇正是这样一个仪式参与者。由于战乱，他跟随亨特先生辗转去到英国，十年后与冰玉、新月归国，混乱的时代环境深刻地影响了他的后半生。从表面上来看，他与玉的关系似乎淡化了，但在实际上，玉早已进入他的血液，成为他灵魂的一部分。在英国的十年促成了韩子奇的转变，他之前的信仰是重振“奇珍斋”，后来则转变成为了玉而耗尽心血，这正是其家庭悲剧终于发生的重要源头。

通过仪式素描写，霍达对韩子奇这个人物进行了充分的仪式化塑造。在师傅梁亦清去世后，他承受着璧儿的误解，毅然转身投奔了仇家蒲绶昌，对于学艺的人来说，轻易改换门庭是一个极大的禁忌，但韩子奇仍然不为所动，即使被侮辱为一个“无情无义、认贼作父的东西”，也未能改变他的想法，经过三年的潜心偷师，终于学有所成，这正是对韩子奇不被禁忌束缚之特性的仪式化书写。韩子奇在英国与冰玉的结合违背了基本的宗教禁忌：“梁冰玉是有罪的，韩子奇是有罪的。他们的结合，没有‘古瓦西’，没有证婚人，没有婚书，也没有举行宗教仪式，当然是非法的，是真主和穆斯林所不能容忍的！在穆斯林世界，已婚者

① 霍达：《穆斯林的葬礼》，北京十月文艺出版社1988年版，第60页。

② ［加］诺思罗普·弗莱：《文学的原型》，约翰·维克雷主编：《神话与文学》，潘国庆等译，上海文艺出版社1995年版，第53页。

犯通奸罪和杀人、叛教并列为三大不可饶恕的罪恶。”“《古兰经》明确训示：‘淫妇和奸夫，你们应当各打一百鞭。你们不要为怜悯他俩而减免真主的刑罚，如果你们确信真主和末日。’”“《古兰经》中赫然载有这样的戒律：‘真主严禁你们……同时娶两姐妹。’”①韩子奇无法以爱之名离开阔别十载的“博雅宅”，而冰玉和璧儿都知道，真正拴住他的其实并不是感情，而是他用生命保护的玉。这样看来，韩子奇后来差点为玉送命的痴狂也就不难理解了。当器物成为生命中的最高价值时，这种感情已经远远超出了“恋物”的范畴，而产生了一种宗教性质，超越了一般的叙事表达，具有了仪式化的特征。

在中国的文学长河中，关于月的描写可谓不可胜数，由于月亮被人赋予皎洁、清冷、无暇、朦胧、宁静等优美的特质，它长久以来承载着文人对人、对物的寄托，以及对爱情、家庭的情思，是人类文学创作中的重要原型。在阿拉伯地区，人们将新月的初升视为每月的第一天。在穆罕默德看来，新月代表的是一种新生力量，从新月到月圆，是正义战胜黑暗、功行圆满与世界光明的标示，所以，月亮在穆斯林的眼中具有神圣的意义。霍达的创作不仅是中国文学中月亮表现传统的延续，而且是穆斯林教义中月亮文化影响的结果。作家表现用力最深的新月，是小说中最令人扼腕叹息的人物。她的纯洁形象与悲伤情感是被仪式化的重要部分，“纯洁”往往在仪式中占据着重要的位置，一个人物越纯洁，其仪式化塑造便越突出；悲伤是悲剧仪式中的重要情感表现，对于一个单纯善良的少女而言，这本是一种极少出现的情感体验，然而，特殊的人生经历却使新月一直浸泡在一种忧伤的氛围之中，这种持续的悲伤体验也成为仪式化叙事的对象。这两种富含仪式特质的描写，在仪式化叙事过程中被层层推进，充分表现出人物的仪式化特征。

新月的生日仪式表现出她内心深处的悲伤和焦虑：“自从她记事儿

① 霍达：《穆斯林的葬礼》，北京十月文艺出版社 1988 年版，第 664 页。

以来，这一天常常是毫无表示的，似乎被人遗忘了。”①但高考前夕的生日，在姑妈的张罗下，她到底还是吃了一碗具有仪式意义的长寿面，然而，这并未能阻止新月的早夭，这不能不说是一个巨大的讽刺。这次生日还让新月明白，父母长年累月的争吵正是因为自己的缘故，尽管她不明白自己不管怎样小心翼翼都仍然会触怒母亲，但毫无疑问的是，母亲是抗拒她的。一段仪式化的描写深化了新月的迷茫：“她抬头看到天上的那一弯新月，便想到了自己，她和那个神秘的天体是一样的名字。十七年前，也是新月升起的时候，她在人间落生了，像弯弯的新月一样升起来了，十七年，长成了一个大姑娘。以后的路怎么走呢？天上的月亮有自己的运行轨道，从容不迫地向前走去，她呢？她现在却在一个十字路口，茫然徘徊。”②这种迷茫和感伤即使在她就读北大之后也并未减轻，她只有在和老师楚雁潮交流时，以及在知识的海洋中遨游才能使她获得短暂的安逸。她的第二次生日仪式因为楚雁潮的加入，有了不一样的气氛。霍达将他为新月点燃生日蜡烛的一幕，进行了十分详尽的描述：“楚雁潮犹豫了一下，但并没有推辞，他伸出手去，接过了火柴，轻轻地划着了，一朵火焰在他眼前跳动，跳动，他的手微微有些颤抖，举着这朵跳动的火焰，点燃了第一支蜡烛，然后，再用它去点第二支，第三支……”③火焰与蜡烛在这里有了另一层象征含义，火焰的绽放与蜡烛的消融成为新月命运的喻示，她这场并不很热烈，甚至笼罩着浓浓悲伤情感的生日仪式，是作家对新月生命过程的典型仪式化书写。

悲剧的人生并未使新月消极、沉沦下去，她积极地鼓励楚雁潮完成他的译作，压抑着内心最真实的情感，主动中止了和恋人的关系，甚至在明知自己的生命已经走到尽头时，反过来安慰父亲、兄嫂，主动承担起一个 17 岁少女不该承担的一切，被仪式化的纯洁和善良使新月成为

① 霍达：《穆斯林的葬礼》，北京十月文艺出版社 1988 年版，第 38 页。
② 霍达：《穆斯林的葬礼》，北京十月文艺出版社 1988 年版，第 48 页。
③ 霍达：《穆斯林的葬礼》，北京十月文艺出版社 1988 年版，第 364 页。

了一种象征，并成就了这个人物的永恒意义。楚雁潮为了安慰新月，在住院区内播放《梁祝》，饱含着深情的旋律平复了几乎所有受到病痛折磨的人的情绪："她看到在旁边的病房中，一个刚刚做完胃切除手术的老太婆在仰卧静听，颤抖的手攥着床栏；她看到一个患了糖尿病久治不愈、脾气又暴躁得想死的汉子，此刻安安静静地伏在枕头上倾听；她看到病情较轻的几个病人，被前来探视的妻子或是丈夫搀扶着在走廊里散步，也不禁驻足谛听……""缠绵的琴声向她诉说着一切，真挚的情怀感染着这位并非无情的科学工作者，科学在艺术和情感面前退让了，她站在门外驻足良久，又悄悄地退去，没有打扰他们。"①音乐在这种情境下转化为一种仪式话语，其特有的安抚、平复人的情绪的特质，通过卢大夫查房过程中对病人的观察而展现无遗，读者借助卢大夫的视角，能够深刻地体会到人们在仪式化的"爱"的旋律中所受到的抚慰，是纯洁的，也是高尚的。这种仪式化叙事不仅使作品中的人物受到感染，也影响到了文本之外的阅读者。

三、以执着、牺牲为主题的仪式感

《穆斯林的葬礼》之所以能给读者以强烈的阅读感受，与作品中表现出的庄严仪式感不无关系。在一种宗教文化背景下，"奇珍斋"的两代主人将事业的追求与生命、信仰紧密融合，表现出虔诚、严肃、牺牲等具有不同内涵的仪式感。

文本中仪式感的表现首先集中于梁亦清，在他得知吐罗耶定老人是赛德鲁定第二十五代嫡亲长孙时，内心不禁涌出一种神圣的感情："梁亦清只觉耳畔震响了一声惊雷，不禁离座站了起来，'啊！筛海，筛海……'就像见到了神灵，他不知所措了，只是兴奋，只是景仰。"②这是人类情感的本能流露，如果一个人物在另一人物的心目中具有极高的

① 霍达：《穆斯林的葬礼》，北京十月文艺出版社1988年版，第527页。
② 霍达：《穆斯林的葬礼》，北京十月文艺出版社1988年版，第22页。

地位，而且二人的距离足够接近时，那么由心理的冲击感所带来的行为上的兴奋与不知所措即是仪式感中的神圣部分。吐罗耶定的到来是促使“虔诚”这种仪式感不断增强的契机，他将困阻重重的朝拜视为不可动摇的追求目标，无疑使梁亦清对信仰的内涵有了更为深刻的理解，因此，不仅是每日的礼拜功课，他对自己的琢玉工作也表现得更加虔诚。在梁亦清的虔诚心理中，“执着”占据了相当大的分量，“几十年的琢玉生涯，师傅把自己琢成了一个苍老瘦硬的玉人！那一双眸子，从原来的清亮、乌黑而变得像雾霭山岚一样暗淡；托着瞳仁的眼白，已经布满了鲜红的血丝，像两颗玛瑙！”①最终，梁亦清“僵卧在他耗尽了生命的水凳儿前，无声无息地告别了他为之奋斗的事业”②。对于一个琢玉人来说，这并不是生命结束的最好方式，但却足以令人跌足嘘唏。用生命为事业做出注解，这种凝重、庄严的仪式感使韩子奇产生了巨大的心理冲击，他在之后的生命中所表现出的执着，与师傅梁亦清的影响有着莫大的关系。

韩子奇出于责任和道义娶了师傅的大女儿璧儿，这也注定了他的后半生将在精神的孤独中奋力挣扎。对于韩子奇来说，以亲情为名的每一次抉择都意味着痛苦和放弃。出于对女儿的愧疚之情，在韩子奇的下半生中，面对梁君璧的不断相逼，他开始了无休止的退让。如果说“执着”可以形容韩子奇上半生的仪式感，那么“牺牲”则成为他下半生人生轨迹的核心主题。为了使女儿如愿以偿地填报高考志愿，也为了弥补多年以来对儿子疏于关心的内疚，韩子奇变卖了一块乾隆翠佩。梁君璧无法理解丈夫对于这些物件的感情：“他没想到妻子会朝他这么进攻，触及了他心中的另一个敏感区。那是他的隐私，他的秘密，他的精神支柱，生命的组成部分，多年来与世隔绝、无人涉足的一个小天地，说是他的‘心尖儿’也毫不过分！”③为了儿女，他不得已做出了退让，然而

① 霍达：《穆斯林的葬礼》，北京十月文艺出版社1988年版，第88页。
② 霍达：《穆斯林的葬礼》，北京十月文艺出版社1988年版，第90页。
③ 霍达：《穆斯林的葬礼》，北京十月文艺出版社1988年版，第55页。

这种退让并非传统文化中理想的中庸之道。帕斯卡尔认为：“人无疑是中间存在，无论他做什么，都始终处于与两个对立的极端等距离的中间。但是这种状况决不是一种理想，也远不能给人以某种优势，相反地却是使人难以容忍的、悲剧性的状况。”①韩子奇的这次牺牲导致了一系列灾难性的后果，他在重新见到翠珮之后因精神恍惚而不幸摔伤，他的入院又导致新月在急火攻心之下引发了先天性心脏病，对新月关怀备至的“姑妈”也因心力交瘁而突然过世。不幸笼罩了这个家庭，在这种情形下，家庭的其他成员为了维护家庭同样做出了巨大牺牲，如天星在得知自己的爱情被母亲蓄意破坏后，巨大的痛苦使他一度想与母亲大吵大闹，但妻子的无辜和善良又使他不得不放弃了这个念头：“铁打的汉子被感情的重压击垮了，像一只被蛛网缠住的飞蛾，无法挣脱。”②这种为了亲情而付出的“牺牲”所体现出的仪式感，使读者在感到无奈与痛苦的同时，又不禁为他们而感动。他们以责任和理智支撑着这个岌岌可危的家庭，哪怕其代价是需要韩子奇放弃如“心尖儿”的玉，或是天星放弃深爱的女孩儿，韩家的男人们为了让家庭多一些和谐少一些争吵，牺牲了自我的“小我”而成全了家庭的“大我”，从而为这个玉器之家注入了新的希望。

爱情是《穆斯林的葬礼》中“牺牲”主题中另一个极富仪式感的部分。韩子奇将爱护师傅的家庭当作自己的责任，无论是出于报恩的心理，还是多年相处之后的感情使然，他毅然娶了璧儿，并为这个家付出了自己一生的心血。在韩子奇看来，爱情是一种高于生活的享受，只有合伙过日子才是现实，在他的眼中，风花雪月般的爱情固然美好，却并不实际。梁冰玉的爱情观显然与韩子奇不同，她认为爱情是人生中最珍贵的部分，它代表了独立、自由和尊严，不能因为财产、名誉和地位而妥协。她在给新月留的信中写道：“爱情并不像一个少女所想象的那样美

① ［美］吕西安·戈德曼：《隐蔽的上帝》，蔡鸿滨译，百花文艺出版社1998年版，第297页。

② 霍达：《穆斯林的葬礼》，北京十月文艺出版社1988年版，第448页。

妙，它的背后往往是陷阱、是深渊!”①失去了爱情之后的梁冰玉真正认清了爱情的本质，那是一种比韩子奇的牺牲和责任更为艰难的煎熬，男性往往将女性视为附属品，殊不知真正的爱情是摈弃了美好表面之后的沉淀，这种沉淀往往需要女性付出更为残酷的牺牲。

在父辈爱情悲剧的映衬下，楚雁潮对新月的爱情显得平实而珍贵，他的爱情有着更令人动容的“牺牲”内涵，楚雁潮与新月的爱情真正表现出了文本中最强烈的仪式感。这种仪式感是立足于三个方面而得以建构的。首先，他们的爱情建立在共同的价值观基础之上。如新月在同学的嫉妒中迷失了自我的价值，楚雁潮告诉她：“种族没有高低，人没有贵贱，灵魂和灵魂之间是平等的……真有血性的人，决不曲意求得别人重视，也不怕别人忽视。别人的误解、偏见并不可怕，可怕的是失去了自信……真理从来都是最简单、最朴素的，除了它本身之外，并不需要额外地加以解释。”②从民族的平等引申到人格的平等，这种价值观的表达体现出仪式感的教化意义。弗莱认为：“人类对叙述的心理反应常常是消极的，而对意义的反应则大抵是积极的。”③仪式感正是从这种积极的反应中所提炼出的一种情感体验。楚雁潮试图传达给新月一种观念，即独立思想是个人的主体价值所在，不应该受他人的评判摆布，只有充分认识自己和他人才能获得真正的自由。其次，由于具有相同的审美感受以及对共同事业的追求，他们建立了一种知己般的情感。象征着自强不息的巴西木，超越了时空的“梁祝”乐曲，为他们的感情增添了浪漫的味道。

新月在一次不经意的拜访中，听到了楚雁潮的琴声，“那琴声是从备斋里传出来的，徐缓、轻柔地绕过那白雪中的雕梁画栋，在雪中的清冷的空气里，慢慢飘过来，向她飘过来，琴弓在舒展，丝弦在震颤，扣

① 霍达：《穆斯林的葬礼》，北京十月文艺出版社 1988 年版，第 669 页。

② 霍达：《穆斯林的葬礼》，北京十月文艺出版社 1988 年版，第 183 页。

③ [加]诺思罗普·弗莱：《文学的原型》，约翰·维克雷主编：《神话与文学》，潘国庆等译，上海文艺出版社 1995 年版，第 56 页。

人心扉的节奏和旋律，如泣，如诉，如梦，如诗，从容不迫地讲述着东方一个古老的、生死不渝的故事……”①这种通过环境、声音、人物感受等营造出的唯美画面，既表现出一种温暖的情调，又刻画出爱情的肃穆境界。《梁祝》表达了至死不渝的情感，颂扬了爱情的坚贞，也喻示了悲剧的结局，在忧伤的曲调中，震颤的不仅是丝弦，还有驻足聆听的新月的内心，这种情景交融的叙事无疑蕴含了一种庄严的仪式感。最后，当新月的病情严重恶化后，楚雁潮在新月家请求韩子奇夫妇认可他们的爱情，他的勇气已经超越了普通的男女情爱，上升到了更高的层面。出于对一个生命的怜悯，他的愿望是给予生命以希望：“‘您以为我和她之间还会有什么……婚事吗？我是求您答应我把她娶走，去……生儿育女吗？命运对她并没有这么宽容，人间的许多美好事物已经很难再属于她了！她是一个病人，面前时时都潜伏着危险，现在，她需要爱，需要力量，需要希望，为了她，我一切都愿意献出来，只要她不失去对生活的信心，只要她能活下去！’”②韩子奇尝过爱情的滋味，所以他既为楚雁潮的执着和诚恳感动，也为这份救赎的关怀所动容，但这却引起了韩太太梁君璧的反感，她无法理解爱情，只专注于教规，在她看来，“隔着教门”的结合是不可接受的恶行，因此她粗暴地阻止了楚雁潮的请求。面对新月的痛苦，韩太太的态度却是“我宁可看着你死了，也不能叫你给我丢人现眼！”楚雁潮的无私与韩太太的自私形成了鲜明的对比，这是他们对生命具有不同认知的结果，韩太太对他人希望的打压，在很大程度上造成了女儿的爱情悲剧。但正是在这样的悲剧中，楚雁潮的爱情才显现出一种人道关怀的神圣意义。他与新月的爱情从来都不是一帆风顺的，在阻力和困难面前，仪式感中的牺牲、希望、救赎等内涵通过叙事清晰地显现出来。

对于《穆斯林的葬礼》，霍达有着十分深厚的感情，她甚至在敲定

① 霍达：《穆斯林的葬礼》，北京十月文艺出版社 1988 年版，第 191 页。

② 霍达：《穆斯林的葬礼》，北京十月文艺出版社 1988 年版，第 584～585 页。

题目之后的很长一段时间内都不敢贸然下笔，她说："我怕糟蹋了这个自己非常喜欢的题目。"作家对待创作的态度往往决定了作品所能达到的高度，作品能否具有仪式感，与作家创作过程中的仪式感有无密不可分，霍达表示："随着年岁的增长，写作似乎越来越难，那是因为：文学，在我心中越来越神圣，面对文学，我有着宗教般的虔诚。我在写作中净化自己的心灵，并且希望我的读者也能得到这样的享受。文学，来不得虚伪、欺诈和装腔作势，也容不得污秽、肮脏和居心不良。"①人生在希望与失望的交织中不断向前，也在美好与丑恶的冲突中显露出它的本色，而在表现人生复杂情状的小说叙事中，无论是表现宗教主题的仪式素，以象征凸显内在文化韵味的仪式化叙事，还是表现正直、善良、纯洁等内涵的仪式感，都是文本核心价值的内在显现，这使读者在阅读之后仍然沉浸在作家营造的仪式氛围中，体验到真、善、美的深刻价值。

第二节 《额尔古纳河右岸》：山林里回荡的仪式之歌

从人类学的角度看《额尔古纳河右岸》，它几乎可称为一部极具人文情怀的地方志，它讲述了生活在大兴安岭的鄂温克族人的历史和文化，他们相互之间赖以生存的关系，以及他们的图腾和信仰。这个与自然和谐共处的民族犹如隐士般深藏在额尔古纳河旁的森林之中，然而，这种平静的生活逐渐被外来的力量打破，特别是在近一百年来瞬息万变的时代中，鄂温克族人的生活遭遇了空前的危机。若要保护这个古老的民族，必须深入他们的生活，了解他们的生存方式。应该说，仪式是深入理解鄂温克人的最佳途径，回到迟子建这部作品当中，研究者会惊奇地发现，作者早已以各种仪式为钥匙，为读者开启了神秘的鄂温克世界的大门。

① 霍达：《穆斯林的葬礼》，北京十月文艺出版社1988年版，第747页。

一、生命在仪式中起舞

在鄂温克人的观念中，生命是平等的，没有哪一种生命比另一种更高贵，因此，尽管他们会猎熊、宰杀驯鹿，依靠大自然的赐予而生存，但他们也同样了解没有苔藓就没有健康的驯鹿，没有驯鹿也就没有他们这个古老民族的存在，而苔藓的成长又需要自然生态系统的协调。因此，当鄂温克人把自己视作大自然精灵们的守护者，死亡以后也要以另一种形式回归自然，形成一种人与自然和谐共存的状态。鄂温克人重视新生命的降临，无论是自己的孩子还是驯鹿的孩子，都是这个民族感受自然力量的重要来源，在他们看来，少了孩子的营地，"就像树木缺了雨水，看上去总是不那么精神的"。完全不同于农耕民族的生活方式，使鄂温克人与现代文明产生了距离，在残酷的生存环境中，萨满就是他们心目中代表玛鲁神的力量，他们坚定不移地信奉着萨满神力的护持，所以萨满及萨满文化的表现在这部小说中具有核心的位置，由萨满主持的跳神仪式也成为鄂温克人维持生命火焰的象征。

理解仪式在鄂温克人生命中的地位是理解这个民族的关键，迟子建也有意识地通过仪式展现出对这个民族淳朴天性的赞扬，在小说中，他们的日常生活无处不渗透着仪式的痕迹，如出生和死亡、狩猎与分享、婚姻及治疗，还有在特殊日子时的聚合仪式。小说对每一场仪式的发生缘由、环境与过程都有着不同程度的交代，总结来看，这部作品中的仪式素几乎都是由中型仪式素与大型仪式素所构成。在这些仪式素中，最主要的人物是作为仪式主持者的萨满，他犹如佛教中的三宝法师、伊斯兰教的阿訇、天主教的神父一般，有着神圣的地位。对于鄂温克人来说，萨满的神力是天赋的，不同于族长可以由族人推选，萨满只能由神来挑选，因此当一个人快要成为萨满之时，他便有了完全不同于常人的举动，如吞食铃铛、脚踩尖刀等，在正式成为一名萨满之后，他就会举行跳神仪式，借助神的力量护佑森林中的生灵。从历史的角度来看，萨满具有"巫"的典型特征，且往往需要以舞蹈形式举行仪式。他们轻易不跳神，一般只有在关乎一条生命的存活时，才会通过跳神来挽救或治疗，李泽厚认为，这种仪式的目的“是沟通天人，和合祖先，降福氏族；其客观效果则是凝聚氏族、保持秩序，巩固群体，维系生存”①。文本通过一个大型仪式素对萨满的形成过程进行了描述。在尼都萨满离开之后，氏族需要有一个新的萨满来接任，妮浩表现出的种种行为表明她有成为新萨满的资格。这场盛大的迎接新萨满的仪式于春天举行，全乌力楞的人都参与了这场仪式。有条不紊的仪式过程、仪式行为与特殊的仪式器物赋予了妮浩与众不同的能力和地位，妮浩也在人和神面前发愿，在成为萨满之后，她“一定要用自己的生命和神赋予的能力保护自己的氏族，让我们的氏族人口兴旺、驯鹿成群，狩猎年年丰收”②。该仪式素是对一个新的时代开启的告示，也是对萨满凝聚部族力量的集中展示。

除此之外，还有一种关于能量与生命守恒的世界观也深深印刻在仪式之中。如尼都萨满救列娜时，“一边舞蹈一边歌唱着，寻找着列娜的‘乌麦’，也就是我们小孩子的灵魂。他从黄昏开始跳，一直跳到星星出来，后来他突然倒在地上。他倒地的一瞬，列娜坐了起来”③，而挽救列娜的代价则是一只灰色驯鹿的死亡，它代替列娜“去一个黑暗的世界了”。又如妮浩挽救马粪包的跳神仪式：“妮浩一旦跳起神来，她就不是她自己了。她的柔弱之气不见了，看上去是那么的充满激情……她看上去就像一支彩色的蜡烛，而那束天光就是火苗，将她点燃了。”④治疗马粪包的代价是妮浩可爱的女儿交库托坎的生命。仪式凸显出的是生与死的平衡观念，这种生命观源自古老的献祭仪式，最早在雅利安文化中就已出现，雅利安人相信宇宙即是通过生命的献祭而产生。英国学者凯伦·阿姆斯特朗讲述了这样一个传说，雅利安人的神灵在遵照神灵经

① 李泽厚：《由巫到礼　释礼归仁》，生活·读书·新知三联书店 2015 年版，第 11 页。

② 迟子建：《额尔古纳河右岸》，北京十月文艺出版社 2005 年版，第 119 页。

③ 迟子建：《额尔古纳河右岸》，北京十月文艺出版社 2005 年版，第 7 页。

④ 迟子建：《额尔古纳河右岸》，北京十月文艺出版社 2005 年版，第 159 页。

的指示创造了天空、地球和火之后，又在地球的中心安置了三个生物：一株植物、一头公牛和一个人。然而生命没有任何活动的迹象，直到神灵碾碎了植物、杀死了公牛和人之后，世界万物才开始复苏，最终变得生机勃勃，“雅利安人通过反思这样的仪式，他们意识到，自己的生命依赖于其他生灵的死亡”①。鄂温克人的认识也正是基于以上的生命守恒规律，正因如此，萨满的跳神仪式在鄂温克人的生活中便有着极重的分量，因为他们无法根据自己的喜好去选择一个生命的去留，无论是人还是驯鹿、马匹、熊罴这些动物，生命意味着一切，尊重生命这个最原始、最基本的信念，是鄂温克人的根本信条。正如妮浩应允了救外族人的儿子后，她抱着自己的儿子果格力“亲了又亲，眼里泪光闪闪”，当她回来后，“哭着告诉我们，她离开营地的时候，就知道如果救活了那个孩子，她自己就要失去一个”，在族人阻止她救助别人时，妮浩凄凉地回答：“我是萨满，怎么能见死不救呢？”②仪式既是治疗也是见证，小说在描绘萨满的公正、道义及神力的同时，也不遗余力地表现出了对爱的赞颂，这无疑是跳神仪式更为深刻的含义所在。

对鄂温克人生命意识的书写不仅体现在救助与治疗的跳神仪式中，亦呈现于婚礼与葬礼之中。这些仪式表现出鄂温克人对人生的独特理解，如伊芙琳的儿子金德在母亲的坚持下与临乌力楞的姑娘杰芙琳娜的成亲仪式，这个歪嘴的姑娘并不得母子二人的喜欢，然而伊芙琳的理由是凡是真心相爱的人一定无法长久，反而是有缺失的感情才会永远存在，并举出了氏族中伊万和娜杰什卡、尼都和达玛拉还有金德与妮浩的例子，对劝阻婚事的“我”做出了反驳。这种观念透露出一种浓重的悲剧意识，因为这个民族遭受了太多的不幸，他们早已看惯了亲人的死亡，这使他们以近乎决绝的方式去应对自己无法把握的事情。因此，这个一开始就受到新郎反抗的婚礼仪式最终成为一场无可挽回的悲剧——

① ［英］凯伦·阿姆斯特朗：《轴心时代》，海南出版社2010年版，第8页。
② 迟子建：《额尔古纳河右岸》，北京十月文艺出版社2005年版，第135页。

金德在“很周到地给每一个人都敬了一碗酒，之后他挥了挥手，对欢聚着的人们说，你们好好吃吧、喝吧、唱吧、跳吧！我太累了，要离开你们了”①，他转身就吊死在了一棵风干的松树上，婚礼仪式的喜庆气氛急转直下，变成了充满哀伤的葬礼仪式。鄂温克人对自由与幸福的坚定追寻，使他们即使面临死亡也不愿妥协，如尼都萨满深深爱恋着达玛拉，并不会因为娶不到达玛拉而将就自己的人生，还有伊万对娜杰什卡的深情，他们的正直勇敢也是他们表达感情的一种表现。

鄂温克人重视生命，但另一方面又表现出对生命不留恋的态度，这或许是因为死亡在这个民族中极为常见，也或许是因为他们相信人离开世间后能永远留在玛鲁神的身边。无论是何种原因，鄂温克人都有一种对于生命的豁达态度，使他们能有一种不问过往、不断向前的勇气。正如金德死后，他父亲化解悲哀的方式就是让他的母亲继续怀孕，再生一个儿子。从现代的道德立场来看，伊芙琳似乎很冷漠，她在逼死儿子之后，又以自残的方式让已经成型的胎儿流产，但这又何尝不是其生死观的体现。生与死在这个部落中来来往往，掺杂着别样的凄凉，小说家苏珊·桑塔格评论说：“人类学家不仅是对原始人那冷漠的世界的哀悼者，也是其守护者。一边站在阴影中哀悼，一边奋力将古老的与伪古老的区分开来，通过这样的行动，展演一种英雄式的、孜孜不倦的和复杂的现代悲观主义。”②尽管迟子建只是以一个作家的身份观察和描写一个以古老方式生活在额尔古纳河右岸的民族，然而对他们生活的详细记录与充满守护心态的情感表达，使迟子建的角色与人类学家有着许多共通之处。迟子建还记录了鄂温克人对待死亡的方式，他们将未成年夭折的孩子用白布袋包裹以后扔去向阳的山坡，将成年人安置在四棵直角相对的大树上风葬，都体现出一种来自自然，也终将回归自然的思维模式。特纳认为，“仪式是精神的习俗，在世俗生活中散布于各个场域与情域

① 迟子建：《额尔古纳河右岸》，北京十月文艺出版社2005年版，第123页。

② 转引自[美]杰里·D. 穆尔：《人类学家的文化见解》，欧阳敏、邹乔、王晶晶译，商务印书馆2009年版，第251页。

之中”，莫妮卡·威尔逊则表示：“仪式能够在最深的层次揭示价值之所在，人们在仪式中所表达出来的，是他们最为感动的东西，而正因为表达是囿于传统和形式的，所以仪式所揭示的实际上是一个群体的价值。”①这部作品中众多的仪式素描写，反映出鄂温克人不仅仅将仪式视为一种行为，更当作一种信仰的实践形式，可见仪式素在表现鄂温克人的精神和思维方面，扮演了重要的角色。

二、被仪式化的额尔古纳河右岸

迟子建以温婉的笔触，借助一位九十岁长者的叙述视角，将鄂温克人近百年来的历史娓娓道来。这些与森林、小溪、动物们一起生活的人们宛如亚当之子，天真直率，远离着现代文明的喧嚣，表现出一种质朴的生活美学。这种饱含着对鄂温克人深厚感情的描写，在呈现出高尚、奉献、牺牲等内涵的同时，也具有了仪式化书写的特征，由于作家在表现鄂温克人的信仰、生命、情感以及日常生活时，都不自觉地赋予了其神圣、庄严、奉献、象征等仪式意义，因此使叙事具有了仪式化的表象，同时表达出一种特殊的美与力量。

这部作品中的仪式化书写可分成三个层次。第一个层次与鄂温克人的精神境界相关，表现为对鄂温克人信仰与实践的仪式化书写，它往往与文本的仪式素背景相结合，如尼都萨满在挽救感染上瘟疫的驯鹿群时举行的跳神仪式。尼都萨满本来法力无边，而这场持续了七八个小时的跳神却未能扭转驯鹿们的厄运，尼都萨满栽倒在自己跳出的大坑里号啕大哭，其法力的消退预示了乌力楞即将面临的灾难。这一灾难的起因看似是主人公年少无知的一句诅咒，但却一语成谶，成为族人不能逃脱的宿命，这种蕴含着某种神秘因果关系的循环，是对鄂温克人的磨砺和考验。挽救驯鹿的失败，使族人不再信任尼都萨满的法力，然而他在面对

① [英]维克多·特纳：《仪式过程：结构与反结构》，黄剑波、柳博赟译，中国人民大学出版社2006年版，第6页。

日本军官的挑衅与威胁时，以轻盈的舞姿在仪式中焕发出异样的光彩，尼都以战马性命为代价换得日本军官吉田腿伤的痊愈，使得他终于重新捍卫了萨满神力的尊严。文本对于这种神秘力量的描写以及尼都萨满答复吉田时充满寓意的话语，表现出神秘的惩戒意味，喻示着日本侵略者将要面临的不祥结局。又如在描写鄂温克人敬火如神时，迟子建以神话为源头，描述了这个民族关于火的禁忌，“火中有神，所以不能往里面吐痰、洒水，不能朝里面扔那些不干净的东西”，这种禁忌表述含有告诫的内涵，又因为火象征着光明和温暖，能使这个生活环境极其艰苦的民族产生希望，因此，对于他们来说，火便意味着一切。马林诺夫斯基认为，宗教与信仰都来自人类文化绵续的需要，这些体现了信仰神圣性的仪式化书写，成为鄂温克人源源不断的生命力量的重要来源。

仪式化书写的第二个层面是鄂温克人的情感认知表现，它与宗教信仰相比更弱化一些。这个民族因生存需要而时常迁徙，加之死亡威胁的存在，使他们无论对生命乃至人与人之间的关系，产生了一种相互依赖而又分离的思维模式，这类似于特纳所说的“并列和交替”。也就是说，他们一方面非常重视情感，需要找到一种依托，如达西看重他的猎鹰，尼都萨满爱慕着达玛拉，拉吉米圈养马伊堪等。但另外一方面，他们又固执地表现出一种独立的姿态，寄托着他们强烈愿景的感情，因为无法在生活中与其他感情交融，便逐渐走向了其反面，并成为自我存在的障碍。这种认知显然带有狩猎民族独特的性格印记，他们的情感表达往往是极端的，其中并不存在一种中间地带。正如商贩罗林斯基喜爱列娜，但得知她在睡梦中冻死后，则拒绝再换取女性的物件，甚至对尼都萨满说“从今以后我就不用来了，我的心也不会那么痛了”；维克特误杀了兄长后，心绪被悔恨笼罩，最终酗酒过度而死，他的母亲却视之为懦夫行为而不肯去为儿子送葬。这些人身上极端的爱与恨形成了强烈的对比，在格莱姆斯看来，“集合与分离，亲近与敌意，共生与独居是仪式化行为建构的基本形式，总是反映出人类行为的两面性……习惯便是所有仪式化行为的最终结果，它以潜藏的道德或对无意识的依赖的形式受到制约”①。也就是说，鄂温克人情感表现的两极性是心灵内在冲突的外现，并呈现出边界划分的叙事表象，这在文本中体现为仪式化书写的转化意味，使叙事在理性之外增添了感性的成分。

文本中仪式化书写的最后一个层次，在于对鄂温克人日常生活与行为的描绘，这是从行为实践方面对这个民族的独特生活方式予以展示。露丝·本尼迪克特曾在《文化模式》中将人类文化区分为两种类型：以服从仪式为基础的太阳神文化与以紧张心理为主的酒神文化。鄂温克人在很大程度上与阿波罗（太阳神）文化相符，他们遵从萨满的指令，崇敬火神，崇拜熊与堪达罕，这意味着他们即使在日常生活中也需要服从传统仪式的规则与戒律，因此仪式、禁忌成为这个民族生活中的重要内容。仪式化书写表现出了鄂温克族生活行为的独特美感，如他们庆祝丰收的斯特若衣查节。人们在这个节日里欢聚一堂、唱歌跳舞、交换猎物，当罗林斯基到来时，“无论什么季节，营地上总要燃起篝火，人们会在夜晚时手拉着手跳‘斡日切’舞”，这种集体舞蹈蕴含着鄂温克人对友情的赞颂，呈现出他们对美的独特感受。在节日之外，特殊的气氛和环境也可以使日常行为富有仪式化的色彩，在拉吉达与“我”做好新的碱场后，在那里发生了一次美妙的结合：“春日的阳光是那么和煦，它们照耀着新碱场，那丝丝白光就像入了土的盐发出的芽，鲜润明媚……在那个动人的缠绵的过程中，我一直看着天上的云。有一片白云连绵在一起，由东向西飘荡着，看上去就像一条天河。而我的身下，也流淌着一条河流，那是女人身下独有的一条暗河，它只为所爱的男人涌流。”②这段极具美感的描写，使读者感受到一种具有美感的动态过程，并体味到人与环境相谐的纯洁意义。男女的交合顺应自然，在新的碱场上孕育出新的生命，其中既有天人合一的和谐意味，又承载着人类的欢娱感

① ［美］罗纳尔德·格莱姆斯：《仪式的分类》，王霄冰主编：《仪式与信仰：当代文化人类学新视野》，民族出版社2008年版，第18页。

② 迟子建：《额尔古纳河右岸》，北京十月文艺出版社2005年版，第103～104页。

觉，作家将富含仪式意义的行为化入平缓的表述当中，凸显出仪式化书写的象征意义，使文本的节奏轻快又不失庄重。另外，“我”多年后在贝尔茨河畔偶遇第二个丈夫瓦罗加时的描写，也是在平常中表现不平常的仪式化书写：“我得感谢正午的阳光，它们把我脸上的忧伤、疲惫温柔、坚忍的神色清楚地照映出来，正是这种复杂的神情打动了瓦罗加。他说我的脸色虽然很苍白，但是阳光却使那种苍白变得柔和。而且我的眼睛虽然看上去忧郁，但非常清澈，瓦罗加说这样的一双眼睛对于一个男人来说，就是可以休憩的湖水。”①爱情中的邂逅原本就具有仪式化特性，“我”对于瓦罗加而言，象征着女性的安宁与平静，在自然背景的映衬下，这种女性美带有庄严与肃穆的色彩，激起了他对爱情的遐思。因此，情景交融的叙事，往往使仪式化的严肃性转化为对某种情境或心绪的烘托，从而使人物的行为与作家的想象共同构成一种历史记忆，并对读者发生深刻影响。

在三个层次之余，《额尔古纳河右岸》中的仪式化书写，还表现在对鄂温克人历史与现实中的各种神话与传说的表现，鄂温克人生活中倾向神秘与迷狂的一面，使叙事充满魔幻色彩。如因对火神不敬而受到惩罚的森林猎人；猎人在狩猎时要敬重“白那查”山神；伊万打猎时偶遇已经修道成仙的白狐；转世为蛇的达玛拉与伊芙琳交谈，等等。美国批评家菲利普·惠尔赖特表示，若仪式体现出的是一种行为方式，那么神话则是一种想象的方式，这种摇摆于仪式与神话之间的书写方式，有意识地隔开了读者思维与文本描绘的距离，一方面增强了文本的“陌生化”效果，另一方面也强化了文本的生动性与可读性。

三、在信仰中生长出的仪式感

作为一部表现少数民族历史、宗教与文化的作品，迟子建以独特的叙事风格，冷静而不失热烈、庄重而不失活泼地讲述着鄂温克人细腻的

① 迟子建：《额尔古纳河右岸》，北京十月文艺出版社2005年版，第142页。

情感世界，这部作品能取得极大成功，与其极富仪式感的叙事不无关系，这种叙事方式在迟子建早期的作品（如《原始风景》《北极村童话》）中就有所体现，并且被许多评论家冠以“绿色语法”的命名。《额尔古纳河右岸》主要从两个方面赋予读者以强烈的仪式感，第一个方面是赋予自然以生命，使万物与人共享精神的欢娱，使读者在平静和惬意的阅读感受中生发满足感；第二个方面是以鄂温克人为最具灵性的主体，展现他们敏感的天性与万物有灵的信仰观念，使读者感受到他们在生命考验中呈现出的灵魂的坚韧品性。

小说中的“我”在九十多年的生命历程中，与两位萨满、一位酋长以及部落中的人们一起度过了丰富而漫长的一生，这使“我”见惯了离别，也看淡了生死。萨义德认为这种以第一名称的方式穿行于一个民族或地区中的自我，成长于各种习俗、礼仪、节日、童年、成年和葬仪之中，“实际上既是东方的一个面具，又是东方学用以捕获和传送否则便无法获得的宝贵信息的一种手段”①，从自然与族群生活中获取的生命能量，使“我”能够与风雨对话，与日月共眠。然而，比起“我”获取信息的方式，大自然的万物才是具有永恒的稳定性与主体性，它构成人类生活的重要背景。如每天准时升起的太阳，“都是红着脸出来，晚上黄着脸落山，一整天身上一片云彩都不披。炽热的阳光把河水给舔瘦了，向阳山坡的草也被晒得弯了腰”②，作家以“舔”来使读者感受到太阳存在的动态性，拟人化的书写恰到好处地表现出自然事物的旺盛生命力；在写到月亮时，又有“月亮在水中挪了一个身子”的写法，以“挪”来表现月亮款款的姿态；写到火时，则有“火塘里的火一旦暗淡了，木炭的脸就不是红色的了”，表现出火沉默且威严的力量；还有被人类制作的各种器物，它们也仿佛有着对的渴望，所以才“在鹿皮口袋里，里面的物件像久已不见的老朋友一样，纷纷来和‘我’握手了。我刚碰过鼓槌，

① ［美］爱德华·W. 萨义德：《东方学》，王宇根译，生活·读书·新知三联书店 2007 年版，第 207 页。

② 迟子建：《额尔古纳河右岸》，北京十月文艺出版社 2005 年版，第 3 页。

桦皮刀鞘就贴向我的手背了。我刚把扎手的银簪子拨弄开，那块冰凉的手表就沉甸甸地滑入我的掌心了。”①因此，在鄂温克人的生活中，“物”也成为他们收获善意与温暖的重要来源。简·艾伦·哈里森认为：“但凡任何对太阳、月亮和天空中星球内在的美丽或神奇有兴趣的人，他就会关心它们、把它们视为神圣。”②这个完全依靠自然生存的民族，生于山林又归于山林，所以无论是日月还是森林，无论是溪流还是动物，哪怕是一块树皮或是一根羽毛，都会让他们感受到生命的存在。他们崇拜熊，所以在吃熊肉时会模仿乌鸦的叫声，以迷惑熊的魂灵；达西在享受猎鹰为自己捕来的山鸡时，也会在松树上为其做风葬的仪式，以表达自己的感恩心情；陪伴金得火葬的枯树仿佛是拥抱着他，发出“嘎嘎”的叫声与他一起倒地。这些渗透着古老仪式内涵的行为是人类心理与行为的历史遗传，而文本的叙事也自然地表达出一种神圣的仪式感。对于鄂温克人来说，只有怀有敬畏感才能自如、和谐地与万物相处，并感受到它们的美好，这种朴素的价值观通过文本的生动描摹而清晰显现出来。对于迟子建来说，她把这部作品比作在自然中需要机缘才能生长的一颗种子，“它缺少不了泥土，还有，它不能没有阳光的照拂、雨露的滋润以及清风的抚慰”③，由此可见，作家的生态意识为这部作品揭示的既庄严又神圣的仪式感做出了恰当的注解。

在自然万物的审美体验之外，这部作品还使读者感受到鄂温克人自从信仰中表现出的敬畏心。这种心理源于对神秘的、不可理解的现象所生发的严肃与畏惧感受，如代表着玛鲁神行使神力的萨满，他能使河水干涸、枯流复活，使野兽遍野，也能使它们灭绝，在族人的意识中，萨满就是神。萨满拥有的超现实力量使族人对萨满的态度不仅是尊重，更

① 迟子建：《额尔古纳河右岸》，北京十月文艺出版社 2005 年版，第 149 页。

② ［英］简·艾伦·哈里森：《古代的艺术与仪式》，吴晓群译，大象出版社 2011 年版，第 31 页。

③ 迟子建：《从山峦到海洋》，《额尔古纳河右岸》，北京十月文艺出版社 2005 年版，第 293 页。

多的是惧怕。喜欢胡说八道的达西在受到萨满的警告后，张狂无忌的态度立即有所收敛；日本人吉田在见识到尼都萨满的神力后，灰溜溜地下了山，再也不敢重复让萨满当军医的要求；妮浩的女儿贝尔娜惧怕母亲以自己子女的性命为代价去治疗他人，因此在偷偷逃跑后再也不敢回到母亲身边。人们对萨满的畏惧在一定程度上影响了读者的情绪，使读者在生发惊惧感的同时也会有新奇之感受，这些感受还会随着人物情绪的波动而发生变化，最终构成读者独有的阅读体验。事实上，在鉴赏一部优秀的作品时，读者会随着阅读的深入而逐渐参与到文本环境之中，甚至会将自己化身为某个人物，从而成为一个在场的“陌生者”，当人物受到环境改变的影响时，其流露出的情感也会自然地延伸到读者的思维和感受层面，从这个角度来看，鄂温克人在信仰实践中生发的神圣感也正是读者所感受到的仪式感。

这部作品使读者感受到的仪式感，很大程度上来源于文本对萨满教的表现，然而，是否应该在小说中表现和如何表现宗教思想，需要做出审慎的辨析，这个问题也早已成为学术界的一个热点话题。继夏志清在《中国现代小说史》中提出中国现代文学之所以肤浅的原因，就在于对阐释罪恶或对原罪等宗教论说的毫无意识与不感兴趣之后，学者梁鸿也表示当代文学的一个最大问题就在于宗教书写的缺失，因为对于“一个没有宗教、没有原罪意识的民族来说，没有另外一个神圣的空间作为终极的对照和思维的背景，很难拥有真正的、悲剧精神，也极容易把一切苦难、精神实在化和具体化”①。事实上，迟子建虽然在《额尔古纳河右岸》中将鄂温克人所崇信的萨满教作为小说叙事发生的重要思想背景，但她显然没有忽视对人性善与恶的关切。

一部作品在精神上是否深邃，并不在于它表现的是哪一种宗教，或是哪一种宗教观，而是看它有没有揭示人性最本真的状态，有没有对人

① 梁鸿：《“灵光”的消逝：当代文学叙事美学的嬗变》，中信出版集团 2016 年版，第 30 页。

性作出足够深刻的剖析。反观人类真正意义上的宗教都还未正式出现的轴心时代，无论是中国的老庄孔孟、印度的悉达多，还是西方的苏格拉底、亚里士多德，这些圣贤广博的人类情怀，与对人性的深刻认识，仍极大地影响着人类文明发展的整体进程。而从人类学家的角度来看，宗教仅比巫术前进了一步，弗雷泽认为："人类较高级的思想运动，就我们所能见到的而言，大体上是由巫术的发展到宗教的，更进而到科学的这几个阶段。"①可以这样认为，宗教观的表现不能成为衡量一部作品是否具有价值的标准，而应该是作品表现出的仪式感。当仪式感缺失时，即使作品中写满了宗教的教义，那它也只能是教义的传声筒，而无法使读者产生真正的内心触动。马林诺夫斯基认为："宗教的需要，是出于人类文化的绵续，而这种文化绵续的含义是：人类努力及人类关系必须打破鬼门关而继续存在。在它的伦理方面，宗教使人类的生活和行为神圣化，于是变为最强有力的一种社会控制。"②因此，作家需要做的是还仪式感以本来面目，而不是故作高深地传达某种宗教理念，只有一部具有仪式感的小说，才能最大限度地表现出作家的情怀，并真正影响读者的心灵世界。

在叙事中寻觅人性的原初状态，是迟子建与其他女作家的重要区别，当许多当代女作家的写作仍停留在表现自我感受、身体倾诉、两性对话的阶段时，迟子建早已经将视野投向对人类与人性的关注。从迟子建个人的创作经验来看，她从小不断听取各种传说与故事、在东北雪原接触各阶层人们经历，使她不自觉地受到了神话与仪式等的影响，这些创作资源使作家积累了大量的以仪式行为为基础的素材，经过仪式化书写的加工，在小说中呈现出多元的、深层次的仪式感。《白雪乌鸦》中对人性善/恶张力的书写，处处体现出作者的理解和宽容；《逝川》中人

① ［英］J. G. 弗雷泽：《金枝》，张泽石、汪培基、徐育新译，商务印书馆2013年版，第1098页。

② ［英］马林诺夫斯基：《文化论》，费孝通等译，中国民间文艺出版社1987年版，第78页。

与人之间发自内心的友好和关怀，超越了人类的世俗欲望；《世界上所有的夜晚》中人物的悲情背后自有其秘密所在，而人物看似疯狂的表演仍有最质朴的善意根柢；《越过云层的晴朗》，则以一条狗的视角看待人世间的温情与欺诈、坚强与苟且，它其实蕴含着作家本人对人生的释然和感悟。总体来说，迟子建的叙事经常借助旁观的视野，在叙述中观察，在回忆中反省，这种书写具有浓厚的表现人物心灵变迁的记录风格，从而使她的小说叙事产生出一种仪式化书写的美感与韵味。

第七章　仪式书写中的历史演绎

在四十三部茅盾文学奖获奖作品中，历史体裁小说作品占比极小，但这并不意味着历史小说没有受到足够的重视，反而可以看出创作一部优秀的历史小说并非易事。除《少年天子》外，其余的四部获奖作品无不是三至四卷本，《李自成》甚至达到十卷本，可见，历史小说在承担厚重的历史之余，还有巨大的叙事体量，那么如何将历史与文学想象恰当地糅合起来，是对每一位历史小说作家的挑战和考验。在几部获得茅盾文学奖的历史小说中，作家无一不认识到仪式素的重要作用，《金瓯缺》《李自成》《白门柳》《张居正》《少年天子》等作品，准确地抓住了历史中决定帝国命运的关键时刻，从仪式素、仪式化的上下铺陈中，既再现了时代的剪影，又重现了文化传承的艰难曲折。文本中的大型仪式素遵循着历史原貌，使叙事有本可依、有枝可栖，中小型仪式素则体现出了作者的再创作功力，使叙事具有了一定的真实性。其中，英雄人物如同历史长河中璀璨的明珠，作家以厚重的笔墨，使读者感受到人间一股英雄气的纵横驰骋。

第一节　《金瓯缺》：铁马金戈中的仪式

评论界将《金瓯缺》视为一部教授小说，一方面是指徐兴业先生扎实的史学及文学功底，与作家在文本中表现出的对民族、国家的诚挚情感，另一方面则是指读者从这部作品中不仅获得了微言大义的教导，更获得了丰厚的史料知识。米兰·昆德拉认为知识是小说唯一的道德，从这个意义上来说，《金瓯缺》体现的道德性也值得称赞。杜牧在《阿房宫赋》中所言“秦人不暇自哀，而后人哀之”，在一定程度上，《金瓯缺》也是一部“后人哀之”的作品，但后人不管对业已发生的历史如何扼腕叹息，也终究无法代古人行事，因此如何使作品表现出“哀”感，是一个需要认真思考的难题。而对这个问题，徐先生通过对皇室、军营、民间等多形态仪式叙事进行表现，侧面地反映出北宋末年“溪云初起日沉阁，山雨欲来风满楼”的情形，仪式化叙事又深化了“哀”的主题，这为复杂多元、跌宕起伏的历史小说书写提供了一种良好范式。

一、仪式在金戈铁马中的困顿与荣耀

北宋的历史是一部屈辱的不断割土求和的历史，到北宋末年，时势更加动荡，皇帝的举棋不定，使主和派不能无所顾忌地卖国求荣，官员带头致谢大金“全活百姓、存我社稷”的仪式，引发了主战派更加激烈的反抗；主战派亦无法全力奋勇杀敌、报效国家，这引发了皇帝的恐慌，宁愿放弃武力抵抗。且战且和的下场是将整个王朝拖入了一个战不能战、和不能和的尴尬局面，最终“二圣”被俘、百姓家破、国家覆亡。《金瓯缺》从官家赵佶为刘锜赐酒壮行的小型仪式素开始，到李师师与众友人相聚，以饮酒泛舟的社交仪式为止，众多的仪式素见证了北宋回光返照一般的辉煌，见证了奸党乱臣的不可一世，也见证了国土沦陷时将士的赤胆忠心。

小说的仪式叙事始终围绕着北宋末年边地的兵荒马乱与都城的盛世繁华时代景象而展开。作为官家的赵佶，吟诗作画的才华不能够用来统治国家，在边境不断受到外族侵扰时，他却仍然重用佞臣，沉耽于美色，然而，这样的皇帝又在内心深处抗拒蔡京之流，赏识刘锜等忠臣，似乎并非昏庸透顶。赵佶远不具备祖辈皇帝的雄才大略，在处理国家大事方面，甚至可以用苍白无力来形容。无论是对臣子的勉励，还是对名妓李师师的宠幸，只限于物质的赏赐，如为了调动种师道的西北军投入河北战场，官家特派刘锜深入西北军，并为此对刘锜大加赏赐，不但亲自为其满酒，更令刘锜在天子御厩中选马，遂其征战沙场之愿，以显示破例殊恩。天子的赏赐仪式一直被认为是拉拢臣下的有效手段，但对于刘锜来说，这种“一连串不胜其烦的仪节”的官家赏赐后，其实暗示着臣子被物化、成为“宫廷装饰品”的表现。官家的自以为是以及臣子的不以为然，说明赏赐仪式不但没有起到良好的沟通效果，更加剧了二者的分化，当仪式的表演性质被夸大之后，往往就变成了在公众面前的炫耀和展示。因此，当被内监“按照钦赐御马的规格把玉狻猊打扮出来。它身上披上锦帔，头上簪上红花，又配上一幅御用的八宝安辔，这才簇拥着刘锜缓缓转回家里，显然要他在归途上充分享受这一份膺受御赐的莫大光荣”①时，刘锜便意识到自己已经被物化、被示众，从而产生了羞耻的感受。从这个层面来看，仪式的意义被掏空，作为仪式主体的官家，其空虚的一面也可见一斑。

声势浩大的元宵赏灯大典，对于官家所处的焦灼处境来说，不啻一种对自我以及对百姓的麻痹行为。在大典仪式中，官家的玉辇打着“天下太平”的大旗，并以六匹白象为前驱，其后紧跟着太常卿、光禄卿、太仆卿、开封尹等官员，还有被称为禁军精华的铁骑大队、车队、擎灯士兵、卫士并太师、宣抚使等权贵，这二万一千五百七十五人组成的浩浩荡荡的皇家卤簿大队与官家法驾的现身，显现出东京一片繁华的盛相。然而，在百姓眼中，威仪的甲骑只是“立仗之马”，除了加重百姓对权贵的鄙夷与憎恶之外，只能沦为嘲讽的对象与茶余的谈资，未能激起任何对皇室天恩的敬重，也就是说，该仪式叙事展现出官家表演般的自我安慰。有学者认为，无论是《金瓯缺》中的宋徽宗、渊圣皇帝，还是《李自成》中的崇祯，“在皇家锦衣玉食、花团锦簇的生活表象之下，掩饰不住其恐惧、隐忧的情绪；在九五之尊的外壳中，有一颗脆弱的心

---

① 徐兴业：《金瓯缺》(第一卷)，长江文艺出版社2009年版，第11页。

灵”①。在赵佶眼中，仪式与其说是一种传统，不如说是一种手段，然而简单的仪式不利于表现皇家至高无上的地位与帝王的威仪，繁复的仪式又会加深官家与百姓的隔阂，仪式素的叙事传达出赵佶内心世界的困顿，呈现出官家在自尊、自傲表面下的忧虑及挣扎。

在此之外，大型仪式素也刻画出了达官权贵的群貌。一场华而不实的“牡丹会”，从仪式的角度揭示了东京上流社会的腐朽。作为朝廷重臣的蔡京，以及实际意义上把持朝政的童贯，在国家危难之际，反而变本加厉地谋求富贵，劳师动众的“牡丹会”即是蔡京通过仪式与童贯相勾结的手段。在复杂的政治较量中，不涉及利害的仪式不同力量相互沟通、谋求一致的有效方式。以当朝权贵为参加主体的“牡丹会”显示出仪式主持者和受邀者的身份，被排斥在外的闲汉们则“带着无限羡慕的目光，迎接着每一个知名的官儿，看他们被亲随元从从马背上扶下来，从车中吐出来，在门口受到殷勤周到的接待，然后又目送他们好像海洋一样深邃的二道门、三道门，被里面看不清楚的花团锦簇所吞噬，感到黯然销魂，无限动情”②。除此之外，仪式参与者何时参与以及是否全程参与，也成了衡量其人品地位以及相互较量的手段，“刚到未牌时分，就来了第一批趁早的客人，原来客人的身份与做客时间往往成反比，身份越低，来得越早，就越显得对主人家的殷勤”③。在仪式中被他人等待，表现出迟到者的微妙心理，然而这种有失礼仪的行为毕竟需要一个合理的借口，于是“禁中”“官家”成为理所当然的“替罪羊”，而这种“替罪羊”式的借口又强化了失礼者被倚重的地位，进而成为一种话语权力。

“牡丹会”的仪式过程相较于仪式参与者而言，更多地表现出了文化的传承。赏花文化在中国文人雅士中一直占据重要的地位，周敦颐也

① 韩元：《悲剧性的历史与历史的悲剧——新时期历史小说的悲剧审美内涵》，《文学评论》2006年第3期，第25~29页。

② 徐兴业：《金瓯缺》(第一卷)，长江文艺出版社2009年版，第203页。

③ 徐兴业：《金瓯缺》(第一卷)，长江文艺出版社2009年版，第203页。

有“牡丹之爱宜乎众矣”的感叹，太师府中名贵的牡丹花团锦簇，俨然是“竞夸天下无绝色，独占人间第一春”的写照。为了突显牡丹的存在，太师又命花匠用绢纱制成花鸟虫，真真假假的园景映射出这场牡丹会的虚伪本质。与牡丹相得益彰的是太师府宠姬排演的牡丹舞，“舞姬们应着音乐的节拍，用各种美妙的身段和轻盈的姿态表现出‘碧欧’受到主人的培植、灌溉以及它本身抽芽、茁叶、含苞、初放到盛开的过程”，“伴奏者用了一支《春光好》的乐曲，为她们伴奏，烘托出风和日丽、春在人间的气氛。柔美到甚至有点浮荡的舞蹈动作配上和谐的音乐，使观众们感觉到真有一阵阵和煦的春风拂过”①。慕容夫人以音乐和舞蹈的形式升华了“牡丹会”，使花与美人相呼应，正如李白“云想衣裳花想容，春风拂槛露华浓”“名花倾国两相欢，常得君王带笑看”的诗句。在美色之余，仪式中的美食同样具有重要分量，享有珍品声誉的相府家“和旨酒”、仿各种名贵牡丹品种所做出的酪糕、八人才能扛抬上席的“八仙过海”等美酒佳肴，将宴会再次推向了高潮。

值得注意的是，这场盛大的“牡丹会”距离朝廷镇压方腊不过两年，农民起义仍旧此起彼伏，国家边防也无时不在告急，雄州大战又处于一触即发的时节，此刻的仪式显然不是歌舞升平的庆贺，更貌似卑劣无耻的行为。王勃在《滕王阁序》中感叹“胜地不常，盛筵难再”，刘子羽对蔡京颇费心机的经营更是一语中的，“如果没有他们几位苦心造诣，到处涂涂抹抹，天下哪能粉饰得如此光洁悦目?”可以看出，仪式掩盖了令人焦灼的态势，马扩与刘子羽等人在参加完这场盛会后，加深了对朝廷的失望与对东京的不满，其余仪式参与者亦感受不佳。仪式盛会的结果与主人的预期背道而驰，这表现了蔡京所面临困境的同时，也喻示了其日后的命运，更是对风雨飘摇中的北宋王朝的强烈讽刺。

龙舟竞渡仪式是东京城举办的最后一次大型欢庆仪式。上至官家，下至百姓，仪式得到了普遍的关注，竞渡角逐在代表民众的“虎翼军”

① 徐兴业:《金瓯缺》(第一卷)，长江文艺出版社 2009 年版，第 216 页。

与代表皇室的“龙翔队”之间展开。所谓“虎翼军”是一支早已名存实亡的水军番号，竞渡的军人常常领不到饷，衣衫褴褛、饮食不继，而“龙翔队”在皇权笼罩下，装备精良，竞渡队伍也由当朝权贵的子弟们组成。“虎翼军”在一定程度上显示出东京百姓的生存状态，尽管国家仍在勉强支撑，但底层人民的生活已经在权贵们的欺压下变得十分艰难，出于对上层社会的不满，百姓们理所当然地视“虎翼军”为代表自身利益的队伍，勇敢地为其鼓气加油，与权贵进行对抗，“这是一块测验人心向背最明显的试金石，人们爱什么、厌恶什么都明摆着，没有丝毫的掩盖”①。另外，也并非所有的朝臣命官与官家的宠妃爱妾都愿意极力维护自己的富贵，掩饰自己的喜恶。在官家与权贵极力为“龙翔队”鼓气加油的同时，官家所钟爱的名妓李师师与将领刘锜、马扩等人也与百姓一道不断为“虎翼军”助力。如此一来，本属于娱乐的竞渡比赛便有了政治对立的意味，民众强烈的好恶表现，夹杂着李师师等人“不识时务”的助兴，加剧了官家与民众之间的隔阂。又因为艳压群芳的李师师在竞渡场地内格外引人瞩目，并以挑衅的举止，将自己明确放置于权贵阶层的对立面，“师师兴奋得忘乎一切，忘乎官家的存在，她用扇骨撩开薄薄的门帘，把身体一直伸出彩棚以外，好像使用檀板般熟练地使用着扇骨为‘卯’字号的突前击节称赏。看来她不但以看到虎翼队的胜利为满足，还希望看到龙翔队的全军覆没才痛快”②。这种明显带有反抗意味的情绪伤害了皇帝的感情，表面看来是毫无悬念的竞渡，其实质已发生了巨大变化。官家旨在李师师面前表现众望所归、一匡天下的愿景破灭后，变得失魂落魄，以龙体违和为借口，将载入国史的君臣对答、祝捷大典等后续仪式一概蠲免，“临时改变计划，不待卤簿启行，自己带着宫眷，就乘坐玉辂起驾回宫。几十万观众，在议论纷纷中也迅速走散。一场盛典以如火如荼开始，以草草终场结束，真可算

① 徐兴业：《金瓯缺》（第二卷），长江文艺出版社2009年版，第319页。
② 徐兴业：《金瓯缺》（第二卷），长江文艺出版社2009年版，第321页。

作一场惨典了”。①

战争主题的仪式素书写从另一个视角凸显出权贵们误国害民的行径。如童贯指挥的伐辽之战的入城仪式，军队的统领无视仪式应有的庄重和严肃，将之篡改为一种娱乐方式，用来调剂枯燥无味的行军生活。对待仪式的态度表现出统领者对战争的态度，这些“专靠惯常的荣华富贵喂养肥大的软体动物，是一条只知道以吮血为生的蚂蟥和懒得蠕动一下的蜒蚰，受不得一点委屈”②的权贵，习惯了荣华富贵，难以将自己与官兵的命运真正联系在一起。然而军队不可分割的性质，决定了无论哪一个环节出现纰漏，都有可能造成无可挽回的损失。因此，严肃认真的态度虽然不是战争胜利的决定因素，但一定是必要的因素，孙子就说：“夫未战而庙算胜者，得算多也；未战而庙算不胜者，得算少也。多算胜，少算不胜，而况于无算乎!”可见，如同儿戏般的入城仪式，在战争未开始之前就已经预示了整体的败亡。值得庆幸的是，最高统帅对待仪式的游戏态度并未影响到地方部队，种师道所率的西北军将士对于战争的态度截然不同，杨可世的渡河决战就以英勇无畏为战争做出了另外一种注解，这种牺牲的行为本身就成了战争仪式的组成部分。如以元末明初的开国大将常遇春为原型的一名亲兵，紧握住敌人刺向自己的长枪，顺势以一扯之势，耸身跃上敌军的地盘，并以一声“俺第一个登上坡了，兄弟们快跟上来!”鼓舞了身后的战友，在这种仪式行为的激励下，战争的局面被迅速扭转，形成了一个仪式叙事的高潮。然而前方将士的拼杀与童贯“不冲突”军令的严重抵牾，加上童贯手下的统领贻误了战机，以至于胜利如烟花般短暂，大宋将士的牺牲成就了辽军的胜利，北宋王朝最后的一丝气力也被消耗殆尽，使伐辽战争成为一场悲剧，并使国家陷入到更深的困境之中。

不自知的又岂止是官家与权贵，从战争爆发却繁华不改的东京来

---

① 徐兴业：《金瓯缺》(第二卷)，长江文艺出版社 2009 年版，第 322 页。

② 徐兴业：《金瓯缺》(第二卷)，长江文艺出版社 2009 年版，第 2 页。

看，不断出现的小型仪式素呈现出百姓们的怡然自得，风月场上的快乐刺激、节日的热闹喧嚣、日常生活的丰富多彩等，无不显示出“东京一般居民的悲剧在于他们虽然在道义上谴责、在理智上反对、在感情上深恶痛绝当时的达官贵人，而在事实上却跟踪着达官贵人的脚步，不自觉地，一天天地堕入无以自拔的泥坑中去”①。繁复的生活仪式包围了东京人，对于他们来说，仪式已经不再仅是一种禳灾祈福的方式，而是生活的填充剂。小型仪式素的叙事表现出东京百姓固化的思维方式，他们容易沉耽于热闹与喧嚣，是因为“面对一个具有令人难以控制的不确定的世界，是人类永恒的难题。人们尽力确定一种简单的和已知的现实，如此方能知道如何措其手足，以及明了他们在世界上所处的位置。仪式的稳固性和永恒性，正尝试着为驯化时间和界定现实的人民提供一副安慰剂”②。处于无知境地中的百姓既愚昧又可怜，他们信赖官家的庇护，以至于对战争没有丝毫的认识，大军刚开拔就丢帅旗的不祥竟能在他们口中成为新鲜活泼的话题。

愚昧的背后必然是悲剧，军队、权贵、百姓对待战争时局的态度，注定从上到下的分裂状况，导致无法同仇敌忾，分割成三股的力量很快被敌国逐一击破，直到东京城破，生灵涂炭之时，百姓才在残酷的现实中清醒，重新定位自己在国破后的处境，也不再恪守东京人的处事方式，这与之前虚假的仪式生活形成了鲜明对比。从另一方面来说，由于百姓无法及时、准确地获得时局的讯息，与朝廷的刻意隐瞒，使得百姓不得不在自欺中生活。在当时的情况下，维持以往生活的秩序和礼节，既是百姓相信国家安定的愿景，也是希望化解危机的唯一途径，其中表现出的内在含义也已经超出了小型仪式的意义，还具有了寄托祈福禳灾意愿的宗教含义。

在昏聩的朝廷、唯利是图的权贵与无知的百姓之外，仍然存在一群

① 徐兴业：《金瓯缺》（第一卷），长江文艺出版社 2009 年版，第 65 页。

② ［美］大卫·科泽：《仪式、政治与权力》，王海洲译，江苏人民出版社 2015 年版，第 13 页。

清醒的仁人志士，他们既有朝廷命官也有普通百姓，这些人真正担忧着国家的前途和民族的命运，力所能及地为国家奔走效力。以这些人物为主体的仪式素书写，一方面宣扬了困境中的个人英雄主义，另一方面也表现出仪式在叙事过程中的作用。继辽国迅速被金国吞噬后，北宋形势风雨突变，原本还能勉强支撑的帝国大厦瞬间崩塌，此时东京军民一改文恬武嬉的作风，开展保家卫国的斗争。布朗指出："社会成员头脑中的某些情感不仅是人们有序的社会生活的决定因素，而且它还控制着个体与他人之间的行为。对这些情感的有规则的象征性表现就产生了仪式。"①典型的如李师师，她在金军破城之后，主动将珠宝首饰、御赐的珍宝古玩一并折价变卖，以充军需，这种对将士的关怀体恤态度，以及散尽家财为国分忧的行为，饱含着对民族大义的理解、对国家的热爱情愫，人们行为与感情的凝结，自然地形成了一种仪式。

又如受命于危难之间的守城将领李纲，似大旱望云霓般盼来了种师道的勤王军后，提议大军举行一个隆重的入城仪式，以安定民心、鼓舞士气、威慑敌军。这次入城仪式完全有别于伐辽战争时童贯所授意的入城仪式，因其深合时宜，所以得到了众人的拥戴，仪式中，七万多名勤王军兵甲鲜明、步伐整齐，"一面绣着'种'字的大旗前导，擎旗的旗手缓缓而进，西军各将领翼护在两侧，也乘骑缓行。队伍中间一乘露顶的肩舆内坐着神气威严、态度从容的统帅种师道"②。勤王军的入城仪式为北宋王朝的起死回生提供了一线希望，更有太学生和平请愿的仪式，他们以暴力手段击毙阉党二十余人，成功促使渊圣皇帝罢黜佞臣，重启战守之计，成为奸党与太学生较量中一次仅有的胜利。还有小种经略相公与马政参谋坚守阵地，死为国殇的仪式；刘七爹冒死送还马政遗骨并祭奠的仪式等，上述仪式与主降派对以斡离不为首的金军极尽谄媚的仪式形成了鲜明对比。

---

① ［英］A. R. 拉德克利夫-布朗：《原始社会的结构与功能》，丁国勇译，中国社会科学出版社 2009 年版，第 159 页。

② 徐兴业：《金瓯缺》（第三卷），长江文艺出版社 2009 年版，第 222 页。

继昏庸的徽宗之后，懦弱而优柔寡断的渊圣皇帝不但未能拯救东京于水火之中，反而使爱国将领与民众已有成效的抗争成果付之东流，尤其是二圣被狡诈的金军俘虏，百姓们的垂死挣扎，使仪式素叙事在文本中有了新的含义。因抗议金军扣押渊圣皇帝，百姓不能以武力与金军抗衡，只能通过宗教、甚至巫术行为抗争。面对金军，数十人“用铁链条锁住头颈，手里捧着香炉。从他们身上发出一股烤炙的焦味，并且嘶嘶作响。原来他们将一股烧得通红的棒香绑在裸出的手臂、大腿上烤炙自己。走在最后的一名青年汉子，裸出上体，除了让别人在他背上烤炙外，自己又用刀子剖开胸前的肌肉，鲜血直流，他大口地吁出粗气，却熬住了不喊痛，不做一声呻吟”①。他们期冀通过自我惩戒的苦行来感动上苍，但与其说这种凝结了示威与祈祷的行为是对金军的施压，毋宁说这是一种很难有成效的仪式。苦行仪式、聚集仪式让金军更新了对东京百姓的认知，然而这些仪式并无法恢复渊圣皇帝的地位，北宋王朝的覆灭终成定局。

国破之后，百姓仍然心念圣上，炒板栗的商贩李和儿以自己琢磨出来的仪式，于太上皇囚车经过的路边，敬献炒栗于官家。他响亮动听、符合宫廷礼节的措辞惊醒了已经心如死灰的太上皇，香糯软甜的炒栗更是勾起了他曾作为帝国最高统治者的所有回忆。对于经历过各种重大仪式的皇帝来说，一个草野小民自创的觐献仪式几乎不值一提，但“此时此地帝后公卿都已一文不值，这个普普通通的买卖人的情谊却比什么都重”②。可见，这个粗糙的仪式是对皇室尊严的维护，反衬出只知卖国求荣的权贵阶级的无耻和残酷，从而加深了叙事的力度。

仪式见证了北宋王朝的盛衰演变，作品中的仪式素书写也呈现出叙事的变化。悲情强化了仪式叙事的庄重与威严，尽管国破家亡，东京城也不复往日的繁华，但百姓们众志成城的决心与最朴实的情感表现，反

① 徐兴业：《金瓯缺》(第四卷)，长江文艺出版社 2009 年版，第 134 页。
② 徐兴业：《金瓯缺》(第四卷)，长江文艺出版社 2009 年版，第 198 页。

而使仪式成为正义的宣言和荣耀的象征，摆脱了之前华而不实的表演性质。董乃斌认为："《金瓯缺》所展示的思想力量的核心，是古代人民在死亡和毁灭的无情挑衅下，表现出来的挽狂澜于既倒的雄伟气魄。这种伟大的民族精神，是中华民族千百年来历尽苦难而能巍然屹立的根本原因。"①

二、铮铮铁骨与绕骨柔情相交织的仪式化书写

《金瓯缺》不仅展现了北宋末年的时局变换、王朝更迭，更通过挖掘人物特质，以及表现斗争中的权力意识，进而呈现出深层次的仪式化书写。仪式化书写既要确立被仪式浸润的人物、行为以及叙事过程，又要对历史事件发展变化的本质做出思考。

马扩是徐兴业先生着墨最多、用力最深的一个人物。作家在接受李炳银同志的采访时表示，马扩是个真实的历史人物，在北宋末年与岳飞齐名，但《宋史》中并无其个人传记，除《三朝北盟会编》外，鲜有史书记载。这个被埋没了九百年的英雄人物因为得罪了朝廷而被冷落，被一贬再贬，他怀着满腔报国热情，从封建军官家庭奔向义军阵营。马扩为权贵所嫉，始终得不到重用，既是个人的不幸，也是国家的悲哀，他"走出朝廷"的行为对其本人来说十分艰难，对于国家来说更是遗憾的。朝廷无法知人善任，谪刘锜，囚马扩，正如诸葛亮在《前出师表》中所感叹的："亲贤臣，远小人，此先汉所以兴隆也；亲小人，远贤臣，此后汉所以倾颓也。"宋徽宗亲手推倒了帝国的大厦。然而《道德经》亦有云"六亲不和有孝慈，国家昏乱有忠臣"，马扩以其卓越的胆识、不凡的智慧奔走于前线，试图力挽狂澜于危难之间，并在辽军、金使中斡旋，赢得了敌军的尊重，凭借个人的努力为朝廷注入了不断抗争的力量。

① 董乃斌：《中华民族的一曲悲壮颂歌——评长篇历史小说〈金瓯缺〉(一、二)》，《文学评论》1982年第2期，第12~17页。

出身于武官世家的马扩，其生存的意义即是在沙场点兵作战，用生命护卫国家安全。马扩的父亲与两个兄长都战死沙场，侄儿也在战场下落不明，但马母与妻子亸娘仍然忍痛支持着马家最后一个男性继续精忠报国的事业。淳朴的家风，使马扩从未计较过个人得失或安危，在伐辽战争极其不利的情况下，马扩被派出使辽国，他以英勇无畏的气概与察言观色的能力，使谈判几乎成功，然而辽国大败宋国的局势使他的出使功亏一篑。辽宋的关系形成定局，仪式的“表演”“冲突”等内涵在耶律大石故作谦逊的傲慢以及马扩的愤怒中表现无余。悲愤交加的马扩始终不愿认输，丝毫不畏生命危险，以刚强果毅的言行挑衅着敌军的最高统帅，他怀着一种“俺就是要揭你伤疤，就是要刺痛你，惹得你发作，看你又待把俺怎样”①的痛快心情，狠狠奚落耶律大石本人在一次战役中落荒而逃的丑事，充分地显示出其人顽强的性格。

出使任务结束后，马扩很快参与到对辽的前线作战之中。虽然不断被朝廷排挤，但马扩的英勇成就了他的声望，赢得了百姓和下级士官，甚至敌手的敬重。万般无奈之下，马扩不得不落草继续战斗，哪怕家中遭遇变故、妻子临产也不曾使他产生动摇，仍是一心扑在民族大义的伟大事业中。虽然马扩与义军最终仍以失败告终，但“不成功便成仁”的精神使马扩这个形象充满了英雄色彩。作为一个悲剧英雄，马扩尽管经常受到朝廷的欺瞒和愚弄，却仍严格维护着朝廷的秩序；无论是做军官，还是义军头领，他顽强的战斗力和无畏的勇气给予身边的战友们以极大的鼓励；作为儿子和丈夫，他又将对民族的奉献置于家庭之上，表现出强烈的自我约束力。这些高尚的品格是作家对马扩这个人物的仪式化表现，外界的冲突和内心永生的信仰贯穿了他的一生，使这个人物在悲剧的一面之外亦呈现出神圣和庄严的色彩。

《金瓯缺》所秉持的历史观念，并非狭隘的民族主义，而是以辩证唯物主义的角度，公正地对北宋王朝的历史命运做出评价。作者对金国

① 徐兴业：《金瓯缺》（第二卷），长江文艺出版社 2009 年版，第 135 页。

的斡离不二太子、辽国的耶律大石等历史人物的评价都是客观而公正的，特别是从权威、凝聚、象征等方面入手，对耶律大石的聪慧狡诈、过人的统帅能力等皆进行了全面的描写。通过仪式化书写，使上述人物在表现出男性力量美的同时，还具有道德的感召力。张举文认为："当一个习俗或传统与某群体的根本信仰和价值观结合在一起，其存在和发展便成为群体成员获得生存意义的源泉。"①人物的复杂性在于其表现出的特质不能以单一的角度看待，耶律大石对于北宋残酷的另一面是对大辽国的忠诚，他面对马扩所表现出的狡猾又是其智慧的显现，甚至被辽皇后软禁，他也不改保卫辽国宗室的初衷，充分显现出一个国家柱石的形象。对于战争形势的运筹帷幄，使他在宋辽战争中始终能掌握主动，对于马扩气急败坏的挑衅，他仍然能克制住自己的愤怒，反而送上礼物与赞美，在冲突与控制的圈套中跳出来，转化为英雄相惜的情谊；因为辽奸的唆使，萧皇后迷失了方向，甚至不愿再承担保全家国的责任，在腹背受敌的情况下，耶律大石用冷静和忠勇保全了危难中的王室，再次成为一种仪式化的精神象征。萧皇后步步为营的表演与耶律大石发自内心的忠诚形成了鲜明对比，在关键时刻，利己与利他呈现出鲜明的边界划分。这种仪式化书写加强了他个人英雄主义的色彩，"耶律大石是属于选定了自己的目标就绝不回头的那种人物。看到时局动荡，国势陵替，他决定把自己的生命贡献给一个理想，那就是要保卫、延续和再生这个国家"②。由此可见，尽管作者对汉家王朝倾注了大量的热情，表现出强烈的民族情怀，但对于辽国、金国的优秀统帅也不吝赞美之词，对少数民族儿女们有胆有识形象的刻画，展现出作者博大的胸怀，以及对英雄精神的向往。

在挥斥方遒的男性人物外，女性人物如李师师、刘锜娘子、휘娘、马母、赵杰娘子甚至萧皇后等人同样显现出丰富的精神世界和丰满的形

① [美]张举文：《过渡礼仪与信仰行为分析》，王霄冰主编：《仪式与信仰：当代文化人类学新视野》，民族出版社 2008 年版，第 161 页。

② 徐兴业：《金瓯缺》(第二卷)，长江文艺出版社 2009 年版，第 224 页。

象色彩。其中，李师师形象显然受到了作家的偏爱，她美貌倾城、蕙质兰心，深受皇帝宠爱。面对皇帝的极力取悦，李师师却不恃宠而骄。因为出身底层，李师师对李宝、何老爹反而以礼相待，对不为权贵所容的正直官员如刘锜、马扩等则有着深刻的理解和同情。从这个意义上来看，师师与官家并没有真正的感情，但她的聪慧也在于此，官家是她进入上层社会的重要渠道，她需要利用官家的权势保全自己的生活，因此，她以不同的面目对待不同的人：面对官家要若即若离；对待张迪等权贵则冷面相对；对待何老爹要坦诚朴实；对待刘锜等则可以示以真性情。李师师的别具一格，让她在东京城享有盛名，不但如此，人们"发现她还具有许多与众不同的行径以及他们不能够理解和高不可攀的赋性，又对她顶礼膜拜起来"①。对李师师语言与行为的描写，使这个人物具有了仪式化的"魔力"。吴秀明认为："李师师具有独立的人格和做人的尊严，又有着思想性格中的深明大义、嫉恶如仇以及强烈的爱国主义精神情感，友善的内涵；还有诗话的语言和诗话的意境，使她的外表美与内心美达到了极致。"②最能体现李师师精神美的是她的真实，她有坚定的信仰和追求，如果要她放弃人格和自由，即使是贵妃的地位也无法让她心生向往；在龙舟竞技的节日中，她毫不掩饰的好恶，让她为之付出了朋友被贬谪的惨重代价，但即便如此，她也没有对官家逢迎讨好；官家舍弃百姓逃难的行为，又让她毅然决然地割舍十年的供养情分，洗尽铅华投身于救民赈灾之中；被金人掳走之后，她勇敢地面对官家血溅长虹，誓死捍卫尊严。事实上，从拒绝与官家一起南逃开始，李师师的生活便发生了极大转变，"师师生活中第二次突变的过程也就是她精神再生的过程。自从走出镇安坊这扇大门以来，她在身心两方面都变得充实和净化了"③。她不再飘逸地抚琴作画，而是荆钗裙布投身于

① 徐兴业：《金瓯缺》（第一卷），长江文艺出版社2009年版，第128页。

② 吴秀明：《从历史真实到现代消费的两度创造——论历史真实的现代转换》，《文学评论》1998年第2期，第106~114页。

③ 徐兴业：《金瓯缺》（第四卷），长江文艺出版社2009年版，第161页。

赈济工作，奉献成为对李师师仪式化书写的第二个主题。在某种程度上，她与《白门柳》中的陈圆圆有相似之处，她们都是名动天下的歌妓，都生活于外族入侵的乱世之中，也都得到了权贵的青睐，然而，李师师比陈圆圆更为动人之处就在于她坚定的意志，以及丝毫不苟且的性格特点。《金瓯缺》将李师师的个人命运与时代和民族的命运结合，着力表现出其坚韧隐忍等优秀品格，这种从个人情感反射到家国情怀的叙事，是仪式化书写的升华。

亸娘是另一个被仪式化的女性人物。因为母亲过早离世，她只能自小长于军营，鲜少得到来自女性的关爱，这样的成长背景使她在为人处世方面，较之其他女子如刘锜娘子、长嫂、赵杰娘子等有很大的差异。亸娘心思缜密但极其单纯，狭小单一的情感世界使她看起来不甚合群，然而正是因为这种“另类”，使这个人物有着鲜明的仪式化特点。亸娘来东京待嫁，与热情的刘锜娘子相好，面对轻浮、繁华的东京城，她表现出相当程度的克制，对于服饰、东京市面上流行的一切玩耍器物，在她来看，与其说是陌生，不如说是空洞，除了关注父亲和未婚夫婿，亸娘几乎没有任何个人诉求。繁冗的婚礼仪式之后，亸娘的倾向表现得更加明显，在“首先不是从对方索取什么，享受什么，而是为对方付出什么，承担什么，她一生都忠于这个想法”①外，她还受到了三从四德传统观念的影响。因为伐辽战争，父亲与夫婿的观点和立场截然对立，如何解决这种复杂而巨大的矛盾，远远超出了亸娘的能力范围。因此，作为一个年轻军官的新妇，除了克制个人喜好，她更需要克制自己的感情。她只能通过对父亲的悉心照料以及丈夫出征前的“临行密密缝”表达关切。马扩在沙场上驰骋，亸娘无时无刻不在思虑和牵挂中度过，马扩生死不明时，她的绝望和悲哀几乎淹没了刘锜娘子。由此看来，战争毁灭的不仅是将士们的生命，还有与之相关的所有人的精神世界，正所谓“可怜无定河边骨，犹是春闺梦里人”。

---

① 徐兴业：《金瓯缺》（第一卷），长江文艺出版社2009年版，第174页。

从另一个方面来说，严酷的环境使亸娘逐渐成长和坚强起来，分娩以及从病魔中死里逃生的经历使亸娘对于克制的理解发生了改变，劫难可以说成为转化的枢纽。依靠顽强的意志后的重生，使她更加坚定了家庭必须团圆的信念，她一方面遵从孝道侍奉婆母，另一方面则开始解禁自己的情感，并重视自我的需求。如果说亸娘与婆母、赵杰娘子、刘锜娘子等女性有什么不同，那就是她更为极端地将自己的生命和精神完全与丈夫绑缚在一起。表面看来，她为了追随已经投身义军的丈夫，在保州城被困时置婆母于不顾，甚至将国家和民族大义也抛于了身后，但更深层的含义则是，亸娘用真挚和严肃的情感摆脱了一般意义上的礼教束缚，她的真诚表现出一种女性意识的觉醒和挣扎，即不愿屈从于礼教压迫，而是要追随内心的声音，寻找一种契合自我价值观的人生，表现在文本中即是冒着生命危险追寻丈夫的脚步并与之厮守。通过这种仪式化书写，展现出亸娘从消极到积极的转变，在极其艰难的社会背景下，用坚定的奉献精神铸就爱情的神圣。

英雄的人物总是相似的，而卑鄙的人物则各有各的卑鄙。仪式化书写的另一个重要方面即叙事中的边界划分，边界不仅存在于如《张居正》中同是内阁首辅的张居正与高拱，《少年天子》中同是梨园子弟的同春与同秋等相同身份的人物之间，还存在于如《李自成》中的闯王与崇祯，《茶人三部曲》中的吴升与杭天醉等相对立的人物之间。特别是在《金瓯缺》中，奋死拼杀、抵御外辱的马扩、李纲、种师仲等人，与贪生怕死、误国误民的童贯、李邦彦，乃至澶渊之役后拼命逃脱的官家，形成了强烈的对比。长期掠夺民脂民膏的权贵阶层利令智昏，拼命排挤、镇压对国家有功的将士，面对金军则极力谄媚、讨好，更不用说负有守护江山社稷责任的皇帝，竟然在战乱中弃百姓于不顾，为了“避狄”仓皇出逃。不同的精神境界与价值追求导致了截然不同的人生态度，历史对之做出了公允的评价，在人民心中前一类人物重于泰山，后一类的人物则轻于鸿毛。作者对后一种人的不屑与斥责，通过人物迷狂的行为与心态，呈现出仪式化书写的特点。如民众眼中的“母相”童贯，企图以掌握军权使官家加重对自己的倚靠，增加自己的政治资本，但他在宫廷斗争中逢迎圣上、排除异己的本领，丝毫无助于他在战场上的调兵遣将。童贯毫无经验的指挥，使宋军在伐辽大战时不断错失军机，很快失去了军心，如山倒般的溃败不仅使马扩临近成功的使辽任务功亏一篑，反而鼓舞了辽军败宋的信心，而且为下一步金军南侵乃至北宋灭亡埋下了伏笔。不知可为而为之的童贯在战争中昏招频出，这与他在争夺权势时的嚣张，都成了对迷狂的叙事表现。当然，佞臣误国的主要根源仍在于最高统治者的昏庸，宋朝的江山被金军一点点吞噬后，贪生怕死的皇帝被逼到东京城外，也不得不考虑实际的生存问题，若是轻弃社稷，虽然有可能保命，但将会冒天下之大不韪，受到后世谴责，若要继续做皇帝，就有性命之忧，并且不能舍弃宗庙出逃，会成为金军直接攻击的对象。两权相害取其轻，宋徽宗最终仓皇逊位，使太子成为动荡中的替罪羊。小说对新旧皇帝交替的仪节描写，强化了渊圣皇帝“替罪羊”的象征意义，没有对掌舵帝国做好充分准备，便被父亲推上了最高处，渊圣变成了内忧外患中的牺牲品，为北宋的终结画上了有缺的句号。反面的仪式化书写强化了李纲、马扩等人徒劳无功的悲剧性，并突出了童贯、赵佶等站在历史和人民对立面的可鄙人性，使文本叙事在跌宕起伏、扣人心弦的同时，也起到了敲响历史警钟的作用。

三、在悲欢离合中满溢的家国情怀

从一定程度上来说，《金瓯缺》这部作品本身技巧高超、立意深刻，富有浓厚的民族精神气息与深厚的家国情怀。徐兴业老先生将自己对儒家思想中“修身”“齐家”“治国”“平天下”的理解和愿望汇入叙事之中，然而真实的历史并不会以后人的意志为转移，正如“后人视今，亦犹今之视昔”，“虽世殊事异，所以兴怀，其致一也”。因此作品在真实历史基础上的演绎就有了盖棺定论的意味，作家饱含着对英雄人物的赞赏、对奸佞贼子的不屑、对皇帝不分是非的失望、对深明大义的女子的敬重等多种复杂感情。《金瓯缺》的创作与《李自成》相似，采取了叙事线索相互交织错杂的结构，不断徘徊在“虚构与真实之间”，使作家的创作情感与历史真实巧妙地结合为一体，在带给读者以思考的同时，还产生了强烈的感官刺激和情感共鸣。果戈里表示：“真正的民族性不在于描写农妇的无袖长衣，而在于具有民族的精神。诗人在描写异邦的世界时，也可能有民族性，只要他是以自己民族气质的眼睛、以全民族的眼睛去观察它，只要他的感觉和他所说的话使他的同胞们觉得，仿佛正是他们自己这么感觉这么说似的。”①小说对民族精神的阐释能够引发强烈的仪式感，可以大致归纳为百姓在金军南侵之后众志成城的凝聚感、前方将士保家卫国将生死置之度外的庄严感、在冲突与弑杀中英雄主义迸发的神圣感、官兵百姓流血牺牲也无法挽回“金瓯有缺”的悲剧感等四个方面。

分离与聚合不断在历史中循环、转化，疆土流失、忠臣被弃、国家的分崩离析的景象在北宋末年显然占据了主要的位置。然而在反映历史的文本中，聚合却成为叙述表现的主要对象，叙事中的人物通过努力维护安定和统一，在这一过程中，他们为民族大义牺牲了自己、家人的生命和利益，呈现出具有凝聚力量的仪式感。当东京城百姓还未感受到城池沦陷的压力时，他们被一种以享乐为主的氛围笼罩，展现出一种肤浅和表面的凝聚，其内在性质仍然处于分离的状态，当这种平静、富足的生活方式逐渐被打破，百姓们开始将战争、主权等话题纳入视野，心理活动也起了变化，到东京城真正面临城池被侵入、皇帝被俘的窘况时，百姓迅速调整了自己的状态，不约而同地告别了过往繁华，他们在心中形成了一种“集体意识”，并表现出一副同仇敌忾的姿态，其实质是凝聚的力量从个人转化到集体，将要亡国的百姓们自觉地承担起维护皇室、抵御外辱的责任，展开了示威等一系列仪式性活动。简·艾伦·哈里森认为“集体性和强烈的情绪原本就是休戚相关、密不可分的，它们

① 转引自肖君和：《中华民族大众文艺论纲》，《文艺争鸣》1991年第6期，第60~65页。

经常把单纯的行为转变为仪式”①，保全皇帝的行为即是对集体信仰的诠释。在这期间，东京城的吴革、李师师、邢倞，保州城的赵不谌、马母等人也起到了重要的凝聚作用，如吴革主事的赈济所，既自发地担负起每日为陷入困境的百姓施粥布食的义务工作，还进行秘密的军事准备，谋划诛杀张邦昌，以粉碎金人试图通过傀儡朝廷掌控民众的阴谋。又有保州城的知州赵不谌，在大家的眼里，他本是个慵懒无能之辈，但他自从任职知州以来，不辞劳苦地为州衙募捐物资，并在家门备火种、堆放柴草，誓与保州共存亡，他以对国家的赤胆忠心，赢得了保州城民众的赞叹和敬佩。马母在知州的精神感召下，宣称马家一门忠烈的家眷们也誓不离城，都属于大凝聚范围下的小凝聚。

浓厚的仪式感，使叙事有了一种悲壮的意味。众志成城的信念，使百姓有了一定的自主意识，面对死亡的威胁，他们比在和平时期更加清醒，舍生取义未必成功，但至少可以成仁。甚至可以认为，他们把临死前最后的挣扎和反抗看作类似于一种宗教般的信仰，为此，他们既有一种神圣的热情，又有一种迷狂的心态，如吴革热衷于举义，失败后也毫不气馁，但不能知人善任与过分的自信还是导致了他的覆灭；赵知州为了鼓舞士气而表现出过分的活跃，以至于民众在过多的刺激和号召下变得麻木，都说“州官的心就是冰糖葫芦”，造成了相反的效果。狂热在一定程度上降低了仪式感的庄严性质，但它带给读者一种正面的感受，这种感受不仅是对大众的微薄力量汇聚成洪流产生的震撼，更是面对国家、民族在危难之际所发出痛苦呻吟的悲伤之情。凝聚表现出的仪式感在于它表达的不仅是文本人物在面临重大变故时的齐心一致，同时也是将读者带入到历史场景，对业已发生的人物际遇或事件，所产生的一种情感共鸣。

马氏一门中除幼子马扩外，全都在对辽或对金的战争中阵亡。但战

① ［英］简·艾伦·哈里森：《古代艺术与仪式》，刘宗迪译，生活·读书·新知三联书店 2008 年版，第 19 页。

争中为国捐躯的又何止马氏一门？东京保卫战打响时，许多爱国将士为避免杀敌报国之心有丝毫动摇，先杀妻儿，后战死于刀枪之下。如马政与小种经略相公种师仲在与金军作战时，因敌军不断猛攻以及友军临阵脱而逃陷入绝境，即便有马政、黄友等幕僚奋力战死，作为主帅的种师仲与死亡的距离也仅剩咫尺之遥。与其说是如狼似虎的金军让这位主帅面临绝境，毋宁说是他所保卫的朝廷毁灭了他生还的希望。种师中在最后投入战斗之前，还不忘将种氏传家的宝刀赠予马政的孙子，勉励他痛歼丑类、为国杀敌，这种明显是临终嘱托的行为让马亨祖不但诚惶诚恐，而且心怀悲戚。在此时，小种帅也有了“无边落木萧萧下，不尽长江滚滚来”的悲凉情绪。对于一位武将来说，祖传的宝刀无疑关乎着家族的荣誉，然而“国之已无，安能有家？”又使他不无遗憾地将宝刀留给了更为年轻的战士，传承未竟的希望。赠刀之举既有“皮之不存毛将焉附”的感叹，也有“出师未捷身先死，长使英雄泪满襟”的凄凉，但更为重要的是，即使在四面楚歌的情形下，小种帅也没有放弃对信念的坚守，以及对未来的期望。如果为了一己生还，种师仲既可以弃守，也可以归降，如《白门柳》中的洪承畴，投降之后深受敌方重用，保全生命之余，更添荣华富贵。但小种帅令人敬仰之处，也正在于他不求闻达于诸侯，也不屑苟全性命于乱世的尊严。李华在《吊古战场文》中哀叹：“苍苍蒸民，谁无父母？提携捧负，畏其不寿。谁无兄弟？如手如足。谁无夫妇？如宾如友。生也何恩，杀之何咎？”为了成全家国平安，他们不畏流血牺牲，对死亡淡然处之，诚如章炳麟在《致伯中书十四》中所说的“吾辈固知其不可而为之”。这是一种对于责任的承担，一种对于牺牲的无畏，在描写这悲壮的一幕时，军帐中的肃穆气氛，与他对待生死的平静态度，使读者感受到一种庄严的仪式感。

没有人不重视生命，但舍生取义才更能体现人格的高尚；胜败虽说是兵家常事，但战败一方的伤心惨目，以及敌人军功簿的献祭，可明知如此，仍然义无反顾，才是对高尚最好的诠释，布朗认为：“任何对社会的人(物质的或精神的)有重要影响的事物和事件，或任何能够代表或表现这个事物或事件的东西，都会变成仪式态度的对象。"①人生自古谁无死，留取丹心照汗青，种师仲在给官家的遗奏中承担了战败的所有责任，只为保护尚堪一战的将帅。徐敬业先生对种师仲的浩然正气予以充分的褒扬："处处以大局为重的种师仲一生中最后一次的衡量，也仍然把国事放在第一位，把个人的荣辱放在最后一位。对他的曲折用心，当时毁誉不一，但终将大白于后世。"②历史的眼光是公正的，人民也终究会辨别每一位历史人物的功过是非。

一部记载着风云变幻的历史小说，若不能让读者产生或横刀立马的回肠荡气、或如泣如诉的侠骨柔情等感受，从某种程度上来说是不成功的。在这一方面，已经有无数优秀作家做出了良好示范，如托尔斯泰的《战争与和平》，讲述俄法战争前后的俄国社会的样貌，以及战争对国家和百姓伤害的同时，又表现出库图佐夫将军、青年公爵安德烈等人的英雄行为；肖洛霍夫的《静静的顿河》，被誉为是哥萨克人的史诗，赞颂了不畏强暴的葛利高里，反映出哥萨克民族勇敢、正直的优秀品质；马尔克斯的《百年孤独》中，开创了马孔多历史的何塞·阿尔卡蒂奥·布恩迪亚与妻子乌尔苏拉，无疑是类似于亚当与夏娃的角色，他们勇于冒险、开拓的精神无疑有着英雄的品格。中国古典历史小说中的《水浒传》《三国演义》《荡寇志》等，也以描写碧血丹心、气冲霄汉的人物，展现出中华儿女的正义凛然。值得高兴的是，《金瓯缺》也是这样一部优秀的历史小说，读者随着作家的叙事脉络，在历史长河中感受"五更鼓角声悲壮，三峡星河影动摇"的腥风血雨，以及百姓在腐败的朝廷统治下所遭受的苦难。生活在这一时期的人民无疑是不幸的，但幸运的是，无论在何时，中华民族都会诞生一批不畏牺牲，并身体力行地传承民族

① ［英］A. R. 拉德克利夫-布朗：《原始社会的结构与功能》，丁国勇译，中国社会科学出版社2009年版，第126页。

② 徐兴业：《金瓯缺》(第三卷)，长江文艺出版社2009年版，第305页。

大义的英雄儿女，他们既属于过去，也属于未来，是历史天空中闪耀的星辰。

在《金瓯缺》中，英雄不仅与敌人正面厮杀，并战死沙场的将士，还有始终奔走于败军之际、危难之间的马扩、赵杰等被朝廷排斥的人物，以及李纲、种师道等深明大义、心怀忧患的大臣，甚至不在其位却谋其政的邢倞、何老爹等百姓。郭绍虞说“忠臣义士的满腔心事都在徐氏笔底流露了出来”，事实上，这又何止是忠臣义士的心事，更是所有心怀正义的读者们的“满腔心事”，这种共感正是作品中仪式感体现的重要方面。可以看出，这些忠臣义士们丝毫不以自身利益为目的，而是将家国利益置于首位，为了国土完整，百姓不至于流离失所，他们奉献出的何止是个人的生命和财产？如马氏家门、种氏家门、岳氏家门等，无不是一门忠烈前赴后继。无私是一种高尚的人格，也是英雄的特质，无论是做出经天纬地般大事的人物，还是默默奉献的人物，他们都可被视为民族英雄，值得所有后辈至诚的缅怀。文本的细致描摹，使他们具有了仪式的色彩，并传达给读者一种英雄们在信仰中奉献、在坚守中磨砺的仪式感。

令人遗憾的是，尽管牺牲了如此之多的英雄儿女，北宋终究还是在屈辱中灭亡了。对于那些抛头颅、洒热血的将士，以及试图以微弱的个人力量与当朝权贵抗衡，还要四处奔走，企图在敌人手中救驾的平民百姓来说，这无疑是一个悲剧，造成这一悲剧的原因，在于朝廷内政不修、外事不理，到了灾难劈头而来时才“临渴而掘井，临斗而铸兵”，长期的积垢，使北宋王朝早已在风雨中飘摇，敌军无需多费气力，便会使大宋王朝在瞬间倒塌。在《金瓯缺》中，徐敬业先生将悲剧的细腻感受不断注入叙事之中，从描写东京的歌舞升平的第一卷，伐辽战争连续失利的第二卷，到金军南下、破辽灭宋的第三四卷，悲剧意识从萌芽到成熟，至京都沦陷、皇帝被俘，赵构以建立南宋小朝廷宣判167年的北宋王朝彻底完结时，叙事达到了高潮。韩元认为：“作为历史与文学有机嫁接出的产物，新时期历史小说中始终充溢着小说家的一种史家意识，这种史家意识的内涵之一就是历史的悲剧意识。”①悲剧意识是这部作品进行情感表达的基础，通过历史发展呈现给读者一种强烈的悲剧感受，这一感受也属于仪式感的重要部分。

悲剧感产生的原因，在于北宋王朝悲剧的背后是将士们毫无意义的牺牲，个人和家庭的悲剧在社会动荡中此起彼伏，使许多英雄变成了战争中的祭品。无论是战争前的蠢蠢欲动还是战争中的风雨飘摇，叙事都沉浸在一种悲剧的仪式感之中。具体来看，小说首先谴责了残酷的战争，如进行伐辽之战的时机本来并不合适，然而刚愎自用的宋徽宗为了声名，以反暴力的名义推进了另一场暴力的发生，轻易发动了这场既不知己也不知彼的战争。不但如此，对军机一窍不通的宦官还凌驾于真正的统帅之上，不但不能发挥西北军的优势，反而不断损兵折将，尽管宋军也有豪气冲天的军官和战士，但奈何胜也受罚、败也受罚，被动挨打成为宋军无法选择的宿命。当被偷袭的宋军终于在战场与敌人正面交锋时，又因为各部统领不能齐心协力，最终一败涂地，一个个鲜活的生命化作忠魂埋骨他乡。彭兆荣表示：“仪式之所以具有如‘魔方’一样的‘魔力’与‘魅力’，一个重要原因就在于仪式的转换功能。”②较之仪式本身来说，作品中的仪式感真正将这种转化的功能进行了充分地发挥。由此，读者在阅读过程中对乱臣贻误国家的愤慨，也转化为对战士无谓牺牲的痛惜。

仪式感的另一方面，是读者于叙事中感受到被压抑的崇高感，通过文本中的细节描绘，这种感受越发清晰。马政为不耽误前方军机而策马千里疾驰，“为了争取时间，在这样严寒的深夜中，他还冒险涉冰，投宿驿站。他宁可缩短自己十年的生命来换取大军提早三天集中，因为他

① 韩元：《悲剧性的历史与历史的悲剧——新时期历史小说的悲剧审美内涵》，《文学评论》2006年第3期，第25~29页。

② 彭兆荣：《人类学仪式的理论与实践》，民族出版社2007年版，第267页。

了解每一天的拖延对整个战局可能带来的严重后果”①，来之不易的时间差却被朝廷白白错失，宝贵的军机延误殆尽，君臣百姓都仍沉浸在欢歌笑语当中。朝廷上下对战争的极其无知，从权贵与将士截然不同的态度中，可以看出失败和牺牲几乎在一开始就已经被注定。又如朝廷正值用人之际，却将马扩无端拘禁，更有一些心怀鬼胎之人妄图谋害马扩性命，读者的悲愤之情可想而知。忠义的马扩在悲愤之余，思考更多的仍然是如何报效国家。“不管国家是否爱我，我一定要爱国家，这没有选择的余地。唯一的理由就是因为我是这个国家的人。”②马扩个人的命运始终与国家的命运联结在一起，其大忠大勇为黯淡的北宋王朝增添了一股浩然正气，也加深了他个人的悲剧色彩。这些细节使读者义愤填膺，也升华出严肃、崇高的仪式感。

作者在小说中感慨道，一个王朝的毁灭需要多少看似偶然的因素的叠合才会发生？但偶然中的必然有时会被历史的雾霭掩盖，正如被奸党佞臣把持的朝廷忠奸不辨、善恶不分，正是帝国的最高统治者将一个曾经强盛、繁华的王朝推入了万劫不复的深渊。

虚幻粉饰着繁华、歌舞掩盖了血泪，使苦行与欢娱的冲突、节制与放纵的矛盾，在一定程度上混淆了读者的视听，这便要求文本需要中性、客观的叙事线索，它能拨开迷雾，帮助读者深入到历史的真实之中。仪式叙事在一定意义上承担起这一功能，它引导读者见证《金瓯缺》中的北宋王朝，用仪式素展现东京城的风貌、人们在北宋末年时期的生活、军政中的森严秩序等；在仪式化的书写过程中，将真实的历史人物塑造得有血有肉；最后从历史维度、民族的情怀等方面着手，使读者对生命和道德的本质有了深入的认识，生发出强烈的仪式感受。由此可见，对历史小说的解读，仪式叙事在其中发挥了重要的作用。

---

① 徐兴业：《金瓯缺》（第一卷），长江文艺出版社 2009 年版，第 55 页。

② 徐兴业：《金瓯缺》（第四卷），长江文艺出版社 2009 年版，第 2 页。

第二节 《白门柳》：最后一个汉家王朝中的仪式

从历史小说的时代背景来看，《白门柳》《李自成》与《少年天子》有着或多或少的重叠，这一方面说明作家对明末清初这段跌宕起伏的历史有着极大兴趣，农民起义、外族入关、王朝覆没、社党相争全部在一个短暂的历史时期内聚合，使这段历史虽线索纷繁但又有着雄浑的气象；另一方面，在这段复杂的历史中，不少值得书写与讴歌的人物大放异彩，既有才子佳人的爱恨情仇，又有诸多名士英雄“出师未捷身先死，长使英雄泪满襟”的遗憾。作家通过仪式化的书写，使小说具备了带有循环与严肃意味的深层意义，体现出传统文化在特定历史时期中发挥的动态作用。例如对人物的刻画，同样是表现明朝末代皇帝崇祯，《白门柳》与《李自成》就有所区分和偏重，同是对顾眉等秦淮名妓的描绘，《白门柳》与《少年天子》的角度又有极大不同。《白门柳》在塑造人物形象、展示历史命运方面的仪式化叙事，使这部作品可以傲然于众多以明末清初为背景的作品中，绽放出自己独特的光彩。

一、见证在彷徨中举步维艰的仪式素

这部小说以明朝覆灭与清朝初立的历史事件为叙事线索，以动荡时局中的国家重臣、社会名流、淮南名妓、村野匹夫等人物为描写对象，以百姓遭受的苦难为烘托，表现出朝廷即将覆灭之时他们的复杂心理与行为，描绘出一幅“无可奈何花落去”的悲凉画卷。

在《白门柳》中，作家刻画了一系列在当时社会环境中的人物群像。他们有怀着一腔热血真心为国家出谋划策的黄宗羲，他不顾个人安危，四处奔走，并积极投入反清斗争之中；虽然才华横溢，却清醒地认识到明王朝的腐朽现状，已经无法通过个人微薄力量进行挽救，只能随波逐流的方以智；为宗族伦理观念所束缚，空谈理想抱负，却始终龟缩于家庭的冒襄；德高望重、满腹经纶，却将个人的功名摆在头等位置，道貌

岸然的钱谦益；虽家财万贯却不肯为国家分忧，处心积虑、蝇营狗苟，只想谋求官职的阮大铖、马瑶草之流；虽以情色委身于人，以歌舞技艺穿梭于士大夫之间，却有情有义，清醒而智慧的柳如是、董小宛、顾眉、李十娘等人。刘斯奋有意识地抓住了这些人物的仪式行为、语言及心理，通过仪式叙事对他们进行了准确而生动的描绘。

复社与阉党余孽之间的深刻矛盾，成为《夕阳芳草》的叙事架构，围绕着这一矛盾，文本以钱谦益与阮大铖的诸多中小型社交仪式为基础，表现出宽宥启用阮大铖一派人的私密心理，又通过描述强烈反对阮大铖复出的东林党人一派，表现出不同阵营之间的复杂关系网络与心理的复杂性。在风月场集会聚合的中小型仪式素，可以看出他们同仇敌忾的情绪，在虎丘大会这个大型仪式中，双方的对立被推到顶峰。

《秋露危城》中，在崇祯皇帝被迫自尽后，群龙无首的大明王朝已名存实亡，围绕着立福、立潞或立桂藩的问题，东林党人与阮大铖一派又一次产生了激烈的冲突。在局势愈发恶化的情况下，救亡成了时代主题，仪式素既见证了真君子的正气凛然，也映射出了假小人的卑劣。随着清军铁蹄的到来，针锋相对的派系之争才告一段落。清军很快就突破了明王朝的所有防线，许多包括钱谦益在内的东林党人，终于在精神与道德层面重新定义人生价值，最后走上反清复明之路。在这期间，仪式素的叙事更为沉重，一些仁人志士的殉国与反抗表现出“去留肝胆两昆仑”的气魄，升华了文本的内涵。围绕着“交换”主题而展开的叙事，表现了仪式中的社会关系，是人物深层意识的外现，无论是钱谦益、柳如是，或者黄宗羲、冒襄，又或是阮大铖及马瑶草，这些人在所有的社会交往仪式中，都以交换为目的。在仪式文化发达的氛围中，仪式素已然成了人物思想、决断的基础，呈现出仪式文化在不同人物身上所起到的效果。

东林党人钱谦益是作者用力颇深的一个人物，他为了能够在隐退十三年后重享富贵功名，不惜放弃原则帮助阮大铖，为得到东林人士的普遍赞同费尽心血。他先经过详密策划，挑起几社与复社的矛盾并嫁祸于人，又通过金钱的钻营来收买其他东林党人，自己则“一改近几年懒于见客的习惯，对于来访的人士，不论贵贱高低、熟与不熟，一律给予接见，优礼相待；对于他们的请托要求，也尽可能给予满足或帮助，使这些人一个个都受宠若惊、大为感动；受到恩惠的，对他更是满怀感激”①，他大范围收买人心，并通过制造舆论的方式实现自己的私欲。这中间既有钱谦益深藏不露的利欲熏心，也有柳如是为了荣华而不择手段的怂恿，还有钱氏弟子们欲借高枝而达到“一人得道鸡犬升天”的撺掇，人性中贪图富贵的粗鄙欲望都在小说中有着生动的呈现。钱家从上到下都因得知钱谦益有回到政坛的机会而兴奋不已，又害怕复出的机会得而复失而内心恐慌，其中主要人物钱谦益在不断表白自己只想著述做学问的同时，实际上是对下野十三年的落寞与忧愤的掩饰。他在众人面前不断阐述“之乎者也，道德文章”，使本应建立在真诚基础上的交往仪式，蒙上了一层遮羞的油布，充分显现出钱谦益的虚伪。从以钱谦益为主的中小型仪式素来看，仪式提供了一个为众人展示与表演的平台。

钱氏经历了图谋的失败，皇帝驾崩之后，在拥立继位皇子的问题上，他又表现出老谋深算的一面。因惧怕福藩对东林党人不利，钱谦益以满口忠义为掩饰，背地里则全无道德，为他人罗织罪名，以实现一己私利。特别是当他重新位列朝班时，仪式表现又一次反射出钱谦益的内心，他以云淡风轻来掩饰自己的喜不自禁，并刻意制造出一副不愿被功名所累的假象，以强化自己的权威地位。事实上，在仪式环境中，钱谦益的好大喜功与注重形式有着鲜明的表现。作为一位饱读诗书且位高权重的昔日东林领袖，钱谦益本应在仪式中表现其遵循礼制、恪守规范的一面，及行为正派且秉节持重的一面，但事实上他的做派是令人失望的。仪式记录且见证了钱谦益从得意到失意的变化过程，实与虚，真与假，不仅在于叙事的表现，还在于人物认识的波动及反应。当虚假难以再持续下去，钱氏终于从高官厚禄的虚名中解脱出来，真正走入反清复

① 刘斯奋：《白门柳》（夕阳芳草），人民文学出版社 2004 年版，第 131 页。

明的阵营之中。由此可见，仪式具有促使人物转变的内在功能，它能够成为一种具有重要作用的叙事力量。

钱谦益的婚礼仪式是《白门柳》中值得深思的大型仪式素。钱谦益为了讨柳如是的欢心，不惜自损名节，为其举行正式的婚娶大礼。仪式的不正常之处，首先是钱谦益对原配夫人陈氏的无视，表现出封建礼制下男子对女子的复杂态度；其次是对社会既有秩序的嘲弄，他的荒谬行为使东林蒙羞，俨然是表里不一的做派。钱谦益冒天下之大不韪的所为，从表面看似是对柳如是的器重，实则还是人性本能驱使的结果。柳如是年轻貌美、艳名远播，并且工于心计，颇有才学，陈寅恪对其评价道："寅恪尝谓河东君及其同时名姝，多善吟咏，工书画，与吴越党社胜流交游，以男女之情兼师友之谊，记载流传，今古乐道。推原其故，虽由于诸人王姿明慧，虚心向学所然，然亦因其废闺房之闲处，无礼法之拘牵，遂得从容与一时名士往来，受其影响，有以致之也。"①这些客观的条件激发起钱氏本能的虚荣与征服欲望。葛兰言认为："中国古代社会中最主要的交换方式就是婚姻，它被认为是实现统一的手段，它的功能在于巩固它想要永久保持的社会契约。"②从这个角度来看，即使钱谦益尊称柳如是为"河东君"，并且要求家人以"夫人"相称，这场婚礼仍不啻为一场闹剧，不但在当地士绅中引起哗然大波，而且"受到两地卫道之士们的围攻嘲骂，甚至赶着彩船掷砖头，飞瓦片，弄得狼狈不堪"，还被外界称为"亵渎朝廷之名器，伤败士大夫之体统"③。这样看来，这场围绕婚礼仪式展开的叙事就有了多重含义，仪式场景与仪式器具被弱化，而通过仪式行为则能看出人心的向背，然而攻击钱谦益的卫道士们只是出于道德的缘由吗？实际上，更大的可能性是因为钱谦益的经济与社会地位引发了众人不满，使他人借仪式为名而泄私愤。由此可

---

① 陈寅恪：《柳如是别传》，上海古籍出版社 1980 年版，第 75 页。

② ［法］葛兰言：《古代中国的节庆与歌谣》，赵丙祥、张宏明译，广西师范大学出版社 2005 年版，第 175 页。

③ 刘斯奋：《白门柳》(夕阳芳草)，人民文学出版社 2004 年版，第 37 页。

见，无论是攻击者还是被攻击者，都显现出一众社会名流虚伪表面下的龌龊。

还有始终沉浸在对陈圆圆追忆中的名公子冒襄，从他为父调离前线、在虎门大会上一举揭露钱谦益阴谋的行为来看，似乎是见解独到、不随波逐流的有为之士，然而，面对痴情而柔弱的董小宛时，冒襄暴露出的狭隘、毫无担当却令人大失所望。董小宛为人称道的贤淑、痴情，在冒襄眼里远不能与陈圆圆的放肆、挑逗相比，即使他偶尔被小宛的柔情打动时，首先想到的也是朋友的看法，是否会讥笑他“退而求其次”。在冒襄的眼中，感情是无足轻重的，只有尊严和脸面才是需要维护的头等大事，在这样的环境中，对于董小宛来说，仪式便有了举足轻重的意义，它可以成为某种意义上的“尚方宝剑”，让冒襄兑现承诺。由此，复社众友人的相聚、庆贺等仪式，便成为董小宛唯一能够借助的力量，迫使冒襄在“礼”的束缚下就范。然而，这种方式虽然使董小宛实现了嫁入冒家的心愿，却使她丧失了全部尊严，牺牲了自己本应有的幸福。

在仪式素中，人物的真实性有了具体而直接的呈现，如福藩理政之后的复社聚会中，元老周镳纠结于晚辈党人的礼节，甚至冒名顶认在社会上产生了巨大影响的《留都防乱公揭》。交往仪式始终停留在“清议”的意气相争之中，加深了党派之间的不和，因此无法对当时的政局产生实质性的影响。包括身居高位的史可法，也未能有高屋建瓴的决策，反而不断被马瑶草所挟，乱了东林党人的阵脚。以史可法为代表的复社君子们坚定地认为，“只要我君子同心协力，公心谋国，彼辈又安能为所欲为”，事实上，这种毫无实质功用的仪式语言，仅仅是一件包裹信念的外衣，实则毫无功用。

再从与东林党人对立的一方来看，被正人君子们唾弃的马瑶草，是对朝政有着巨大影响的人物。对这个人物性格特点的展现借助了仪式素的作用，他在借助阮大铖之力重列朝班之后，便不再参加阮大铖的宴请，一度表现出“忘恩负义”的形象。这是由于聚会、交往等仪式为当时社会所看重，这些仪式不但有着凝聚的作用，还有着边界划分的意义，如钱谦益期冀加入阮大铖与杨文骢的会面交谈，却遭到无礼驱赶，就是仪式群体划分的体现。在这种情形下，仪式与其说是一种朋友间的友好往来，不如说是对所处位置的宣言。伊恩·普莱提斯认为"环境会提供一种隐含的意识，由一幕幕个别的仪式过程引发清晰的意识觉醒"①，因此马瑶草在被朝廷重新启用前后的表现，正是对自身利益的说明。从马瑶草与阮大铖的交往来看，他们的关注内容绝非个人在国家危难时应该承担的责任，与东林党人相比，他们虽然真实，但也相当无耻，毕竟社稷的稳定、国家的兴旺才是重中之重。由此可以看出，同样是交往仪式，参与者与仪式目的的改变会使仪式本身也会发生重大的转变。文本又通过一场斗蟋蟀的大型仪式素展现出马瑶草的内心世界，表面上抗拒他人行贿的马阁老精通于蟋蟀之道："那是盛行于上流社会的娱乐之一。从每年秋季开始，那些王公、贵胄、达官、巨贾，就从各地大量选购蟋蟀，少则百余盆，多则数百盆。一到白露节，就设局开盆争斗。"②事实上，斗蟋蟀已经成了古代中国的一种文化，如老舍的《正红旗下》、熊召政的《张居正》等作品中都有生动的描写。然而在南明朝廷岌岌可危之际，内阁大臣竟然沉耽于这样一种纯属娱乐的仪式之中，就有了浓厚的讽刺意味。

二、仪式化书写中压抑的社会情绪

尽管《白门柳》多达一百多万字，但其所反映的仅是明末清初三四年时间的事情。在短暂的时间内，社会发生了巨大变动，崇祯皇帝于煤山自尽、闯王入京、弘光小朝廷建立、清军入侵、明亡清立……在农民起义与外族入侵的同时，民主思想的萌芽也开始生发，应该说这段历史的复杂性在整个中国历史中也是少见的。要想准确而生动地反映那个时期的人物与社会，又不违背历史的本来面目，的确是一个巨大的挑战。

---

① ［美］伊恩·普莱提斯：《"帕西法尔"和符号学结构主义》，［美］伊万·布莱迪主编：《人类学诗学》，徐鲁亚译，中国人民大学出版社2010年版，第117页。

② 刘斯奋：《白门柳》(秋露危城)，人民文学出版社2004年版，第456页。

弗莱认为，一部优秀的文学作品往往具有多义性，在一定意义上来说，仪式化书写即是对多义性的阐释。刘斯奋的成功，在于不囿于史料的拘束，也不进行天马行空的臆想，而是有的放矢，以自己渊博的史学功底与良好的文化底蕴为读者展开一幅历史画卷，使仪式内涵在叙事中表现出多种含义，又在不同的环境中呈现出相似的意味。这部作品能够在语言上吸引读者，在内涵上打动读者，其关键之处就在于文本的仪式化书写。这种特殊形式的叙事方式，使凝重的历史有了依托，也复原了活跃在当时的诸多历史人物的丰富面孔，甚至可以认为，仪式化书写在一定程度上重现了历史时空，使历史人物获得了永恒价值。

这部作品中的仪式化书写涉及社会环境、历史事件等多个方面，从叙事的主次来看，可归纳为三个方面。第一个层面是围绕权力的表述，欲望根植于人的心底，只能依靠道德或是自我约束进行控制，然而自我约束的效力毕竟有限，因此在对权力的向往和追逐中，君子走向了迷狂，而小人则走向了覆灭。如钱谦益所表现出的矛盾心理，以及在这种心理支配下的行为即是分裂的。他内心深处对"礼"与"德"的顾忌，使他无法如阮大铖们一般赤裸裸地钻营名利，又不能真正地淡泊名利，只好于夹缝中扭曲着灵魂，呈现出一种被压抑的状态。他意欲为阮圆海开脱，但被东林君子识破之后，只能迁怒于学生；靠柳如是的裙带关系以及大量钱财的疏通，他终于在弘光朝廷中当上了二品大员，却大言不惭地教导儿子："为父之所以历十五载而清名不堕，始终为朝野所瞩望，卒至有今日之复出，无他，全在乎于做人与学问二事上痛下功夫而已！"①冠冕堂皇的言论并无助于钱谦益的品格确立，反而遭到了侍妾的嘲笑；被罢官十三载的失意，让钱谦益自认为看透了声名与清议，但为了保住好不容易到手的荣华富贵，不惜腆着脸去讨好昔日的对头："在给皇帝的上疏中，他一方面竭力吹捧马士英功勋卓著，说是在以往列朝掌兵的文臣中，几乎无人能够与之相比；另一方面又以东林旧人的身

① 刘斯奋：《白门柳》(秋露危城)，人民文学出版社 2004 年版，第 286 页。

份，公开出面为阮大铖洗雪，把阮大铖说成是个‘慷慨恢垒奇男子’。”①可叹又可怜的是，马、阮却毫不买账，仍然摆出斗争到底的架势，更反衬出他奴颜婢膝的嘴脸；最终，带头纳降的行为更招来一片骂声。

然而，在明朝覆亡之后，他受到慷慨赴死的同僚们，以及柳如是誓死不做亡国奴姿态的影响，毅然放弃了清廷给予他的高官厚禄而归隐山林，甚至以无比的宽容和大度，谅解了柳如是因红杏出墙给自己带来的丑闻。应该说，钱谦益并非真正的小人，从他对待下人及求助的士子看，甚至不失为一个忠厚的长者，他也并非是非不分，但因处于一个不正常的社会环境之中，无法运用才华施展抱负，只能通过扭曲的方式达成读书人“光耀门楣”的追求，违心地使自己的主见走向道德的反面，因此，与其说钱谦益的嘴脸是可憎的，毋宁说这是个可怜的悲剧性人物，他的两面性只是出于对于权力和地位的渴求。刘斯奋在小说中对这位晚明大儒的仪式化书写，表现了钱谦益矛盾而无奈，却又无法超脱个人欲望的复杂心理，展现出丰富的表演性行为与迷狂的姿态。

在封建社会的统治阶层中，权力的确能释放出一种使众人趋之若鹜的魔力，这不仅表现在政治地位层面，更重要的是，权力能将人的意识转化为意志，是将思想实质化的重要途径。自“罢黜百家，独尊儒术”以来，知识分子承担的重要责任之一便是辅佐帝王，帮助其施展政治抱负，但归根到底，这仍然是一个知识分子与权力相结合的问题。东林与复社诸君子一方面通过科举考试博取功名，一方面试图以群体的力量，对朝廷重臣史可法等施加压力，坚决抵制朝廷启用阮大铖、拥潞反福、阻拦史可法去职、抗议南明政权不战而降，有一种借助民间的大众权力与政治集权相抗衡的意味。对明政权仍抱希望的仁人志士们渴望“中兴”，在为之奋斗的过程中，表现出坚定与决绝的意志，他们坚守着“为帝王师”的信念，表现出仪式的秩序内涵。如史可法自请调职换由

① 刘斯奋：《白门柳》（秋露危城），人民文学出版社2004年版，第476页。

马士英顶替时，士子们用尽一切办法阻挠，除陈贞慧自降身份恳请太监帮助外，还组织诸君子在史可法的离别仪式中拦街恳请，欲使其改变主意；又如中秋过后秦淮河上上演《喜逢春》之时，东林君子偶遇阮大铖，义愤填膺地声讨阮贼“卖官鬻爵，公行贿赂，假名国用，大事搜刮”，表现出惩戒仪式的实质。尽管这些被仪式化的行为未能避免失败结局，然而，强烈的情感融合强化了他们的群体认同，并凝聚成一种集中表达的力量。正如维克多·特纳所言，仪式中“社会伦理和法治规范与强烈的情感可以紧密的相互联系”，玛丽·道格拉斯也指出：“人作为社会动物也是仪式动物。即使有某种仪式被压制，它也会以另一种形式凸显出来，社会预期互动越剧烈，其反抗也就越激烈”①。作家通过展示士子们对于权力的高度敏感，突出了他们“以天下为己任”的责任担当，然而视野的局限，使他们无法认识到人民大众才是推翻腐朽势力的根本力量，因此只能试图以“清议”的方式占领话语的制高点，鼓动民间知识分子对当局施压。小说对诸君子们激烈的行为举措、积极的反叛心态进行了仪式化的表述，进而产生了一种叙事的迷狂意味。

卡西尔在《人论》中认为，在任何一种人类文化中，卑颜的态度都不可能成为社会前进的推动力，文本以仪式化书写的方式突出了在动荡环境中的个人价值。柳如是虽爱慕虚荣，嫁给年长自己四十余岁的钱谦益，然而在民族气节与大是大非的问题上却毫不含糊，当她得知南明政府覆灭，钱谦益主动开城纳降时，坚决要放弃“尚书夫人”的名分而求一死，并且明确表示“宁做大明之鬼”，表现出宁死不屈的骨气，与钱谦益的卑躬屈节形成了鲜明对比。

除此之外，文本中还内蕴着一种“洁净”的仪式化内涵。柳如是是一个巾帼不让须眉的奇女子，被钱谦益尊称为“河东君”，受到传统儒家文化的影响，她对民族大义的理解不同于顾眉、惠娘等“手帕姐妹”。

---

① ［英］玛丽·道格拉斯：《洁净与危险》，黄剑波、卢忱、柳博赟译，民族出版社2008年版，第80页。

在她的观念中，奴颜婢膝是一种禁忌，她不肯跟随钱谦益北上受官，正是认为投降会使精神受到污染，在无法反抗的时候，死亡也属于洁净的一种方式。董小宛的人物形象也显示出一种“洁净”品质，她在老爷强迫下为客人唱歌后，受到冒襄愤怒的辱骂，然而她不但不难过，反而十分欢喜。这是因为董小宛认为丈夫的愤怒是不再把自己当作卖艺的“婊子”的证明，是对其身份洁净的认可。还有李十娘重新见到落魄的方以智后，声泪俱下地将珠簪相还，展示出其有情有义的洁净心灵。这些极富仪式内涵的书写，深化了人物复杂的精神世界与文本的社会内涵。

小说中表现的各类冲突是仪式化书写的第三个方面。文本以冲突推动叙事发展，并展现出有别于日常的人物心理及行为，为日后更大的冲突埋下了伏笔，使叙事紧凑而张弛有度。冲突是小说仪式化书写的一个重要主题，但有些作家在利用冲突进行叙事表现时，很难意识到冲突是仪式的一种表现形式。薛艺兵提出：“具有仪式意味的这种‘仪式化’动作，不同于具有实效功能的劳动、攻击或防御动作，也不同于具有实用价值的日常生活动作，而是超越实效和实用目的的非常态行为，动作的目的在于表达某种情感或表现某种意义。”①仪式化的冲突不但具有控制节奏、推进情节的作用，并且能在一定程度上揭示文本价值。叙事人物的不同立场很容易导致冲突的发生，受朱家王朝两三百年俸禄之恩的明朝知识分子们，有着坚定的政治立场，不苟同于农民起义，更无法接受异民族的改朝换代，因此冲突便有了两个层次的指向。基于国家立场的边界划分显现于明王朝与清王朝之间的冲突，大敌当前，党派与个人的恩怨都必须有所退让。清军南下屠杀无辜百姓，文本对其“扬州十日”“嘉定三屠”等惨案的描写，将弑杀的仪式化表现推向极致，明朝士子们若要保全生命，就要臣服于异族铁蹄之下，这又构成了对汉民族文化的反叛。在这种社会环境中，冲突已经成为一种需要强制选择，并且会

① 薛艺兵：《神圣的娱乐——中国民间祭祀仪式及其音乐的人类学研究》，宗教文化出版社 2003 年版，第 11 页。

以牺牲成为另一种选择的注解。

民族国家的冲突之外，还有人物之间的冲突，如东林君子与阮大铖之间，以及东林与复社之间的冲突。阮大铖所属的阉党集团曾经残酷迫害了陈贞慧、黄宗羲等人的父亲，东林的一批前辈在阉党手下遭受了灭顶之灾，钱谦益说："除了这些和阉党有不共戴天仇恨的少数，多数成员与阮大铖其实没有什么了不得的仇怨，无非是瞧着现时在士林当中，骂阉党、斥小人是件时髦事儿，于是也跟着瞎闹腾，希望借此出出风头，博得个'君子'的美名。"①无论是杀父之仇，或是为了博取名誉，当士林君子铁心要与阮大铖对抗时，冲突就是必然的结果。因此当阮大铖被罢黜多年后希冀重列朝班，双方的矛盾迅速被激发。复社的复仇心态，加强了阮大铖的仇恨心理，以至于他终于如东林君子们所担心的一般，对复社展开了疯狂的报复，这种从心态到行为的迷狂描绘，使对冲突双方的刻画呈现出丰富的仪式内涵。

以陈贞慧为首的一部分东林党人，透彻地判断了国家面临的灾难性后果，因此提出了利害之说，呼吁各方捐弃前嫌而共同抵御外侮，这种正确认识却遭到了以黄宗羲为首的士子们的抵制。他们认为妥协是毫无原则的投降，以至于君子们内部也产生了极大矛盾，甚至引起了一定程度上的分裂。文本将黄宗羲坚定不移的骨气与傲气进行了仪式化表现，呈现出知识分子严肃与洁净的节操，黄宗羲也的确为了自己的理念奉献出了一切，因此在他身上，冲突的悲剧显然具有了悲壮的成分。当然，在一部成功的小说中，仪式化书写对冲突的表现形式是多样的，它不仅表现鲜明的、不能调和的大冲突，如明政权与清王朝，也表现有可能调和，但容易向相反方向转化的一般冲突，鲁王政权中的正规军与义军的冲突，还有普通的、局限于一定范围内的小冲突，如钱谦益的家人与柳如是等。但无论是哪一种类型的冲突，仪式化书写都综合了由表及里的多元叙事含义，并将这一表现赋予了仪式主旨。

---

① 刘斯奋：《白门柳》（夕阳芳草），人民文学出版社 2004 年版，第 130 页。

三、回响在华夏大地上的一曲仪式悲歌

明末知识分子生逢乱世，他们试图报效国家、扭转乾坤，但这些伟大的志向终究尘归尘、土归土。虽然他们试图抵制奸佞，抵抗外敌，但最终仍旧是跌入尘埃之中。这部历史小说的叙事脉络，处处凝聚着历史的悲情与时代的厚重，因此读者不但能感受到小说本身的艺术魅力，还产生了真实的悲愤与无奈。

从小说《附记》中得知，小说中的主要人物都未能达成夙愿，黄宗羲在抗清活动彻底失败之后，以著书立说的方式批判封建制度，发出民主思想的先声；钱谦益与洪承畴被清政府列入《贰臣传》；冒襄与陈贞慧归隐田园；一代名妓董小宛因劳累过度而在正值青春时死于热病；柳如是未得善终，自尽而亡；马士英被清军捕获并杀害；阮大铖身患恶疽而亡。正似“滚滚长江东逝水，浪花淘尽英雄。是非成败转头空，青山依旧在，几度夕阳红”，作家的情感最终只能化为一声叹息，叙事的结局到底无法以作家或者读者的喜好为转移，是一个彻底的悲剧。鲁迅先生说，悲剧是把人生有价值的东西毁灭给人看。戈德曼也曾说：“悲剧思想揭示人、某个社会集体与世界的关系中深刻的危机。对于悲剧意识来说，世界是矛盾的、虚幻的、模糊不清的，人在世界上不可能实现他所追求的真正的、明确的社会准则，也不相信能够改造世界或逃避世界；人只有在与世界对立并拒绝在世界内进行选择时，才能认识自己以及自身的价值和极限。”①总体而言，在悲剧中感受到的肃穆和庄严，是仪式感的高级阶段，这种情感超越了普通的悲悯，上升到了对生命与信仰思考的层面，可以认为，这部作品呈现出的仪式感，是其明显优于同类反映明末清初历史的小说的重要原因。

这部作品塑造的仪式感首先来源于人物表现出的气度。黄宗羲、陈

① [法]吕西安·戈德曼：《隐蔽的上帝》，蔡鸿滨译，百花文艺出版社 1998 年版，第 4 页。

贞慧、侯方域等东林君子们，具有一种以天下为己任的大气。这些文社的青年领袖们，如同他们的父辈一般，不畏强权，在面临社局的纷争时，始终顾及“社局兴衰，国家存亡”的理念，因此阮大铖在试图消除士子们的社会影响力时，他们便群起而攻之，在面对意欲为阮圆海开脱的钱谦益等人时，陈贞慧意识到妥协导致的灾难性后果，因此凭借“充溢着一种大义凛然、悲壮动人之气”的言论，让对方不得不有所收敛。应该说，正是出于“当今寇虏披猖，天下鱼烂。社稷危倾，已是间不容发……我东林、复社诸君子，胸怀忠义，以手援天下为己任”①的抱负，才有了周镳等人恳请史可法以天下为重，阻拦马士英入阁的行动。即使东林全盘皆输已成定局，诸君子仍然殚精竭虑奔走于街巷，关心朝政的变动，试图发挥有限的力量挽救局势。他们的行为与思想在当时的知识分子阶层内，成了一种“天下兴亡，匹夫有责”的象征，这样一种情怀裹缠在他们的行为之中时，便自然有了叙事的仪式感要素。冯友兰曾说：“一个作家往往不能够认识他自己所说的话的充分意义，一个大人物也往往不能够认识他的行动的充分意义……因为他们所说的话和所做的事是历史趋势的反映，而历史的趋势往往是在事情发生之后才能被明确地认识。”②可以看出，东林诸君子以“位卑未敢忘忧国”的气魄，以及敢为天下先的浩然正气，虽然未能改变时局走向，但他们的行为成了士子们的标杆，也使读者受到极大震动，进而生发出慷慨激昂、同仇敌忾的仪式感，这不仅是对其行为的认同，更是对其立心的敬重。如谢有顺所说：“文学要与人生相通，文学和人生要共享一种伦理”，不如此神圣感则无处立足。

然而，无论东林君子们如何忧患与奔走，大明王朝终究还是覆灭了，国土被清军占领之后，甚至连大明高祖皇帝的陵园也成为鞑子游玩狩猎的场所。当余怀、沈士柱与柳敬亭三人去皇陵祭奠时，作家使祭祀

① 刘斯奋：《白门柳》(夕阳芳草)，人民文学出版社 2004 年版，第 227 页。
② 冯友兰：《中国哲学史新编》，人民出版社 2007 年版，第 7 页。

的小型仪式素具有了厚重的仪式感内涵，情境的悲凉气氛与人物悲壮的情感表现，彰显出作家的情感态度。特别是当“西坠的夕阳，正把最后的余晖投向广阔无垠的苍茫大地”时，三人想起了“大明王朝曾经有过的显赫声威和辉煌岁月”，以及“恍如眼前这凄美绝伦的夕阳一般，故国山河无可挽回的沉落与沉沦”，这种对昔日辉煌的追忆与对当下凄凉的感叹，叙事就自动生成了既庄严与神圣的仪式感。如同简·艾伦·哈里森所说：“从真实的生活跳跃到富有激情的对生活的沉思，需要跨越仪式的桥梁。”①三人祭拜皇陵的仪式行为成了一种象征，使读者在理智剖析明王朝灭亡的种种原因之后，与士子们一起产生了悲壮的仪式感受。

东林党人的政治抱负随着国家大厦的倾塌而无处依托，他们以天下为己任的情怀便有了新的指向，明知不可为而为之的勇气，使叙事生发出了仪式感的第二个方面。知识分子在严峻的社会形势面前迅速发生了分化，曾在弘光皇帝御前痛打马士英的黄澍，很快投降了清军，并为了立功而卖友求荣；黄宗羲、沈士柱等人，以保存华夏文明与民族道义为志向，不畏艰辛与牺牲，展开轰轰烈烈的反清斗争；陈贞慧等在弘光朝廷覆灭之后彻底不问世事，转而教学著书。可以看出，黄宗羲等人的勇气与决断与洪承畴、黄澍、钱谦益、陈名夏等人的投降行为又一次形成了鲜明的对比，他们的勇气正是苏轼在《留侯论》中所赞扬的：“天下有大勇者，卒然临之而不惊。无故加之而不怒；此其所挟持者甚大，而其志甚远也。”“知其不可为而不为”的行为固然能够明哲保身，然而，自私自利的精神境界亦显露无余。

黄宗羲在功败垂成之时对其兄弟所说的一段话，显示出他的复杂心情：“为兄作此决断，不惜殉之以身者，并非为的报大明，更是为的报天下，为士大夫立一榜样，是的，要立一榜样！”②由此可见，黄宗羲虽

① ［英］简·艾伦·哈里森：《古代的艺术与仪式》，吴晓群译，大象出版社2011年版，第65页。

② 刘斯奋：《白门柳》（鸡鸣风雨），人民文学出版社2004年版，第524页。

然从封建制度中隐约感受到了腐朽的气息，然而他对于君子道义的理解，仍然是不可动摇的精神根基。尼采认为，企图摆脱文明的堕落，或是逃避即将毁灭的命运，只能期待继上帝之后出现的“超人”，黄宗羲的话语显示出他的“超人”类属。他怀抱着“不成功便成仁”的信念，为义军争粮饷、求地位，他比史可法更加坚定地将理想与道义转化为行动，这使天地间的一股英雄之气浩然长存。这种仪式感无疑是神圣的，正如柳老爸在弹奏《诗经·风雨》时，众君子情不自禁地生出的强烈冲动，对自己的事业与可能面临的牺牲，生发出无可名状的感激，这种心理一方面表现出平和的宗教性，另一方面又以虔敬和理想遮盖了暴力和冲突。因此，对高尚心理与行为的感知，使读者在阅读的过程中，也会淡化斗争中血腥的一面，而重视精神的坚韧品质，甚至还在一定程度上摆脱负面情感带来的焦虑与不快，用尼采的话来说，这是对勇气和意志的肯定，“对生命之最后的、最快乐的、兴旺的、欢腾的肯定……在致力于追求最高形态的过程中，对其生命力之无穷尽而感到欢欣的生命意志”①。这便是《白门柳》使读者生发的具有多元层次的仪式感。经过时间的冲刷之后，历史会自有公断，那些尊崇道义与信念的仁人志士们，摆脱了实在物质与虚诞生命的桎梏，得到了精神的绝对自由。当人物对自己的处境有着真切的认知时，情感会随着仪式化的强化而表现得更为虔诚和坚定，即使明知前方等待着的是死亡和痛苦，他们也试图让自己的人性闪烁高贵的光芒，这便是具有无畏与执着意味的仪式感。

与其说《白门柳》是对明末知识分子悲剧的展现，不如说是对传统士大夫精神的一次祭奠。这部承载着儒家文化精神的历史小说，以不同的仪式作为依托，使人物的灵魂有了安放之地。大小仪式素在作品中的不断穿插，展示了当时的社会风貌与思潮，以及不断发展变化的社会形势，通过仪式化书写，描绘出末日王朝中知识分子的压抑与痛苦。然

① ［德］尼采：《瞧！这个人——尼采自传》，刘琦译，中国和平出版社 1986 年版，第 52~53 页。

而，文化的坚韧也正在于此，在一众东林诸君子的努力抗争中，仪式化的意志和凝聚力赋予了他们新的生命，民主思想的萌芽也生发于此时，带给读者以无限的感慨和回味，这些人物形象也因而成为一种象征，被赋予了具有神圣内涵的仪式感。

结语　批评范式的转换

仪式，是人类学研究中极为重要的领域，随着人类学与不同学科的不断融合，仪式研究的视角也变得更为多元。特别是在人文社科领域内，借助历史学、美学、文化学、心理学甚至语言学的视域，许多研究者发现仪式不仅可以用一种社会行为的方式进行表述，还可以追溯到人的心理动机以及思维层面。以中国新时期以来的当代小说为例，文本中最为明显的仪式叙事即是作家对人类社会仪式的反映，如巫术、占卜等民俗仪式，国家庆典、祭祀等政治仪式，以及成人礼、婚礼等过渡仪式等。作家通过对仪式行为的描写，在一定程度上形成了文本的筋骨血肉，又通过仪式的过程展现出各色的人物风貌与环境景致，以及风土民情。在对仪式进行反映和表现的基础上，作家又通过仪式化书写强化了叙事的表现力，通过富有仪式内涵的主题塑造，营造出具有仪式感的艺术世界。

人类需要通过仪式表达自己的内心世界，而实用性是这一过程中首先需要满足的部分，这与文学的功用同理。雷达先生曾多次提出："我们之所以需要文学，原因就在于要对人生的悲凉与黯淡持拯救的态度，让文学作为我们灵魂拯救和精神担当的一种途径。"①因此，仪式叙事不能仅停留在审美艺术的层面，它需要以一套具有秩序的方式进行言说，并表达出人类内心深处对关系、对环境、对未知世界的好奇。应该说，

① 雷达主编：《新世纪小说概观》，北岳文艺出版社2014年版，第275页。

仪式最初的形态是以行为表现进行情感表达的独特方式，它与参与者的社会、经济、文化地位息息相关。当仪式通过文学语言以另一套话语系统进行言说时，距离仪式的最初形态已有了相当长度的距离。在这个阶段，仪式叙事有了巨大的变化，仪式参与者的范围也不断扩大，需要注意的是，这种变化仍然在持续。当仪式的话语系统与电视、电影等新媒体传播媒介结合时，仪式景象更为壮观，如美国电影《阿凡达》展示了潘多拉星球上神圣的纳美人仪式，纳美人通过与自然、神灵的沟通获取超自然的力量，带给观影者巨大的震撼；动画影片《寻梦环游记》以墨西哥一年一度的亡灵节为线索，在节日仪式的气氛中将祖先与后代的情感关联起来，揭示出人类通过仪式表达出的想象与期盼；印度影片《摔跤吧，爸爸》中，从竞技仪式中延伸出的权力意识与女性意识，为影片提供了多种符码，建构出仪式行为在表演之外的教化意义。

仪式的重要性，不仅在于它展现出的形式使叙事有了依托，更在于它自身所蕴含的意义与价值。从文化延续的角度来看，仪式过于正式，具有仪式内涵但弱化了仪式程式的仪式化更符合时代的要求。仪式化是仪式的表现方式，也是仪式价值与意义得以广泛传播的重要媒介。它是建立在仪式素基础上的一种书写模式，运用独特的叙事语言，通过对叙事对象的动态描写和表现，使叙事效果呈现出从平面到立体，从单一到多元的复杂结构。相对于仪式素叙事，仪式化书写对作家提出了更高的要求，因为这种叙事方式并不是对仪式行为的直接表现，也不困囿于对人物行为动作、穿衣打扮等的表层描写，而是通过对仪式主题的彰显，深化人物与仪式行为的关联，使仪式的内在意义得以外化。它需要作家对叙事对象进行深入观察、理解和归纳，也就是要求文本呈现叙事的深度与文化价值，并实现叙事主题意蕴的抒发。

一般来说，一部小说在完成之后，最重要的意义实现就是读者阅读感受的丰富。美国当代艺术学家艾布拉姆斯在《镜与灯——浪漫主义文论及批评传统》中提出的文学四要素——世界、作者、作品、读者，至今仍被小说批评界奉为圭臬，艾布拉姆斯尤其强调读者的作用，他认为作品的表现价值最终需要读者(观察者)作出理解，并对某种源自理念世界的实质作出回应。他的观点给后来的学者以极大启发，20 世纪 60 年代末，姚斯提出“读者为中心”的主张，可以看作是对艾氏理论的推进。除此之外，美国芝加哥学派的领军人物布斯在其经典著作《小说修辞学》中指出，小说是一种“与读者进行交流的艺术”，而仪式叙事又何尝不是一种交流的艺术呢？小说是作家与读者之间以话语为媒介的交流，仪式是人与人、人与自然在行为过程中的交流。从这个意义上来看，仪式是小说的叙事行为基础，小说是对仪式的语言描绘。

仪式素的表现在中国现当代小说中普遍存在，在茅盾文学奖获奖作品中，这种表现更为明显。仪式素在这些文本中只有多寡详略之分，而绝无有无之辩。仪式素叙事绝不仅仅是一种实现叙事目的的手段，人类文明从巫术到宗教到科学，仪式与之相伴相生，仪式本身就存在深厚的意蕴以及深邃的哲学与社会意义，直至今日，研究者也未曾完全洞悉人类在仪式行为中想要表达的全部内涵。从这个角度来看，当作家描写一种仪式行为时，其目的不仅是对仪式参与者的心理表现、行为展示或是一种叙事逻辑的需要，还有对仪式行为背后的文化内涵与时代背景的揭示。特别是一些只有在特定时代才能产生的特殊仪式，如历史小说中围绕帝王将相的仪式描写，“十七年”文学中关于暴力仪式的叙事，都说明仪式素在承担多种叙事功能的同时，还起着挖掘文化隐藏内容以及展现文本意义的作用。

作品的价值不能依靠作家的自说自话，读者的感受始终是最为重要的。那么，什么样的作品才能让读者产生共鸣，并得到精神上的滋养呢？应该说一部具有仪式感的作品，能给予读者以“真、善、美”的力量。这就要求一部作品在细节的叙事把控方面要足够理性，而在语言的艺术呈现上要足够感性，要营造打动读者的叙事氛围。相对于仪式素与仪式化来说，仪式感是对文本在精神层面的升华，因此在整体把握上，研究者不仅需要对作家的创作初衷和创作历程有一定的了解，而且对文本的阅读也要遵循一定的指向，这个指向即是小说的真实情感、价值观体现与美的艺术表现力。小说能否体现出真、善、美的艺术魅力与精神价值，在一定程度上反映出作家创作态度是否虔诚，内心世界是否高尚。一些享有世界声誉的作家对待创作都有自己的仪式行为或仪式观念，他们将这种仪式观融入文本创作中，小说的仪式感便有了完善呈现的源头。在小说仪式叙事发展、完善的过程中，人物自身的价值观也融入其中，即使是玩世不恭、十恶不赦的人也得到严肃的展现，这就使文本中的仪式感不断加强，作品最终的样貌就有着情感的温度，这种情感会使读者受到感染，继而引发读者内心或严肃或神圣的仪式感。

另外，由于读者个体之间的差异，很难对一部作品形成完全一致的评价，也就是说，不同读者对同一部小说会产生不同认知。仪式素与仪式化则为读者提供了一个理想的平台，在这个平台上，读者可以从“仪式观看者”的身份逐渐转换成为“仪式参与者”，从而对文本叙事产生更为深刻的理解。

文学批评的方法需要不断创新，从经典的现实主义批评，到现代主义、后现代主义批评，文学批评并不存在某种话语的“统治”。尤其是当下的多元时代，批评领域也期待着批评话语乃至批评范式的转换，从而能够与当下的小说创作更为契合，仪式批评便是这种范式转换的先行者。仪式批评以一套仪式话语系统建构起自身的批评脉络，它不仅从人类学的角度对文本提出真实性要求，而且注重从文本叙事之中搭建与仪式行为相对应的叙事特征，使文本中某些被忽视的内容重新焕发出光彩。更为重要的是，仪式感的提出，使仪式批评有了意义层面升华的可能。作家进行创作时的情感动态，与接受者在阅读过程中产生的精神感受，通过仪式感这一核心线索而相互串联，这对于作品深层精神意义的揭示，无疑有着极为重要的作用。综上所述，仪式批评作为批评范式转换的代表，不仅注重细节的重新阐释，而且着重于从全面视野进行综合性研究，因此是一种相对成熟的，可以进行具体实践的批评方法。

使文本的深层意义得以完整、立体地呈现，是文学批评的初衷，在这个意义上，仪式批评有着重要价值。但是，正如前文所说，任何一种批评方式都不可能适用于所有的作品，仪式批评也是如此。作为小说批评的一种方法，仪式批评也有着自身的局限性，例如在现代主义小说及后现代主义小说的创作领域，由于它们极少涉及表现风土人情与历史变迁等人类行为，更重视人物思维意识的表现，因此从仪式叙事的角度去理解文本时就显得捉襟见肘，类似于意识流手法的作品在仪式感的层面上，也很难与读者产生共鸣，仪式批评在面对这类带有实验写作意味的作品时，的确力不从心。由于作家创作行为的共通性，上述作品仍然可以借助仪式化书写的角度进行剖析，但会在一定程度上影响批评的全面性和准确性。但我们有理由相信，以仪式批评介入不同类型文本的研究，仍是有无限可能的。

回顾过去，立足当下，放眼未来。人与世界、自然、宇宙的关系始终在不断变化，仪式作为人类感知外界的重要方式，也在不断帮助人类介入对自然的探索，人类对自然的感受与想象也不断丰富起来。仪式栖身于人类的文化之中，它无处不在，渗透于日常生活之中，也存在于人类精神的精华——文艺作品之中。人类在小说、影视、游戏中对仪式元素的广泛运用，即说明了作为原始文化遗留物的仪式与当下文化的多元结合。英国思想家伯特兰·罗素有一个著名的观点："重要的事情不在于给出答案，而在于提出问题。"在一定意义上，仪式叙事批评就是一种基于问题意识而产生的批评方法，它并非一种唯一、标准、绝对的批评模式，但对于引发思考和争论有着积极的意义与价值。在小说创作越发多元的今天，仪式研究也需要与时俱进，其内涵的深入发掘需要一代代学者的共同努力。只有通过作家、研究者与读者的共同努力，仪式批评才能得到真正完善，成为适合中国当代现实主义小说生长的理论土壤。

参考文献

外国文献

[1]Daniel de Coppet(1992). Understanding Rituals. London: Routldge.

[2]Evan Imber, Janine Roberts (1998). Rituals for our Times: Celebrating, Healing, and Changing Our Lives and Our Relationships. Northvale NJ: Jason Aronson.

[3]Hans-Georg Soeffner(1995). The Order of Rituals: The Interpretation of Everyday life. London: Transation Publishers.

[4][法]爱弥儿·涂尔干:《宗教生活的基本形式》，渠东、汲喆译，商务印书馆2011年版。

[5][法]罗素:《罗素文集》(第四卷·心的分析)，贾可春译，商务印书馆2012年版。

[6][法]克洛德·列维-斯特劳斯:《忧郁的热带》，王志明译，中国人民大学出版社2006年版。

[7][法]克洛德·列维-斯特劳斯:《嫉妒的制陶女》，刘汉泉译，中国人民大学出版社2006年版。

[8][法]克洛德·列维-斯特劳斯:《人类学讲演集》，张毅声、张祖建、杨珊译，中国人民大学出版社2007年版。

[9][法]马塞尔·莫斯，昂利·于贝尔:《巫术的一般理论献祭的性质与功能》，梁永佳、赵丙祥、杨渝东译，广西师范大学出版社2007

年版。

[10][法]米歇尔·福柯:《规训与惩罚》,刘北成、杨远婴译,生活·读书·新知三联书店 2011 年版。

[11][法]米歇尔·福柯:《生命政治的诞生》,黄伟民、赵伟译,上海人民出版社 2011 年版。

[12][法]吕西安·戈德曼:《隐蔽的上帝》,蔡鸿滨译,百花文艺出版社 1998 年版。

[13][法]乔治·索雷尔:《论暴力》,乐启良译,世纪出版集团 2005 年版。

[14][法]皮埃尔·布尔迪厄:《区分:判断力的社会批判》,刘晖译,商务印书馆 2015 年版。

[15][法]皮埃尔·布尔迪厄:《男性统治》,刘晖译,中国人民大学出版社 2012 年版。

[16][法]葛兰言:《古代中国的节庆与歌谣》,赵丙祥、张宏明译,广西师范大学出版社 2005 年版。

[17][法]阿诺尔德·范热内普:《过渡礼仪》,张举文译,商务印书馆 2010 年版。

[18][法]列维-布留尔:《原始思维》,丁由译,商务印书馆 1981 年版。

[19][法]马塞尔·莫斯:《礼物——古代社会中交换的形式与理由》,汲喆译,商务印书馆 2016 年版。

[20][法]H. 孟德拉斯:《农民的终结》李培林译,社会科学文献出版社 2000 年版。

[21][法]罗兰·巴尔特:《写作的零度》,李幼蒸译,中国人民大学出版社 2008 年版。

[22][法]热拉尔·热奈特:《叙事话语》,王文融译,中国社会科学出版社 1990 年版。

[23][法]米兰·昆德拉:《小说的艺术》,董强译,上海译文出版社 2014 年版。

[24][法]安托万·孔帕尼翁：《理论的幽灵——文学与常识》，吴泓缈、汪捷宇译，南京大学出版社 2011 年版。

[25][英]J. G. 弗雷泽：《金枝》，张泽石、汪培基、徐育新译，商务印书馆 2013 年版。

[26][英]A. R. 拉德克利夫-布朗：《原始社会的结构与功能》，丁国勇译，中国社会科学出版社 2009 年版。

[27][英]马林诺夫斯基：《西太平洋的航海者》，梁永佳、李绍明译，华夏出版社 2002 年版。

[28][英]马林诺夫斯基：《文化论》，费孝通等译，中国民间文艺出版社 1987 年版。

[29][英]维克多·特纳：《象征之林——恩登布人仪式散论》，赵玉燕、欧阳敏、徐洪峰译，商务印书馆 2006 年版。

[30][英]维克多·特纳：《仪式过程：结构与反结构》，黄剑波、柳博赟译，中国人民大学出版社 2006 年版。

[31][英]弗思，费孝通：《人文类型·乡土中国》，费孝通译，辽宁人民出版社 2012 年版。

[32][英]玛丽·道格拉斯：《洁净与危险》，黄剑波、卢忱、柳博赟译，民族出版社 2008 年版。

[33][英]简·爱伦·哈里森：《古代的艺术与仪式》，吴晓群译，大象出版社 2011 年版。

[34][英]杰克·古迪：《神话、仪式与口述》，李源译，中国人民大学出版社 2014 年版。

[35][英]阿诺德·汤恩比：《人类与大地母亲——一部叙事体世界历史》，徐波译，上海世纪出版集团 2012 年版。

[36][英]斯图尔特·霍尔：《表征：文化表征与意指实践》，徐亮、陆兴华译，商务印书馆 2013 年版。

[37][英]E. H. 卡尔：《历史是什么》，陈恒译，商务印书馆 2007 年版。

[38][英]帕特里克·贝尔特，[葡]菲利浦·卡雷拉·达·席尔瓦：

《二十世纪以来的社会理论》，瞿铁鹏译，商务印书馆2014年版。
[39][英]凯伦·阿姆斯特朗：《轴心时代》，孙艳燕、白彦兵译，海南出版社2010年版。
[40][英]弗吉尼亚·伍尔夫：《论小说与小说家》，瞿世镜译，上海译文出版社2009年版。
[41][英]E. M. 福斯特：《小说面面观》，冯涛译，上海译文出版社2016年版。
[42][美]弗兰兹·博厄斯：《原始人的心智》，项龙译，国际文化出版公司1989年版。
[43][美]弗兰兹·博厄斯：《人类学与现代生活》，刘莎等译，华夏出版社1999年版。
[44][美]武雅士：《中国社会中的宗教与仪式》，彭泽安、邵铁峰译，江苏人民出版社2014年版。
[45][美]明恩浦：《中国人的文明与陋习》，李向晨、成江译，陕西人民出版社2014年版。
[46][美]罗伯特·F. 莫菲：《文化和社会人类学》，吴玫译，中国文联出版社1998年版。
[47][美]大卫·科泽：《仪式、政治与权力》，王海洲译，江苏人民出版社2015年版。
[48][美]兰德尔·柯林斯：《互动仪式链》，林聚任、王鹏、宋丽君译，商务印书馆2012年版。
[49][美]玛格丽特·米德：《萨摩亚人的成年》，周晓虹等译，商务印书馆2010年版。
[50][美]克利福德·格尔兹：《地方知识——阐释人类学论文集》，杨德睿译，商务印书馆2014年版。
[51][美]爱德华·W. 萨义德：《东方学》，王宇根译，生活·读书·新知三联书店2007年版。
[52][美]詹姆斯·克利福德，乔治·E. 马库斯主编：《写文化——民

族志的诗学与政治学》，高丙中、吴晓黎、李霞译，商务印书馆2006年版。
[53][美]罗伊·A. 拉帕波特：《献给祖先的猪》，商务印书馆2016年版。
[54][美]伊万·斯特伦斯基：《二十世纪的四种神话理论——卡西尔、伊利亚德、列维·斯特劳斯与马林诺夫斯基》，李创同、张经纬译，生活·读书·新知三联书店2012年版。
[55][美]贾雷德·戴蒙德：《枪炮、病菌与钢铁——人类社会的命运》，谢延光译，上海译文出版社2006年版。
[56][美]鲁思·本尼迪克特：《菊与刀：日本文化模式论》，何道宽译，北京大学出版社2013年版。
[57][美]维克多·特纳编：《庆典》，方永德等译，上海文艺出版社1993年版。
[58][美]杰里·D. 穆尔：《人类学家的文化见解》，欧阳敏、邹乔、王晶晶译，商务印书馆2009年版。
[59][美]约翰·维克雷编：《神话与文学》，潘国庆、扬小洪、方永德等译，上海文艺出版社1995年版。
[60][美]希利斯·米勒：《文学死了吗》，秦立彦译，广西师范大学出版社2007年版。
[61][美]桑德拉·吉尔伯特，苏珊·古芭：《阁楼上的疯女人：女性作家与19世纪文学想象》，杨莉馨译，上海人民出版社2015年版。
[62][美]勒内·韦勒克：《批评的诸种概念》，罗钢、王馨钵、杨德友译，上海人民出版社2015年版。
[63][美]杰拉德·普林斯：《叙事学：叙事的形式与功能》，徐强译，中国人民大学出版社2013年版。
[64][美]杜威：《艺术即经验》，高建平译，商务印书馆2005年版。
[65][美]W. C. 布斯：《小说修辞学》，胡晓苏、华明、周宪译，北京大学出版社1987年版。

[66][美]伊万·布莱迪编:《人类学诗学》,徐鲁亚等译,中国人民大学出版社2010年版。
[67][美]华莱士·马丁:《当代叙事学》,伍晓明译,北京大学出版社1990年版。
[68][美]查尔斯·E. 布莱斯勒:《文学批评:理论与时间导论》,赵勇、李莎、常培杰等译,中国人民大学出版社2015年版。
[69][美]伊恩·P. 瓦特:《小说的兴起》,高原、董红钧译,生活·读书·新知三联书店1992年版。
[70][美]约翰·克劳·兰色姆:《新批评》,王腊宝、张哲译,文化艺术出版社2010年版。
[71][美]张光直:《美术·神话与祭祀》,郭净、陈星译,辽宁教育出版社1988年版。
[72][奥]弗洛伊德:《图腾与禁忌》,赵立玮译,上海人民出版社2005年版。
[73][瑞]卡尔·古斯塔夫·荣格:《象征生活》,储昭华、王世鹏译,国际文化出版公司2011年版。
[74][瑞]卡尔·古斯塔夫·荣格:《心理学与文学》,冯川、苏克译,译林出版社2011年版。
[75][加]诺思洛普·弗莱:《批评的解剖》,陈慧、袁宪军、吴伟仁译,百花文艺出版社2006年版。
[76][意]维柯:《新科学》,朱光潜译,人民文学出版社1986年版。
[77][意]吉奥乔·阿甘本:《神圣人:至高权力与赤裸生命》,吴冠军译,中央编译出版社2016年版。
[78][德]恩斯特·卡西尔:《人论》,甘阳译,上海译文出版社2013年版。
[79][德]沃尔夫冈·伊瑟尔:《虚构与想象——文学人类学疆界》,陈定家译,吉林人民出版社2011年版。
[80][德]洛蕾利斯·辛格霍夫:《我们为什么需要仪式》,刘永强译,

中国人民大学出版社 2009 年版。
[81][荷]米克·巴尔：《叙述学：叙事理论导论》，谭君强译，北京师范大学出版社 2015 年版。
[82][荷]F. R. 安克施密特：《叙述逻辑——历史学家语言的语义分析》，田平原理译，大象出版社 2012 年版。
[83][匈]卢卡奇：《小说理论》，李怀涛、燕宏远译，商务印书馆 2012 年版。
[84][日]绫部恒雄主编：《文化人类学的十五种理论》，周星等译，贵州人民出版社 1988 年版。

国内文献

[1]郑振铎：《中国文学史》，中央编译出版社 2012 年版。
[2]唐弢主编：《中国现代文学史简编》(增订版)，复旦大学出版社 2013 年版。
[3]洪子诚：《当代文学的概念》，北京大学出版社 2010 年版。
[4]陈思和：《中国当代文学 60 年》，上海大学出版社 2010 年版。
[5]陈思和：《批评与想象》，华东师范大学出版社 2014 年版。
[6]陈平原：《小说史：理论与实践》，北京大学出版社 2010 年版。
[7]陈平原：《中国小说叙事模式的转变》，北京大学出版社 2010 年版。
[8]庄孔韶主编：《人类学通论》，中国人民大学出版社 2016 年版。
[9]朱光潜：《文艺心理学》，漓江出版社 2012 年版。
[10]蒋孔阳：《德国古典美学》，商务印书馆 2014 年版。
[11]张岱年：《张岱年文集》，清华大学出版社 1990 年版。
[12]张世英：《哲学导论》，北京师范大学出版社 2014 年版。
[13]冯友兰：《中国哲学史新编》，人民出版社 2007 年版。
[14]温儒敏、赵祖谟主编：《中国现当代文学专题研究》，北京大学出版社 2002 年版。
[15]谢冕：《论二十世纪中国文学》，中国人民大学出版社 2009 年版。

[16]敏泽、党圣元：《文学价值论》，社会科学文献出版社 1997 年版。
[17]程金城：《中国 20 世纪文学思潮论》，甘肃人民美术出版社 2008 年版。
[18]程金城：《中国 20 世纪文学价值论》，甘肃人民美术出版社 2008 年版。
[19]程金城：《中国文学原型论》，甘肃人民美术出版社 2008 年版。
[20]程金城：《原型批判与重释》，甘肃人民美术出版社 2008 年版。
[21]李华兴：《中国近代思想史》，浙江人民出版社 1988 年版。
[22]侯外庐主编：《中国思想史纲》，上海世纪出版集团 2008 年版。
[23]吕思勉：《中国文化史》，新世界出版社 2008 年版。
[24]刘大杰：《中国文学发展史》，复旦大学出版社 2011 年版。
[25]席扬：《文学思潮·理论·方法·视野——兼论 20 世纪中国文学思潮若干问题》，生活·读书·新知三联书店 2009 年版。
[26]杨义：《中国现代小说史》，人民文学出版社 1986 年版。
[27]黄霖：《近代文学批评史》，上海古籍出版社 1993 年版。
[28]李泽厚：《中国古代思想史论》，生活·读书·新知三联书店 2008 年版。
[29]李泽厚：《人类历史本体论》，青岛出版社 2016 年版。
[30]李泽厚：《由巫到礼 释礼归仁》，生活·读书·新知三联书店 2015 年版。
[31]李泽厚：《美学三书》，天津社会科学院出版社 2003 年版。
[32]朱绍侯主编：《中国古代史》，福建人民出版社 2010 年版。
[33]凌继尧：《美学十五讲》，北京大学出版社 2003 年版。
[34]金泽：《宗教人类学导论》，宗教文化出版社 2001 年版。
[35]叶舒宪：《文学人类学教程》，中国社会科学院出版社 2010 年版。
[36]叶舒宪编：《神话-原型批评》，陕西师范大学出版社 1987 年版。
[37]王铭铭：《社会人类学与中国研究》，生活·读书·新知三联书店 1997 年版。

[38] 王铭铭主编：《20 世纪西方人类学主要著作指南》，世界图书出版公司 2008 年版。
[39] 王铭铭：《西方人类学思潮十讲》，广西师范大学出版社 2005 年版。
[40] 鲁枢元：《文学的跨界研究：文学与心理学》，学林出版社 2011 年版。
[41] 王霄冰编：《仪式与信仰：当代文化人类学新视野》，民族出版社 2008 年版。
[42] 王霄冰、迪木拉提・奥迈尔编：《文字、仪式与文化记忆》，民族出版社 2007 年版。
[43] 张良丛：《从行为到意义——仪式的审美人类学阐释》，社会科学文献出版社 2015 年版。
[44] 刘再复：《文学的反思》，福建教育版社 2010 年版。
[45] 王政：《〈诗经〉文化人类学》，时代出版传媒股份有限公司黄山书社 2010 年版。
[46] 谢有顺：《文学如何立心》，昆仑出版社 2013 年版。
[47] 李怡：《现代性：批判的批判——中国现代文学研究的核心问题》，人民文学出版社 2006 年版。
[48] 赵园：《北京：城与人》，北京大学出版社 2002 年版。
[49] 汪晖：《反抗绝望：鲁迅及其文学世界》，生活・读书・新知三联书店 2008 年版。
[50] 梁鸿：《"灵光"的消逝：当代文学叙事美学的嬗变》，中信出版集团 2016 年版。
[51] 陈烁：《敦煌文学——雅俗文化交织中的仪式呈现》，中国社会科学出版社 2013 年版。
[52] 彭兆荣：《文学与仪式：文学人类学的一个文化视野——酒神及其祭祀仪式的发生学原理》，北京大学出版社 2004 年版。
[53] 彭兆荣：《人类学仪式的理论与实践》，民族出版社 2007 年版。
[54] 薛艺兵：《神圣的娱乐——中国民间祭祀仪式及其音乐的人类学研

究》，宗教文化出版社2003年版。

[55]荆云波《文化记忆与仪式叙事——〈仪礼〉的文化阐释》，南方日报出版社2010年版。

[56]林耀华：《金翼：中国家族制度的社会学研究》，生活·读书·新知三联书店1989年版。

[57]杨义：《中国叙事学》，人民出版社2009年版。

[58]申丹：《叙述学与小说文体学研究》，北京大学出版社1998年版。

[59]申丹，王丽亚：《西方叙事学：经典与后经典》，北京大学出版社2010年版。

[60]徐岱：《小说叙事学》，商务印书馆2010年版。

[61]刘绍信：《当代小说叙事学》，黑龙江教育出版社2002年版。

[62]谭君强：《叙事学导论——从经典叙事学到后经典叙事学》，高等教育出版社2014年版。

[63]刘波、王川注释：《仪礼》，东南大学出版社2010年版。

[64]刘波、王川注释：《周礼》，东南大学出版社2012年版。

[65]王杰：《寻找乌托邦——现代美学的危机与重建》，人民文学出版社2016年版。

[66]胡志毅：《国家的仪式：中国革命戏剧的文化透视》，广西师范大学出版社2008年版。

[67]雷达：《当前文学症候分析》，作家出版社2009年版。

[68]雷达主编：《新世纪小说概观》，北岳文艺出版社2014年版。

[69]刘俐俐：《文学"如何"：理论与方法》，北京大学出版社2009年版。

[70]李大鹏：《中国当代文学专题研究》，中国文史出版社2013年版。

[71]曹山柯：《文学批评与文本意义踪迹》，中国社会科学出版社2011年版。

[72]陈嘉映：《无法还原的象》，华夏出版社2016年版。

[73]张大春：《小说稗类》，广西师范大学出版社2004年版。

[74]刘小枫：《沉重的肉身》，华夏出版社2015年版。

[75]王德威：《想想中国的方法：历史·小说·叙事》，生活·读书·新知三联书店 1998 年版。
[76]衣俊卿：《文化哲学十五讲》，北京大学出版社 2015 年版。
[77]任东华：《茅盾文学奖研究》，中国社会科学出版社 2011 年版。
[78]汪晓云：《从仪式到艺术：中西戏剧发生学》，广西师范大学出版社 2016 年版。
[79]黄应贵：《物与物质文化》，(台北)"中央研究院民族研究所"2004 年版。
[80]彭丽君：《哈哈镜：中国视觉现代性》，上海书店出版社 2013 年版。

后　记

路啊路，

风和雨，

尘和雾，

难以计数。

通往理想的路千条万条，有的路平坦，有的路泥泞，有的路繁花似锦，有的路荆棘丛生。而我走过的，却是一条十分曲折的路。

当我辞去了工作，当助学金成为我唯一稳定的收入来源，我已经记不清那时遭到了多少人的质疑，大家都觉得我受不了苦，熬不了穷，挡不住孤独和寂寞。

孟子曾说，从俭到奢易，从奢到俭难。这句话，只有亲身经历过的人才有真正的体会。当我在饭堂日复一日地就着凉拌豆皮啃馒头时；晚上不敢多喝一口水，生怕半夜要去那个要走好半天才到的公共卫生间时；用快冻僵的手提着两个打满了开水的壶摔倒在楼梯上时；连手套也阻隔不住水的冰凉，手指僵硬、关节肿胀地洗一大盆衣服时……我也曾问自己，我到底在干嘛？为什么这么想不开，又不是生活所迫，为什么要放弃轻松的生活，非要这样折磨自己？

我回答自己，因为我想读书。学术在我心中一直都是一个神圣的存在，我深深地热爱着文学，热爱着我的专业。

所幸，在我人生路的每个停靠站上，都亮着一盏雾中的灯。

感恩我的导师程金城教授，对我而言，程老师亦师亦父，既严格又宽容，是他带领我走上了这条学术之路，尽管崎岖，却永远普照着阳光。师恩难忘，可沿路的灯又何止一盏？

2020年，发生了可怕的新冠肺炎疫情。但道是无情却有情，全国人民众志成城，身边的亲朋好友也相互加油打气，使这本书在这个时节出版具有了别样的意义。我父亲曾说，当我们收获的时候，是因为有人在我们身边倾情付出与呵护。师长、家人、朋友，他们用最大的爱与包容为我点亮了途中的一盏盏灯。感谢古世仓教授、彭岚嘉教授、李利芳教授以及王大桥教授、郭茂全教授、权绘锦副教授、冯欣副教授。感谢我的父亲马壮昌博士，母亲张焕宇女士、范洪华女士。感谢我的先生张栋博士。感谢让我尊敬的长辈们，我的师母刘爱萍女士，以及我的亲属马淑华女士、张步宇女士、张建宇女士、张穗珍女士、杜玉鹤女士，我还要感谢我的兄弟姐妹黎嘉琦、王培培、张明睿、吴世奇、尚敏帮、潘浩、高旸、刘昱彤、林艳芳、宿雪晶、罗婷、叩颖和周雅哲。感谢我所在的广东省社会科学院的领导和同事们，他们是章扬定副院长、李军主任、梁军处长、陈再齐处长、伍玉娣副主任、詹双晖所长、严若谷、邱静怡、杨磊、龙慕瑭以及文化产业所的同仁们。感谢武汉大学出版社以及责编蒋培卓女士，她为本书的出版付出了辛勤劳动并提出了宝贵建议。

路啊路，
汗与泪，
笑与哭，
历历在目。
路，指向远方，通往白云深处。

马　硕

2020年6月29日于广州星汇晴轩